**각색 이론의
모든 것**

무엇을 누가 왜 어떻게 어디서 언제

각색 이론의
모든 것

린다 허천Linda Hutcheon 지음

손종흠 | 유춘동 | 김대범 | 이진형 옮김

A Theory of Adaptation

앨피

린다 허천의 역작으로 꼽히는 이 책은 서구 대학에서는 문학, 방송, 영상, 문화 콘텐츠 관련 학과의 필독서로 자리 잡은 지 오래다. 우리나라에서도 관련 분야 종사자면 누구나 알고 있을 정도로 유명한 저서이다. 역자 또한 상당히 오래전에 이 책을 원서로 접할 기회가 있었다. 전체적인 내용은 말할 것도 없고 분석적이면서 논리적인 서술로 이루어져 있을 뿐 아니라, 각색에 접근하는 방식이 너무나 탁월하고 창조적이어서 많은 사람들이 쉽게 접근하여 도움을 받기를 바라는 마음으로 번역 작업에 착수했다.

그러던 중 2014년에 선문대학교 역사문화콘텐츠학과에 재직하고 있는 유춘동 선생으로부터 자신도 이 책을 번역 중이라는 이야기를 들었고, 한양대학교 박사 과정에 있으면서 방송대학교 강사로 있는 김대범 선생이 이미 초벌 번역을 마쳤다는 소식도 접하게 되었다. 그리하여 처음에는 세 사람이 각자 작업한 내용을 합쳐 번역물로 출간하기로 했다. 이후 판권 계약을 진행하고, 이 과정에서 현대문학 전공자인 이진형 선생이 합류하면서 내용의 정확성과 완성도를 한층 높이게 되었다.

번역에 대한 가치 평가가 후하지 않은 우리나라에서 이 책처럼 어렵고 유명한 책을 번역하는 것은 도전이자 모험일 수밖에 없다. 혹여 원작의 의미를 잘못 전달하는 것은 아닐까, 차라리 번역보다 관련한 다른 연구를 하는 것이 더 생산적이지 않을까 하는 고민이다. 그럼에도 불구하고 문학 연구와 방송, 영상 등 모든 문화 콘텐츠 관련 분야를 망라하는 이렇다 할 이론서가 없는 상황에서 이 책은 확실한 디딤돌 역할을 할 것이라는 확신이 우리를 고통스러운 번역 작업으로 이끌었다. 그럼에도 있을 수 있는 오역이나 부족함은 모두 우리 역자들의 몫이다. 독자들의 애정 어린 질정을 기대한다. 모쪼록 린다 허천의 이 역작을 주춧돌로 우리 사회에서 각색에 대한 활발한 논의와 발전이 있기를 바란다.

2017년 7월
옮긴이를 대표하여
손종흠 씀

차례

옮긴이 글   5

1판 서문 친숙하지만, 경멸받는 각색을 위하여   15
2판 서문 변하면 변할수록 … 변하면 변할수록   24

각색의 이론화 시작하기 │ 무엇을 누가 왜 어떻게 어디서 언제 │

익숙함과 경멸	43
각색을 '각색으로서' 다루기	50
정확히 무엇이 각색되는가? 어떻게?	56
이중적 시각: 각색 정의하기	66
생산물로서의 각색: 공공연한, 확장된, 특정한 약호전환	67
과정으로서의 각색	72
청중의 '팔랭프세스트적' 상호텍스트성	78
참여 양식	79
각색 틀짓기	90

2

무엇을? | 형식들 |

매체 특이성 재고   101

말하기 ⟷ 보여 주기   109

보여 주기 ⟷ 보여 주기   123

상호작용하기 ⟷ 말하기 또는 보여 주기   132

     클리셰 1: 오직 말하기 양식(특히 산문 픽션)만이 친밀감과   137
     거리를 모두 시점으로 표현할 수 있는 유연성이 있다.

     클리셰 2: 내면성은 말하기 양식의 영토다. 외면성을 가장 잘   143
     다루는 것은 보여 주기 양식과 특히 상호작용하기 양식이다.

     클리셰 3: 보여 주기 양식과 상호작용하기 양식은 현재라는   156
     단 하나의 시제만을 갖는다. 말하기 양식만이 과거, 현재, 미래의
     관계를 보여 줄 수 있다.

     클리셰 4: 오로지 (언어로 된) 말하기만 애매성, 아이러니, 상징,   164
     은유, 침묵, 부재 같은 요소들을 잘 다룰 수 있다. 이 요소들은
     보여 주기 양식이나 상호작용 양식으로는 '번역될 수 없'다.

실천에서 배우기   170

누가? 왜? | 각색자 |

누가 각색자인가?   183
왜 각색을 하는가?   194
　　경제적 유인誘引   196
　　법적 제약   200
　　문화 자본   205
　　개인적 동기와 정치적 동기   207
실천에서 배우기   213
각색의 의도성   229

어떻게? | 청중 |

각색의 즐거움   243
알고 있는 청중과 알지 못하는 청중   254
참여 양식 재검토   268
몰입의 종류와 정도   277

5

어디서? 언제? | 맥락 |

맥락의 광대함   289
문화횡단적Transcultural 각색   295
현지화   300
실천에서 배우기   308
    왜 〈카르멘〉인가?   308
    카르멘 스토리, 그리고 스테레오타입   310
    〈카르멘〉의 현지화   316

6

마지막 물음들

무엇이 각색이 *아닌가*?   335
각색의 매력은 무엇인가?   340

에필로그 by 시오반 오플린   349

한국어판 부록 '각색 혁명'에 담긴 상호텍스트성의 정치학   395
            by 이진형

■ 참고문헌   423
■ 찾아보기   461

각색은 어느 정도 개장改裝 |고쳐 꾸밈| 과 유사하다.

앨프리드 어리Alfred Uhry

영화의 내용은 소설, 또는 연극이나 오페라다.

마셜 맥루한Marshall McLuhan

어쨌든 다른 작가들의 작품은 작가의 주요 유입원천流入源泉이다. 그 작품을 활용하는 데 주저하지 말라. 다른 누군가가 어떤 아이디어를 갖고 있다는 사실이, 당신이 그 아이디어를 받아들여 새로운 방식으로 전개해서는 안 된다는 것을 의미하지는 않는다. 각색은 명백히 합법적인 차용이다.

윌리엄 버로우즈William S. Burroughs

극장 자체는 그 순수함을 주시하는 이들에 비해 전혀 고결하지 않다. 무대는 좋은 스토리라면 어떤 것이든 늘 신나게 훔쳐 왔던 것이다.

필립 풀먼Philip Pullman

일러두기

주석 이 책의 모든 주석은 옮긴이의 것이다. 본문의 해당 위치에 작은 명조체로 표기한 것은 내용 설명주이고, 각주는 주로 출처 주이다.

본문 강조 본문에 굵은 서체로 강조된 것은 원 저자의 강조이다.

본문 그림 본문에 들어간 이미지 자료 중 '그림 (숫자)'로 표시된 것만 원 저작의 삽화이고, 나머지는 독자의 이해를 돕기 위해 한국어판에만 들어간 자료이다.

원어 표기 인명이나 지명은 외래어 표기용례를 따랐다. 단, 널리 알려진 이름이나 표기가 굳어진 명칭은 그대로 사용했다. 본문에서 주요 인물(생몰연대)이나 도서, 영화 등의 원어명은 맨 처음, 주요하게 언급될 때 병기했다.

출처 표시 주요 인용구 뒤에는 간략한 출처를 표시했다. 상세한 서지 사항은 책 뒤 〈참고문헌〉 참조.

작품 제목 본문에 나오는 도서와 영화 등 작품 제목은 원 제목을 번역 표기하는 것을 원칙으로 하되, 국내에 번역 출간된 도서는 그 제목을 따랐다.

친숙하지만, 경멸받는 각색을 위하여

소설과 영화만으로 각색을 이해할 수 있다는 생각은 오산이다. 빅토리아 시대 사람들에게는 거의 모든 것을 거의 전방위적으로 각색하는 버릇이 있었다. 시, 소설, 연극, 오페라, 그림, 노래, 춤, 활인화活人畵 등에 담겨 있는 스토리는 어떤 매체에서 다른 매체로, 다른 매체에서 또 다른 매체로 계속해서 각색되었다. 우리 후기 근대인들은 분명히 그와 같은 버릇을 물려받았지만, 그들에 비해 훨씬 더 새로운 재료들을 마음대로 이용할 수 있게 되었다. 영화, TV, 라디오, 전자 매체뿐만 아닌 테마파크, 역사 재연historical enactments 과거의 중요한 사건을 오늘날 실제 현실에서 똑같이 재현하는 것, 가상현실 실험까지도 말이다. 그 결과는? 각색이 넘쳐난다. 이것이 소설과 영화만으로는 각색의 매력과 본질을 이해할 수 없는 이유다.

이전에 각색을 해 본 경험이 있는 사람이라면 누구나 (그렇지 않은 사람도?) 의식적으로든 무의식적으로든 각색 이론을 갖고 있다. 나도 예외는 아니다. 이 책은 각색의 지속적 인기와 함께, 여러 다양한 매체에서 이루어지고 있는 일반적 각색 현상에 대한 끊임없는 비판적 평가절하도 철저하게 파헤치려는 시도다. 비디오게임이든 뮤지컬이든, 각색은 주변적이고 부수적인 것으로서 결코 '원작'만큼 훌륭하지는 않은 것으로 여겨지는 듯하다. 이와 같은 비판적 능욕이 바로 이 책의 저술을 추동한 주요 동기 중 하나다. 또 다른 동기는 장르와 매체를 횡단하기도 하고 동일한 장르와 매체 내부에서 이루어지기도 하는 각색의 엄청난 수와 종류에 있다. 그동안 각색 연구는 대부분 문학의 영화적 전위轉位를 대상으로 수행되었다. 그러나 이제는 각색 현상의 다양성과 편재성으로 인해 더 폭넓은 이론화 작업이 필요해진 듯하다. 각색은 너무 흔하고, 너무 '자연스럽고', 너무 분명해 보인다. 그런데 정말 그런가?

개인적으로 언급하고 싶은 것은, (지적인 것을 비롯한) 강박관념은 그 형태가 달라지기는 해도 좀처럼 사라지지는 않는다는 사실이다. 그래서 이 책에는 과거 내가 쓴 비평서 내용이 다시 등장하기도 한다.

첫째, 나는 항상 소위 '상호텍스트성' 또는 텍스트들 간의 대화적 관계에 큰 관심이 있었지만, 그것만을 유일한 형식적 문제로 보지는 않는다. 어떤 매체로 발표되든 작품은 **사람들에 의해** 창작되고 수용된다. 이런 인간적·체험적 맥락은 상호텍스트성의 **정치학**에 대한 연구가 필요함을 보여 준다. 이 역시 언제나 나의 관심사였고, 이 책에서도 여전히 그렇다.

두 번째로 변하지 않는 것은 삐뚤어진 탈-위계화의 충동, 말하자면 포스트모더니즘이나 패러디, 이차적이고 열등해 보이는 각색 같은 것들에 대해 노골적으로든 암묵적으로든 가해지는 부정적인 문화적 가치평가에 도전하려는 욕망인 듯하다.

다시 말하지만, 나는 실천에서 이론을 도출해 내기 위해 노력했다. 그래서 가능한 한 많은 문화적 실천들을 다루고자 했다. 나는 독자들이 몇몇 친숙한 작품들과, 이에 기초한 나의 이론화 작업을 더 쉽게 '이해할' 수 있도록 수많은 사례들을 제시했다. 내가 사용한 방법은, 여러 매체들을 횡단하며 확장해 가는 텍스트 기반 쟁점을 식별해 낸 뒤 이 쟁점을 비교 연구할 방법을 찾아내서는 다양한 텍스트 사례들로부터 이론적 함의를 추출해 내는 것이다. 그래서 나는 때에 따라 형식주의적 기호학자, 후기구조주의적 해체주의자, 페미니스트, 탈식민주의적 계몽주의자 등의 입장을 취하기도 했지만, (적어도 의식적으로는) 특정 이론을 텍스트 검토 작업 또는 각색을 둘러싼 일반적 쟁점에 덧씌우려고는 하지 않았다.

그럼에도 불구하고 그와 같은 관점들은 나의 이론적 준거 틀에 영향을 미칠 수밖에 없었다. 로버트 스탬Robert Stam의 지적처럼|2005b: 8-12| 수십여 년 동안 수많은 '이론'이 등장했지만 그 어떤 것도 각색에 대한 부정적 견해를 논리적으로 바꾸어 놓지 못했다는 바로 그 사실 또한 영향을 미쳤다. 크리스테바의 상호텍스트성 이론, 데리다의 해체주의, 통일된 주체성에 대한 푸코의 도전, 그리고 많은 경우 서사학과 문화 연구 양자가 채택하는 것으로서 스토리에 대한 철저한 평등주의적 접근법 등은 많은 가르침을 주었다. 그 가운데 하나는 두 번째 것이 이차적인 것 또는 열등한 것은 아니라는 점이다. 그와 마찬가지로, 첫 번째 것이 본래적인 것 또는 권위 있는 것도 아니다. 그러나 앞으로 보겠지만, 각색을 이차적 양식(나

중에 만들어진, 그래서 파생적인 양식)으로 폄하하는 의견들은 계속해서 등장한다. 이 책의 목표 중 하나는 바로 그런 폄하에 도전하는 것이다.

나는 또한 이 책의 내용이 **아닌** 것, 즉 이 책이 목표로 삼지 **않은** 것에 관해서도 설명하고 싶다. 이 책은 특정 각색 작품에 관한 확장된 사례 연구가 아니다. 그런 내용의 책은 많이 있다. 문학작품의 영화 각색 분야는 특히 그렇다. 이는 의심할 여지 없이 조지 블루스톤George Bluestone의 중요한 저작 《소설의 영화화Novels into Film》(1957) 때문이다. 브라이언 맥팔레인Brian Mcfarlane은 《소설에서 영화로Novel to Film》|1996: 201|에서 특정 작품에 대한 세밀한 검토 작업을 문학 텍스트에 대한 자세히 읽기에 비유했다. 나는 물론 그에 동의하지만, 문학이든 영화든 그런 개별적 독서를 통해 이 책이 탐구하려고 하는 이론적 쟁점들에 대한 일반화 가능한 통찰을 얻어 낼 수 있을지는 의심스럽다.

내가 여기서 설정한 특수한 과제를 완수하는 데 사례 연구 모델은 또 다른 문제점을 내포하고 있다. 실제로 이 모델은 소위 '원천source' 텍스트 또는 '원작'을 특권화하거나 적어도 그에 대해 우선권을 (그로 인해 암묵적으로 가치를) 부여하는 경향이 있다. 1장에서 살펴보겠지만, 보통은 앞선 텍스트에 대한 '충실성'이라는 관념이 직접적 비교 연구 방법을 주도하곤 한다. 그러나 각색 작업 배후에는 수많은 다양한 동기들이 있을 뿐 신의란 거의 없다.

사실 어떤 각색 작품에는 다른 앞선 각색 작품이 '원작' 같은 맥락으로서 매우 중요하게 작용한다. 바즈 루어만Baz Luhrmann의

〈물랭 루즈〉(2001) 같은 영화가 가르쳐 주듯이, '각색되는 텍스트 adapted text'—내가 '원천'이나 '원작'보다 선호하는 순수하게 기술적인 용어—는 여럿이 될 수도 있다. 게다가 또 다른 가능성도 있다. 우리는 각색 작품을 체험한 **이후** 흥미가 생겨 소위 원작을 실제로 읽거나 관람할 수도 있는데, 이렇게 되면 우선성 관념의 권위가 도전을 받게 된다. 그야말로 다양한 버전들이 있는 것이지, 그들 간 위계가 있는 것은 아니다.

이 책은 특정 사례에 대한 분석 작업도 아니고 특정 매체에 대한 조사 작업도 아니다. 이미 언급한 것처럼 문학의 영화 각색 관련 연구서는 이미 많이 나와 있다는 단순한 이유 때문에, 이 책은 우선 그런 각색에 초점을 맞추지 않으려고 한다. 그렇지만 물론 기존의 통찰들을 활용하기는 할 것이다. 내가 흥미를 갖고 있는 것은 각색 행위 그 자체지 특정 매체나 장르가 아니다. 그 때문에 이론화 작업에서 비디오게임, 테마파크 놀이기구, 웹 사이트, 그래픽 노블 _{연속만화 형식으로 제시되고 단행본 형태로 출판되는 소설 혹은 픽션.}, 커버 곡song covers _{앞서 레코딩되어 발매된 곡을 원래 가수나 작곡가가 아닌 제3자가 다시 레코딩하거나 새롭게 연주한 것.}, 오페라, 뮤지컬, 발레, 라디오극과 무대 연극 등은 흔히 거론되는 영화나 소설만큼 중요하다. 내 작업 가설은 매체와 장르를 횡단하는 공통분모가 커다란 차이 못지않게 드러날 수 있다는 것이다. 논의의 초점을 특수한 개별 매체에서 더 광범위한 맥락으로, 즉 세 가지 주요 이야기 참여 방식(말하기, 보여 주기, 상호작용하기)으로 옮겨 놓으면 여러 중요한 사항들이 연이어 전면에 등장하게 될 것이다.

각색의 인기와 여전히 계속되는 그에 대한 경멸이라는 이상한 이중적 사실이야말로 이 책이 **각색으로서의** 각색에 대한 연구를 시작하게 된 지점이다. 말하자면, 이 연구는 각색을 단지 자율적 작품으로서만 다루지 않는다. 그 대신 각색 작품을 이전 작품의 계획적이고 명시적이며 확장된 귀환으로서 검토한다. 사람들은 **각색**을 생산물과 창작 및 수용 과정을 모두 가리키는 단어로 사용하기 때문에, 그에 대한 이론적 입장 역시 형식적이면서도 '경험적'일 필요가 있다. 다른 말로 해서, 각색 과정에서 스토리를 이리저리 약호화하는 여러 종류의 매체나 장르는 단순한 형식적 실재가 아니다. 1장에서 살펴보겠지만, 그것은 청중을 참여시키는 다양한 방식이기도 하다.

여러 매체나 장르는 그 방식과 수준에서 서로 다르기는 하지만 모두 매우 '몰입적immersive'이다. 어떤 매체와 장르는 스토리를 **말하는tell** 데 활용된다(소설과 단편소설). 다른 매체와 장르는 스토리를 **보여 준다show**(모든 공연 매체). 그리고 또 다른 매체와 장르는 사람들과 스토리의 물리적·운동감각적 상호작용을 가능하게 해 준다(비디오게임과 테마파크 놀이기구). 이와 같은 세 가지 참여 양식은 소위 각색의 육하원칙(**무엇을, 누가, 왜, 어떻게, 언제, 어디서**)을 이론화할 수 있는 분석 구조를 제공한다. 이를 저널리즘 기초 교육과정에서 가르치는 구조라고 생각해 보자. 기초적인 것에 답하는 게 언제나 좋은 출발점이다.

이 연구를 시작하기에 앞서, 2장에서는 세 가지 참여 양식이라는 관점에서 초기 각색 이론의 '매체-특이성' 논쟁을 재조명한다. 이를 통해 여러 종류의 각색에서 개별 참여 양식이 갖는 한계와 장점을 포착할 것이다. 특수한 매체, 특히 문학과 영화의 경우 기존 각색 이론은 몇몇 기본 공리公理들을 인정하고 있다. 하지만 연구 영역을 세 가지 참여 양식으로 확장하게 되면 몇몇 이론적 클리셰들은 실제 각색 실천들 앞에서 시험에 부쳐질 수밖에 없다. 오류에 대한 지적은 말할 것도 없고, 특히 시험에 부쳐야 할 비평적 공리들은 여러 매체가 시점, 내재성/외재성, 시간, 아이러니, 애매모호성, 은유와 상징, 침묵과 부재 등을 다루는 방식과 관련되어 있다.

각색은 단순한 형식적 실재가 아니다. 그것은 또한 하나의 과정이기도 하다. 3장에서는 너무 많은 욕을 먹고 자주 무시를 당하면서도 각색 작업에 참여하는 이들에 관해 살펴본다. 특히 영화 같은 협업적이면서도 창조적인 보여 주기 양식에서 정확히 누가 각색자인지를 결정하는 것은 우선 해결해야 할 과제다. 두 번째 과제는, 각색되는 텍스트에 비해 또는 청중들이 상상하는 버전에 비해 이차적이고 저급하다는 조롱을 예상하면서도 작품 각색에 동의하는 이유는 무엇인지 밝혀내는 것이다. 그 대답 방법으로 나는 다양한 경제적, 법적, 교육적, 정치적, 개인적 이유를 탐구하려고 한다. 이때 어떤 스토리를 길게 분석할 텐데, 이 스토리는 30년이 넘는 기간 동안 일련의 각색자들이 전혀 다른 동기에서, 전혀 다른 강박관념을 갖고, 전혀 다른 솜씨로 수차례에 걸쳐 각색 작업을 했다는 점에서 특수하고 놀라운 사례에 해당한다.

4장에서도 역시 각색 과정을 다루지만, 여기서는 논의의 초점을 청중이 세 가지 양식의 '재매개된remediated' 스토리를 즐기고 또 거기에 참여하는 방식으로 옮긴다. 만약 각색되는 작품을 알고 있다면, 우리는 그 작품과 새로운 각색 작품 사이를 끊임없이 오갈 것이다. 만약 그 작품을 모른다면, 우리는 새로운 각색 작품을 **각색으로서** 체험하지 못할 것이다. 그렇지만 앞서 지적했다시피 우리가 각색 영화를 보고 나서 소설을 읽는 일이 벌어진다면, 그와 반대 순서이기는 하지만 이번에도 그런 오가는 느낌을 받게 될 것이다. 이렇게 오가는 것은 위계적인 게 아니다. 몇몇 각색 이론이 위계를 부여하고 있기는 하지만 말이다.

세 가지 참여 양식 모두 스토리에 청중을 '몰입'시키지만, 대개는 하나의 양식만이 '상호작용적interactive'이라고 불린다. 그것은 바로 스토리에 대한 물리적 참여(보통은 '사용자 입력user input')를 요구하는 양식이다. 이 양식은 지금까지의 각색 연구에서 거의 논의되지 않았기 때문에 이 장에서 중점적으로 살펴보려고 한다. 스토리 이야기하기와 스토리 보여 주기 사이에는, 그리고 특히 이 두 양식과 스토리 월드에 대한 물리적 참가 행위 사이에는 현저한 차이가 있다.

각색 생산물과 각색 과정은 모두 진공 상태에 있지 않다. 그 둘 모두 맥락, 말하자면 시간과 공간, 사회와 문화를 갖는다. 5장의 경우 **언제와 어디서**는 스토리가 '여행할' 때, 즉 각색되는 텍스트가 창작 맥락에서 각색의 수용 맥락으로 이주할 때 발생 가능한 일을 탐구하는 데 필요한 핵심어다. 각색은 복제 없는 반복의 형식이기 때문에 배경을 의식적으로 갱신하거나 개조하지 않는다고 하더라도 변화는 불가피하다. 정치적 가치와 스토리의 의미도 그 변화에 상응하여 변모한다. 이 장에서는 하나의 특수한 스토리, 즉 이른바 집시 카르멘의 스토리를 각색했던 수많은 작품들 가운데 일부를 엄선해서 분석한다. 이는 문화, 언어, 역사를 횡단하는 **문화횡단**trans-culturation 또는 **토착화**indigenization로 스토리의 의미와 효과가 근본적으로 변화할 수 있음을 보여 준다.

　　이 연구는 오늘날 보통 각색에 보내는 '친숙함과 경멸'을 살펴보는 데서 시작할 것이기 때문에, 지금이든 예전이든 각색의 뚜렷한 매력에 관해 몇 가지 마지막 질문을 던지며 글을 맺는 게 적절해 보인다. 각색이 상이한 시대에 상이한 문화에서 상이한 기능을 수행할 수 있고 또 그렇게 해 왔다는 사실을 염두에 둔 채 글을 쓰기는 했지만, 이 책은 각색의 역사가 아니다.

　　이 책《각색 이론의 모든 것》(원제 A Theory of Adaptation)은 그야말로 제목 그대로인 책이다. **각색으로서의** 각색이라는 아주 흔한 현상을 에워싸고 있는 몇몇 이론적 쟁점들을 철저하게 파헤치려는 시도인 것이다.

2006년

토론토에서 린다 허천

변하면 변할수록 … 변하면 변할수록
plus ça change … plus ça change!

아니, 동일하게 머물러 있는 것은 **없다.** 언제나 그렇다. 이 책이 처음 출간된 이래 지난 6년 동안도 확실히 그랬다. 물론 각색은 끊임없이 빠른 속도로 증식했다. 스토리 다시 말하기에 대한 갈망은 조금도 해소되지 않았다. 하지만 **변해 버린** 게 있다. 수많은 새로운 형식들과 플랫폼들을 활용할 수 있게 된 것이다. 새로운 디지털 매체가 최근 수년 동안 급부상했다. 오늘날 아이패드와 아이폰은 각색 활동을 할 수 있는 새로운 장소다. 유튜브는 많은 각색자들, 특히 패러디 성향이 있는 사람들에게 좋은 선택지다. 팬 문화는 좋아하는 스토리의 운명을 상상으로 (그리고 경제력으로) 좌우하고 있다. 소셜 네트워크는 의사소통 경관을 영원히 바꾸어 놓았다. 하지만 우리는 친숙한 옛 영화들이 컴퓨터 기술을 통해 재매개되는 장면도 목도하고 있다. 새로운 것과 낡은 것, 디지털과 아날로그의 공존은 **기정사실**이다. 남아 있는 의문은 이런 전환의 정도, 더 근본적으로는 그런 전환의 종류에 관한 것이다.[Jenkins 2006: 257]. 각색 연구에서 우리는 이행기에 있는가, 아니면 전혀 새로운 세계에 직면해 있는가?

이 책을 저술할 때 나에게는 두 가지 중심 목표가 있었다. 첫 번째 목표는 교묘하든 그렇지 않든 우리 (후기낭만주의, 자본주의) 문화에서 자행되는 각색에 대한 폄하에 정면으로 맞서는 일이었다. 좋아하는 스토리의 다시 말하기 양식으로서 각색이 아주 흔하고 아주 오래되었음에도 불구하고 우리 문화는 여전히 '원작'에 높은 가치를 부여하는 경향이 있다. 두 번째 목표는 계속 확장해 나가는 각색 형식들의 범위를 숙고하는 일이었다. 이는 초기 각색 연구를 지배했던 소설의 영화화 논의를 훨씬 넘어서는 것이었다.

나는 두 가지 목적을 이루기 위해 2장과 4장에서 각색되는 스토리에 참여하는 세 가지 가능한 양식(말하기, 보여 주기, 상호작용하기)을 이론화하려고 했고, 이때 비디오게임에서 인터랙티브 설치미술, 게다가 하이퍼텍스트 소설까지 뭔가 새롭고 유별난 일이 벌어지고 있다는 느낌을 분명히 표현하려고 했다. 종이책 읽기나 영화 보기가 비활동적 과정, 즉 전혀 몰입을 유발하지 못하는 과정이라는 말이 아니다. 그것들은 분명히 활동적이고 몰입적이다. 하지만 '뭔가 새롭고 유별난 것'이 내가 의존하던 문법에서조차도 분명해졌다. 어떤 각색 전략은 우리에게 스토리를 **보여 주거**나 **말할** 것을 요구하지만, 다른 전략은 우리에게 스토리**와 상호작용**할 것을 요구한다. 여기서 보여 주기와 말하기에 있는 언어적 이행성transitivity은 인지적이고 감성적인 만큼 물리적이고 활동적이기도 한 무언가를 알려 주는 '와'의 전치사적 참여로 바뀌어야만 했다. 매체가 T. S. 엘리엇의 시 〈황무지〉의 아이패드 각색이든, 아니면 **포터모어**Pottermore

2011년 작가 조앤 롤링이 소니와 손잡고 만든 회사. 《해리 포터》 시리즈의 디지털 버전, 인터넷 쇼핑, 엔터테인먼트, 뉴스 등의 서비스를 제공한다. │ 같은 멀티플랫폼

장소—포터모어는 〈해리 포터〉 시리즈의 전자책 제공 수단 이상의 장소였다—이든 그 사실은 변하지 않는다.

이와 같은 최근의 변화에도 불구하고 나는 《각색 이론》을 다시 쓰지 **않기**로 했다. 그 대신 이 책에 몇 가지 내용을 덧붙이려고 한다. '상호작용'이라는 범주가 새로운 디지털 매체의 등장으로 엄청나게 확대되기는 했지만, 나에게는 기존 책에 있는 생각도 여전히 유효한 것처럼 보인다. 4장에서는 '각색의 즐거움'이라는 맥락에서 팬 문화의 점증하는 역할에 관해 논의한다. 최근 폭발적으로 증가한 팬들의 각색 참가 현상까지도 이론화하려면 이런 식의 확장은 꼭 필요해 보인다. 마지막 장에서는 각색 관계들의 횡적横的(위계적이지 않고, 말하자면 가치평가적이지도 위아래가 있지도 않은) 연속체에 관해 기술한다. 이 연속체는 뉴미디어에 견주어 재사유·재이론화될 수 있고 또 그렇게 되어야 한다.

시오반 오플린 Siobhan O'Flynn, 뉴미디어의 각색에 관해 내가 알고 있는 모든 것을 가르쳐 준 그녀가 떠오른다. 이 점에서 내가 아닌 **그녀**가 각색 연구의 장을 늘 그렇듯 어떤 두려움도 없이 밀고 나아간 것은 합당해 보인다. 따라서 그녀는 이 책의 에필로그를 집필하기도 했지만 최근 부상해서 계속 변화하고 있는 이 주제에 관한 글을 이후에도 더 발표할 것이다. 그녀는 이론가이자 실천가로서 이런 몰입적 실천을 **영위하고** 있고, 그래서 각색 형식뿐만 아니라 글로벌 엔터테인먼트·미디어 산업의 경제학과 윤리학 또한 바꾸어 놓은 변화에 대해 이중의 권위를 갖고 발언할 수 있을 것이다.

매체 변화에서 새로운 것은 무엇인가?

한 마디로 말해서, 없다. 16세기에는 레오나르도 다 빈치의 벽화 〈최후의 만찬〉이 플래미시 태피스트리Flemish tapestry | 프랑스 플랑드르 지방을 중심으로 발달한 섬유 직조 미술. 예술가들은 털실, 금실, 실크실 등으로 작품을 만들었다. | 의 형식으로 각색되어 로마 바티칸 미술관에 걸렸다. 하지만 오늘날 '매체 변화'는 단순한 재매개화remediation의 문제가 아니다. 디지털은 플랫폼 이상이다. 예를 들어, 디지털은 영화를 만들고, 배포하고, 소비하는 맥락을 바꾸어 놓고 있다.|Perlmutter 2001 참조|

각색 연구에서 특히 흥미로운 것은, 테크놀로지가 스토리를 말하거나 다시 말하는 방식 또한 실질적으로 바꾸어 놓고 있다는 점이다. 테크놀로지가 영화의 전통적 서술 방식에 도전하는 것이다. 교차편집, 이동촬영, 클로즈업 등이 무빙 이미지moving image | 일정한 시간적 간격을 두고 표본적으로 추출된 시간 계열의 이미지. | 및 사운드를 특권화하는 서술에 상응한다면, 오늘날 그래픽 텍스트, 정지·무빙 이미지still and moving images | 문서, 그림, 사진 등 움직임의 표현을 수반하지 않음으로써 시간적 요소 또한 갖지 않는 이미지. |, 사운드 등으로 채워진 새 일람표와 커서 또는 인터랙티브 터치스크린은 디지털 서사에 상응한다.

한편 뉴미디어는 이와 같은 항해 장치들에 힘입어 우리를 직접적으로, 즉 개별화되고 명백히 개인화된 방식으로 사로잡는다(이는 다시 살펴봐야 할 사항이다). 캐나다 국립영화위원회 이사 톰 펄무터Tom Perlmutter가 최근 지적한 것처럼, 몽타주와 영화가 맺고 있는 관계는 항해와 상호작용이 맺고 있는 관계와 같다. 이는 앞으로 전진

하는 영화의 시간적 힘이 디지털 매체의 상호작용적·공간적 운동으로 대체되고 있음을 의미하는 것이기도 하다.

다른 말로 해서, 스토리텔링의 관습 그리고 스토리 다시 말하기의 관습은 매일 변화한다. 다시 말하지만, 이 변화 과정은 새로운 게 아니다. 하지만 변화 속도는 확실히 맹렬하고도 급속해졌고, 그 형태 역시 다양해졌다. 일본 휴대폰 소설은 종이책으로, 보통은 애니메이션으로 각색되고 있다. 〈해리 포터〉의 스토리 월드에 내재하는 윤리적 가치는 실제 세계의 사회적 행동으로 각색된다. 해리 포터 얼라이언스Harry Potter Alliance | 〈해리 포터〉 시리즈의 팬들이 만든 비영리단체. 2005년 앤드류 슬랙 Andrew Slack이 수단의 인권침해 문제에 주목할 것을 요구하며 창설했다. 이 단체는 읽고 쓰는 능력, 미국의 이민 개혁, 경제 정의, 게이 인권, 인권, 기후변화 등과 같은 다양한 문제들에 관심을 표명하고 있다. | 웹 사이트는 다음과 같이 묻는다.

> 해리 포터가 실제로 있기를 바란 적이 있습니까? 흠, 좀 그렇습니다. 덤블도어의 군대가 볼드모트의 귀환을 대비해 세상을 일깨웠듯이, 집요정들과 늑대인간들의 평등권 쟁취를 위해 싸웁시다. 우리, NGO와 함께 지구온난화, 빈곤, 대량학살 등의 위험을 세상에 널리 알립시다. 인종, 젠더, 성별 등에 구애받지 않는 평등권 실현을 위해 동료들과 함께 노력합시다. 창조력이라는 마법을 갈고 닦아 더 좋은 세상을 만드는 데 활용하도록 우리 회원들을 독려합시다. 우리 군대에 들어와 세상을 더 안전하고, 더 마법적인 장소로 만듭시다. 당신 목소리를 들려주십시오! | http://thehpalliance.org/ |

수정구슬이 없기에, 이 모든 각색 실험이 우리가 이행기에 있음

을 의미하는 것인지, 아니면 무언가가 결정적으로 변화해 버린 것인지 알아내기란 쉽지 않다. 이행 논의는, 시오반 오플린처럼 아이패드의 새로운 인터랙티브·인터미디어 아이북이 영상 애니메이션과 터치스크린 게임 디자인을 내장하고 오디오(사운드와 나레이터의 목소리) 기능을 탑재함으로써 어떻게 물리적 책의 관습들과 결합하고 또 그것들을 바꾸어 놓았는지 주목한 데 따른 것이다. 그러나 물리적 책 또한 디지털 플랫폼에 적용되는 시각 레이어링 기술visual layering technology을 거꾸로 종이 페이지에 적용함으로써adapting 확실히 반격을 가하고 있다. 《트리 오브 코드Tree of Codes》(2010)를 창작할 때, 조너선 섀프런 포어Jonathan Safran Foer는 좋아하는 책 《악어들의 거리Street of Crocodiles》|브루노 슐츠Bruno Schulz, 1992|에 있는 단어들을 대부분 말 그대로 잘라 내서 물리적으로 조각된 다층적 텍스트를 만들어 낸 후 작은 틈을 이용해 스토리를 전달한 바 있다.|그림 1 참조|

저자는 다음과 같이 말했다. "저는 책이 어떤 모습인지, 책이 어떤 모습일지, 책의 형태가 얼마나 빨리 바뀌고 있는지 등에 관해 생

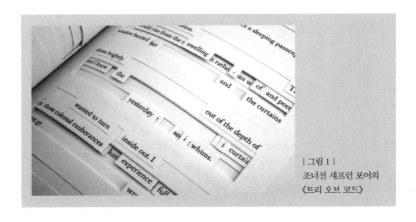

|그림 1 |
조너선 섀프런 포어의
《트리 오브 코드》

각하기 시작했습니다. 그에 대해 심사숙고하지 않는다면, 상황이 나아지지 않을 것입니다. 전자책의 대안도 있습니다."|Wagner 2010에서 인용| 하지만 그 대안은 틀림없이 디지털 매체를 연상시키는 다층적 시각 형태(특히 포토샵)에 적응할 것이다. 우리는 물론 "더 오래된 것, 더 친숙한 것이라는 견지에서 새로운 테크놀로지를" 규정함으로써 "역사의 렌즈로 새로움을 파악해" 낼 수 있지만|Moor 2010: 81|, 이와 같은 과정이 뒤바뀔 수도 있는 것이다. 이행기에는 각색의 두 가지 방식이 모두 활용될 수 있다.

지난 6년 동안 분명해진 것은 '트랜스미디어' 스토리텔링이 새로운 엔터테인먼트 규범으로 예외 없이 정착했다는 사실이다. 여기서 '트랜스미디어' 스토리텔링이란 "**단일하게 통합되어 있는 엔터테인먼트 체험**을 만들어 내려는 목적으로 픽션의 필수 요소들을 **다양한 전달 채널을 통해 체계적으로 퍼뜨리는** 과정을 말한다. 이상적인 경우, 각각의 매체는 스토리 전개에 **독자적으로** 기여하게 된다."|Jenkins 2011; 원문 강조| 이 스토리텔링 자체는 아마도 다양한 매체를 통해 다양한 청중을 겨냥하게 될 것이다. "누구도 영화를 보면서 게임을 하려고 하지는 않는다."|Dena 2009: 162|

그러나 우리는 몇몇 다른 매체(예를 들면, 그래픽 노블)를 통해서 서사와 서사 세계 속으로 들어가려고 할 수도 있고, 뒷이야기나 다른 캐릭터들의 관점에 다가가려고 할 수도 있다.|트랜스미디어와 각색의 관해 더 알고 싶다면 Dena 2009: 147-63 참조| 마케팅 용어로 말하자면, '프랜차이즈' 스토리텔링은 내가 이 책의 집필을 완료할 무렵 이미 어느 정도는 각색 실천을 수행하고 있었다.|3장의 '경제적 유인' 부분 참조| 에필

로그에서 자세히 살펴보겠지만, 오늘날에는 트랜스미디어 디자인을 통한 프랜차이즈화가 엔터테인먼트 산업의 마케팅 전략을 주도하고 있다. 그리고 이 과정에서 각색 이론의 몇몇 측면들은 재검토될 수밖에 없었다. 예컨대, 각색되는 것이 인식 가능한 하나의 고정된 스토리가 아닌 결말이 열려 있는 현재진행형의 불안정한 '멀티텍스트'라면, 각색이라는 것의 경계선을 어디에 그을 수 있겠는가? 그리고 실제로 각색되고 있는 것은 무엇인가?

스토리 대 스토리 월드

이 책에서 처음부터 끝까지 강조하는 것은 서사 각색이지만, 비디오게임 각색을 분석하면서 나는 각색되는 것이 스토리 자체가 아닌 스토리 월드, 말하자면 '헤테로코슴heterocosm'(말 그대로, 다른 코스모스)이라는 사실을 깨달았다. 트랜스미디어 스토리텔링에서는 이런 허구적 세계가 핵심이다. 이 세계는 다양한 스토리 라인을 가능하게 해 주는 장소이기 때문이다. 에필로그에서는 이 사실이 기존 각색 이론의 확장 필요성을 보여 주는 또 다른 변화라고 주장할 것이다.

클라레 패러디Clare Parody는 프랜차이즈 스토리텔링의 증식에서 다음과 같은 점을 발견했다. 실제로 각색되는 것은 "**브랜드 정체성**, 즉 더불어 프랜차이즈 체험을 구성하는 광범위한 미디어 생산

물들을 하나로 연결하고 인가해서 시장에 내놓는 지적 재산, 광고 언어, 그리고 프레젠테이션 장치"|2011: 214|라는 점이다. 주제나 서사의 연속성은 새로운 각색 게임에 적합한 이름이 아니다. 월드 빌딩 world building이 오히려 그에 적합한 이름일 것이다. 이 사실이 갖는 의미는 다음과 같다.

오로지 변형을 동반한 반복이라는 관점만을 고수한다면 각색의 이론화 작업에는 많은 한계가 있을 수밖에 없다. 앞으로 살펴보겠지만, 트랜스미디어 제작자들과 함께 팬들도 각색 작업에 참여한 결과 스토리 월드의 범위가 많이 연장되거나 확장되었다. 그러므로 각색의 이론화 작업은 이와 같은 변화를 다룰 수 있는 방법까지도 반드시 장착해야만 한다.

이런 종류의 각색을 다룰 때, '원작', '원천' 스토리, 스토리 월드 등의 견지에서 생각하기란 확실히 점점 더 어려워지고 있다. 여기서는 우선성이 아닌 동시성이 군림하고 있기 때문이다. 예를 들어, 영화 버전과 비디오게임 버전을 동시에 착상해서 동시에 제작할 수도 있는 것이다. 각색되는 작품의 단일성과 우선성이란 존재하지 않는다. 마틴 매커른Martin McEachern의 설명에 따르면, 오늘날 영화 종사자들은 사진도 촬영하고 세트의 비율 및 텍스처도 기록하는 비디오게임 예술가들 옆에서 함께 작업한다. 이 예술가들은 영화제작 디자이너들이나 시각효과팀과 긴밀하게 작업함으로써 "비디오게임이 영화와 동일한 생산 가치를 갖고 있음을 보여 주려고 한다. … 플랫폼 횡단적 마케팅과 융합 테크놀로지의 시대 메이저 영화의 각본은 삶을 두 번 산다. 한 번은 영화관에서, 또 한 번은 인터랙티브

왕국에서.”|2007: 12| 그러나 에필로그에서도 언급하겠지만, 각본은 메이저 제작사의 지배를 받지 않는 기타 다른 많은 부문들에서도 삶을 살아간다.

누가 지배하는가?

최근 10년 동안 미디어 생산에서는 '민주화'라는 중대한 변화가 있었다. 이는 세계 곳곳에 닿아 있는 인터넷, 아이무비iMovie와 포토샵 같은 소프트웨어, 블로그와 위키스wikis 같은 웹 플랫폼, 이미 많이 사용되고 있는 저가의 (고품질) 기록 및 편집 장비 등을 통해서 이루어졌다. 오플린이 에필로그에서 논의하겠지만, 이는 각색의 생산·지배·분배 방식에 커다란 영향을 주었다. 뉴미디어 환경에서 “각색은 참여 전략이다. 청중은 완전히 새로운 작품을 만들어 내는 대신, 잘 알려진 스토리, 쇼, 영화 등을 각색함으로써 기존 매체를 소유하게 된다.”|Moor 2010: 183|

팬 문화보다 이 사실을 더 잘 보여 주는 곳은 없다. 유튜브, 페이스북, 트위터 등은 디지털 콘텐츠의 각색 작업을 용이하게 만들어 주었다. 디지털 콘텐츠는 쉽게 접근해서 복제할 수 있을 뿐만 아니라 무한하게 변경할 수도 있기 때문이다. 인터넷이 강력한 민주주의적 에토스를 갖고 있기는 하지만, 우리 자본주의 문화에서 그런 일이 언제나 합법적인 것만은 아니다.|3장의 '법적 제약' 부분을 보라| 에필로

그에서는 팬들의 각색 실천과 저작권법 사이에서 벌어진 유명한 충돌 사례들을 분석하고, 이 싸움에서 쟁점이 된 사항에 약간 다른 의미를 덧붙이려고 한다. 특히 미디어 대기업들이 팬의 헌신을 조장함으로써 경제적 이익을 얻고 있으면서도, 역설적이게도 이윤 획득에 기여하는 지적재산에 대한 단일한 지배력을 확보하려는 시도 또한 멈추지 않고 있다는 점을 지적할 것이다.

팬 제작 콘텐츠는 최근 들어 폭발적으로 증가했다. 이는 비단 온라인에만 한정된 현상이 아니다. 그런데 팬들이 좋아하는 영화를 최소한의 비용으로 리메이크해서('스웨딩sweding', ^{VHS 시대 영화들을 저 비용으로 짧게 압축해서 리메이크하는 것.}) 유튜브로 배포한다면, 지배자는 과연 누구인가? 팬들이 비디오게임을 취향에 맞게 각색한 뒤 거기에 자기 이름을 새겨 넣는다면, 창작자는 '중지 명령' 서한을 발송해야 하는가 아니면 무료 홍보라고 기뻐해야 하는가? 팬들의 충성도는 분명히 매출로 번역될 수 있지만, 저작권 보호와 최종적으로는 경제적 이윤 획득에 위협이 될 수도 있다. 팬들이 콘텐츠들을 관람하기도 하지만 그것들을 뒤섞고, 그것들과 상호작용하고, 그것들을 공유하기도 한다면, 개별 행위자가 텍스트 충실성textual fidelity과 함께 소유권까지 능가하게 된다는 논의가 가능해진다. 좋든 싫든 뉴미디어는 참여형 매체다.

마음을 전하고 싶다. 두말할 필요도 없이 모든 오류, 부적절한 표현, 논리 모순 등은 전적으로 내 탓이다.

많은 독자들의 주의 깊은 관심, 독서 제안, 명민한 비평 등은 이 책의 논지를 다듬는 데 큰 도움이 되었다. 토론토대학교, 윌프리드 로리에 대학교, 맥길대학교, 요크대학교, 툴루즈대학교, 겐트대학교, 시라큐즈대학교, 포모나대학, 스탠포드대학교, 버지니아대학교, 존스 홉킨스 문헌학회, 생 마리 대학교, 캐나다 오페라단의 오페라 익스체인지, 캐나다 비교문학학회, 로키마운틴 근대언어학회, 모더니스트 연구 학회 등 여러 연구 집단에 고마움을 전한다.

나는 이 책에 담겨 있는 생각을 다음과 같은 논문에서 처음으로 다루었다. 〈페이지에서 무대로, 또 스크린으로: 각색의 시대From Page to Stage to Screen: The Age of Adaptation〉《토론토대학교의 위대한 정신들: 대학 교수 강연 시리즈Great Minds at the University of Toronto: The University Professor Lecture Series》, 마이클 골드버그Michael Goldberg 편 (Toronto: Faculty of Arts and Science, 2003), pp.37-54), 〈왜 각색을 하는가 Why Adapt?〉《포스트스크립트Postscript》 23권 3호(2004 여름), pp.5-18(각색 특별판)), 〈각색 예술에 대하여On the Art of Adaption〉《다이달로스 Daedalus》 (2004 봄), pp.108-11.)

추신

2판에는 1판의 〈감사의 글〉에 두 가지 변경 사항이 있음을 '고지해야' 할 것 같다. 우선 첫 단락에서 간단히 지나가며 언급했던 시오반 오플린에 대한 고마움을 강조하고 싶다. 2판에서 오플린은 새로운 에필로그의 저자로 훨씬 더 큰 역할을 했다. 이 글에 대해 고마움과 존경, 그리고 깊은 경의를 표하고 싶다. 다음으로는 슬픈 변화가 있다. 2001년 나의 형제 개리 보톨로티가 세상을 떠났다. 그에게는 이 자리를 빌려 처음으로 감사의 말을 전하고 싶다. 1판 출간 후 아직 2판이 출간되기 전 우리는 함께 작업을 해서 공동 논문(〈각색의 기원에 대하여: 충실성 담론과 '성공'에 관한 생물학적 재고찰On the Origin of Adaptations: Rethinking Fidelity Discourse and 'Success'-Biologically〉《신문학사New Literary History》38권, 2007, pp.443-58)을 발표하는 즐거움을 맛보기도 했다. 이 개정판을 그에게 바친다.

2012년

각색의 이론화 시작하기

| 무엇을 누가 왜 어떻게 어디서 언제 |

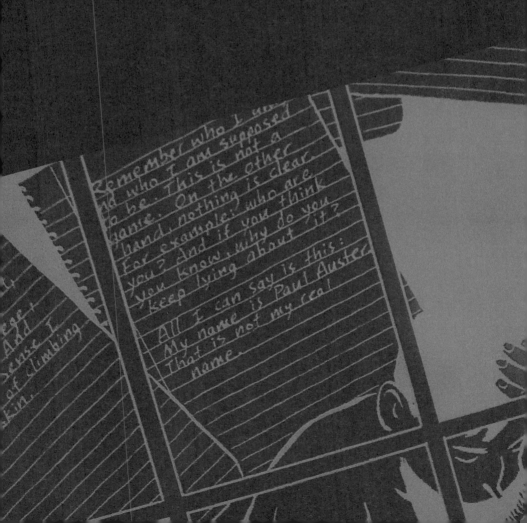

영화는 여전히 문학의 보조 역할을 하고 있다.

라빈드라나트 타고르Rabindranath Tagore(1929)

19세기 영국 작가 조지 엘리엇George Eliot의 위대한 소설 《다니엘 데론다
Daniel Deronda》(1876)에 기초해 각본을 쓰는 것은 무엇보다도 단순화의 노
동이다. 나는 플롯만 말하는 게 아니다. 특히 빅토리아 시대 소설의 경우
조연과 서브플롯이 넘쳐나기도 하지만, 지적인 내용까지도 가차 없이 쳐내
지 않으면 안 된다. 영화는 이미지와 상대적으로 적은 수의 단어로 메시지
를 전달해야 한다. 영화에서는 복잡성, 아이러니, 핑계 따위가 잘 통하지
않는다. 나는 각본 작업이 예상보다 훨씬 어려운 일이라는 것을, 그리고 맥
빠지는 일이기도 하다는 것을 깨달았다. 나는 이미지보다 단어에 더 심혈
을 기울였지만, 계속해서 단어와 단어의 속뜻을 지워 나가고 있었던 것이
다. 영화는 이미지를 통해 방대한 양의 정보를 전달하지만, 단어는 기껏해
야 그 근사치에 도달할 수 있을 뿐이라고 말할지도 모른다. 그리고 실제로
그렇기도 하겠지만, 그 근사치 또한 저자의 인장을 품고 있다는 점에서 그
자체로 소중한 것이다. 전반적으로 내 각본은 책보다 값어치가 없어 보였
고, 영화 역시 그래 보였다.

루이스 베글리Louis Begley 소설 《난파shipwreck》(2003)에서
소설가 존 노스John North가 쓴 '제문題文'■

■ 나르시시즘과 자기혐오, 고상함과 거친 욕정 등 하나의 영혼을 분열시키는 모순적 충동을 다
룬 소설. 이 작품에서 존 노스는 문학상을 수상한 미국 작가지만, 어느 날 갑자기 자기 작품의
실제 가치에 대한 음울한 의심에 사로잡히는 캐릭터로 등장한다.

표적 수단들이다. 그러나 그들이 전달하는 스토리는 어디까지나 다른 데서 가져온 것이지 새로 만들어 낸 것이 아니다. 각색도 패러디처럼 보통 '원천'이라고 불리는 앞선 텍스트와 명시적이고 한정적인 관계를 맺고 있다. 하지만 각색은 패러디와 달리 그 관계를 대개 공개적으로 표명한다. 원작과 창조적 천재에 대한 (포스트)낭만주의적 고평가는 확실히 각색자와 각색를 평가절하하게 하는 원천이다. 그렇지만 이런 부정적 견해는 사실 스토리 빌려 오기, 훔치기, (더 정확히 말하면) 공유하기 등으로 점철된 서양 문화의 길고도 행복한 역사에 최근 들어 덧붙여진 것에 불과하다.

로버트 스탬의 주장처럼 문학은 각색에 대한 우월성을 언제나 자명하게 여기고 있는 듯하다. 문학이 예술 형식으로서 선배라는 이유로 말이다. 그러나 이 위계질서는 소위 아이콘 혐오증iconophobia(시각적인 것에 대한 의심)과 로고스 애호증logophila(성스러운 것으로서의 단어에 대한 사랑) 또한 내포하고 있다.|2000: 58| 물론 각색에 대한 부정적 견해는 각색된 텍스트를 좋아하는 팬이 그에 충실하기를 바람으로써, 아니면 문학을 가르치는 누군가가 각색된 텍스트에 가까울 것과 가능하면 이를 위해 약간의 오락적 가치도 겸비할 것을 요구함으로써 형성된 뒤틀린 기대의 산물일 수도 있다.

그 정의로 볼 때 각색이 저급하고 이차적인 창작물이라면, 각색이 우리 문화의 도처에서 숫적으로 계속 증가하는 이유는 무엇인가? 1992년 통계에 따르면, 왜 아카데미 작품상 수상작의 85퍼센트가 각색인가? 왜 전체 미니 시리즈의 95퍼센트가 각색이고, 왜 에미상 수상 주간 TV영화의 70퍼센트가 각색인가? 대중적 확산을 목

적으로 하는 뉴미디어와 새로운 채널이 계속해서 등장하고 있는 것도 물론 그 대답이 될 수 있다.|Groensteen 1998b: 9| 이런 뉴미디어와 새로운 채널은 분명 온갖 종류의 스토리를 너무나도 많이 요구하고 있다. 그럼에도 불구하고 각색으로서의 각색에는 무언가 특별한 매력이 있음이 틀림없다.

각색의 즐거움이란 부분적으로 변형을 동반한 반복, 즉 놀람의 짜릿함을 겸비한 의례의 안정감에 기인하는 듯하다. 인식과 기억이 각색의 즐거움(과 위험 요인)을 이루고 있다. 변화도 역시 그렇다. 주제와 서사의 지속은 재료의 변형을 겸비하고|Ropars-Wuilleumier 1998: 131|, 그래서 각색은 결코 벤야민식 아우라를 상실한 단순 복제품이 아니다. 오히려 각색은 그 아우라를 떠안고 있다. 그러나 존 엘리스 John Ellis가 지적했듯이, 기발함을 최고의 가치로 여기는 포스트 낭만주의적 자본주의 세계에서 지속에 대한 욕망은 쉽게 이해하기 어렵다. "따라서 각색 과정은 그런 반복을 저해하는 재현 형식 |영화의 경우| 안에서 특수한 소비 행위를 반복하려는 욕망에 대한 (재정적이고 심리적인) 대규모 투자로 인식되어야 할 것이다."|1982: 4-5|

엘리스의 상업적 수사학을 사용하자면, 각색에는 또한 분명한 재정적 매력이 있다. 오로지 경제적 하강기에만 각색자들이 안전한 베팅을 하는 것은 아니다. 고비용으로 유명한 예술 형식, 즉 오페라를 제작하는 데 참여한 19세기 이탈리아 작곡가들은 일반적으로 믿을 만한, 말하자면 이미 흥행에 성공한 무대극이나 소설을 각색했다. 검열과 함께 재정적 위험도 피하려 한 것이다.|Trowell 1992: 1198, 1219| 고전 시대 할리우드 영화 역시 대중소설, 즉 엘리스가 "충분히 검증

된"|1982: 3|이라고 불렀던 소설을 각색했다. 한편 영국 TV는 문화적으로 인정 받은 18~19세기 소설, 또는 엘리스식 "충분히 검증된" 소설을 전문적으로 각색했다. 하지만 단순히 경제적 위험을 피하는 문제만은 아니다. 돈도 벌어들여야 하는 것이다. 베스트셀러 책은 1백만 명 정도의 독자가 읽는다. 성공한 브로드웨이 연극은 1백만 명에서 8백만 명에 이르는 관객이 관람한다. 각색 영화 또는 TV 각색 작품은 수백만 명 이상의 시청자를 모을 수 있다.|Seger 1992: 5|

영화가 무대용 '뮤지컬'로 각색되는 최근 현상은 분명히 경제적 동기에 기인한다. 〈라이온 킹The Lion King〉이나 〈프로듀서스The Producers〉처럼 영화 관객에게 인지도가 높은 작품은 고비용 브로드웨이 뮤지컬 프로듀서들의 걱정을 덜어 준다. 속편과 전편처럼, 또한 '감독판' DVD와 스핀오프처럼, 영화에 기초한 각색 비디오게임은 '프랜차이즈'의 '소유권'을 취득해 다른 매체에서 재사용하는 전혀 다른 방식이다. 이미 '프랜차이즈'에 익숙한 청중들은 새로운 "용도 변경"|Bolter and Grusin 1999: 45|에 매료될 것이다. 그와 동시에 새로운 소비자군이 형성되기도 할 것이다. 오늘날 영화사를 소유하고 있는 다국적기업들은 대부분 다른 매체에서 스토리를 사용할 수 있는 권리까지도 소유하고 있다. 그래서 스토리는 예컨대 비디오게임으로 재활용될 수 있고, 역시 다국적기업이 소유하고 있는 TV 방송국에 의해 판매될 수도 있다.|Thompson 2003: 81-82|

2002년 영화 〈로얄 테넌바움The Royal Tenenbaums〉(웨스 앤더슨 Wes Anderson 감독, 오웬 윌슨Owen Wilson 각본)이 도서관에서 책을 대출하는 장면으로 시작하는 이유, 말하자면 영화가 책을 토대로 제

작되었음을 암시하는 이유를
각색의 분명한 상업적 성공이
설명해 줄 수 있는가? 데이비
드 린David Lean 감독의 〈위대
한 유산Great Expectations〉(1946)
은 디킨스가 쓴 동명 소설의
제1장을 여는 장면으로 시작

도서관에서 책을 대출하는 장면으로 시작되는 웨스 앤더슨 감독의 2002
년 영화 〈로얄 테넌바움〉.

하는데, 그와 같은 영화에 공명함으로써 앤더슨 감독은 테넌바움이
라는 '책'의 다음 장을 열어 첫 번째 줄을 스크린 위에 보여 주는 숏
으로 장면 변화를 표시한다. 내가 알고 있기로 〈로얄 테넌바움〉은
문학 텍스트의 각색이 **아니다**. 그런 기법을 사용하는 것은 초기 영
화에서 사용되던 기법을 직접적으로, 심지어는 패러디적으로 회상
하는 것이다. 그러나 다음과 같은 점에서 차이는 있다. 제도로서의
문학의 권위를, 그로 인한 문학 각색 행위의 권위도 환기하면서 강
조하고 있는 것처럼 보인다는 점이다. 영화는 왜 각색처럼 보이려고
하는가? 그리고 **각색처럼** 보이는 작품은 어떤 의미를 갖고 있는가?

각색을 '각색으로서' 다루기

스코틀랜드 시인이자 학자 마이클 알렉산더Michael Alexander의 멋진
용어를 사용하자면|Ermarth 2001: 47|, 각색을 각색으로서 다루는 것은

각색을 항상 각색된 텍스트에 사로잡혀 있는 본래 '팔랭프세스트적

palimpsestuous | 팔랭프세스트palimpsest는 복기지複記紙로 번역되기도 한다. 팔랭프세스트는 고대 양피지에 기록된 글을 의미하는 것으로서, 지우고 그 위에 다시 쓰는 작업을 거치면서 다충적 의미를 갖게 된 문서다. | 작품으로 간주하는 것이다. 앞선 텍스트를 알고 있다면 우리는 앞선 텍스트의 현존이 우리가 직접 체험하는 텍스트에 늘 그림자처럼 드리워져 있음을 느끼게 된다. 어떤 작품을 각색이라고 부른다면, 우리는 그 작품이 다른 작품(들)과 명시적 관계를 맺고 있음을 공개적으로 표명하는 것이다. 그것은 제라르 주네트Gérard Genette가 말했던 '2차' 텍스트|1982: 5|, 즉 앞선 텍스트와 관련해서 창작되고 수용되는 텍스트다. 이것이 바로 각색 연구가 많은 경우 비교 연구가 되고 마는 이유다.|Cardwell 2002: 9 참조|

그렇다고 해서 각색이 그 자체로 해석하고 평가할 수 있는 자율적 작품이 아니라는 말은 아니다. 오히려 많은 이론가들이 주장하는 것처럼, 각색은 분명히 자율적 작품이다.|Bluestone 1957/1971; Ropars 1970| 여기에 각색이 고유한 아우라, 즉 고유한 "시공간적 현존, 발생 장소에서의 독특한 실존"을 갖는 이유가 있다.|Benjamin 1968: 214| 나는 그런 지위를 자명한 것으로 받아들이지만, 나의 이론적 관심사로 삼고 있지는 않다. 각색을 각색으로서 해석하는 것은 어떤 의미에서는 롤랑 바르트Roland Barthes의 말과 같이 각색을 '작품'이 아닌 '텍스트'로, 즉 "반복, 인용, 참조 등으로 이루어진|복수의| 입체 음향"으로 다루는 것이다.|1977: 160| 각색이 고유한 권리를 지닌 미적 대상이라고 하더라도, 그것은 오직 본래 이중적 작품 또는 다충적 작품인 한에서만 **각색으로서** 이론화될 수 있다.

하지만 각색의 이중적 성격을 인정한다고 하더라도, 각색된 텍

스트에 대한 근접성 또는 충실성을 판단의 척도로 삼거나 분석의 초점으로 설정해야 할 이유는 없다. 잘 알려져 있는 것처럼, '충실성 비평'은 각색 연구에서 오랫동안 비평의 정설이었다. 푸슈킨이나 단테 같은 작가의 정전正典을 다룰 때는 특히 그러했다. 하지만 오늘날 '충실성 비평'의 지배력은 다양한 관점들에|예를 들어, McFarlane 1996: 194; Cardwell 2002: 19|, 또한 여러 영역에 걸친 성과들로 도전을 받고 있다. 게다가 조지 블루스톤George Bluestone이 일찍이 지적했듯 흥행에 성공하거나 엄청난 히트를 친 영화를 놓고 이전 텍스트에 대한 신의를 문제 삼는 경우는 거의 없다.|1957/1971: 114|

　나는 각색 작품이 각색된 작품과 맺고 있는 특정한 관계에 집중하지 않으려고 하는데, 이는 '원작'과의 근접 정도를 두고 계속해서 벌어지는 논쟁에 굳이 직접적으로 참여할 필요가 없음을 의미한다. 그 논쟁에서는 차용이냐 교차intersection냐 변환이냐|Andrew 1980:10-12|, 유비냐 주석이냐 전위transposition냐|Wagner 1975: 222-31|, 원천 텍스트를 원재료로 활용했느냐 오직 핵심 서사 구조만 재해석했느냐 글자 그대로 번역했느냐|Klein and Parker 1981: 10| 같은 쟁점들을 다루기 때문이다.

　더욱 흥미로운 것은, 도덕적으로 장전된 충실성 담론의 경우 각색자의 목적이란 단지 각색된 텍스트를 재생산하는 것뿐이라는 암묵적 가정에 기초해 있다는 점이다.|예를 들면, Orr 1984: 73| 각색은 반복이지만, 복제하지 않는 반복이다. 그리고 각색 행위 배후에는 수많은 명시적 의도들이 있다. 각색된 텍스트의 기억을 다 써서 지워 버리려는 열망, 또는 그 기억을 의문시하려는 열망은 복사를 통해 경

의를 표하려는 욕망과 비슷하다. 영화 리메이크 같은 각색은 심지어 의도의 혼합으로 보일 수도 있다. "논쟁적 오마주contested homage" |Greenberg 1998: 115|, 오이디푸스적 선망과 숭배의 동시발생|Horton and McDougal 1998b: 8| 등은 그 대표적 사례다.

충실성 관념으로 각색의 이론화를 구상해서는 안 된다면 어떻게 해야 할까? 사전적 의미로 보면, '각색하기to adapt'는 조정하기to adjust, 변경하기to alter, 적합하게 만들기to make suitable 등을 말한다. 이 일을 할 수 있는 방법은 매우 많다. 다음 부분에서 더 심층적으로 살펴보겠지만, 각색 현상을 정의하는 데에는 서로 구별되면서도 밀접한 관계를 맺고 있는 세 가지 관점이 있다. 이와 관련해서 우리가 '각색'이라는 동일한 단어를 사용해 과정process과 생산물product을 모두 가리키는 것은 우연이 아니다.

첫째, **형식적 실체**formal entity **또는 생산물**로 인식되는 각색은 특수한 작품이나 작품들의 공공연하고 광범위한 전위다. 이런 '약호전환transcoding'은 매체 이동(시에서 영화로)이나 장르 이동(서사시에서 소설로), 또는 프레임 변화와 그로 인한 맥락 변화를 모두 의미할 수 있다. 예를 들어, 같은 스토리라도 다른 관점에서 말하면 전혀 다른 해석이 가능해진다. 전위는 실재에서 허구로의, 즉 역사적 기술 또는 전기에서 허구적 서사 또는 드라마로의 존재론적 이동을 의미할 수도 있다. 헬렌 프리진Helen Prejean 수녀의 1994년 저서 《데드 맨 워킹Dead Man Walking: An Eyewitness Account of the Death Penalty in the United States》은 우선 허구적 영화(팀 로빈스Tim Robbins, 1995)가 되었고, 몇 년 후 오페라(테렌스 맥낼리Terrence McNally·제이크 하기Jake Haggie 각본)가 되었다.

둘째, **창작 과정**으로서의 각색 행위는 항상 (재)해석과 (재)창작 모두를 의미한다. 이 각색 행위는 관점에 따라 전유appropriation라고도 구원salvaging이라고도 말할 수 있다. 모든 공격적 전유자가 정적政敵에 의해 쫓겨났어도 구원자는 있다. 신화 서사와 역사 서사를 아동용 및 청소년용으로 만드는 각색자 프리실러 갤러웨이Priscilla Galloway는 다음과 같이 말한 바 있다. 알아 둘 만한 가치가 있고 그래서 창조적 '소생reanimation'을 통해 새로운 청중에게 전달해야 할 필요가 있는 스토리를 보존하려는 욕망이 각색의 동기이고|2004|, **그것이** 자신의 과제라는 것이다. 구비 전승 전설에 기초한 아프리카 각색 영화 역시 풍요로운 유산을 시각적·청각적 양식으로 보존하는 방식이라고 말할 수 있다.|Cham 2005: 300|

셋째, **수용 과정**의 관점에서 본 각색은 상호텍스트성의 형식이다. 우리는 변형을 동반한 반복을 통해 울려 퍼지는 다른 작품들을 기억함으로써 각색을 팰랭프세스트로(**각색으로**) 체험하게 된다. 따라서 참된 청중이라면 이본 나바로Yvonne Navarro의 각색소설《헬보이Hellboy》(2004)를 읽고 나서 길예르모 델 토로Guillermo del Toro의 영화 〈헬보이Hellboy〉(2004)와 함께 이 영화의 원작인 다크호스 코믹스Dark Horse Comics 시리즈 | 미국 만화책 출판사. 마이크 미뇰라Mike Mignola 는 1993년 처음 '헬보이'라는 캐릭터를 만들어 냈다. | 까지도 떠올릴지 모른다. 폴 앤더슨Paul Anderson 감독의 영화 〈레지던트 이블Resident Evil〉(2002)은 동명의 각색 비디오게임을 해 본 사람과 그렇지 않은 사람에게 달리 체험될 것이다.

요컨대, 각색은 다음과 같이 기술될 수 있다.

술가의 '정신'이라는 교묘한 관념에 의존한다. 이 '정신'을 포착해서 전달하는 데 각색의 성공 여부가 달려 있다는 것이다. 그래서 그들은 '글자'나 형식의 급격한 변화를 정당화하기 위해 디킨스나 바그너의 '정신'을 언급하곤 한다. 때로는 명확한 규정 없이 '어조'에 중심에 두기도 한다.|예를 들면, Linden 1971: 158, 163| 경우에 따라서는 '스타일'을 그렇게 하기도 한다.|Seger 1992: 157| 그렇지만 정신, 어조, 스타일은 너무나도 주관적인 것들이어서 논의하기도 어렵고 이론화하기도 힘들다.

하지만 대부분의 각색 이론은 스토리를 여러 매체와 장르를 횡단하며 전위되는 것의 공통분모, 즉 핵심으로 본다. 각각의 매체와 장르는 스토리를 형식상 서로 다른 방식으로, 그리고 서술, 공연, 상호작용 등 다양한 참여 양식으로 다룬다는 것이다. 스토리 논의에 의하면, 각색을 할 때 상이한 기호 체계들은 주제, 사건, 세계, 캐릭터, 동기화, 시점, 결말, 문맥, 상징, 이미지 등 여러 스토리 요소들에서 '등가물'을 찾는다. 하지만 밀리센트 마르쿠스Millicent Marcus가 설명한 것처럼 이 점에 관한 한 대립하는 두 이론 학파가 있다. 말하자면, 어떤 특수한 의미화 체계로 구현되든 스토리는 자주적으로 존재할 수 있다고 보는 학파가 있고, 반대로 스토리를 물리적 매개 양식과 분리해서 생각할 수는 없다고 보는 학파가 있다.|1993: 14|

하지만 각색 현상이 시사하는 바는, 특수한 물리적 형식으로 스토리를 체험할 때 청중 구성원은 후자가 분명히 옳더라도 스토리의 다양한 요소를 각색자나 이론가와 분리해서 생각할 수 있고 또 그렇게 한다는 점이다. 단지 서로 다른 매체는 기술적 제약으로 인

해 어쩔 수 없이 스토리의 서로 다른 측면을 강조할 수밖에 없다는 이유만으로 말이다. |Gaudreault and Marion 1998: 45|

주제는 아마도 매체와 장르를 넘나드는 각색 작업에서, 또는 맥락을 틀 짓는 작업에서 가장 다루기 쉬운 스토리 요소일 것이다. 작가 루이스 베글리는 1996년 소설 《어바웃 슈미트About Schmidt》가 알렉산더 페인Alexander Payne과 짐 테일러Jim Taylor에 의해 영화로 각색되었을 때, 이 작품의 주제에 관해 다음과 같이 말한 바 있다. "나는 주제를 조옮김되어 있는 멜로디처럼 들을 수 있었다."|2003: 1|

다수의 낭만주의 발레는 그저 한스 크리스티안 안데르센Hans Christian Andersen의 스토리에서 파생된 것이다. 사람들은 그 이유가 임무, 마법, 위장, 계시, 선악 대결 같은 전통적이고 쉽게 접근할 수 있는 주제에 있다고 말한다. |Mackrell 2004| 작곡가 알렉산더 쳄린스키Alexander Zemlinsky는 안데르센의 《인어공주》(1836)를 '교향환상곡 symphonic fantasy' 〈인어공주Die Seejungfrau〉(1905)로 각색한 바 있는데, 여기에는 폭풍우 같은 요소들의 정교한 음악적 표현들, 스토리와 그 주제(사랑, 고통, 자연)를 전해 주는 음악적 라이트모티프들, 스토리에 딱 들어맞는 감정과 분위기를 유발하는 음악 등이 담겼다. 하지만 근대의 각색자 매뉴얼에 의하면, 주제는 소설과 연극에서 가장 중요한 요소다. TV와 영화에서 주제는 항상 스토리 전개에 이바지해서 스토리를 "강화하거나 입체적으로 보여 준다". 유럽 '예술'영화를 제외하

안데르센의 《인어공주》를 교향곡으로 각색한 쳄린스키의 〈인어공주 환상곡〉 앨범 재킷.

면 TV와 영화에서 스토리 라인은 지고至高의 것이다.|Segar 1992: 14|

캐릭터도 분명히 텍스트에서 텍스트로 옮겨 갈 수 있다. 머레이 스미스Murray Smith가 주장했듯이, 서사 텍스트와 공연 텍스트에서 모두 캐릭터는 수사적·심미적 효과를 낳는 가장 중요한 요소다. 캐릭터는 소위 인정, 협력, 헌신 등을 통해 수신자의 상상력에 참여하기 때문이다.|1995: 4-6| 연극과 소설은 보통 인간 주체가 중심이 되는 형식으로 간주된다. 캐릭터가 각색의 중심이 되면 심리 전개(와 수신자의 공감)가 서사적·드라마적 아크arc를 구성하게 된다. 게다가 영화 각색 비디오게임을 플레이할 경우 우리는 캐릭터들 가운데 한 명이 '되어' 정말로 허구적 세계에서 활동할 수도 있다.

스토리(혹은 **파불라**fabula)의 각 단위들은 매체 전환될 수 있다. 즉, 다이제스트 버전으로 요약될 수도 있고 다른 언어로 번역될 수도 있다.|Hamon 1977: 264| 하지만 각색 과정에서 스토리 단위들이 제대로, 많은 경우 근본적으로 변화할 수도 있다. 물론 이 변화는 단순히 플롯 짜기 수준에서만 발생하는 것이 아니다(물론 대부분은 분명히 이 수준에서 발생한다). 속도가 변경될 수도 있고, 시간이 축소되거나 연장될 수도 있다. 각색된 스토리의 초점이나 시점이 바뀌게 되면 엄청난 차이가 발생할지도 모른다.

1984년 데이비드 린은 각본, 감독, 편집을 맡아 포스터E. M. Forster의 소설《인도로 가는 길》(1924)을 영화로 각색할 때 두 명의 캐릭터(필딩, 아지즈)와 이들의 문화횡단적 상호관계에 맞춰져 있던 소설의 초점을 바꾸어 놓았다. 그로 인해 영화는 아델라의 스토리가 되고 말았다. 영화는 아델라라는 캐릭터를 확립할 장면들, 그리고 이 캐릭터를 소설에서보다 더 복잡하고 흥미롭게 만들 장면들을 첨가했다. 더 근본적인 변화는 〈미스 하비샴의 불꽃Miss Havisham's Fire〉(1979, 1996 개작)에서 확인할 수 있다. 이 오페라는 도미니크 아르젠토Dominick Argento와 존 오롱 스크림저John Olon-Scrymgeour가 디킨스의 《위대한 유산》(1860/1861)을 각색해서 만든 작품인데, 소설 주인공 핍Pip의 스토리를 완전히 묵살한 채 괴짜 미스 하비샴Miss Havisham의 스토리를 만들었던 것이다.

각색 과정에서 발단이나 결말이 완전히 달라지는 경우도 있다. 예를 들어, 앤서니 밍겔라Anthony Minghella는 각본과 감독을 맡아 마이클 온다체Michael Ondaatje의 소설 《잉글리쉬 페이션트》(1991)를 영화로 각색하면서 소설의 결말을 바꾸었다. 히로시마 폭격에 대한 인디안 킵Kip의 반응에 담긴 포스트식민주의 정치학을 제거하고, 그 자리에 동업자와 친구를 죽음으로 이끈 예전의 작은 폭발 장면을 배치한 것이다. 정치적 위기를 개인적 위기로 대체해 버

마이클 온다체의 소설을 영화화한 밍겔라 감독의 1996년작 〈잉글리쉬 페이션트〉.

린 것이다. 이 영화 에디터 월터 머치Walter Murch는 이 결정에 대해 다음과 같이 말한 바 있다. "(소설과 달리) 영화는 알마시, 한나Hana, 킵, 캐서린Katharine, 카라바지오Caravaggio 이 다섯 명을 중심으로 돌아갑니다. 그런데 막판에 생판 모르는 일본인 몇 십만 명의 죽음을 상상해 보라고 관객에게 요구하는 것은 너무 추상적이었죠. 그래서 히로시마 원폭 대신 우리가 아는 인물인 하디가 폭탄에 죽는 사건

을 넣은 겁니다."|Ondaatje 2002; 213| [4] 또한 (소설의 경우는 그렇지 않지만) 영화의 경우 간호사 한나는 결말 부분에서 환자에게 치명적인 모르핀 주사를 실제로 건넸고, 그로 인해 우리의 기억에서처럼 환자의 기억에서도 한나는 환자의 연인 캐서린처럼 보일 수 있었다. 심지어 사운드트랙에서는 한나와 캐서린의 목소리가 하나로 겹쳐 있다. 이 영화의 초점은 오직 불운한 연애 사건에만 맞춰져 있다. 이런 결말 변화는 코델리아Cordelia가 살아남아 에드가Edgar와 결혼하는 네이엄 테이트Nahum Tate의 〈리어왕〉(1681) 각색만큼은 아니어도 중대한 강조점 이동이다.

하지만 이런 식의 단순한 매체 변화가 아니라 일반적인 스토리 제시 양식의 변화를 고려하게 되면, 각색 작품에서는 다른 차이들이 나타나기 시작한다. 각각의 양식은 청중과 각색자 모두에게 상이한 참여 양식을 요구하기 때문이다. 곧 자세히 살펴보겠지만, 스토리 보여 주기는 스토리 말하기와 동일하지 않다. 이 둘은 스토리에 참여하기 또는 스토리와 상호작용하기, 말하자면 직접적이고 운동감각적인 스토리 체험과 동일한 게 아니다. 각각의 양식에 따라 상이한 것들이 각색되고, 또 상이한 방식으로 각색된다. 지금까지의 사례들이 암시하는 것처럼 스토리 말하기는 소설, 단편소설, 역사 서술 등에 해당하는 것으로서 묘사하기, 설명하기, 요약하기, 부연

---

4   마이클 온다체, 《월터 머치와의 대화: 영화 편집의 예술과 기술》, 이태선 옮김, 비즈앤비즈, 2013, 237쪽.

설명하기 등을 모두 일컫는다. 여기서 서술자는 시간과 공간을 뛰어넘을 수도 있고, 때로는 캐릭터의 마음속으로 들어갈 수도 있는 시점과 위력을 소유한다. 스토리 보여 주기는 영화, 발레, 라디오극과 무대극, 뮤지컬과 오페라 등에 해당하는 것으로서, 실시간으로 체험되는 직접적 청각 공연과 일반적 시각 공연을 포함한다.

말하기나 보여 주기는 청중을 조금도 수동적이게 만들지 않는다. 그렇지만 가상 환경, (다양한 플랫폼으로 플레이되는) 비디오게임, 테마파크 놀이기구 등 그 나름의 각색 또는 '재매개화remediations'|Bolter and Grusin 1999|는 직접적이고 심층적인 청중의 참여를 성취하는 데 반해, 말하기나 보여 주기는 그렇지 못하다. 이런 참여 종류의 상호작용적·물리적 성격은 스토리의 변화, 심지어는 스토리의 중요성 그 자체의 변화까지도 유발한다. 영화가 3막 구성을 갖는다고 말할 수 있다면, 영화 각색 비디오게임은 그와 다른 3막 구성을 갖는다고 주장할 수 있다.

영화의 3막 구성은 보통 갈등이 형성되는 도입부, 갈등의 내포가 전개되는 중간부, 갈등이 해소되는 결말부로 이루어져 있다. 반면 영화 각색 비디오게임의 경우 1막은 많은 경우 소위 '영화 컷신

cut-scenes , | 비디오게임에서 스토리를 전개할 때 사용하는 영화적 서사 기법. 게임의 배경, 캐릭터들 사이의 대화 장면 등을 동영상(컴퓨터 그래픽, 애니메이션, 실사 영상 등)으로 만들어 상영함으로써 게임의 스토리 이해를 쉽게 해 준다. | 으로 제시되는 소개 자료다. 2막은 가장 핵심적인 게임 플레이 체험이다. 그리고 3막은 보통 영화화된 컷신으로 구성되는 클라이맥스다.|Lindley 2002: 206| 1막과 3막은 보여 주기를 통해 분명히 서사적 작업을 수행하고 또 스토리 틀을 만들지만, 사실상 그 둘 모두 핵심에서는 벗어나 있다. 밀도 높은 인지적·물리적 참여

를 동반하는 2막의 게임 플레이가 시각적 구경거리와 (음악을 포함한) 오디오 효과를 통해, 그리고 문제 해결에 도전함으로써 서사를 전개한다. 이와 관련해서 마리 로르 라이언Marie-Laure Ryan은 다음과 같이 지적한 바 있다. "게임의 서사적 성공은 플롯을 전진시키는 힘들 가운데 가장 근본적인 힘을 활용할 수 있는 능력, 즉 문제 해결 능력에 달려 있다."|2004c: 349| 이 경우 스토리는 여전히 목표를 지향하는 수단으로 제시되지만, 더 이상 중심적인 것도 하다못해 더 이상 목적 그 자체도 아니다.|King 2002: 51|

인터랙티비티interactivity와 스토리텔링이 서로 불화 관계에 있는 가라는 문제를 두고 최근 긴 논쟁이 있었다.|Ryan 2001: 244; Ryan 2004c: 337 참조| 그러나 각색 게임에서 더 중요한 사실은 플레이어들이 허구적이라고 알려진, 많은 경우 매력적인 디지털 애니메이션의 시각 세계에서 살아갈 수 있다는 점이다. 예를 들어, 닌텐도 3D 게임 〈젤다의 전설The Legend of Zelda〉의 세계는 "난해한 경제학, 엄청난 수의 크리처creatures |게임 속 생물의 총칭. 보통 은 기묘한 생물을 가리킨다.|, 광대한 경관과 실내 시나리오, 정교하게 다듬어진 화학, 생물학, 지질학, 생태학 등으로 이루어진 매우 복잡한 환경으로, 거의 자연의 대안 버전처럼 볼 수 있을 정도" |Weinbren 2002: 180|라고 평가되었다. 물론 〈젤다의 전설〉이 각색은 아니지만, 이런 세계 묘사 방식은 많은 각색 게임에 잘 들어맞는다. 마찬가지로 알라딘 놀이기구를 타는 디즈니 월드 방문객들은 오리지널 영화를 통해 선형적으로만 체험했던 우주로 들어가 거기서 물리적으로 탐험을 할 수도 있다.

여기서 각색되는 것은 배경, 캐릭터, 사건, 상황 같은 스토리 재

료들로 구성된 헤테로코슘a heterocosm, 글자 그대로 '다른 세계' 또는 다른 우주다. 더 정확하게 말해서, 전위되어 다감각적 인터랙티비티를 통해 체험되는 것은 데카르트의 표현을 사용하면 그 세계, 질료, 물리적 차원의 '연장res extensa'이다.|Grau 2003: 3| 헤테로코슘에는 이론가들이 "정합성의 진리truth-of-coherence"|Ruthven 1979: 11|라고 부르는 것, 이를테면 게임의 맥락 내부에서 확보되는 움직임과 그래픽의 개연성 및 일관성이 있다.|Ward 2002: 129|

이는 서술되는 세계와 공연되는 세계도 마찬가지다. 그러나 헤테로코슘이라는 세계에는 모든 '실제 세계'가 아닌 각색된 특수한 텍스트의 우주에 적용되는 특수한 종류의 '일치의 진리truth-of-correspondence'도 있다. 비디오게임 〈대부The Godfather〉는 말론 브란도Marlon Brando를 포함한 몇몇 영화배우들의 목소리와 신체 이미지를 활용하면서도 영화의 선형적 구조를 유연한 게임 모델 구조로 바꾸어 놓았다. 여기서 플레이어는 사업, 살인 등을 통해 중심 캐릭터들의 인정을 받으려고 하는 마피아의 이름 없는 부하가 된다. 다시 말해, 시점이 마피아 보스에서 부하로

영화를 원작으로 한 비디오게임 〈대부〉.

변경된 셈인데, 이는 우리가 영화 세계의 친숙한 장면들을 다른 관점에서 볼 수 있게 해 주고, 그래서 다른 해결책을 창안해 낼 수 있게 해 준다.

가상현실 실험 같은 비디오게임이 쉽게 각색할 수 없는 것, 그러나 소설은 아주 잘 묘사할 수 있는 것이 있다. 그것은 바로 '사유하는 것res cogitans', 즉 정신의 공간이다. 영화나 연극 매체조차도 이 차원을 잘 처리하지 못한다. 심리적 실재에 관해 말하기보다 그것을 보여 주는 경우, 청중은 물질적 영역에 나타나 있는 것만을 지각할 수 있기 때문이다. 하지만 각색 가능한 것의 관념을 헤테로코슴 또는 시각 세계, 그리고 스토리의 다른 측면들까지도 포함할 정도로 확장한다면, 예컨대 오스카 와일드Oscar Wilde의 희곡《살로메 Salomé》(1905)에 삽입된 오브리 비어즐리Aubrey Beardsley의 삽화도, 벨라스케스Velásquez의 몇몇 회화 명작들로 구성된 피카소Picasso의 큐비즘 작품들도 각색 가능한 것이 된다.

어떤 유의 스토리나 세계는 다른 유의 스토리나 세계보다 더 각색이 용이한가? 영화 〈어댑테이션〉|극작가 찰리 코프먼이 영화 〈존 말코비치 되기〉로 아카데미 각본상을 받은 뒤, 후속 작품으로 수잔 올린의 베스트셀러《난초 도둑》각색을 의뢰 받아 벌어지는 일들을 다룬 작품.|에서 극작가 '찰리 코프먼Charlie Kaufman'은 수잔 올린Susan Orlean의 논픽션《난초 도둑The Orchid Thief》(1998)이 다루기 힘든 작품임을 증명했다. 그랬는가? 선형적 사실주의 소설은 실험적 소설보다 영화로 각색하기가 더 쉬워 보인다. 찰스 디킨스, 이안 플레밍Ian Fleming, 애거사 크리스티Agatha Christie 등의 작품이 사무엘 베케트Samuel Beckett, 제임스 조이스James Joyce, 로버트 쿠버Robert Coover 등의 작품보다 더 많이 각색되고 있다는 사실은 이 점을 잘 보여 준다. 이른바 '급진적' 텍스트들은 각색되면 "일종의 시네마적 동질화로 축소"|Axelrod 1996: 204|되고 만다.

한편 디킨스의 소설은 그 생생한 대화로 인해, 그리고 넓게 보면

독특한 발화 패턴을 소유한 개성 있는 캐릭터들로 인해 '연극적'이라고 불려 왔다. 그림 같은 강렬한 묘사와 스펙터클한 장면 잠재력으로 디킨스의 소설은 이미 각색 가능한 것, 또는 적어도 무대와 스크린에 적합한 "각색 유전자를 지닌adaptogenic"|Groensteen 1998a: 270| 것으로 평가받는다. 역사적으로 보면, 멜로드라마적 세계와 그 스토리는 바로 그 세계와 스토리 때문에 오페라나 뮤지컬 드라마 형식으로 각색될 수 있었다. 이 경우 음악은 장르에 필수적인 응축 작업을 통해 조성된 극도의 감정 대립과 긴장을 강화할 수 있다(대사를 말하기보다 길게 노래하기 때문이다). 오늘날 〈매트릭스The Matrix〉나 〈스타워즈Star Wars〉 시리즈처럼 특수 효과를 사용하는 스펙터클한 영화는, 플레이어들이 기꺼이 영화 같은 판타지 세계로 들어가 그 세계를 조작할 수 있는 인기 비디오게임을 낳을 공산이 크다.

이중적 시각: 각색 정의하기

각색 대상과 각색 수단이 복잡하다는 이유로 사람들은 당황스러울 만큼 단순한 단어 '각색'을 새로운 단어로 대체하려고 했다.|예를 들면, Gaudreault 1998: 268| 그러나 그들 대부분은 실패를 인정해야 했다. 이 단어를 사용하는 데에는 다 이유가 있었던 것이다. 하지만 각색 관념이 곧장 표면에 떠오른다고 하더라도, 부분적으로 살펴본 것처럼 그에 대한 정의를 내리기란 사실 매우 어렵다. 우리는 각색이라는

동일한 단어를 과정과 생산물 모두를 가리키는 데 사용하기 때문이다. 생산물로서의 각색에 대한 형식적 정의를 내릴 수는 있지만, 과정(창작과 수용 과정)으로서의 각색에 대한 정의를 내리려면 다른 측면들을 고려하지 않으면 안 된다. 각색에 대해 논의하고 정의하기 위해 앞서 살펴본 여러 관점들이 필요한 이유가 여기에 있다.

생산물로서의 각색: 공공연한, 확장된, 특정한 약호전환

각색은 다른 특수한 텍스트의 공인되고 확장된 개작이라는 점에서 번역에 비견되곤 한다. 글자 그대로의 번역 같은 것이 없듯, 글자 그대로의 각색 같은 것도 있을 수 없다. 그럼에도 불구하고 "규범적이고 원천 지향적인 접근법"|Hermans 1985: 9|이 학계를 지배함에 따라 번역 연구와 각색 연구는 모두 많은 어려움을 겪어 왔다. 다른 매체로의 전위는, 심지어 동일 매체 내부에서의 이동조차도 변화를 의도한다. 뉴미디어의 언어로 말하면, 그것은 '리포맷reformatting'을 의도한다. 그리고 거기에는 항상 이득과 손실이 다 있을 것이다.|Stam 2000: 62|

이는 물론 너무나도 상식적인 생각이다. 하지만 대부분의 번역 개념이 원천 텍스트에 자명한 우월성과 권위를 부여한다는 사실, 그래서 비교의 수사학이란 많은 경우 충실성과 등가성의 수사학이 되곤 한다는 사실을 기억할 필요가 있다. 발터 벤야민은 〈번역가의 과제〉에서 이런 참조 틀을 변경시켰다. 번역은 확정되어 있는 비텍스

트적 의미를 복사하거나 패러프레이즈하거나 재생산하는 것이 아니다. 오히려 번역은 우리가 원작 텍스트를 다른 식으로 볼 수 있게 그 텍스트에 참여하는 것이다.|1992: 77| 최근 번역 이론에 의하면, 번역은 텍스트들 사이의 상호작용이자 언어들 사이의 상호작용이고, 따라서 "상호문화적·상호시간적 의사소통 행위"다.|Bassnett 2002: 9|

번역의 이 새로운 의미는 각색의 정의와도 닮아 있다. 많은 경우 각색은 다른 매체를 향한다는 점에서 재매개화re-mediations, 구체적으로 말하면 하나의 기호 체계(예를 들면, 단어)에서 다른 기호 체계(예를 들면, 이미지)로 이동하는 기호 간 전위 형태를 띤 번역이다. 이는 번역이지만 아주 특수한 의미의 번역이다. 변이 또는 약호 전환, 말하자면 당연히 일군의 새로운 관습들과 함께 일군의 새로운 기호들로도 기록하는 일이다. 예를 들어, 해럴드 핀터Harold Pinter는 카렐 라이츠Karel Reisz 감독 영화 〈프랑스 중위의 여자〉의 각본을 집필하면서 존 파울즈John Fowles가 쓴 동명 원작 소설(1969)의 서사를 완전히 영화적인 약호로 옮겨 놓았다. 소설이 근대적 서술자와 빅토리아풍 스토리를 병치해 놓았다면, 그와 마찬가지로 자기 반영적인 영화는 근대적 영화 내부에 빅토리아풍 시나리오를 배치해 두었다.[5] 이 영화는 그 자체로 19세기 스토리의 영화화에 대한

---

5   존 파울즈의 소설 《프랑스 중위의 여자》는 자의식 강한 20세기 일인칭 서술자를 서술 구조 바깥에 두고 19세기 인물과 사회를 그린 포스트모던 작품이다. 한편 카렐 라이츠의 동명 영화는 '영화 속의 영화' 기법을 사용해서 20세기 서술자가 그린 19세기 인물과 사회를 보여 주는 작품이다. 여기서 20세기 배우들의 경박한 연애 스토리는 19세기 스토리의 의미를 이해하는 데 중요한 역할을 한다. 특히 이 영화는 영화 〈프랑스 중위의 여자〉를 찍

영화였던 것이다. 소설 서술자의 자기의식은 영화의 거울 반영으로 번역되었다. 빅토리아 시대 캐릭터들을 연기하는 배우들이 삶 속에서 각본화된 연애를 하는 것처럼 말이다. 효과적 영화 연기를 위한 역할 수행 모티프는 소설 속 빅토리아풍 세계의 위선과 정신분열적 도덕을 되풀이했다.| Sinyard 1986: 135-40 참조 |

번역 대신 패러프레이즈paraphrase라는 관념| Bluestone 1957/1971: 62 |을 각색의 비유로 사용하는 경우도 많이 있다. 어원학적으로 볼 때, 패러프레이즈는 '옆에서'(para) 말하기 양식이다. 《옥스포드 영어 사전Oxford English Dictionary》에 따르면, 패러프레이즈의 첫 번째 의미는 "어떤 구절의 자유로운 옮김freely rendering과 부연 설명"으로 언어적인 것이지만 널리 보면 음악적인 것이기도 하다. 존 드라이든John Dryden은 패러프레이즈를 "융통성 있는 번역, 즉 저자를 염두에 두고 … 있지만 저자가 사용한 단어들을 그 의미 그대로 사용하지는 않는 번역, 더 나아가 부연 설명 또한 허용하는 번역"으로 정의했다. 아마도 이런 정의는 극작가 로버트 넬슨 제이콥스Robert Nelson Jacobs와 영화감독 라세 할스트롬Lasse Hallstrom이 애니 프루E. Annie Proulx의 소설 《쉬핑 뉴스The Shipping News》(1993)를 각색해서 만든 2001년 동명 영화의 특성을 가장 잘 보여 줄 것이다. 소설 주인공의 심리 세계는 전지적 시점에 힘입어 자세히 탐구되지만, 영화에서 주인공은

기 위해서 준비하는 감독의 목소리와 배우들의 모습을 첫 장면으로 제시함으로써 자기반영적 구조를 노출하고 있다.

시각적 헤드라인, 즉 신문기자임을 보여 주는 사실주의적 장치에 관해 생각하는 인물로 자유롭게 번역된다.[6] 어떤 의미에서는 소설의 은유적 글쓰기 스타일조차도 익사의 공포에 기인하는 시각 이미지 반복으로 패러프레이즈된다.[7] 비슷한 사례로, 버지니아 울프가 《댈러웨이 부인Mrs. Dalloway》에서 사용했던 밀도 있고 풍부하고 연상력 있는 언어는 마린 고리스Marleen Gorris 감독의 1997년 동명 영화에서 '연상력 있는 시각 이미지'로 옮겨지고 패러프레이즈된다.|Cuddy-

Keane 1998: 173-174 참조|

패러프레이즈와 번역 비유는 내가 앞에서 다루었던 내용, 즉 역사적 사건이나 실제 개인의 삶을 새롭게 상상된 허구적 형식으로 각색할 때 일어날 수 있는 존재론적 이동을 살펴보는 데 큰 도움이 된다. 각색되는 텍스트는 권위 있는 역사적 실록일 수도 있고 매우 불명확한 문서일 수도 있다.|Andrew 2004: 200 참조| 그리고 허구적 형식은 '전기영화biopics' | 실존 인물의 삶을 그린 영화. 바이오그래피컬 픽처biographical picture의 줄임말. |에서 '유산영화heritage film | 제2차 세계대전 이전 영국을 노스탤지어풍으로 그린 20세기 후반 일군의 영국 영화들. 주로 셰익스피어의 희곡이나 제인 오스틴의 소설 같은 고전적 문학작품들을 각색했다. |에 이르기까지, 또한 TV 다큐드라마에서 케네디 암살에 기반한 〈JFK 리로디드JFK Reloaded〉(트래픽 게임즈Traffic Games 제작) 같은 비디오

---

6 영화 〈쉬핑뉴스〉는 뉴요커 퀘일이 아내를 자동차 사고로 잃은 뒤 고향으로 돌아가게 되면서 벌어지는 일을 다루고 있다. 이 영화에서 퀘일은 작은 어촌 마을의 지방신문 〈개미버드〉에 기자로 취직하여 마을의 모습을 관찰하는 한편 자기 자신에 대해서도 돌아보게 된다.

7 영화 〈쉬핑 뉴스〉에서 퀘일의 아버지는 퀘일을 물에 그냥 던져 놓는 방식으로 그에게 수영을 가르쳤다.

게임에 이르기까지 매우 광범위하다. 간혹 패러프레이즈되거나 번역된 텍스트가 각색에 직접 사용되기도 한다. 예를 들어, 독일 TV 영화 〈반제 회의Wannseekonferenz〉는 1942년 85분간 열렸던 실제 회의를 85분 분량으로 각색해서 만든 작품이다. 반제 회의는 독일 경찰국장 라인하르트 하이드리히Reinhard Heydrich가 의장을 맡아 '유대인 문제에 대한 최종 해결책Final Solution to the Jewish Question'을 의결한 바로 그 회의다. 그런데 2001년 로링 만델Loring Mandel 감독은 이를 다시 각색해서 BBC와 HBO의 합작 드라마 〈컨스피러시Conspiracy〉(영국)를 제작했다.

어떤 경우 각색되는 텍스트는 아주 복잡하거나 훨씬 다층적이다. 시드니 루멧Sidney Lumet 감독의 영화 〈뜨거운 오후Dog Day Afternoon〉(1975)는 1972년 브루클린에서 실제로 벌어진 은행강도 사건과 인질극을 허구적으로 각색한 작품이다. 당시 사건은 TV로 생방송되었고 매체를 통해 많이 논의되었다. 영화 각본의 토대가 된 것은 사실상 잡지 〈라이프Life〉에 실린 크룩P. F. Kluge의 논문이었다. 그런데 2002년 예술가 피에르 위그Pierre Huyghe는 실제 도둑 존 워즈토위츠John Wojtowicz로 하여금 카메라 앞에서 원래 사건을 재연하고 이

브루클린 은행강도 사건을 영화화한 루멧 감독의
1975년 영화 〈뜨거운 오후〉.

야기하게, 사실상 번역하거나 패러프레이즈하게 했다. 이 과정에서 2차 각색이 이루어졌다. 가해자가 자신의 과거를 다시 살았을 때, 분명해진 것은 그가 사건 이후 제작된 영화의 렌즈를 거치지 않았다면 그렇게 살 수 없었으리라는 점이다. 실제 겪은 사건이 기억이나 매스컴 보도에 보존되어 있는 까닭에 영화는 가해자에게 각색해야 할 텍스트가 되어 버린 것이다.

　　존재론적 이동의 관점에서 보면, 일반적 의미의 '역사적 정확성'이나 '역사적 부정확성'을 들먹이며 각색에 관해 말하는 것은 거의 의미가 없다. 〈쉰들러 리스트Schindler's List〉는 〈쇼아Shoah〉 클로드 란츠만Claude Lanzmann 감독의 1985년 다큐멘터리 작품. 쇼아는 '절멸'을 뜻하는 히브리어로서 제2차 세계대전 당시 나치에 의한 유대인 집단 학살을 가리킨다.| 가 아니다.| Hansen 2001 참조| 어느 정도 그 이유는, 〈쉰들러 리스트〉가 생존자의 증언을 토대로 집필된 토머스 케닐리Thomas Keneally 소설의 각색이라는 데 있다. 다시 말해서, 〈쉰들러 리스트〉는 특수한 다른 텍스트, 즉 특수한 역사 해석의 패러프레이즈 또는 번역이다. '실화 기반'이라는 익숙한 라벨의 외형상 단순함은 어떤 계략이다. 그런 역사 각색은 실제로는 역사 편찬 그 자체만큼이나 복잡한 일이다.

과정으로서의 각색

각색자의 창조적 해석/해석적 창조

영화 〈어댑테이션〉의 초반부에 극작가 '찰리 코프먼'은 고통스러운 딜레마에 직면한다. 존경하는 작가와 책에 대한 각색자로서의 책임감 때문에 고민에 빠지는 것이다. 그도 느끼는 것처럼 각색은 전유 과정, 즉 다른 사람의 스토리를 소유하는 과정이자 어떤 의미에서는 자신의 감수성, 관심사, 재능 등으로 그 스토리를 걸러 내는 과정이다. 따라서 각색자는 우선 해석자이고 다음으로 창조자다. 토마스 만Thomas Mann의 노벨라novella 짧지만 짜임새 있는 구성의 사실 적이며 풍자적인 이야기체 문학. 〈베니스에서의 죽음Der Tod in Venedig〉(1911)을 각색한 루키노 비스콘티Luchino Visconti 감독의 이탈리아 영화 〈베니스에서의 죽음Morte a Venezia〉(1971)이 불과 몇 년 후 초연된(1973) 영국 오페라 〈베니스에서의 죽음Death in Venice〉(벤저민 브리튼Benjamin Britten 작곡, 머파뉘 파이퍼Myfanwy Piper 대본)과 그 초점과 영향 면에서 크게 차이가 나는 이유가 여기에 있다.

토마스 만의 작품을 각색한 비스콘티 감독의 1971년작 〈베니스에서의 죽음〉.

물론 다른 이유로 각색자의 매체 선택 차이를 들 수도 있다. 곰브리치G.H. Gombrich가 제시한 비유는 이 점을 잘 보여 준다. 미술가는 손에 연필을 들고 어떤 풍경 앞에 서게 되면 "선으로 옮길 수 있는 부분들을 찾으려고" 할 것이다. 하지만 손에 붓을 쥐게 되면 미술가의 시선은 선이 아닌 매스masses 미술 용어로서 양괴量塊 또는 양감量感을 뜻함. 부분들이 모여 만들어진 덩어리로서, 회화의 경우 화면 중 상당한 양의 색, 빛, 그림자 등이 화면 가운데 통일되어 있는 집합을 의미한다. 의 견지에서 똑같은 풍경을 보게 될 것이다.|1961: 65| 그러므로 영화 각색을 목적으로 스토리에 접근하는 각색자는 오페라 대본가가 매력을 느끼는 측면과는 다른 측면에서 매력을 느끼게 될 것이다.

각색, 특히 장편소설 각색은 보통 커팅과 축약이 각색자의 일임을 보여 준다. 각색자의 일을 "외과적인 기술a surgical art"|Abbott 2002: 108|[8]로 부르는 데에는 정당한 이유가 있는 것이다. 니콜라스 라이트Nicolas Wright는 1,300쪽에 달하는 필립 풀먼Philip Pullman의 3부작 판타지 소설《황금 나침반His Dark Materials》을 2~3시간 분량의 연극으로 각색할 때 주요 캐릭터들을 잘라 내야만 했고(예를 들면, 옥스포드 과학자 메어리 말론. 그래서 그들이 거주하는 전체 세계도 잘라 내지 않을 수 없었다. 뮬레파 부족mulefas의 땅도 마찬가지다), 또한 사건을 빠르게 전개하고자 처음부터 교회 법정을 등장시켜야만 했다. 물론 3부작 소설에 있는 세 개의 클라이맥스도 두 개의 서사적 클라이맥스로 대체되었다. 라이트는 몇몇 주제와 모든 세부 플롯을 분명하게 제시할 필요도 느꼈다. 연극 관객은 소설 독자처럼 조각들을 하나로 모을 수 있는 시간이 없기 때문이다.

당연한 말이지만, 모든 각색이 잘라 내는 일만을 하는 것은 아니다. 장편만큼이나 자주 영화에 영감을 불어넣는 단편소설의 경우가 그러하다. 예를 들어, 존 W. 커닝햄John W. Cunningham의 단편소설 〈가슴에 빛나는 별The Tin Star〉(1947)은 프레드 진네만Fred Zinneman 감독, 칼 포맨Carl Forman 각본의 영화 〈하이 눈 High Noon〉(1952)이 되었다. 단편소설을 각색하려면 원재료를 상당히 많이 확장해야 한다. 그래서 영화감독 닐 조단Neil Jordan과 안젤

---

8   H. 포터 애벗,《서사학 강의》, 우찬제 외 옮김, 문학과지성사, 2008, 222쪽.

커닝햄의 단편소설 〈가슴에 빛나는 별〉을 각색한 진네만 감독의 1952년작 〈하이 눈〉.

라 카터Angela Carter는 카터의 단편소설 〈늑대의 혈족The Company of Wolves〉(1984)을 각색할 때 카터의 다른 소설 《피로 물든 방The Bloody Chamber》(1979)에 등장하는 두 편의 관련 이야기, 즉 '늑대인간'과 '늑대-앨리스'에서 세부 내용을 가져와 첨가했다. 카터의 초기 각색 라디오드라마에서 프롤로그를 차용해 이 작품의 꿈 논리를 수립하기도 했다.

극작가 노엘 베이커Noel Baker는 "영화 이념의 속삭임a whisper of a movie idea"을 가져와 장편영화로 제작하려 했을 때의 경험을 비슷하게 기술한 바 있다. 사실 베이커가 각색 의뢰를 받은 작품은 단편소설이 아닌 마이클 터너Michael Turner의 책 《하드 코어 로고Hard Core Logo》(1993)였다. 그런데 이 책은 편지, 노래, 자동응답기 메시지, 인보이스, 사진, 자필로 쓴 노트, 일기, 계약서 등으로 이루어져 있는, 1980년대 펑크 밴드의 재결합에 관한 파편화된 서사였다. 베이커는 우선 파편화 자체에서, 다음으로는 그 서사가 "앙상하고 홀쭉한, 빈틈과 침묵투성이, 즉 말해지지 못한 채 남아 있는 것들의 웅변"|1997: 10|이라는 사실에서 작업의 어려움을 감지했다고 한다. 결과적으로 그는 이 두 번째 점이 작업을 더 재미있고 창의적으로 만들어 준 요인이라고 일기장에 썼다. "써 놓은 것은 거의 없지만 너무나도 많은 암시를 준 데 대해 터너에게 감사해야겠다."|14|

물론 각색자가 특수한 스토리를 선정해 특수한 매체 또는 장르로 약호전환하는 이유는 매우 많다. 앞서 지적했듯, 각색자의 목표는 경제적 이유로든 예술적 이유로든 이전 작품을 대신하는 데 있을 것이다. 각색자는 각색된 텍스트에 경의를 표하는 만큼이나 각색된 텍스트의 예술적·정치적 가치에 이의를 제기하려는 것처럼 보인다. 그 동기가 무엇이든, 각색자의 관점에서 보면 각색은 전유 또는 구원 행위다. 그리고 이 행위는 언제나 해석과 새로운 것의 창조라는 이중적 과정이다.

이와 같은 주장이 어느 정도 친숙하게 들린다면 거기에는 다 이유가 있다. 아리스토텔레스가 모방을 인간의 본능적 행동이자 예술적 쾌락의 원천으로 인식한 데서도 드러나듯, 서구에서 **이미타티오**imitatio나 **미메시스**mimesis의 역사는 매우 오래되었다.| Wittkower 1965: 143| 특히 명작의 모방은 고대 작가의 명성과 권위의 이용만도, 교육학적 모델의 제공만도 의도하지 않았다.|《헤레니우스에게 바치는 수사학 Rhetorica ad Herenium》 I.ii.3과 IV.i.2. **참조**| 그 둘 모두를 의도하기는 했지만 말이다. 모방은 또한 창조성의 형식이었다. "라틴 문학의 구조에서 이미타티오는 표절도 결함도 아니다. 그것은 라틴 문학의 존속을 위한 운동 법칙이다."| West and Woodman 1979: ix|

고전적 모방과 마찬가지로 각색도 맹목적 복사 행위가 아니다. 각색은 각색되는 재료를 자기 소유로 만드는 과정이다. 두 경우 모두 참신함은 어떤 텍스트가 다른 텍스트**와 맺는** 관계 속에 있다. 분명히 롱기누스Longinus |고대 그리스 의 수사학자| 는 모방과 창조성을 연결해 **이미타티오**가 **아이물라티오**aemulatio |경쟁심, 질투| 와 함께 어울리게 했다.| Russell 1979: 10| 어쩌면 각색의 실패를 보여 주는 척도는, 앞선 텍스

트에 대한 불충실성이 아닌 텍스트를 자기 소유로 만들어 자율적이게 만드는 창조성과 기술의 결여일 것이다.

수신자가 각색되는 텍스트를 잘 알고 있다면, 독자, 관객, 청취자 등에게 **각색으로서의** 각색이란 일종의 상호텍스트일 수밖에 없다. 미하일 바흐친Mikhail Bakhtin 식으로 말하자면, 각색으로서의 각색이란 우리가 이미 알고 있는 작품과 우리가 지금 체험하는 작품을 비교하게 되는 진행 중의 대화 과정이다.|Stam 2000: 64| 상호텍스트성을 이론화할 때 프랑스 기호학자들 및 후기구조주의자들은 작품과 작품 사이의 관계, 그리고 개별 작품과 전체 문화 체제 사이의 관계를 강조했다.|예를 들면, Barthes 1971/1977; Kristeva 1969/1986| 이는 독창성, 유일무이성, 자율성 같은 후기낭만주의의 주요 관념들에 대한 도전이라는 점에서 중요했다. 또한 그들은 텍스트란 가시적 인용과 비가시적 인용, 잘 들리는 인용과 침묵하는 인용으로 구성된 모자이크라고 말했다. 말하자면, 텍스트는 언제나 이미 쓰여져서 읽히고 있다는 것이다.

각색 역시 그렇다. 하지만 각색에는 해당 각색이 **특정한 텍스트의** 각색으로 공인되기도 해야 한다는 단서가 달려 있다. 많은 경우, 청중은 어떤 작품이 하나 이상의 특정한 텍스트들에 대한 각색임을 알고 있다. 후대 작가들은 존 버컨John Buchan의 1914년 소설 《39계단The Thirty-Nine Steps》을 라디오용, 무대용, 그리고 심지어는 스크린용으로 개작할 때면 앨프리드 히치콕Alfred Hitchcock의 어둡고 냉소적인 각색 영화|1935|를 이 소설 작품과 더불어 각색하곤 했다.|Glancy 2003: 99-100| 그리고 오늘날 드라큘라 관련 영화들은 많은 경우 브램 스토커Bram Stoker 소설의 각색처럼 보이기도 하지만, 그에

못지않게 다른 초기 영화들의 각색처럼 보이기도 한다.

청중의 '팔랭프세스트적' 상호텍스트성

청중에게 이런 각색은 명백히 '다층화되어' 있다. 각색은 잘 알려져 있는 다른 작품과 직접적이면서도 공공연하게 연결되어 있는데, 이 연결은 각색의 형식적 정체성을 구성하는 부분이지만 이른바 각색의 해석학적 정체성을 구성하는 부분이기도 하다. 이 해석학적 정체성은 특정한 작품보다는 유사한 예술적·사회적 관습에 기인하는, 청중이 만들어 낼 수 있는 다른 모든 상호텍스트적 유사물들이 내는 "배경 소음background noise" I Hinds 1998: 19 I 을 지배한다. 각색에서 이런 다른 작품에 대한 참여는 모두 장기간에 걸친 것이다. 그것은 스쳐 지나가는 암시가 아니다.

　각색 작품 체험의 즐거움과 욕구불만이 반복과 기억을 통해 만들어진 친숙함을 구성한다. 우리가 차이콥스키Tchaikovsky 발레 〈백조의 호수Swan Lake〉(1877)의 전통적 안무 버전과 맺고 있는 관계에 의하면(마리우스 프티파Marius Petipa와 레프 이바노프 Lev Ivanov 콤비의 각색에서 프레데릭 애쉬튼Frederick Ashton, 앤서니 도웰Anthony Dowell의 각색에 이르기까지 버전은 아주 많다), 매튜 본Mattew Bourne의 각색 작품은 기쁨을 주거나 짜증을 유발할 것이다. 인기 있는 고전발레 작품을 갱신하면서 거기에 퀴어적 아이러니를 덧붙였기 때문이다. 근육질의 남성 백조들이 연출하는 동성애적이고, 난폭하고, 다

분히 성적인 안무로 인해 왕자와 백조가 추는 전통적 **파드되**pas de

deux | 발레에서 주로 여성과 남성 무용수가 함께 추는 2인무. 고전발레는 관객을 위해 여성과 남성 무용수가 함께 최대한의 기교를 과시하며 추는 파드되를 구성에 반드시 삽입했다. | 는 어

쩌면 최초로 평등한 자들의 춤이 되고 만다. 이 왕자는 스타 발레리나를 도와주는 든든한 조력자가 아니다. 하지만 어떻게 반응하든 우리가 주목해야 할 것은 매체, 장르, 그리고 이 특정한 작품에 관한 상호텍스트적 예측이다. 이는 호주 댄스 시어터Australian Dance Theatre 버전 〈새들의 사랑Birdbrain〉(2001) | 〈백조의 호수〉를 해체한 현대무용 작품. 초현실적 비디오아트와 춤을 중심으로 고전발레에 체조, 곡예, 브레이크 댄스 등이 합쳐진 퓨전 스타일 작품이다. | 을 관람할 때에도 마찬가지다. 매우 빠른 속도로 전개되는 예리한 안무, 영화 동영상, 기계 음악 등이 어우러지기 때문이다. 이때 청중 구성원으로서 우리가 유사성은 물론이고 차이도 함께 체험하려면 기억이 필요하다.

참여 양식

생산물(확장된 특수한 약호전환)과 과정(창조적 재해석과 팔랭프세스트적 상호텍스트성)이라는 각색의 이중적 규정은 각색이 여러 차원에 걸쳐 있는 광범위한 현상이라는 것을 보여 주는 하나의 방식이다. 과정을 강조하게 되면 매체 특이성 중심 각색 연구와 개별 사례 비교 연구라는 전통적 초점을 확장할 수 있고, 그래서 주요 참여 양식들 사이의 관계까지도 고려할 수 있게 된다. 말하자면, 각색이 어떻게 스토리 말하기, 스토리 보여 주기, 스토리와 상호작용하

기 등을 가능하게 하는지를 생각해 보게 하는 것이다.

스토리는 다양한 영역에 걸쳐 있는 여러 매체들을 통해 우리에게 말해지거나 보일 수 있다. 하지만 세 번째 참여 양식의 등장은 관점과 문법을 모두 변화시킨다. 예를 들어, 우리 청중 구성원은 가상현실에서 머시니마machinima〔기계machine, 영화cinema, 애니메이션animation의 합성어. 실시간 컴퓨터 그래픽 엔진을 사용해서 제작된 영화를 말한다.〕에 이르는 뉴미디어로 스토리와 상호작용하게 된다. 정도와 방식에 차이가 있을지 몰라도 세 가지 참여 양식은 틀림없이 '몰입적'이다. 예컨대, 말하기 양식(소설)은 상상력을 통해 우리를 허구적 세계에 몰입시키고, 보여 주기 양식(연극과 영화)은 청각적인 것과 시각적인 것의 지각 작용을 통해 몰입시킨다. 이때 후자의 경우는 르네상스기 원근법 회화 및 바로크기 **트롱프 뢰유**trompe l'oeil〔실물로 착각할 정도로 사실적인 그림. 서양 회화에서 매너리즘기와 바로크기 정물화, 천장화 등에 주로 사용되었다.〕의 보여 주기 양식과 관련된 방식으로 그렇게 한다.|Ryan 2001: 3| 참여형 양식(비디오게임)은 우리를 신체적·운동감각적으로 몰입시킨다. 하지만 이 모두가 어떤 의미에서 '몰입적'이라고 하더라도, 일반적으로는 참여형 양식만이 '상호작용적'으로 불린다.

그러나 단어든 음표든 흰 종이 위에 검은색으로 기록되어 있는 부호를 바라보고 해석하는 행위도, 또한 무대나 스크린에 직접적으로 재현되어 있는 스토리를 지각하고 해석하는 행위도 전혀 수동적이지 않다. 이런 행위들 역시 상상적으로도, 인식적으로도, 감정적으로도 능동적이다. 다만 우리를 스토리와 스토리 월드에 물리적으로 참여시키는 참여형 양식은 상대적으로 능동적인 것이 아니라 전혀 다른 방식으로 능동적인 것이다. 난폭한 액션 게임이든, 롤플레잉 게임이든, 퍼즐/기술 검증 게임이든 마찬가지다.

　서사문학과 같은 말하기 양식의 경우, 참여는 상상력의 영역에서 시작된다. 이 영역은 텍스트의 엄선된 지시적 단어들이 지배하는 곳임과 동시에 자유로운 곳, 즉 시각적인 것 또는 청각적인 것의 제약에 구애를 받지 않는 곳이기도 하다. 우리는 어느 지점에서든 읽기를 멈출 수 있다. 다시 읽을 수도 있고 앞으로 건너뛸 수도 있다. 책을 손에 들고 읽어야 할 스토리가 얼마나 더 남았는지 느껴 볼 수도 있고, 물론 눈으로 볼 수도 있다. 그러나 영화와 무대 각색 같은 보여 주기 양식의 경우 우리는 사정없이 앞으로 몰아대는 스토리에 사로잡히게 된다. 또한, 우리는 상상력에서 벗어나 세부 사실과 폭넓은 초점이 뒤섞인 직접적 지각의 영역으로 이동하게 된다. 공연 양식이 가르쳐 준 것은, 언어가 의미를 표현하거나 스토리를 전하는 유일한 방식이 아니라는 사실이다.

　시각과 몸짓에 의한 재현은 복잡한 연상들로 가득 차 있다. 음악은 캐릭터의 감정에 상응하는 청각적 '등가물'을 제시하고, 결국 청중의 정서적 반응을 불러일으킨다. 일반적으로 음향은 시각적 측면과 언어적 측면을 강화할 수도 보강할 수도 있지만, 그 측면들을 부정할 수 도 있다. 하지만 다른 한편 **보여진** 드라마는 **말해진** 시의 복잡한 언어유희에 근접할 수도 없고, 산문 서사에서 쉽게 이루어지는 묘사, 서술, 설명의 연쇄에 근접할 수도 없다. 말로 하든 종이 위에 쓰든 단어로 스토리를 말하는 것은 시각이나 청각으로 스토리를 보여 주는 것과 전혀 동일하지 않다. 어떤 공연 매체를 활용하든 마찬가지다.

어떤 이론가들은 구술 텍스트와 시각 이미지 사이에는 어떤 유의미한 차이도 없다고 주장한다. 이 입장을 지지하는 미첼W.J.T. Mitchell에 의하면, "의사소통적 표현 행위, 서술, 논증, 묘사, 설명, 그리고 기타 소위 '발화 행위들'은 특정 매체에 특이한 것도 아니고, 이런 매체나 저런 매체에 '고유한' 것도 아니다."|1994: 160 Cohen 1991b 참조| 하지만 말하기와 보여 주기라는 두 참여 양식들 간 차이를 생각해 보면 정반대의 사실을 확인할 수 있다. 각각의 양식은 각각의 매체처럼 고유한 본질은 아니더라도 고유한 특이성을 갖고 있다는 것이다. 다시 말해, 어떤 양식도 선천적으로 다른 일이 아닌 이 일을 잘 해내도록 미리 결정되어 있지는 않지만, 각각의 양식은 다른 표현 수단—매체와 장르—을 이용해서 다른 일보다 이 일을 목표로 두고 그것을 해낼 수 있는 것이다.

예를 들어, 영국 소설가 포스터E.M. Foster가 소설《하워즈 엔드 Howards End》(1910)의 어떤 곳에서 설정했던 흥미로운 기술적 과제를 생각해 보자. **공연된 음악**의 효과와 의미를 어떻게 **말해진 단어로**in told words 재현할 것인가. 이때 독자들은 당연히 음악을 상상해야 할 테지만 음악을 듣지는 못할 것이다. 포스터는 소설의 다섯 번째 장을 이렇게 시작한다. "인간의 귀를 뚫고 들어간 소음들 가운데 베토벤의 〈5번 교향곡〉이 가장 숭고하다는 말은 많은 사람들의 공감을 얻을 수 있을 것이다."[9]|Forster 1910/1941: 31| 포스터는 계속해서 '숭

---

9 E.M. 포스터,《하워즈 엔드》, 고정아 옮김, 열린책들, 2006, 45~46쪽.

고한 소음'이 스며든 귀의 소유자, 즉 슐레겔 가족 구성원이 받은 감동을 묘사한다. 소설은 말하기 양식으로 이 일을 해낼 수 있다. 소설은 멋대로 우리를 캐릭터의 마음과 느낌 속에 데려다 줄 수 있는 것이다. 하지만 슐레겔 가족이 런던 퀸즈홀에서 개최된 교향곡 콘서트에 다 함께 참석하는 에피소드에서는 초점이 특히 한 명의 캐릭터, 헬렌 슐레겔Helen Schlegel에게 맞춰진다. 헬렌 슐레겔은 젊기도 하지만 최근 사랑의 상처를 겪었고, 그로 인해 당시 감정에 깊이 사로잡힌 채 음악에 몹시 개인적으로 반응한 것이다.

오케스트라가 3악장을 연주할 때, 그녀는 "고블린 하나가 천천히 걸어 나와서 우주의 끝에서 끝까지 걸어"|32| [10] 가는 것을 듣는다. 1악장에서는 "영웅과 난파선"을 듣지만, 여기서는 끔찍한 고블린과 "코끼리들의 춤"|32| [11]을 듣는다. 이 생명체들은 소름 끼치는 것들인데, 헬렌에게는 그것들이 무심한 생명체들처럼 보이기 때문이다. 그 생명체들은 "이 세상에 찬란함과 영웅주의 같은 것은 없다고 진술했다."|32| [12] 포스터는 계속해서 말한다. "헬렌은 그들을 반박할 수 없었다. 어쨌거나 그녀도 같은 것을 느꼈고, 젊음이라는 든든한 벽이 무너지는 것을 보았기 때문이다. 공포와 허무! 공포와 허무! 고블린들이 옳았다."|33| [13]

---

10 《하워즈 엔드》, 48쪽.

11 《하워즈 엔드》, 48쪽.

12 《하워즈 엔드》, 48쪽.

13 《하워즈 엔드》, 48쪽.

헬렌은 작품의 결말부에서 심란한 데다 깊은 감동을 받은 나머지 곡이 끝날 때쯤 가족을 떠나 혼자 있고 싶어진다. 소설은 이를 다음과 같이 표현한다. "음악은 그녀에게 지금까지 일어난 모든 일을 요약해 주었고, 앞으로 일어날 일도 일러 주었다. 그녀는 그것을 분명한 진술로 읽었으며, 그것은 다른 것과 대체될 수 없었다."|34|[14] 그리고 그녀는 실수로 전혀 모르는 사람의 우산을 집어들고 홀을 떠난다. 이때 그 전혀 모르는 사람이란 그녀의 나머지 인생에서, 또한 실제로 소설의 나머지 부분에서도 중요한 역할을 하는 캐릭터 레오나드 베이스트Leonard Bast였다.

이 말해진 장면이 보여 주기 양식으로 전위되면,《하워즈 엔드》의 경우 루스 프라베르 이하브발라Ruth Prawer Jhabvala가 각색하고 머천트/아이보리 프로덕션Merchant/Ivory production이 제작한 영화로 전위되면 어떤 일이 벌어질까? 콘서트가 열리기는 하지만 헬렌은 거기에 혼자 참석한다. 콘서트도 완전한 편성의 오케스트라 콘서트가 아닌 베토벤〈5번 교향곡〉강의를 동반한 피아노 연탄連彈 공연이다. 포스터가 사용한 단어들은 일부만 남고 거의 없다. 영화로는 헬렌을 **볼** 수 있어도 그 머릿속으로 들어갈 수는 없기 때문에, 우리는 기껏해야 그녀의 생각을 미루어 짐작할 뿐이다. 그러므로 보여 주기 버전에서 고블린의 '공포와 허무'를 체험하는 사람은 헬렌이 아니다. 한 청중에게서 질문을 받고 그 이미지를 활용해 작품 설명을 하는

---

14 《하워즈 엔드》, 49쪽.

E.M. 포스터의 소설을 각색한 제임스 아이버리 감독의 1992년작 〈하워즈 엔드〉.

강사가 그 체험의 당사자다. 우리가 볼 수 있는 바에 의하면, 헬렌은 사실 모든 체험에서 심란함보다 지루함을 느끼는 것처럼 보인다. 우리는 사운드트랙으로 완전한 편성의 오케스트라 버전 교향곡을 (비서술적으로) 듣게 되지만, 이는 헬렌이 홀을 떠나며 실수로 가져간 우산의 실소유자인 젊은 남성이 그녀를 쫓아 나선 뒤 일어난 일이다.

포스터는 상상력이 풍부하고 감성이 충만한 헬렌 슐레겔의 세계를 말하고자 이 장면을 이용하지만, 영화는 헬렌과 레오나드 베이스트의 만남을 대략 문화적 맥락에서 보여 줄 기회로 이 장면을 활용한다. 플롯 전개의 측면에서 보면, 이것이 바로 그 장면에서 일어난 일이고 그래서 영화가 추구한 목표가 된다. 흥미로운 것은, 베토벤 음악을 실제로 들려주는 일이 보여 주기 양식에서는 가능하지만 말하기 양식에서는 가능하지 않다는 사실이다. 하지만 우리는 캐릭터들이 음악을 들을 때 그들의 내면까지 볼 수는 없다. 그래서 캐릭터들은 카메라 촬영을 염두에 두고 자신들의 감흥을 시각적·신체적으로 구현하거나, 아니면 그 감흥에 관한 대화를 나누지 않으면 안 된다. 물론 이 영화에서는 음악과 예술을 비롯한 기타 여러 가지 화제를 두고 많은 말들이 오고 간다. 이는 더 정확히 말하면 공개 강의 형식으로만 이루어지는 것은 아니다.

스토리와의 상호작용은 다시금 보여 주기나 말하기와 다르다. 그 이유는 상호작용이 더 직접적인 몰입을 가능하게 한다는 데만 있지 않다. 연극이나 영화, 가상현실이나 비디오게임에서 그런 것처럼 언어만으로 어떤 세계를 만들어 내야 할 필요는 없다. 그 세계는 우리 눈과 귀 앞에도 현재하는 것이다. 그러나 보여 주기 양식의 경우, 우리는 그 세계에 물리적으로 들어가지도 못하고 그 안에서 계속 행동하지도 못한다.

가령 스크립티드 페인트볼 전쟁 게임scripted paintball war game

| 사용자가 미리 작성된 시나리오에 따라 페인트볼 전쟁에 참여하는 게임. '서바이벌 게임'이라고도 한다. 은 참여자에게 엄청난 충격을 주기 때문에 〈라이언 일병 구하기Saving Private Ryan〉(1998) 같은 생생한 폭력 영화와는 다른 종류의 전쟁 스토리 각색 작품으로 여겨질 것이다. 남북전쟁 전투 재연Civil War battle reenactments 미국 시민전쟁 매니아들(시민전쟁 재연자들)이 시민전쟁 관련 특정 전투를 다시 수행하는 것. 은 롤플레잉role-playing을 수반할지도 모르고, 뉴 내러티브 미디어 작품은 데이터베이스 '조합이론combinatorics'을 요구할지도 모른다. 그러나 이 두 경우의 청중 참여 방식은 말하기나 보여 주기의 청중 참여 방식과는 그 종류가 다르다.

하지만 스토리를 구성하는 것은 물질적 전달 수단(매체)이나 구성 규칙(장르)만이 아니다. 물질적 전달 수단과 구성 규칙은 서사적 기대를 허용하고 그를 위한 길을 터놓으며, **어떤 맥락**에 있는 **누군가**에게 서사적 의미를 전해 준다. 그리고 서사적 기대는 그런 의도를 가진 **누군가**에 의해 만들어진다. 간단히 말하자면, 폭넓은 의사소통 맥락이 있는데 모든 각색 이론은 이를 잘 검토해야 한다는 것이다. 이런 의사소통 맥락은 제시 양식 또는 참여 양식에 따라

변화할 것이다. 실연된 보여 주기 양식이나 매개된 보여 주기 양식이 다양한 물질적 매체를 활용할 수 있듯이, 말하기 양식도 다양한 물질적 매체를 활용할 수 있다. 각각의 매체가 다양한 장르를 지원할 수 있는 것처럼 말이다. 그러나 매체 구별짓기만으로는 주목을 끌 만큼 차별화된 각색을 만들어 낼 수 없다.

예를 들어, '머시니마'는 게임 엔진의 가상현실 내부에서 컴퓨터게임 테크놀로지를 활용하는 영화제작 형태다. 머시니마는 그 자체가 혼종 형식이지만, 기본적으로는 전자 **매체**다. 퍼시 비시 셸리 Percy Bysshe Shelley가 쓴 시 〈오지만디아스Ozymandias〉(1817)의 머시니마 각색 작품(휴 핸콕Hugh Hancock 감독, 스트레인지 컴퍼니Strange Company 제작)은 확실히 시의 '스토리'를 디지털로 시각화한 것이다. 한 남자가 황량한 사막을 횡단하다가 세속적 영광과 시간의 힘에 관한 냉담한 아이러니적 메시지가 새겨져 있는 왕의 조각상 잔해를 발견하는 과정을 다루고 있다. 스크린에 등장하는 남성 인물이 비문에 덮여 있는 모래를 닦아 내어 거기에 새겨져 있는 마지막 행을 드러냄으로써 서스펜스를 유발하지만("내 업적을 보라, 너희 힘 있는 자들아, 그리고 절망하라"), 시를 읽으며 그 황량한 아이러니에서 느끼게 되는 전율을 디지털 버전에서는 체험하기 어렵다. 오로지 매체만을 고려한다면 이 각색의 성공(또는 실패) 여부를 잘 판단하기 힘들다. 이런 머시니마는 디지털 매체에 속하기는 하지만 상호작용적이지는 않다. 이 경우에는 보여진 스토리의 실상을 해석하는 행위보다 말해진 스토리를 읽는 행위가 더 적극적인 참여다.

이는 우리가 매체에 따라 다르게 참여한다는 말이 아니라, 차이의 구분선이 생각만큼 분명하지 않다는 말이다. 사적·개별적 독서 체험은 어두운 극장에서의 공적·공동체적 관람 체험보다 TV, 라디오, DVD, 비디오, 컴퓨터 같은 사적·가정적 시각 공간에 가까이 있다. 그리고 어둡고 조용하고 정적인 곳에 앉아 살아 있는 실제 몸들이 무대 위에서 말하거나 노래하는 모습을 볼 때, 우리의 참여 수준과 종류는 '현실'을 매개하는 스크린이나 테크놀로지 앞에 앉아 있을 때와는 완전히 다르다. 1인칭 슈팅 비디오게임을 플레이하고 서사 세계의 활동적 캐릭터가 되어 액션을 깊숙이 체험하면, 우리의 감흥은 재차 달라진다.

　매체만으로는 인터랙티브 비디오게임이 미술관 전시용 디지털 예술 작품으로 각색될 때 어떤 일이 발생하는지를 설명할 수 없다. 매체는 스토리와의 상호작용 방식 대신 스토리 보여 주기 방식이 되기 때문이다. 이스라엘계 미국 비디오 예술가 에도 스턴Eddo Stern이 제작한 작품 〈베트남 로망스Vietnam Romance〉(2003)[15]에서 관람자는 게임의 적들이 예술가-슈터에 의해 이미 제거되어 버렸다는 사실을, 또한 자기가 〈매시M*A*S*H〉(1970)에서 〈지옥의 묵시록Apocalypse Now〉(1979)에 이르기까지 전쟁영화의 고전적 장면들을 교묘하게 환기시키는 일련의 텅 빈 배경들만 바라보고 있다는 사실을, 다

15　데스크탑 컴퓨터 환경에서만 작동하는 소스들, 즉 게임, 그래픽, 음악 등으로 만든 작품. 베트남전쟁 체험과 미디 사운드트랙 및 컴퓨터게임 클립의 리믹스는 낭만주의자와 데스매치 전문가에 대한 향수를 불러일으킨다.(http://eddostern.com/works/vietnam-romance)

비디오 예술가 에도 스턴의 2003년작 〈베트남 로맨스〉.

시 말해 그것들만 보여지고 있다는 사실을 발견한다. 예술가는 게임 액션의 모든 규칙을 깨뜨림으로써 의도된 결과를 뒤집어 버렸고, 이를 통해 청중이 인터랙티브 게임에서와 같은 방식으로 참여할 수도 없고 그렇게 참여하지도 않는다는 사실을 확인시킨다. 이와 마찬가지로 스턴의 〈포트 팔라딘: 미국의 군대Fort Paladin: America's Army〉(2003)는 중세풍 성의 축소 모형을 제시하는데, 이 성 안에서는 '미국의 군대America's Army'[16]라는 미군 모집용 게임을 예술가가 지배하고 그 최종적 결과들이 비디오 스크린으로 제시된다. 여기서 관찰하는 청중의 작업과 즐거움은 인터랙티브 게이머의 운동역학적이고 인지적인 참여와 구별된다.

---

16 〈포트 팔라딘: 미국의 군대〉에서 포트 팔라딘은 컴퓨터로 만든 중세풍의 자동화된 성으로서 살인 훈련을 시키는 한편, '미국의 군대'라는 미군 모집 및 훈련 게임을 지배한다. (http://eddostern.com/works/fort-paladin)

각색 틀짓기

말하기, 보여 주기, 스토리와 상호작용하기라는 세 가지 참여 양식을 전면에 내세우면 각색을 틀짓는 데 상당 정도의 정밀함과 분별력을 확보할 가능성이 있다. 이는 매체에만 초점을 맞춰서는 불가능한 일이다. 참여 양식의 틀로 보면 매체 특이성에 집중하느라 놓쳐 버릴 수 있는 매체 횡단적 연계linkage across media를 파악할 수도 있고, 그래서 단순한 형식적 각색 규정에서 벗어나 각색 과정을 고려할 수 있게 된다.

물론 이런 스토리 참여 방식은 결코 진공 상태에서 발생하는 게 아니다. 우리는 시간과 공간 속에서, 그리고 특수한 사회와 일반적 문화 내에서 참여한다. 창작과 수용의 맥락은 문화적이고 개인적이며 심미적인 것이지만, 그런 만큼 물질적이고 공적이며 경제적인 것이기도 하다. 그 때문에 심지어 오늘날 지구화된 세계에서조차 스토리를 둘러싼 맥락에서, 말하자면 민족적 배경이나 민족적 시간대에서 일어나는 주요 변화들은 전위된 스토리의 이데올로기적이고 축자적인 해석 방식을 근본적으로 바꾸어 놓을 수 있다.

예를 들어, 남성 영화감독이 여성 작가의 소설을 각색할 때 또는 미국 영화감독이 영국 소설을 각색할 때, 아니면 영국 작가 바이어트A. S. Byatt의 1991년 소설 《포제션Possession》을 각색해서 만든 미국 영화감독 닐 라뷰트Neil LaBute의 동명 영화(2002)처럼 두 가지 전위가 동시에 발생할 때, 오늘날 우리는 어떤 반응을 보이는가? 문화의 변

화와 그에 따른 언어의 간헐적 변화 속에서 각색은 변화를 만들어 내고, 그래서 광의의 수용·생산 맥락에 관한 많은 것을 드러내 준다. 인류학 용어로 말하면 각색자는 많은 경우 스토리를 "토착화한다in-digenize." |Friedman 2004| 예를 들어, 독일에서 셰익스피어의 작품들은 낭만주의적 번역을 통해 전유되었고, 바드Bard ^{셰익스피어의 별칭. 셰익스피어가 '영국의 음유시인Bard of England'으로 불린 데 기인한다.} 의 게르만적 친밀성에 대한 확신을 통해 독일 민족 문학 부흥에 활용되었다. 이상하게 보일지 모르지만, 이것이 적국 문화의 주요 극작가가 쓴 작품들이 두 차례의 세계대전을 거치면서도 계속해서 연출된 이유다. 물론 각색이라고 불릴 만한 심대한 변화들이 동반되기는 했지만 말이다. 사실 국가사회주의자들은 비극에서는 사적 가치가 공적 가치에 예속되어 있다고 주장하며 셰익스피어의 작품들을 정치적으로 만들고, 리더십 주제가 지배적이라고 주장하며 그 작품들을 영웅적이게 만들었다.|Habicht 1989: 110-115|

시간 틀의 이동은 작품이 창작되고 수용되는 시간에 관한 많은 것을 드러내 줄 수 있다. 로버트 루이스 스티븐슨Robert Louis Ste-venson의 소설 《지킬 박사와 하이드The Strange Case of Dr. Jekyll and Mr. Hyde》(1886)는 여러 차례에 걸쳐 무대용, 영화관용, TV 스크린용으로 각색되었다.(《지킬 박사와 하이드》 관련 전 영역에 걸친 자료들을 살펴보려면, 해리 게덜드Harry M. Geduld의 편서 《정본 지킬 박사와 하이드 편람 The Definitive Dr. Jekyll and Mr. Hyde Companion》(1983) 참조) 보여 주기 양식은 육화와 상연을 수반하는데, 이때 말하기 버전에서 중심이 되는 모호성을 하나하나 풀어 놓는다. 특히 이 경우에는 불분명하고 불특정한 하이드의 악을 그렇게 한다. 양식 변화 때문에 이 다양한 버전들은 그 악을 신체로 보여 주어야만 했고, 그래서 '형상화'해야만 했다. 이때 각각의 버전이 그렇게 하기 위해 선택한 수단은 작품이 생산된 역사적·정치적 순간을 잘 보여 준다.

금주령이 처음 내려졌던 1920년, 우리는 존 로버트슨John Robertson의 무성영화에서 알콜을 통한 성적 타락을 목도하게 된다. 해머 필름 프로덕션의 1971년 작품 〈지킬 박사와 시스터 하이드Dr. Jekyll and Sister Hyde〉(로이 워드 베이커Roy Ward Baker 감독)에서는 1960년대 이후 페미니즘에 대한 영국의 혼란스런 반응을 확인할 수 있다.|McCracken-Flesher 1994: 183-94| 경제적 이유 때문에 각색자들은 대개 유명하고 오랫동안 인기를 누리는 작품을 각색 대상으로 선정한다. 법적인 이유에서 더 이상 저작권법의 보호를 받지 않는 작품을 선택하기도 한다.

테크놀로지는 각색을 추동하는 것은 물론이고, 아마도 늘 각색을 틀지어 왔을 것이다. 뉴미디어가 계속해서 세 가지 참여 양식 모두에 새로운 가능성을 열어 주었다는 점에서 말이다. 최근 새로운 전자 테크놀로지는 너무 뻔한 현실에 대한 충실성보다 소위 **상상력에 대한** 충실성을 새로운 방식으로 견지하게 해 주었다. 이는 초기 애니메이션 기법이나 특수 효과를 훨씬 넘어서는 일이다.

오늘날 우리는 3D 디지털 테크놀로지를 통해 그런 세계로 들어가 그 안에서 행위할 수 있다. 영화 각색 이론은 디킨스나 오스틴의 작품 같은 고전을 다룰 때는 청중이 더 많은 충실성을 요구한다는 믿음을 갖고 있다. 하지만 새로운 대중적 컬트 고전들, 특히 톨킨J.R.R. Tolkien, 필립 풀먼, 조앤 롤링J.K. Rowling 등의 작품은 오늘날

무대에서, 극장에서, 비디오와 컴퓨터 스크린에서, 그리고 다양한 게임 포맷으로 시각화·청각화되고 있다. 이는 독자들이 요구하는 바이기도 하다. 상상력을 통한 문학 세계의 시각화가 늘 지극히 개별적인 일이기는 하지만, 독자들 사이의 편차는 사실주의 소설에서보다 판타지 소설에서 훨씬 더 커 보인다. 이 팬들이 자신들의 상상력이 아닌 영화감독의 상상력에서 나온 한 편의 특수한 스크린용 버전을 보게 될 경우, 그 편차는 어떤 의미를 갖게 되는가?|Boyum 1985| 물론 대답(들)은《반지의 제왕The Lord of the Rings》스토리나 《해리 포터》소설의 최근 각색물에 대한 리뷰와 청중의 반응에서도 찾아볼 수 있다. 이제 나는 사악한 적수 오크orc 또는 퀴디치Quid-ditch 게임 | 해리 포터 시리즈에 나오는 게임. 빗자루를 타고 날아 다니면서 골든 스니치를 잡으면 승리한다. | 이 어떤 모습인지(일 수 있는지) (영화를 통해) 알고 있기 때문에 처음 책을 읽고 상상했던 모습을 다시는 떠올릴 수 없을 것이다. 팔랭프세스트는 항구적 변화를 지향한다.

풀먼의《황금 나침반》3부작을 연극으로 각색할 때, 각색자 니콜라스 라이트Nicholas Wright는 이 책이 3백만 부 팔렸고 36개 언어로 번역되었다는 사실에 잘 대처해야만 했다. 각색자는 시각화 방법을 찾아내서, 팬들이 잘 처리하라고 요구했던 주요 요소들을 영화의 기술적 이점에 의존하지 않은 채 무대 위 신체적 삶으로 구현해야만 했다. 이 요소들에는 소설의 다층적·병렬적 세계들, 캐릭터들을 각각의 세계 속에 잘라 넣는 창문들, 그리고 특히 '데몬'이라고 불리는 경이로운 피조물들(캐릭터들의 내적 영혼을 구현하고 있는 이성異性 동물들)이 포함되어 있었다. 이 요소들은 상상력 문제는 물론이고 테크놀로지 문제를 유발했다. 라이트는 소설 팬들이 요구가 많은 청중임을 잘 알고 있었기 때문이다. 두 편의 연극, 즉 2003년 런던의 내셔널 시어터에서 마침내 공연된 연극과 2004년 개작된 연극은 청중에 대비하고 비난을 예방하기 위해 정교한 '패러텍스트적' 문맥 안에 배치되었다. 프로그램은 다른 것들에 비해 더 광범위하고 훨씬 더 많은 정보를 담고 있었다. 여기에는 사진, 소설가 및 각색자와의 인터뷰, 지도, 장소·캐릭터·사물·'다른 존재'에 관한 용어사전, 문학적 상호텍스트 목록 등이 실려 있었다.

이 사실이 암시하는 것처럼 모든 참여 양식들을 횡단하는 진전된 각색 틀짓기는 경제적인 것이다. 브로드웨이는 할리우드를 각색하고, 소설화 작업은 영화 개봉 일정에 맞춰 진행된다. 2001년 11월에는 〈해리 포터〉 스토리의 1회분이 영화와 멀티플랫폼 비디오게임으로 제작되어 전세계에 동시 배포된 바 있다. 출판사는 각색된 문학작품의 새로운 판본을 영화 버전에 맞춰 제작했고, 예외 없이 표지에 영화배우나 영화 장면 사진을 실었다.

각색의 일반적 이론화 작업을 수행하려면 여러 매체들과 예술 형식들의 자금 조달 및 이윤 분배 같은 일반적인 경제적 문제들을 반드시 고려해야만 한다. 글로벌 시장이든 아주 특수한 시장이든 그에 어필하려면 TV 시리즈나 뮤지컬은 각색되는 텍스트의 문화적·종교적·역사적 특성에 변화를 줘야만 할지도 모른다. 사회적 가식과 억압 문제를 다룬 통렬한 풍자소설은 개인의 승리에만 초점을 맞춘 온화한 희극으로 변형될 수도 있다. 새커리Thackeray의 《허영의 시장Vanity Fair》(1848)을 각색한 수많은 미국 TV 및 영화 버전들처럼 말이다. 대중 영화에서 파생된 비디오게임과 비디오게임에서 파생된 대중 영화는 확실히 '프랜차이즈'를 활용해 시장을 확대하는 방식이다. 이 방식이 익숙한 10대 연인의 스토리에 기초해 자기 극장용 희곡을 쓰기로 한 셰익스피어의 결정이나, 이 점에 관한 한 인기를 얻을 목적으로 이 스토리를 가지고 오페라를 작곡하기로 한 샤를 구노Charles Gounod의 선택과 얼마나 다른가?[17]

다른 방식이기는 하지만, 주세페 베르디Giuseppe Verdi와 리하르트 바그너Richard Wagner 모두 오페라 각색 작업을 할 때 재정적 측면을 깊이 고려했다. 하지만 우리에게는 마치 대중문화가 고급 예술보다 더 자본주의에 오염되어 있는 것인 양 그에 대한 부정적 판단이 가미된 수사학을 계속 사용하려는 경향이 있다.

각색을 둘러싼 광범위한 이론적 이슈들을 살펴보기 시작하면서, 나는 다음과 같은 두 가지 입장이 전혀 생산적이지 않다는 것을 깨달았다. 하나는 대중문화 각색을 파생된 것이자 이차적인 것으로 부정적이게 평가하는 입장이고, 다른 하나는 각색을 '원천' 텍스트와 비교하며 충실성과 비충실성이라는 도덕적 수사학을 사용

---

17 셰익스피어의 희곡《로미오와 줄리엣》은 이탈리아 북부 도시 베로나에서 오랫동안 전해져 내려오던 이야기를 토대로 만들어진 작품이다. 그리고 구노의 〈로미오와 줄리엣〉(1867)은 셰익스피어의 희곡을 각색해서 만든 오페라다. 이 두 작품은 결말에서 약간 차이가 난다. 셰익스피어의 작품에서는 로미오가 죽은 것을 본 줄리엣이 따라 죽는 방식으로 끝난다. 그러나 구노의 작품에서는 줄리엣의 죽음을 오인하고 독약을 마신 로미오가 서서히 죽어 가는 사이 줄리엣이 깨어나게 되고, 둘이 재회하여 짧은 이중창을 부른 후 줄리엣이 따라 죽는 방식으로 종결된다.

하는 입장이다. 다른 이론가들처럼 나도 과정이자 생산물로서의 각색에 관한 사유를 위해 덜 손상된 이미지를 활용할 수 있는지 자문했다. 로버트 스탬 또한 영화 〈어댑테이션〉에서 흥미로운 가능성 하나를 발견했다. 스탬은 소설의 영화 각색에 특히 초점을 맞추었기 때문에, 두 매체와 둘로 나뉜 채 시나리오를 쓰는 영화 속 쌍둥이(혹은 분열된 인격)가 유비 관계에 있음을 발견할 수 있었다. 그는 난초와 같은 혼종 형식, 즉 "서로 다른 '종들'이 만나는 장소"라는 각색의 은유에도 매력을 느꼈다.|Stam 2005b: 2| 스탬에 의하면 변이, 즉 영화적 각색은 "원천 소설의 '생존'"에 도움이 될 수 있다.|3|

나는 특정한 두 매체나 '원천'보다 참여 양식에 더 초점을 맞추었기 때문에 다른 것들에 주목할 수 있었다. 나는 그 영화에 각색의 다른 유비가 분명히 암시되어 있음을 깨달았다. 이 유비는 유전적 적응|각색|adaptation이란 무언가가 주어진 환경에 적합하게 되는 생물학적 과정을 의미한다는 다윈의 진화론에 기인한 것이었다. 각색을 매개로 한, 특수한 문화적 환경에 대한 스토리의 적합성과 돌연변이 또는 조절 과정이라는 견지에서 서사 각색을 사고해야 한다는 것이 내가 시사받은 점이었다. 스토리 또한 적응|각색|으로 진화하고, 오랜 시간에 걸쳐 변화를 겪는다. 간혹 문화적 적응|각색|은 생물학적 적응|각색|처럼 좋은 환경으로의 이주를 내포하기도 한다. 스토리가 색다른 문화와 색다른 매체로 여행을 하는 것이다. 간단히 말해, 스토리는 각색될 때 적응한다.

다윈의 이론을 다룬 책《이기적 유전자The Selfish Gene》(1976)에서 리처드 도킨스Richard Dawkins는 다윈의 생물학 이론에 필적하는

문화적 유사물이 있음을 용감하게 주장했다. "기본적으로는 보수적이면서도 어떤 형태의 진화를 일으키게 할 수 있는 점에서 문화적 전달은 유전적 전달과 유사하다."|1876/1989: 189|[18] 그에 따르면, 언어, 패션, 테크놀로지, 예술 등 "이들 모두는 역사를 통하여 마치 극히 속도 빠른 유전적 진화와 같은 양식으로 진화하는데, 물론 실제로는 유전적 진화와는 전혀 관계가 없다."|190|[19] 그럼에도 불구하고 그는 이른바 "밈meme", 즉 문화적 전달 단위 또는 모방 단위에 해당하는 존재를 설정한다. 그것은 유전자와 같은 "복제자"다.|191~192|[20] 하지만 유전적 전달과 달리 밈은 전달되면 항상 변화한다. 밈은 "계속되는 돌연변이, 그리고 나아가서는 혼합에"|195|[21] 종속되어 있고, 부분적으로는 생존을 위해 '밈 풀meme pool'에 적응하게끔 되어 있기 때문이다. 도킨스가 밈에 관해 쓸 때 염두에 둔 것은 이념이었지만, 스토리 또한 이념이고 그래서 그와 동일한 방식으로 기능한다고 말할 수 있다. 몇몇 이념들은 생존(문화에서의 존속) 또는 재생산(많은 적응)을 통해 탁월한 적합성을 소유하게 된다. 진화와 마찬가지로 각색도 세대 초월적 현상이다.

도킨스가 지적한 것처럼, 몇몇 스토리들은 확실히 "문화 환경 속

---

18 리처드 도킨스,《이기적 유전자》, 홍영남 옮김, ㈜을유문화사, 1993, 283쪽.

19 리처드 도킨스,《이기적 유전자》, 285쪽.

20 리처드 도킨스,《이기적 유전자》, 286~287쪽.

21 리처드 도킨스,《이기적 유전자》, 292쪽.

에서 안정성과 침투력"을 갖고 있다.|193| [22] 스토리는 물질적으로나 문화적으로 새로운 환경에서는 색다른 방식으로 다시 이야기된다. 유전자와 마찬가지로 스토리도 돌연변이, 즉 스토리의 '자식' 또는 스토리의 각색**에 힘입어** 새로운 환경에 적응한다. 그리고 이 적합성은 생존 이상의 의미를 갖는다. 스토리가 번성하는 것이다.

---

22 리처드 도킨스, 《이기적 유전자》, 289쪽.

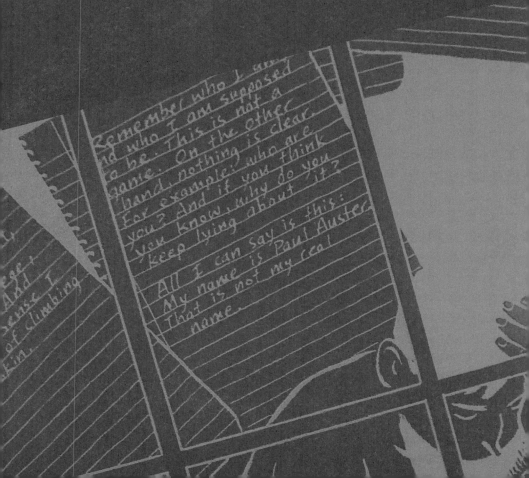

2

무엇을?

| 형식들 |

영화제작 당시 |영화감독| 프레드Fred |쉐피시Schepisi|와 나누었던 대화는 (술에 취해 있었든 그렇지 않든) 아직도 기억에 남아 있다. 내 생각에, 우리 둘은 영화감독과 소설가로서 전혀 달랐지만 오랫동안 동일한 강박관념에 사로잡혀 있었다. 그것은 바로 시간 조절, 속도 조절, 그리고 정확한 판단에 따른 정보 공개와 감정 표출 같은 스토리텔링 비법이다.

소설가 그레이엄 스위프트Graham Swift가 자작 소설
《마지막 주문Last Orders》의 각색 작업에 대해 쓴 글

매체 특이성 재고

각색은 잘 알려진 다른 작품의 창조적이고 해석적인 전위로서 일종의 확장된 팔랭프세스트임과 동시에, 많은 경우 상이한 관습 세트로의 약호전환이다. 이런 약호전환은 이따금씩 매체 변화를 수반하곤 한다. 내가 각색의 여러 참여 양식에 주로 초점을 맞추기는 했지만, 매체는 각색의 물질적 표현 수단이라는 점에서 너무나도 중요하다. 그러나 미첼W.J.T. Mitchell이 상기시켜 준 것처럼, "매체는 송신자와 수신자 사이에 있는 게 아니다. 매체는 그 둘을 포함하고 또 구성한다."|2005: 204; Williams 1977 참조| 내가 (생산물로서뿐만 아닌) 과정으로서의 각색을 강조하는 이유는, 이 장에서 형식을 특히 강조하는 경우에도 매체의 사회적·의사소통적 차원 역시 중요하게 고려하고 있음을 보여 주려는 데 있다.

　　각색에서 발생하는 매체 변화를 보면, 불가피하게 예술—과 매체—의 형식적 특이성에 관한 기나긴 논쟁의 역사가 떠오른다. 레싱 G.E. Lessing의 《라오콘: 미술과 문학의 경계에 관하여Laocöon: An essay upon the limits of painting and poetry》(1766)는 이 개념에 관한 매우 영향력 있는 진술을 제시한 바 있다. 하지만 이미 살펴본 바 있듯이, 각색은 또한 예술의 위계라는 관념을 보통은 자신에게 불리한 방식으로 불러온다. 이런 가치평가 틀은 특이성과 차이에 관한 논쟁에서 수세기 동안 중요한 역할을 해 왔다. 작가와 문학비평가는 불가피하게도 자신이 선호하는 특수한 예술을 중심으로 위계를 수립했던 것이다.

반면 1940년 시각예술 비평가 클레멘트 그린버그Clement Green-berg는 어빙 배빗Irving Babbit의 반낭만주의 저서 《새로운 라오콘: 예술의 혼란에 대한 시론The New Laocöon: An Essay in the Confusion of the Arts》(1910)에 대해 《더 새로운 라오콘을 위하여Towards a Newer La-ocöon》로 응수한 바 있다. 여기서 그린버그는 각각의 예술에는 고유한 형식적·물질적 특이성이 있다는 유명한 주장을 전개하며, 그 특이성에 대한 자기반영적 집중을 모더니즘 예술의 특징으로 규정했다.|Groensteen 1998b: 11| 영화 같은 새로운 매체에 대한 많은 비판적 반응을 암암리에 드러내고 있다는 점에서 이 이세이 역시 아주 오래된 것이다. 어떤 예술도 고유한 형식적·의미생산적 가능성을 지닌 특이한 매체로 이론화되기 전까지는 문화 자본을 확보할 수 없는 것처럼 보인다.|Naremore 2000b: 6| 다음과 같은 진술은 이 점을 잘 보여 준다.

"각각의 매체는 리듬, 운동감, 몸짓, 음악, 발화, 이미지, 글쓰기(인류학적 용어로 표현하면, 우리의 '첫 번째' 매체) 같은 '친숙한' 표현 재료들을 사용하고, 결합하고, 증식하는 방식에 따라서 … 고유한 의사소통 에너지학energetics을 소유하게 된다."|Gaudreault and Marion

매체 변화나 참여 양식 변화가 일어나지 않는다면 각색이 그런 논쟁에 연루될 일은 거의 없을 것이다. 다른 연재만화의 연재만화 버전, 또는 영화 리메이크가 까다로운 특이성 문제를 불러일으킬 일은 없다.| Gaudreault 1998: 270 | 음악 커버나 재즈 변주도 마찬가지다. 하이너 뮐러Heiner Müller의 〈햄릿기계Hamletmaschine〉(1979)는 셰익스피어의 《햄릿》을 각색한 작품일 테지만, 매우 다르긴 해도 여전히 무대 희곡이다.[1] 도리어 각색은 여러 참여 양식들과 매체들을 횡단해서 이동할 때, 특히 가장 일반적으로는 이를테면 인쇄된 종이에서 무대 공연, 라디오극, 무용, 오페라, 뮤지컬, 영화, TV 등으로 이동할 때 복잡한 매체 특이성 논쟁에 깊이 휘말리게 된다. 인쇄물이든 공연물이든 어떤 작품이 여러 층위의 감각적·기호학적 채널을 지닌 인터랙티브 미디어로 각색될 경우에도 역시 그렇다.| Ryan 2004c: 338 | 그린버그가 주장한 바대로 분명 "각 예술의" 모든 "본질적 요소들"을 규정할 수 있다면, 어떤 예술 형식·매체가 할 수 있는 일은 무엇이고, 다른 예술 형식·매체가 할 수 없는 일은 무엇인가?| 1940/1986: 29 | 레싱에 따르면, 문학이란 시간의 예술이고 미술은 공간의 예술이다.| 1766/1984:77 | 그러나 무대 공연이나 스크린 상연은 이 둘 모두에 해당한다.

---

1 〈햄릿기계〉는 하이너 뮐러가 자신의 독일어 번역본 〈햄릿〉을 토대로 각색한 9쪽 분량의 포스트모던 드라마다. 이 드라마는 관습적 플롯에 초점을 맞추기보다 독백 장면들로 느슨하게 연결되어 있다는 점에서 원작과 구별된다.

사람들은 보통 영화를 가장 포괄적이고 종합적인 상연 형식이라고 말한다. "연쇄 사진, 음악, 음성, 음향 등 다양한 표현 재료들에 힘입은 복합 언어, 즉 영화는 사진과 그림의 시각 정보, 무용의 운동감, 건축의 장식, 극장의 공연 같은 표현 재료들에 결부된 모든 예술 형식들을 '물려받는다.'" |Stam 2000: 61; Klein 1981: 3| 그러나 무용 작품, 뮤지컬, TV 쇼 등은 각자 그만의 복잡한 관습과 함께, 이를테면 지각하는 청중이 의미를 구성하게 해 주는 고유한 문법과 통사론까지도 갖고 있다.

2004년 폴 카라시크Paul Karasik와 데이비드 마추켈리David Mazzucchelli는 어구와 서사가 모두 복잡한 폴 오스터Paul Auster 소설《유리의 도시City of Glass》(1985)를 그래픽 노블로 각색한 바 있다. 이때 그들은 소설의 스토리를 아트 슈피겔만Art Spiegelman이 말했던 '만화의 원源-언어Ur-language of Comics', 즉 "창문, 감옥문, 도시의 한 블록, 빙고 게임판 등과 같은 격자, 말하자면 서사의 변동과 적합성에 단위를 부여해 주는 메트로놈 같은 격자"에 따라 "엄격하게 배분된 격자판"으로 번역해야만 했다.|

폴 오스터의 소설을 각색한 그래픽 노블《유리의 도시》(1985).

Spiegelman 2004: n.p.| 모든 형식적 관습들처럼 이 격자는 억제하면서도 가능하게 해 준다. 말하자면, 새로운 가능성들을 제한하면서도 열어 놓는 것이다.

말하기에서 보여 주기로의 친숙한 이동, 더 구체적으로는 길고 복잡한 소설에서 공연 형식으로의 친숙한 이동은 보통 매우 곤혹

스런 전위로 인식된다. 영화감독 조나단 밀러Jonathan Miller가 남긴 인상 깊은 말에 의하면 "대부분의 소설은 희곡으로 바뀌면 돌이킬 수 없을 정도로 큰 상처를 입는다. 소설은 어떤 식의 공연도 전혀 염두에 두지 않은 채 저술되기 때문이다. 반면 연극에서는 시각적 공연이 정체성의 일부를 이루고 있고, 그로 인해 무대에서 스크린 으로의 번역도 정체성 변화를 유발하기는 하지만 정체성 파괴를 초 래하지는 않는다."|1986: 66|

물질적 스케일 차이야말로 소설의 공연물 각색을 곤란하게 만드 는 요인이지만, 반대의 경우에도 사정은 분명히 그와 똑같다. 과거 프 랑수아 트뤼포François Truffaut는 자신이 만든 영화/시나리오(수잔 쉬 프만Suzanne Schiffman, 미셸 페르모Michel Fermaud 공저) 〈여인을 사랑한 남자L'homme qui aimait les femmes〉의 《시네로망Cinéroman》(1977)을 쓴 바 있다. 이는 자기 반영적 소설 속 소설 구조를 차용하기는 했지만 매우 짧고 전혀 소설적이지 않은 책이었다.

반면 소설을 희곡으로 만들려면 내용을 여과해야 하고, 규모와 그에 따른 복잡성도 반드시 줄여야 한다. 그 때문에 작가 겸 영화감 독 토드 윌리엄스Todd Williams는 존 어빙John Irving의 소설 《일 년 동 안의 과부A Widow for One Year》(1988) 가운데 3분의 1만을 각색해서 영화 〈바람난 가족The Door in the Floor〉(2004)을 만들기도 했다. 많 은 비평가들은 이런 커팅을 부정적 요인, 즉 삭제로 봤다. 그러나 플 롯은 압축되고 응축되면 가끔씩 매우 강력한 힘을 발휘하기도 한 다. 스탠리 큐브릭Stanley Kubrick은 1975년 새커리의 소설 《배리 린던 의 행운The Luck of Barry Lyndon》을 각색할 때 "새커리의 산만한 피카

레스크 서사에 최면성 있는 숙명적 선형성을 부여함으로써"|Synyard 1986: 133| 소설의 전체 구조를 꽉 죄었다. 이 여과 작업은 상당수의 필름 느와르film noir 각색물에서처럼 서사 과잉이 서사 적절성에 길을 내준다는 식으로 생각해 볼 수도 있다.|Cattrysse 1992: 56|

간혹 소설가들조차 그 또는 그녀의 작품에 발생한 변화에 좋은 점이 있음을 인정한다. 장편소설《하얀 이빨White Teeth》(2000)이 TV 각색물 제작을 위해 커팅되었을 때, 원작 작가 제이디 스미스 Zadie Smith가 보인 반응을 보자.

> 커팅은 뚱뚱하고 너저분한 아이를 단정하게 만들기 위해 필요한 일이었다. 여러 변화 가운데 적어도 하나는 고무적이었다. … 커팅이 이루어졌다. 동기부여가 추가되었고, 그래서 예술적 명쾌함이 획득되었다. 나는 TV 각색물을 보았을 때 알아챘다. 그와 동일한 전략을 생각해냈더라면 소설의 이 부분을 더 잘 쓸 수 있었으리라는 것을…. 소설에서는 동기부여를 제시하기 위해 먼지 속에서 이것 저것 긁어 모으기도 하고, 동기부여의 결여를 숨기기 위해 장식적 언어에 손을 뻗기도 한다. 영화 관객들은 그런 속임수를 참지 못할 것이다. 우리가 스크린에서 무언가를 하는 사람을 볼 때, 몸짓의 진실을 말해 주는 것은 두뇌 이상의 직관일 것이다. 이는 속일 수 없다.|2003: 10|

스미스가 이 말을 끝내며 지적한 것은 커팅만이 아니다. 이 경우에는 첨가, 즉 영화 같은 자연주의적 매체에 필수적인 동기부여의 첨가도 지적한 것이다. 물론 영화 각색은 육체, 목소리, 음향, 음악, 소품, 의상, 건물 등도 분명히 첨가한다.

레이먼드 챈들러Raymond Chandler는 1944년 영화감독 빌리 와일더Billy Wilder의 영화제작을 위해 제임스 케인James M. Cain의 소설 《이중배상Double Indemnity》(1935)을 각색한 바 있다. 이때 그는 플롯을 간결하게 하고 해설 구절을 커팅하기도 했지만 위트 있는 대화, 냉소적이고 자의식적인 농담, 명시적 에로티시즘, 도덕적 구심점 등을 첨가하기도 했다. 간단히 말해서, 그는 시나리오를 케인의 소설보다 자신의 픽션에 가깝게 만든 것이다.|Schickel 1992: 52|

공연물 각색에서 첨가는 그런 종류의 스타일 재료와 윤리적 재료에서 새로운 캐릭터 삽입과 서스펜스 고조에 이르기까지 광범위하게 이루어진다. 구조적 견지에서 보면, 각색자는 느슨한 에피소드식 서사 또는 피카레스크 서사에 처음, 중간, 끝이 명확하게 구분되어 있는 친숙한 패턴의 흥망성쇠 플롯을 부과할 수도 있다. 혹은 그또는 그녀는 해피엔딩을 무언의 비극이나 공포로 신중하게 대체할수도 있다. 영화감독 폴커 슐뢴도르프Volker Schlöndorff와 시나리오작가 해럴드 핀터는 1990년 마거릿 애트우드의 어두운 디스토피아서사 《시녀 이야기The Handmaid's Tale》(1985)를 영화로 각색할 때 실제로 그렇게 했다.

하지만 영화 각색에 관한 이야기는 대부분 손실이라는 부정적측면에서 이루어진다. 때로는 간단히 범위 축소, 즉 길이, 디테일, 해설 등의 축소만을 지적하기도 한다.|Peary and Shatzkin 1977: 2-8| 레이브래드버리Ray Bradbury는 1956년 존 휴스톤John Huston이 허먼 멜빌

의 소설 《모비딕Moby Dick》(1851)을 영화 버전으로 만들 때 각본을 쓴 일이 있다. 이 작업은 시간과 공간의 견지에서 들쑥날쑥한 소설을 스크린에 적합하게 커팅해야 할 실용적 필요성을 보여 주는 전형적 사례일지도 모른다. 보통 어떤 행위에 관해 쓴 기록을 읽는 것보다 행위를 수행하는 데 더 많은 시간이 걸리기 때문이다. 하지만 다른 경우, 변화는 질의 문제가 아닌 양의 문제로 간주되기도 한다.

계속해서 멜빌의 작품을 예로 들면, 노벨라 〈빌리 버드Billy Budd〉의 복잡한 도덕적 이야기는 피터 유스티노프Peter Ustinov의 1962년 영화 버전에서 흑백으로 표현된다. 글자 그대로도 그렇고 윤리적으로도 그렇다.

멜빌의 노벨라를 각색한 유스티노프 감독의 1962년 영화 〈빌리 버드〉.

손실이라는 부정적 담론에 따르면, 공연 매체는 언어적이거나 서사적인 미묘함을 표현할 수도 없고 심리적인 것이나 정신적인 것을 재현할 수도 없다고 한다. 말하자면, 어떤 영화도 제임스 조이스의 《피네간의 경야Finnegans Wake》만큼 실험적인 것은 없다는 말이다.|이 주제에 관한 논의를 더 살펴보려면, S. Smith[1981] 참조|

특히 오페라야말로 극단적 응축으로 인해 양과 질 모두에서 손실을 낳는 매체로 유죄 선고를 받아 왔다. 다시 말하지만, 텍스트의 한 행을 말로 하는 데보다는 노래로 부르는 데 더 많은 시간이 걸리고, 그것을 읽는 데는 더 적은 시간이 걸린다. 오페라의 소설 재활용은 소설을 "변성시키는데", 이를테면 "소설을 매직 펜으로 그린 형광

색 만평으로 축소시켜 버림으로써" 그렇게 한다.|Honig 2001: 22| 그러
나 앞으로 살펴보겠지만, 벤저민 브리튼Benjamin Britten의 오페라 〈빌
리 버드〉(오페라 대본은 E.M. 포스터와 에릭 크로지어Eric Crozier가 함
께 썼다.)는 심리학과 스타일의 견지에서 보면 유스티노프의 영화보
다 훨씬 더 섬세한 작품으로 밝혀질 것이다. 몇몇 사람들은 심지어
멜빌의 노벨라보다도 더 섬세한 작품이라고 말하기도 한다. 다시 말
해, 실제 실천을 보면 매체 특이성에 관한 통상적인 이론적 일반화
는 의심의 여지가 있다는 것이다. 이 장에서는 이 문제를 중심으로
각색의 '무엇을?'에 대해, 혹은 그저 각색의 형식(들)에 대해 살펴보
려고 한다. 우선 각색에 열려 있는 세 가지 참여 양식 각각의 관점에
서 그 형식적 요소들을 살펴보자.

말하기 ⟷ 보여 주기

가장 흔하게 다루는 각색은 말하기 양식에서 보여 주기 양식으로
나아가는 각색, 보통은 인쇄물에서 공연물로 나아가는 각색이다. 그
러나 오늘날 만개한 '소설화novelization' 산업을 무시할 수는 없다. 과
거 인기 있었던 '영화소설cineromanzi'이나 '사진소설fotoromanzi'의 독
자들과 마찬가지로, 〈스타워즈〉나 〈엑스파일The X-files〉의 팬들도 오
늘날 영화와 TV 대본을 토대로 저술된 소설을 읽을 수 있다. 문제
는 다시금 크기나 규모다.

이와 관련해서 윌리엄 버로우즈는 다음과 같은 논쟁적 주장을 펼치기도 했다. "당신이 〈죠스Jaws〉의 실제 영화 각본을 입수해 이를 다시 소설로 쓰려고 한다면, 이때 실제 소설을 전혀 참조하지 않은 채 오직 그 각본만으로 작업을 진행한다면, 아주 따분하고 매우 짧은 소설 한 편을 얻는 데 그치기 쉽다."|1991: 76|

오늘날 거의 모든 매체의 영화 각색 작품들은 (재)소설화에 열려 있다. 예를 들어, 앤더슨K.J. Anderson은 앨런 무어Alan Moore와 케빈 오닐Kevin O'Neill의 만화책 시리즈 혹은 그래픽 노블 시리즈 〈젠틀맨 리그The League of Extraordinary Gentleman〉에 기초한 제임스 로빈슨James Robinson 감독의 2003년 각색 영화를 2004년에 소설로 각색한 바 있다. 물론 앤더슨은 각색 영화가 악당과 수많은 캐릭터들 같은 중요한 요소에 가한 변화를 유지해야 했다. 하지만 각본이 너무 짧았기 때문에 묘사를 첨가해야 했고, 캐릭터의 동기를 개발해야 했으며, 이를 위해 많은 경우 그래픽 노블을 참고해야 했다.

우리가 다른 방향으로 작업을 할 때면 말하기 양식에서 보여주기 양식으로, 특히 인쇄물에서 공연물로 작업을 할 때면 잠재해 있던 규정 문제가 부상하게 된다. 진정한 의미에서 인쇄된 희곡의 실연 상연은 모두 이론상 공연물 각색으로 볼 수 있다. 배우가 각 페이지의 대사를 설득력 있는 공연으로 변환할 때 반드시 연극 대본에 몸짓, 표현, 어조 같은 것들이 적혀 있을 필요는 없다.|J. Miller 1986: 48| 대본을 현실화하고 해석해서 재창조하는 일, 이때 어떤 의미에서 상연을 목적으로 대본을 각색하는 일은 연출가와 배우의 몫이다. 뮤지컬 드라마에서 악보는 또한 청중을 위해 삶이 되어야

하고, 현실적이게 육화된 음향으로 '보여져야' 한다. 악보는 페이지 위 생명 없는 검은 음표들로 남아서는 안 된다. 무대 위에서 물리적으로 보게 되는 것은—연극이든 뮤지컬이든 오페라든 기타 다른 공연 작품이든—페이지 위 문자 및 기보記譜 부호들로 창조된 시각적·청각적 세계이다.

하지만 대부분의 이론들은 여기에 선을 긋고는 **일부** 드라마 생산물들만 각색으로 불러야 한다고 주장한다. 인쇄된 연극 대본을 심하게 편집하거나, 플롯 사건들을 재배열하거나, 대사들을 재할당하거나, 캐릭터들을 커팅한 사람은 (물론 이 일로 유명한 사람은 아니지만) 피터 브룩Peter Brook 같은 무대 연출가 겸 영화감독만이 아니다. 하지만 그의 작업 같은 공연물의 근본적 재해석은 특수한 대본에 의한 확장된 비판적·창조적 참여라는 의미에서 보통 각색으로 평가받는다. 리 브루어Lee Breuer가 연출했던 〈인형의 집A Doll's House〉(1879, 헨릭 입센)의 2003년 마부 마인Mabou Mines 극단 버전은 〈돌하우스Doll-House〉로 제목이 바뀌었는데, 그 이유는 이 연극이 각색된 작품이라는 사실을 알려 주려는 데 있었다. 연극에 출연한 모든 남성들의 키가 140센티미터 이하였던 데 반해 여성들은 훨씬 더 컸고, 그 때문에 이 각색물/생산물은 입센 희곡의 악명 높은 성 정치학에 대한 확장되고 공공연한 시각적 주석이 되었다.

그러나 인쇄물에서 공연물로의 이동에 관해 생각할 때면, 우리 대부분은 보통 소설 각색이라는 통상적이고 익숙한 현상을 마음속에 떠올리곤 한다. 소설가 겸 문학비평가 데이비드 로지David Lodge도 인정하듯이, 소설에 담겨 있는 많은 정보는 무대 또는 스크린 위

의 행동이나 몸짓으로 신속히 번역될 수도 있고 완전히 생략되어 버릴 수도 있다. 말하기에서 보여 주기로 이동할 때 공연 각색 작품은 극화될 수밖에 없다. 묘사, 서술, 사상 재현 등은 발화, 행위, 음향, 시각 이미지 등으로 약호전환되어야 하는 것이다. 캐릭터들 사이의 갈등과 이데올로기적 차이를 볼 수도 들을 수도 있어야 한다.|Lodgee 1993: 196-200| 극화 과정에서는 필연적으로 주제, 캐릭터, 플롯 등을 어느 정도 재강조하거나 재초점화하게 된다.

변화의 불가피성 때문에 서간체 소설의 극화 작업에는 특히 많은 어려움이 따르는 것처럼 보인다. 그러나 피에르 쇼데를로 드 라클로Pierre Choderlos de Laclos의 에피소드 소설 《위험한 관계Les Liaisons dangereuses》(1782)는 일련의 편지로 구성된 작품이지만 최근 들어 전혀 다른 매체로 여러 번 각색되었다. 예를 들어, 크리스토퍼 햄튼Christopher Hampton은 1986년 동명 희곡을 쓸 때 소설 속 편지를 구두 대화로 번역했고, 귀족의 퇴폐적 생활에 대한 포괄적 아이러니에서 두 캐릭터가 서로를 속여 넘기는 격렬한 지적 전투로 초점을 옮겨 놓았다.[2] 하지만 이 희곡을 스티븐 프리어즈Stephen Frears 감독의 1988년 동명 영화 〈위험한 관계〉 각본으로 재차 각색할 때, 햄튼은 그 스토리를 악의 응징이라는 좀 더 직설적인 도덕적 스토리로 바꾸어 놓았다. 영화감독 밀로스 포먼Miloš Forman에 의해 〈장

---

2 악마적 후작 부인 메르퇴, 호색한 자작 발몽, 젊은 처녀 세실, 세실의 연인 기사 당스니 등을 중심으로 프랑스혁명 무렵 성적으로 문란하고 퇴폐적인 귀족 사회의 모습을 풍자한 소설. 이 소설에서 사건들은 오로지 캐릭터들 간의 편지 교환을 통해서만 전개된다.

피에르 쇼데를로 드 라클로의 18세기 소설을 원작으로 한 밀로스 포먼 감독의 1989년 영화 〈발몽〉.

클로드 카리에르Jean-Claude Carrière의 각본으로) 이 스토리가 〈발몽Valmont〉(1989)으로 변이되었을 때에는 1988년 영화의 할리우드 도덕 비극보다는 몰리에르Molière의 희극에 더 가깝게 되었다. |Axelrod 1996: 200|

프리어즈의 버전에서 편지 콘셉트는 매체에 특이한 시각적 모티프, 즉 엿듣기 콘셉트로 약호전환되었다. 열쇠 구멍으로 엿보기, 스크린 뒤로 숨기 등이 그 대표적 사례다. 그러나 1959년 로제 바딤Roger Vadim은 이 소설을 각색하고 갱신할 때 몇 통의 편지 대신 보이스오버 내레이션voice-over narration | 영화 장면에 직접적으로 등장하지 않는 화자에 의해 이루어지는 구두 진술 기법. 보통 '보이스오버'로 줄여 부른다. | 이라는 좀 더 문학적인 장치를 활용하기도 했다.

이 서간체 소설의 각색물이 TV 미니 시리즈, 오페라, 발레, 연극, 영화 등에 널리 퍼져 있다는 사실은, 극화의 형식적 어려움이 각색자에게는 방해물이라기보다 도전처럼 인식되고 있음을 암시한다.

이론가들은 인쇄 매체에서 공연 매체로의 각색에 관해 말할 때마다 시각적인 것을, 말하자면 상상력에서 실제 눈에 의한 지각으로의 이동을 강조한다. 그러나 이런 이동에서는 시각적인 것 못지않게 청각적인 것도 중요하다. 우선, 카밀라 엘리엇이 상기시켜 주듯이 영화에서는 많은 대사들이 발화된다. |2003: 78| 그래서 보이스오버, 음악, 소음 같은 요소들이 뒤섞여 있는 별개의 사운드트랙

이 존재하는 것이다. 사운드 에디터 월터 머치에 따르면, 각색자에게 영화 속 음악은 "일종의 유화제처럼 작용한다. 관객으로 하여금 어떤 감정을 용해시키게 해서 특정한 방향으로 끌고 가는 것이다." | Ondaatje 2002: 103 | [3] 음악은 기껏해야 "이미 창조된 감정을 수집하고 방향을 잡아 주는 도구" | Ondaatje 2002: 122 | [4]에 불과하다.

그러므로 영화에서 사운드트랙은 비디오게임에서 그렇듯이 캐릭터와 그의 행동에 대한 청중의 반응을 강화하고 또 인도한다. 이때 음악은 음향효과와 융합해 감정적 반응을 강조하면서 조장하게 된다. 영화에서 음향은 카메라의 연상력만큼 명시적이지는 않지만 내적 상태와 외적 상태를 연결하는 데 활용될 수 있다. 제임스 조이스의 소설 《죽은 사람들The Dead》(1914)을 각색한 존 휴스턴Jonh Huston의 1987년 동명 영화는 음악('오그림의 처녀Lass of Aughrim' 노래하기)과 아일랜드 악센트 차이(손님 대 하인 릴리Lily)를 활용해 캐릭터들의 반응뿐만 아니라, 스토리가 지닌 아일랜드의 특정한 정치적 함의까지도 전달했다.

뮤지컬에서 음악은 '초과의 구현the embodiment of excess'으로 불려 왔다. 캐릭터가 말을 하다 말고 갑자기 노래를 시작하는 행위는 "삶을 평범함 안에 가둘 수 없다는 것, 그 대신 삶이란 평범함 위로 흘러 넘쳐 리듬, 음악, 운동 속으로 들어가야 함" | Tambling 1987: 101 |

---

3   마이클 온다체, 《월터 머치와의 대화: 영화 편집의 예술과 기술》, 126쪽.

4   마이클 온다체, 《월터 머치와의 대화: 영화 편집의 예술과 기술》, 145쪽.

을 암시한다. 오페라에서 음악은 서술 부문으로서 틀림없이 대사만큼 중요할 것이다. 이런 기능에 더해 음악은 명시적인 정서적 힘과 함께 모방적 힘도 갖고 있다. 정서적으로 강력하면서도 회화적으로 암시적인 음악으로 유명한 작곡가 리하르트 슈트라우스Richard Strauss의 악명 높은 능력이 연상되는 대목이다.

소설을 라디오극으로 각색할 때는 청각적인 것의 중요성이 부상하게 된다. 이 경우에는 청각적인 것이 전부이기 때문이다. 모든 극화劇化에 공통된 문제들이 작동하기 시작하는데, 그중 우선적인 것은 여과의 문제다. 개별 캐릭터/목소리는 청각적으로 식별 가능해야 하기 때문에 너무 많은 캐릭터/목소리가 등장해서는 안 된다. 이런 이유로 대부분의 라디오극은 주요 캐릭터들에게만 초점을 맞추게 되고, 따라서 스토리와 시간선time line을 단순화하게 된다.

린제이 벨Lindsay Bell은 2001년 버지니아 울프Virginia Woolf의 소설《등대로To the Lighthouse》를 캐나다 CBC 방송국 라디오극으로 각색하며 그런 작업을 한 바 있다. 이때 스토리텔러로서 이중적이게 된 캐릭터들도 있었지만, 대부분의 캐릭터들은 램지 가족과 릴리 브리스코Lily Briscoe에 초점이 맞춰지며 제거되었다. 우리가 들은 대사는 소설에서 나왔지만, 여러 목소리를 왔다 갔다 하고, 그 목소리로 재맥락화되어 낭독된다. 이 변화를 통해 청각적 버전은 소설의 언어적 결, 연상 범위, 서사 리듬 등에 의미를 부여하게 된다. 모든 라디오극에서와 마찬가지로 여기서도 청취자들의 상상을 돕기 위한 음악과 음향효과가 언어 텍스트에 첨가된다. 톨킨의《반지의 제왕》(1954~1955)을 각색한 BBC의 1981년도 26부작 라디오극은 그런 첨가 작업을 특히 효과적으로 해냈고, 그래서 청취자들은 청각적 환상의 세계에 쉽게 들어갈 수 있었다.

하지만 어떤 면에서 보면 라디오극은 다른 공연 매체들과 전혀 다르지 않다. 모든 극화에서와 마찬가지로, 각본을 각색하는 연기자들은 연출자의 지도 아래 리듬과 템포를 설정하고 청중을 심리적/정서적으로 끌어들여야 하는 것이다.

발레 무대를 위한 각색은 시각적 차원을 첨가하지만, 특히 오페라를 각색할 때 그런 것처럼 음악적 차원을 그대로 둘 경우에도 언어적 차원을 삭제한다. 푸슈킨Pushkin의 《스페이드의 여왕Pikovaya Dama》(1890)을 각색한 차이콥스키의 오페라는 2002년 킴 브란트스트럽Kim Brandstrup에 의해 캐나다 몬트리올 그랜드 발레단Les Grands Ballets Canadiens de Montréal 공연용으로 다시 각색되기도 했다. 하지만 음악을 통한 의미와 감정의 최우선 전달자로서의 오페라 목소리를 움직이는 신체가 대신하는 사례는 아주 많다. 장편소설이나 단편소설의 (입으로 말하는) 극 무대 각색 역시 언어적 차원과 함께 시각적 차원을 포함한다. 이런 차원이 첨가될 때 청중이 기대하는 것은 단지 목소리만이 아니다. 무용에서와 같이, 상상되어 시각화된 것에서 직접 지각된 것으로 이동할 때처럼 청중은 외형appearance도 기대한다.

무대의 물리적 한계는 행동과 성격화에 제약을 가하기도 한다. 모든 공연 매체는 외재화되면 캐릭터의 내적 동기부여를 상실하게 된다고 말하지만, 잠재해 있는 무대의 물질적 제약이야말로 이런 상실을 증폭시키는 요인이다. 살만 루슈디Salman Rushdie는 2003년 언어적으로나 서사적으로 과도한 자작 소설 《한밤중의 아이들Midnight's Children》을 희곡으로 공동 각색했을 때 소설 팬들에게서 당연한 한탄의 소리를 들은 바 있다. 풍부하고 복잡한 소설의 작풍처럼 희곡의 작풍도 양식화되고 과도해졌기 때문이다. 무대 위에 설치된 최소한의 소도구와 배경은 소설과 희곡의 과도한 바로크식 언어적 불꽃놀이에 시각적으로 대비되었다. 그러나 복잡한 시간적·존재론적 상태를 구현하려는 형식적 시도도 있었다. 이 무대 버전은 역사적 장면과 마술적 리얼리즘 장면을 모두 보여 주기 위해 무대 뒤에 크게 사선으로 갈라져 있는 영화 스크린을 설치해 두었던 것이다.

이런 영화 기법의 활용은 소설의 무대 각색에 비해 영화 각색에 큰 장점이 있음을 보여 준다. 멀티트랙 매체를 활용하면 카메라의 매개 작용에 힘입어 지각 가능성을 관리하고 확장할 수 있다. 하지만 이것이 다가 아니다. 카메라는 연극 공연을 볼 때 우리의 관심을 끄는 주변적 행동을 제거함으로써 우리의 가시 범위를 한정짓는다고도 한다. 극장 생산물은 관심과 초점의 종류뿐만 아니라 그 관습도 영화나 TV 쇼와 다르다. 이 매체들은 상이한 문법을 갖고 있다. 영화의 다양한 숏들, 또한 이 숏들의 연결과 편집에 해당하는 것이 무대극에는 없다. 벨라 발라즈Béla Balázs의 용어를 사용하면, 영화에는 고유한 '형식언어'가 있다.

하지만 어떤 공연 매체도 인쇄된 텍스트를 쉽게 약호전환하지는 못한다. 말하기는 보여 주기와 같지 않다. 무대 각색과 스크린 각색은 모두 퍼스Charles Sanders Peirce가 말했던 지표기호indexical sign와 도상기호iconic sign, 말하자면 정확한 사람과 장소, 사물 등을 활

용하는 반면, 문학은 상징·관습 기호symbollic and conventional sign를 활용한다.|Giddings, Selby, and Wensley 1990: 6|[5] 그래픽 노블이 쉽게 영화로 각색될 수 있는 이유가 여기에 있을 것이다.

〈씬 시티Sin City〉(1991~1992)라는 프랭크 밀러Frank Miller의 누아르풍 시리즈는 2005년 로버트 로드리게스Robert Rodriguez 감독에 의해 시각적으로 화려한 초현실주의 영화로 각색된 바 있다. 이때 로드리게스는 살아 있는 배우들과 작업했지만, 만화를 연상시키는 배경을 디지털로 만들어 냈다. 하지만 2002년 영화감독 테리 즈위고프Terry Zwigoff가 다니엘 클로위즈Daniel Clowes의 그래픽 노블《고스트 월드Ghost World》(1998)를 스크린으로 옮겨 놓았을 때, 팬들은 이 과정에서 두 펑키 걸의 자의식 과잉과 냉소적·아이러니적 삶을 보여 주는 병적이지만 완벽한 유비로 여겼던 것, 즉 만화책의 물 빠진 청록색 페이지를 상실했다고 느꼈다.

프랭크 밀러의 그래픽 노블을 원작으로 한 로드리게스 감독의 2005년작 〈씬 시티〉.

---

5 퍼스는 대상체와 표상체 간 관계 양상을 중심으로 기호를 도상 기호, 지표 기호, 상징 기호 등 세 유형으로 구분했다. 우선, '도상 기호'는 대상체와 표상체 간 형태적 유사성을 전제한다. 사진이나 지도는 실제 인물이나 지형과 유사한 형태로 이루어져 있다는 점에서 도상 기호라고 말할 수 있다. 다음으로, '지표 기호'는 대상체와 표상체 간 인과적 연결을 전제한다. 낙엽이나 연기는 가을이 오거나 불이 났을 때 나타나는 것이라는 점에서 도상 기호라고 말할 수 있다. 마지막으로 '상징 기호'는 대상체와 표상체 간 임의적 관계를 설정한다. 보통 이 관계는 특정 사회나 공동체에서 관습으로 형성되는 것이기 때문에, 다른 사회나 공동체에서는 수용되지 않기도 한다.

이런 상실을 초래한 하나의 이유는, 관습적 영화란 아방가르드 영화에 맞서 단연코 자연주의적 표현 양식을 고수한다는 사실, 아니면 어떤 이론가가 강력하게 주장한 것처럼 관습적 영화란 "**미장센**부터 정형화된 행동과 약호화된 행위까지, 또한 즉시성의 가상을 강조하는 몽타주 형식과 카메라 배치·움직임에 이르기까지 모든 수준에서 극자연주의적 표상"|LeGrice 2002: 232|을 제공한다는 사실이다. 시나리오 작가를 위해 저술된 이런 매뉴얼을 신뢰할 수 있다면, 사실주의 영화에는 인과적 동기부여, 근본적으로 선형적이고 단호한 플롯 전개, 일관된 성격 묘사 등이 필요할 것이다.

　　앞의 사례로 돌아가 보자. 토마스 만은 〈베니스에서의 죽음〉에서 작가 구스타프 폰 아셴바흐Gustav von Aschenbach를 등장시킬 때 독자의 예상을 틀 짓는 내적 동기부여를 제시했고, 이를 통해 처음부터 그 작가의 복합적인 미학적·심리적 이중성을 강조할 수 있었다. 루키노 비스콘티Luchino Visconti는 이 캐릭터를 영화 〈베니스에서의 죽음〉으로 옮길 때 관객들이 그의 모순을 점진적으로 인식할 수 있게 했다.|Carcaud-Macaire and Clerc 1998: 157, 167| 또한 아셴바흐를 작곡가로 만들어 놓았다. 작가의 지적·언어적 창조성보다는 작곡가의 음악적 창조성을 시각적·청각적으로 재현하는 게 더 쉽거나, 최소한 더 흥미롭기는 할 것이다.

　　물론 아방가르드 영화도 각색자들에게 다른 수단들을 제공한다. 흥미로운 것은, 이 장치들이 시 텍스트를 스크린으로 옮기는 데 대부분 사용되었다는 점이다. 초기 영화의 비-아방가르드 시절, 즉 그리피스D.W. Griffith의 무성영화 〈피파 패시스Pippa Passes〉(1909)가 로버트 브라우닝Robert Browning의 시를 자막에 쓰던 시절부터 실비아 플래스Sylvia Plath의 자작시 〈레이디 라자루스Lady Lazarus〉 낭독에 응답한 산드라 라히어Sandra Lahire의 최근 영화[6]에 이르기까지 유용한 기술적 가능성들은 다변화되어 왔다. 특히 레너드 코헨Leonard Cohen의 시, 시적 산문, 노래 등은 사진 몽타주(요제프 리브Josef Reeve의 단편영화 〈폰Poen〉[1967][7])에서 애니메이션(로슬린 슈워츠Roslyn Schwartz의 《아임 유어 맨I'm Your Man〉[1996])까지 다양한 양식들로 각색된 바있다. 각각의 작품에서 가사는 낭독되거나 노래로 불렸고, 스토리 요소들과 심지어 은유적 언어까지도 환기력 있는 시각적 이미지로 번역되었다.

음악과 단순히 결합한 시는 공연되면 말하기 양식에서 보여 주기 양식으로 각색되기도 한다. 2005년 작곡가 윌리엄 볼콤William Bolcolm은 윌리엄 브레이크William Blake의 시 《순수와 경험의 노래 Songs of Innocence and Experience》(1789/1794)를 400명 이상의 연주자와 합창단원이 참여하는 음악으로 각색한 바 있다. 그러나 이 각색은 음악과 결합한 시, 피아노나 오케스트라 반주에 맞춰 노래하는 시라는 오랜 **가곡** 전통을 증폭한 것에 불과했다. 하지만 영국 출신

---

6   산드라 라히어가 1991년 발표한 영화 〈레이디 라자루스Lady Lazarus〉는 실비아 플래스의 사망 직전 인터뷰 영상과 시 낭송 장면에 실험적 이미지를 결합한 작품이다.

7   레너드 코헨의 소설 《뷰티풀 루저스Beautiful Losers》에서 인용한 네 편의 산문시가 담긴 4분 분량의 단편영화. 흑백사진들의 몽타주로 구성되어 있다. 캐나다 국립영화위원회National Film Board of Canada의 홈페이지에서 영화를 직접 볼 수 있다.(https://www.nfb.ca/film/poen)

stones〉[1994],[13] 〈미션 임파서블Mission Impossible〉[1996],[14] 〈아이 스파이I Spy〉[2000],[15] 〈스타스키와 허치Starsky and Hutch〉[2004] 등). 하지만 영화와 TV는 모두 비교적 사실주의적인 매체들이다. 오페라나 뮤지컬처럼 명백히 작위적인 공연 형식이 영화로 각색될 때는 어떤 일이 벌어지게 되는가?

두 가지 길이 열릴 수 있는 듯하다. 기교가 인정을 받아 영화의 사실주의가 자기 반영에 자리를 내주는 길, 반대로 기교가 '자연화' 되는 길이 있다.

첫 번째 길의 사례는 리하르트 바그너의 〈파르지팔Parsifal〉(1872)로 만든 한스 위르겐 지버베르크Hans-Jürgen Syberberg 감독의 1982년 영화다. 이 영화는 두드러지게 연극적이고 용감하게도 비영화적인, 반자연주의적 **미장센**을 활용한 작품이다. 이 영화에서 영화감독은 캐릭터들이 바그너의 데스 마스크를 확장해 놓은 듯한 세트 안에서 매우 정형화된 방식으로 연기를 하게 했다. 이 오페라는 다른 예술 작품들을 무대 후방에 투사하여 배경으로 활용하는 가운데 스튜디오에서 촬영되었다. 지버베르크는 관습적인 숏/리버스 숏 구조로 우리 눈을 인도하는 대신, 팬pan | 피사체를 구도의 중심에 두기 위해 삼각대 위에서 수평으로 카메라를 이동하여 촬영하는 기법. | 과 디

---

13 원작 〈고인돌 가족The Flintstones〉은 1960년 9월 30일부터 1966년 4월 1일까지 미국 ABC 방송국을 통해 방영되었다.

14 원작 〈미션 임파서블Mission Impossible〉은 1966년 9월부터 1973년 3월까지 미국 CBS 방송국을 통해 방영되었다.

15 원작 〈아이 스파이I Spy〉는 1965년부터 1968년까지 미국 NBC 방송국을 통해 세 시즌 동안 방영되었다.

졸브dissolve | 한 화면이 사라지면서 다른 화면이 나타나는 장면 전환 기법. 오버랩ovel-lap과 유사하다. | 기

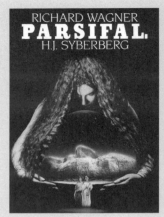

바그너의 음악극을 각색한 한스 위르겐 지버베르크 감독의 1982년작 〈파르지팔〉.

법을 활용하고 느긋하게 흐르는 음악을 반복하며 카메라를 천천히 신중하게 움직였다.|Syberberg 1982: 45| 캐릭터들 가운데 두 명을 제외하고는 실제로 노래를 부르지 않는 배우들이 연기를 했고, 그래서 그들은 미리 녹음된 음악을 립싱크해야 했다. 하지만 이 립싱크는 전혀 들어맞지 않았다. 브레히트의 소격효과alienation effects를 활용했던 지버베르크는 잘 조정된 사운드와 영상을 거부했다. 지버베르크는 또한 파르지팔 역에 두 명의 배우, 즉 여성 배우(카린 크릭Karin Krick)와 남성 배우(미카엘 쿠터Michael Kutter)를 동시 캐스팅했으면서도, 오직 하나의 목소리(라이너 골드베르크Rainer Goldberg의 남성 목소리)만 남겨 두었다.

이런 종류의 촬영 기법 축제에 대한 대안은 자연화로, 밥 포시Bob Fosse의 1972년 영화 〈카바레Cabaret〉(제이 앨런Jay Allen·휴즈 휠러Huge Wheeler 각본)에서 확인할 수 있다. 이 영화는 존 밴 드루텐John van Druten의 연극 〈나는 카메라다I Am a Camera〉(1952)나 해롤드 프린스Harold Prince 감독의 1966년 뮤지컬 〈카바레Cabaret〉(조 마스터로프Joe Masteroff·대본, 존 캔더John Kander 작곡, 프레드 엡Fred Ebb 작사)보다 더 자연주의적인 작품이었다.[16] 이 영화에서는 한 명의 중심 캐

---

16 영화 〈카바레〉, 연극 〈나는 카메라다〉, 뮤지컬 〈카바레〉 모두 크리스토퍼 이셔우드

릭터 샐리 보울스Sally Bowles만이 노래를 불렀는데, 그녀의 경우 가수가 직업이라는 게 그 이유였다. 이 경우에도 보울스는 오직 킷 캣 클럽에서만 노래를 불렀고, 그로 인해 그 노래 행위는 사실주의적이게 될 수 있었다. 정치적 혐의가 있는 나치 노래 〈내일은 나의 것 Tomorrow Belongs to Me〉만은 신중하게 선택된 예외였다. 합창단이 히틀러 유겐트 소속 독주자와 결합할 때, 오케스트라 연주는 비현실적일 정도까지 증대된다.|Clark 1991: 54| 그러나 영화의 다른 음악들은 자연주의적으로 축음기에서, 아코디온 연주자에 의해 길거리에서, 피아노 연주자에 의해 방 안에서 연주된다.

TV는 많은 자연주의적 관습을 영화와 공유하고 있고, 그래서 각색을 할 때면 그와 동일한 약호전환 문제에 부딪히게 된다. 하지만 TV 시리즈는 그보다 많은 시간을 활용할 수 있기 때문에 각색된 텍스트를 많이 응축할 필요가 없다. 토니 쿠시너Tony Kushner가 1990년대 자작 희곡《엔젤스 인 아메리카Angels in America》[17]를 2003년 TV 시리즈로 각색했을 때, 러닝타임은 희곡이나 TV 시리즈 모두 6시간 정도로 거의 비슷했다. 또한 언어 텍스트와 드라마 장면

Christopher Isherwood의 단편소설《베를린이여 안녕Goodbye to Berlin》(1939)을 원작으로 제작된 작품들이다.

17 이 희곡은 두 개의 플롯으로 구성되어 있었고 각각 〈엔젤스 인 아메리카: 뉴밀레니엄이 오고 있다Angels in America: Millennium Approaches〉(1990)와 〈엔젤스 인 아메리카: 페레스트로이카Angels in America: Perestroika〉(1991, 1992)로 명명되어 공연되었다. 두 편의 합본은 1993년 브로드웨이에서 처음 공연되었다. 쿠시너는 이후에도 작품을 계속 수정해서 1995년 공식적으로 개작을 완료했다. 하지만 2010년 〈페레스트로이카Perestroika〉 공연을 할 때 다시 추가적으로 개작했다.

모두 본질적으로 달라지지 않았다. 그로 인해 마이크 니콜스Mike Nichols 감독은 특별한 촬영 기법을 사용해 분량을 줄일 필요가 없었다. 이는 크리스토퍼 마누엘Christopher Manuel이 데이비드 로지의 소설《훌륭한 솜씨Nice Work》(1988)를 TV 시리즈로 각색할 때 많은 시각 정보를 전달하기 위해 처음부터 교차편집 기법을 사용했던 것과 대조된다. 반면 소설은 공간과 캐릭터를 묘사하는 데도, 그리고 두 주인공의 전혀 다른 두 세계를 설정하기 위해 인간관계에 관한 전기적 정보를 제공하는 데도 많은 시간이 필요했다.[18] 그런데 TV 버전은 이 작업을 아주 빨리 효과적으로 해낸 것이다. 괴상한 엔젤의 초상에서 처음 볼 수 있는 쿠시너 희곡의 자기의식적·자기반영적 극장성은 TV 버전에서 마법 같은 과학기술로 번역되었다. 그러나 페터 외트뵈시Peter Eötvös는 2004년 이 희곡에 기초해 오페라를 작곡할 때 상이한 보컬과 음악 스타일에 음향효과까지 더해 그와 동일한 환각 효과를 얻어 냈다.

언뜻 보면 TV 역시 오페라 무대에 각색 작품을 공급해 왔다는 사실이 분명하지 않다. 〈제리 스프링어—더 오페라Jerry Springer-The Opera〉(2003)(리처드 토머스Richard Thomas 음악, 스튜어트 리Stewart Lee 대본)라는 많은 논란을 불러일으킨 작품을 보자. 이 오페라는 조잡한 대사와 행동을 그대로 둔 채 음악을 활용해 '쓰레기 TV'를 고급

---

18 《훌륭한 솜씨》는 기업가 빅 윌콕스Vic Wilcox와 마르크스주의자 · 페미니스트 · 후기구조주의자 로빈 펜로즈Robyn Penrose 박사가 맺게 되는 뜻밖의 관계를 다룬 작품이다.

예술 형식으로 바꾸어 놓았다. 이 각색 오페라의 TV 버전이 아이러니적으로 뒤틀린 채 마침내 2005년 BBC 방송국을 통해 방영되었지만, 시청자들은 TV용 오페라로는 부적절한 반기독교적 알레고리가 사용되었음을 발견하고는 그에 대해 매우 격분했다!

영화 역시 오페라로 각색되어 왔다. 로버트 알트만Robert Altman 감독의 1978년 영화 〈결혼식A Wedding〉은 아놀드 웨인스타인Arnold Weinstein과 윌리엄 볼콤William Bolcom에 의해 시카고 리릭 오페라단 Lyric Opera of Chicago의 공연작(로버트 알트만 감독)으로 '오페라화'되었다. 각색 작품에서 48명에 이르는 캐릭터들은 16개의 노래 파트로 축소되었고, 산만하고 (즉흥성 때문에) 혼란스러운 다중 플롯 스토리는 매우 간결하게 초점화되었다. 사실주의 영화의 날카로운 계급 풍자, 벼락부자의 천박함, 명문가의 속물근성과 위선, 결혼과 관련한 두 인물의 경건함 등은 더 기교적인 노래·무대 버전에서 약화되었다. 아마도 그 이유는 코미디 오페라의 관습에 있는 듯하다. 계급에 기반한 모차르트의 코미디 오페라 〈피가로의 결혼Le Nozzo de Figaro〉(1786)은 확실히 근대 결혼 스토리의 모델이었고, 코미디 양식과 로맨스 관습의 혼합은 캐릭터들이 사실주의 영화가 용인하는 것보다 더 점잖고 호의적인 방식으로 연기를 하게 만든 듯했다.

기존 영화(보통은 무성영화)에 노래를 덧붙이는 혼종 형식은 각색 구실도 하는 부분적 재매개화다. 필립 글래스Philip Glass의 〈미녀와 야수Beauty and the Beast〉(1995)는 장 콕토Jean Cocteau 감독의 1946년 동명 영화를 가져와 소리를 제거한 뒤, 거기에 음악과 새로운 가사를 덧붙여 실제 가수가 라이브로 노래를 부르게끔 만들어 놓은 작품이다. 스크린 위 영화 장면과 실제 가수의 노래는 전혀 들어맞지 않았지만 말이다. 베네딕트 메이슨Benedict Mason의 〈채플린오페라Chaplinoperas〉(1988)는 채플린이 감독한 세 편의 단편영화 〈이지 스트리트Easy Street〉(1917), 〈이민자Immigrant〉(1917), 〈모험가The Adventurer〉(1917)를 각색한 작품으로, 영화를 보며 작사·작곡된 노래를 라이브로 들을 수 있게 제작되었다. 이 작품에서는 노래가 영화 장면에 잘 들어맞지만, 많은 경우 사실주의적이라기보다는 패러디적인 효과를 낳았다.

이미 살펴본 것처럼, 영화와 뮤지컬의 각색 관계가 역전되면 이런 기묘한 혼합 형식이 등장한다. 많은 사람들은 이를 각색의 일종으로 간주하며 오페라 필름the opera film 또는 '스크린 오페라screen opera'|Citron 2000|라고 부르는데, 여기서 시네마의 자연주의적 관습은 매우 비사실주의적인 무대 예술 형식으로 번역되곤 한다. 두 매체의 요구 조건이 서로 다름에도 불구하고 뮤지컬 악보와 대본은 보통 있는 그대로 유지된다.

그렇지만 컷들은 영화감독의 요구를 반영해 제작될 수 있고, 음악 파트들 역시 이를 반영해 다른 템포로 녹음될 수 있다. 주세페 베르디의 〈오델로Otello〉(1887)를 각색해 만든 프랑코 제피렐리 감독의 1986년 영화는 그 대표적 사례다. 하지만 이 영화에서 오케스트라는 사운드트랙 속으로 사라졌고, 지휘자의 물리적 현존 또한 "청중들이 허용하는 작위성의 수준을 견지하는 지평"|J. Miller 1986: 209|과 같이 사라져 버렸다.

그 대신에 오페라 필름은 장소를 옮겨, 꼭 필요한 것은 아니지

모차르트의 오페라를 각색한 조셉 로지 감독의 〈돈 조반니〉(1979).

만 오페라 대본이 의도한 장소에서 촬영될 수도 있다. 예를 들어, 조셉 로지Joseph Losey는 1979년 모차르트의 〈돈 조반니Don Giovanni〉(1787)를 영화로 각색하며 돈 조반니의 고향 세비야를 시각적으로 화려한 팔리다오 양식의 베네토로 바꾸어 놓은 바 있다. 사람들은 야외에서 노래를 부르는 듯이 보였지만, 실제로 듣게 된 것은 콘서트홀 또는 녹음실의 소리였다. 그들은 몸짓과 함께 '노래를 불렀지'만, 카메라로 클로즈업해 보면 입과 목을 크게 벌리지는 않았다. 라이브 공연의 육화된 드라마와 강렬함을 대체한 것은 사실주의가 아니라, 사실주의를 용인하는 영화의 관습이다. 그래서 클로즈업을 해도 "꽤 역겨운 치아 충진과 떨리는 혀를 포함한" 노래 부르는 행위의 실제 신체적 특징이 낱낱이 드러날 가능성이 없는 것이다.|J. Miller 1986: 208| 물론 이 영화를 비디오나 DVD로 볼 경우 신체적 특징은 소형화되고, 큰 스크린 때문에 발생한 클로즈업의 거인증 효과는 역전된다.

앞에서 논의한 모든 매체들은 공연 매체다. 따라서 이 매체들은 모두 보여 주기 참여 양식을 공유하고 있다. 이 매체들은 각 매체의 관습이 지닌 특정한 제약과 가능성에 의해 서로 구별된다. 앤드류 보벨Andrew Bovell은 자작 희곡 〈스피킹 인 텅스Speaking in Tongues〉(2001)를 영화 〈란타나Lantana〉(레이 로렌스Ray Lawrence 감독,

2001)로 각색한 바 있다. 이때 보벨은 비사실주의적 희곡 플롯, 즉 우연의 일치에 기반한 플롯을 영화의 자연주의적 개연성 법칙에 부합하게끔 변경해야만 했다. 그러나 존 구아르John Guare는 자작 희곡 〈5번가의 폴 포이티어Six Degrees of Separation〉(1990)를 동명 영화로 옮길 때 사실상 대본을 수정하지 않았다. 물론 그는 캐릭터들이 청중에게 스토리를 전해 준다는 연극적 착상을 영화적·사실주의적 착상으로 바꾸어 놓기는 했다. 구아르는 영화의 스토리를 목적으로 청중을 종잡기 힘든 친구 집단으로 만들어 놓았고, 이 집단이 연이어 개최되는 여러 공적 회합에 맞춰 조정되도록 했다. 모든 보여 주기가 동일한 것은 아니다.

상호작용하기 ⟷ 말하기 또는 보여 주기

지금까지 나는 말하기 양식과 보여 주기 양식이 형식적으로도 해석학적으로도 복잡한 관계를 맺고 있음을 살펴보았다. 이 복잡한 관계는 두 양식 가운데 어느 하나에서 참여형 양식으로 이동할 때 발생하는, 참여 수준과 유형의 복잡한 변화에 확실히 대응한다. 마리 로르 라이언의 용어로 말하면, "계획된 사용자 행동deliberate user action"은 인터페이스나 데이터베이스와 함께|Manovich 2001| 디지털 매체의 근본적 요소이자 "진정한 변별적" 요소로 간주된다.|Marie-Laure Ryan 2004c: 338| 제인 오스틴Jane Austen의 소설《오만과 편견Pride and

Prejudice》(1796/1813)을 각색해 만든 주사위 게임에도 틀림없이 계획된 사용자 행동이 포함되어 있을 것이다. 이 게임의 경우, 결혼을 하기 위해 교회에 먼저 도착하는 사람이 우승자다. 이런 특수한 각색 과정이 취하는 가장 흔한 형식은 컴퓨터게임화다.

니카 베르트람Nika Bertram의 소설 《카후나 모두스Der Kahuna Modus》(2001)는 컴퓨터게임으로 각색된 바 있는데(http://www.kahunamodus.de/swave.html에서 이용 가능), 이 게임을 플레이해 본 사람들에 따르면 컴퓨터게임에서는 소설을 읽고 이해하는 방식 자체가 바뀌었다고 한다. 대부분의 비디오게임은 산문소설보다 영화와 — 침투력 있다고는 말할 수 없지만—더 밀접한 관계를 맺고 있지만, 단지 보통 '프랜차이즈'를 공유한다는 명시적 의미에서만 그런 것은 아니다.

컴퓨터 제너레이티드 애니메이션 영화 ^{컴퓨터로 음향과 영상}〈토이 스토리 2Toy Story 2)(1999)는 처음부터 끝까지 자기반영적 게임 테마를 반복한다. 〈버즈 라이트이어 투 레스큐Buzz Lightyear to Rescue〉는

영화 〈토이 스토리 2〉의 캐릭터들이 등장하는 플레이스테이션 게임 〈버즈 라이트이어 투 레스큐〉.

버즈가 캐릭터로 등장하는 영화와, 이 영화의 오프닝 시퀀스 자체가 삽입되어 있는 게임 모두를 각색한 플레이스테이션 게임이다.| Ward 2002: 133 | 영화 〈다이하드Die Hard〉 시리즈(1988, 1990, 1995)는 게임 〈다이하드 트릴로지Die Hard Trilogy〉(1996)와 〈다이하트 트릴로지 2Die Hard Trilogy 2〉(2000)를 낳았고, 영화의 서사는 게임 체험 틀을 제공해 주었다. 다만, 게임에는 주인 공이 승리하리라는 영화식 안도감이 결여되어 있다. 물론 불안이나 긴장이 플레이어에게 즐거움을 주기는 하지만 말이다. 다양한 형태 의 하이퍼미디어와 마찬가지로, 최종적 생산물이나 완성된 생산물 이 아닌 과정이야말로 정말 중요한 것이다.

1장에서 살펴본 것처럼 많은 경우 비디오게임에서 가장 유의미 한 것은 각색된 헤테로코슴, 즉 플레이어가 진입하게 되는 환상적 디지털 애니메이션의 세계다. 이 세계에서 우리는 시각 효과와 청각 효과(음향과 음악)를 통한 몰입 체험에 본능적으로 반응해 대부분 의 다른 매체에서는 불가능한 "밀도 있는 참여intensity of engagement" |King 2002: 63|를 성취해 낸다.

인터랙티비티는 다른 형식적 기법에 도움이 될 수도 있다. 일관 성의 감각은 공간적인 것이고, 플레이어가 상상하거나 단순히 지각 하는 것을 넘어 능동적으로 참여하기도 하는 게임 공간 안에서 만 들어진다.|Tong and Tan 2002: 107| 게임에서 영화의 헤테로코슴은 매 우 밀도 있는 '대리 운동감각vicarious kinesthesia' 형식으로, 또한 감각 적 현존의 느낌과 함께 체험된다.|Darley 2000: 152| 〈스타워즈〉든 〈블레 어 윗치The Blair Witch Project〉든 마찬가지다. 아마도 이런 이유 때문 에 서바이벌 호러 스토리 〈사일런트 힐Silent Hill〉의 게임 버전[19]은 크

---

19 〈사일런트 힐〉 시리즈는 1999년 〈사일런트 힐Silent Hill〉이 발표된 이후 2012년 〈사일런

리스토프 갱스Christophe Gans의 2006년 각색 영화가 어떻게 만들어 졌든 그보다 훨씬 더 공포스러울 수밖에 없다. 또한 게임 프로그래 밍은 영화보다 훨씬 더 목적 지향적인 논리로 구성되고, 영화 관객이 소설 독자처럼 의미를 부여하기 위해 채워 넣곤 하는 틈새를 거의 허용하지 않는다. 디지털 게임은 TV, 사진, 영화적 장치, 수사적 어구, 연상 등에 의존할 수 있지만, 언제나 고유한 논리를 갖고 있다.|King and Krzywinska 2002b: 2|

테마파크와 가상현실 체험도 다른 방식이긴 하지만 동일한 상 호작용 양식에 해당한다. 테마파크에서 우리는 디즈니 영화 세계 속 으로 직접 걸어 들어갈 수 있고, 가상현실 체험에서는 우리 신체가 마치 각색된 헤테로코슴에 들어가고 있는 듯한 느낌을 받게 된다. 많은 가상현실 미술은 다감각적多感覺的 인터페이스를 통해 마술 같 은 방식으로 신화적 맥락을 보여 준다.|Grau 2003: 350|

시디롬이나 웹 사이트 류의 '인터랙티브 스토리텔링'은 몰입적 이지는 않지만 대부분의 다른 매체들보다 훨씬 더 관여적이기는 하 다. 여기서 사용자들은 서사를 체험할 때 몇몇 결절점에서 플롯 선

트 힐: 폭우Silent Hill: Downpour)가 발매되기까지 플레이스테이션 게임으로 총 7편 제 작되었다. 이와 구별되는 스핀오프 게임으로서 〈사일런트 힐: 아케이드Silent Hill: The Arcade〉(2007)이 아케이드 게임으로, 〈사일런트 힐: 탈출Silent Hill: the Escape〉(2007)이 모바일 폰 게임으로, 〈사일런트 힐: 새터트 메모리즈Silent Hill: Shattered Memories〉(2009) 가플레이스테이션 2와 플레이스테이션 포터블 게임으로, 〈사일런트 힐 HD 콜렉션Silent Hill HD Collection〉(20112)이 플레이스테이션 3와 엑스박스 360 게임으로, 〈사일런트 힐: 북 오브 메모리즈Silent Hill: Book of Memories〉(2012)가 RPG 게임으로 발매되기도 했다.

택에 능동적으로 관여하기는 하지만, 실상은 이렇다. 사용자들이 "풍경과 경치를 탐색하고 장소뿐만 아닌 훨씬 중요한 가상의 배우와도 '상호작용'하는" 방식, "유저들이 사건을 바라보는 관점, 우연히 마주쳐 체험하는 분위기와 기분", 이 모든 것들은 의식적으로 설계될 수밖에 없고 정해진 규칙에 충실해야 한다는 것이다. 이를 '인터랙티비티의 무대화staging of interactivity'로 불러야 할지도 모르겠다."| Wand 2002: 166| 조심스럽게 설계된 이 컴퓨터 무대화는 특정한 종류의 서사 구조와 장르, 이를테면 스릴러, 탐정 스토리, 다큐멘터리 등을 각색하는 데 매우 적합하다.

나는 이 장 전체에 걸쳐 형식이라는 포괄적 범주를 참조해 각색과 매체 특이성 문제를 논의했다. 이는 분명 '형식'(산문, 시, 이미지, 음악, 사운드), '장르'(소설, 연극 | 희극, 비극 |, 오페라), '양식'(서사, 드라마) 등 제라르 주네트|1979|의 세 가지 범주 구분을 내포하고 있다. 반면 나는 이 범주들을 외관상 뒤섞어 놓았고, 그럼으로써 말하기 참여 양식, 보여 주기 참여 양식, 상호작용하기 참여 양식 사이의 이동에 이론적 초점을 맞출 수 있었다. 하지만 이런 복잡한 이동을 더 자세히 검토하기 위해 나는 몇 가지 형식적 영역을 선정하려고 한다. 매우 논쟁적인 영역, 아니면 대부분의 '기정사실'이나 용인된 공리들을 산출해 내고 있어 도전을 받는 영역이 바로 그것이다.

예를 들어, 영화가 다른 장르나 매체의 최고 발전태 또는 최소한 가장 흡수력 있는 매체라는 역사적·목적론적 논의는 이렇게 전개된다. "역사적으로 볼 때 소설은 드라마를 계승했지만, 몇몇 특질들(캐릭터, 대화)을 수용하는 한편 고유한 가능성들(내적 독백, 시점,

반영, 논평, 아이러니)을 첨가했다. 이와 마찬가지로 영화도 처음에는 서사 산문의 기본 원리들을 추종하고 연극을 베꼈지만, 다른 한편으로는 고유한 생산, 배포, 소비 수단뿐 아니라 고유한 기법과 형식도 발전시켰다.| Giddings, Selby, and Wensley 1990: ix-x |

　　인쇄물에서 공연 형식으로의 이동, 그리고 공연 형식에서 참여형 형식으로의 이동을 연구하며 비평가들과 이론가들이 그 기나긴 일람표 가운데 가장 관심을 가졌던 것은 애매성, 시간 같은 문제들과 함께 내적 독백, 시점, 반영, 논평, 아이러니 같은 요소들이었다. 그래서 나도 이 문제들과 요소들에 주로 초점을 맞추었다. 이제부터 나는 현실의 각색 실천을 배경으로 매우 흔한 이론적 공리들 또는 클리셰들을 시험에 부쳐 보려고 한다.

클리셰 1: 오직 말하기 양식(특히 산문 픽션)만이 친밀감과 거리를 모두 시점으로 표현할 수 있는 유연성이 있다.

이미 살펴본 것처럼, 그리고 기초 스토리텔링 서적이나 이 문제의 경우 전문 서사학 서적이 확인시켜 주겠지만, 스토리 말하기는 스토리 보여 주기와 동일하지 않다. 그러나 소설적인 것과 영화적인 것의 상호관련성은 이런 단순한 진술에 문제가 있음을 암시한다. 조지프 콘래드Joseph Conrad는 《나르시소스 호號의 흑인 The Nigger of the Narcissus》서문에 다음과 같은 유명한 말을 남겼다. "내가 이루고자 하는 과제는 글말the written word의 힘으로 당신이 듣게 하는

것, 당신이 느끼게 하는 것, 그리고 무엇보다도 당신이 **보게** 하는 것이다."|1897/1968: 708|

비평가들은 근대 소설이 다중 시점, 생략, 파편화, 불연속성 등을 활용한다는 점에서 영화에 빚을 지고 있는지, 아니면 그 반대인지 이견을 보인다.|Elliott 2003: 113-114; Wagner 1975: 14-16| 이와 관련해 소설가 클로드 시몽Claude Simon은 다음과 같이 말한 바 있다. "나는 소설을 쓸 때면 서술자 또는 서술자들이 공간적으로 점유하는 상이한 자리들(묘사된 장면과 관련한 시각장, 거리, 이동성, 혹은 다른 용어로 표현하면 카메라 앵글, 클로즈업, 미디엄 숏medium shot, 파노라마 숏panoramic shot, 모션리스 숏motionless shot 등)을 끊임없이 한정한다."|Morrissette 1985: 17|

그러나 초기 각색 이론가 조지 블루스톤이 지난 1957/1971년 논의한 바에 의하면, 각색 영화가 실제로 부상한 것은 20세기 초 소설이 '극의 언어적 부적합성'|11|을 근거로 정체성 위기를 겪을 무렵이었다. 영화가 시각적·극적 서사를 아주 생생하게 재현할 수 있게 되면서, 소설은 내면성으로 퇴각하게 되었다.|Elliott 2003: 52|

이 이론은 각색 영화를 소설이 언어에 완전히 사로잡혀 단념해야 했던 스토리의 복수復讐로 간주한다. 마치 영화 버전들은 1927년 저술된 문학적 예언서 《세헤라자데, 혹은 영국 소설의 미래Scheherazade, or the Future of the English Novel》에 대한 반응처럼 보인다. 이 책의 저자 존 커러더스John Carruthers는 하이 모더니즘High Modernism|이성·논리·추상|을 미래라는 쓰레기 더미에 던져 버렸는데, 이는 "세헤라자데, 즉 **스토리들의 이야기꾼**the Teller of STORIES을 육화해

서"|1927: 95| "스토리, 즉 플롯을 생생하게 강조"|92|하려는 의도에서 였다.

하지만 미래의 세헤라자데들은 정확히 어떻게 영화나 연극으로 스토리를 말할 것인가? 공연 매체는 3인칭 시점만을 사용하는가? 아니면 공연에서도 1인칭 서술자의 친밀감을 구현해 낼 수 있는가? 보이스오버나 독백 같은 기법은 그렇게 할 수 있는가? "인간의 얼굴 표정으로 만든 마이크로 드라마"|Bluestone 1957/1971: 27|를 가능하게 하는 클로즈업의 힘과 능력은 어떠한가?

로버트 맥키Robert McKee가 쓴 시나리오 바이블《Story 시나리 오 어떻게 쓸 것인가Story: Substance, Structure, Style, and the Principles of Screenwriting》(1997)를 신뢰할 수 있다면, 영화는 **결코** '문학적' 장치 들, 또는 **데우스 엑스 마키나**deus ex machina │ 초자연적 힘이나 장치에 의존하여 사건을 해결하고 결말을 이끌어 내 는 기법. 고대 비극의 경우, 무대 뒤에 신이 갑자기 등장하여 문제를 해결하는 방식으로 활용되었다. │ 식 결말이나 보이스오버 같은 유 사 장치들에 의존해서는 안 된다. 이 장치들은 보여 주기가 아닌 말 하기에 해당할 것이기 때문이다. 물론 맥키가 영화 〈어댑테이션〉에 '출연'한 일은 영화 자체가 그의 금지 명령을 상연함과 동시에 파괴 하고 있음을 보여 주는 훌륭한 장난이었다.

린다 시거Linda Seger의 대중적 각색 매뉴얼《각색의 기술: 사실 과 허구를 영화로 바꾸기The Art of Adaptation: Turning Fact and Fiction into Film》 역시 보이스오버 같은 장치들을 파국적인 것이라고 부른 다.|1992: 25| 그 장치들은 보고 있는 행위가 아닌 듣고 있는 단어 에 초점을 맞추도록 한다는 게 그 이유다. 그러므로 디파 메타Deepa Mehta 감독이 뱁시 시드와Bapsi Sidhwa의 소설《인도의 분단Cracking

India》(1991)을 영화 〈흙Earth〉(1998)으로 각색할 때 소설가가 영화감독에게 보이스오버 기법의 활용을 요구한 것, 또는 그 요구에 영화감독이 매우 곤란해한 것은 지극히 당연한 일이다.

클린트 이스트우드Clint Eastwood는 툴F.X. Toole의 단편소설 〈불타는 로프Rope Burns: Stories from the Corner〉(2000)로 만든 각색 영화 〈밀리언 달러 베이비Million Dollar Baby〉(폴 해기스Paul Haggis 각색, 2004)에서 한 명의 캐릭터(스크랩Eddie Scrap-Iron Dupris)를 작품의 도덕적 중심으로 만들기 위해 처음부터 끝까지 보이스오버 기법을 활용하기도 했다. 하지만 로베르 브레송Robert Bresson이 1950년 조르주 베르나노스Georges Bernanos의 소설《어느 시골 신부의 일기Journal d'un curé de campagne》(1936)를 영화로 각색하며 일기 쓰는 장면을 오프 카메라 보이스off camera voice 기법 | 화자가 해당 장면 옆에 자리잡고 있어서 카메라가 이동하면 화자가 프레임에 포착될 수 있다는 인상을 주는 기법. | 으로 재현했을 때, 비평가들은 그 성패 여부를 두고 즉각 둘로 갈라졌다.

1인칭 서술을 목적으로 카메라를 활용하려는 시도, 즉 관객이 오직 주인공이 보는 것만을 보게 하려는 시도도 가끔은 있었다. 가장 유명한 사례는 레이먼드 챈들러의 소설《호수의 여인Lady in the lake》(1943)에 기초한 로버트 몽고메리Robert Montgomery의 1946년 각색 영화다. 이 영화에서 카메라는 주인공의 가슴에 설치되어 있었다. 그렇지만 1인칭 시점 영화들은 많은 경우 "꼴사납고 과시적이며 우쭐대기까지 하는 기교적"|Giddings, Selby, and Wensley 1990: 79| 영화로 불리곤 한다.

방향을 바꿔 보면, 영화를 소설화하는 작가는 카메라의 눈을

복제하기 위해 어떤 시점을 취해야 할지를 결정해야 한다. 이 복제 작업은 어려운 일처럼 보인다. 대부분의 영화는 카메라를 일종의 움직이는 3인칭 서술자로 활용해 서로 다른 순간 다양한 캐릭터의 시점을 재현한다.| Stam 2000: 72|

영화는 특정한 시점을 활용하면 눈에 띄는 게 보통이다. 마치 구로사와 아키라黑澤明의 유명한 영화 〈라쇼몽羅生門〉(1950)이 서로 다른 캐릭터들을 통해 네 가지 사건 버전을 제시했을 때 그런 것처럼 말이다. 1966년 BBC 방송국은 벤저민 브리튼의 오페라 〈빌리 버드Billy Budd〉(1951)를 스튜디오에서 촬영하며 비어 선장Captain Vere이 한 가운데 오도록 카메라를 설정했다. 오페라 대본을 썼던 포스터E.M. Foster는 이 방식을 강하게 비난했다.| Tambling 1987: 88| 하지만 애초에 멜빌의 원작 소설을 각색할 때 오페라 대본 자체에 이미 비어 선장은 무대에 서서 스토리의 발단과 결말에 관한 이야기를 하는 인물로 제시되어 있었고, 따라서 틀림없이 중심 시점 캐릭터로 설정되어 있었다.

나는 '시점'이라는 용어를 사용해 왔지만, 캐릭터들이 보고 있어 우리가 **보는**see 것과 캐릭터들이 정말로 **알**know 수도 있는 것 사이에는 차이가 있다.| Jost 2004: 73| 1996년 앤서니 밍겔라 감독은 마이클 온다체가 쓴 서사적으로 혼란스러운 소설 《잉글리쉬 페이션트》(1992)를 각색하며 명목상 캐릭터를 중심 초점화자, 즉 우리가 아는 것을 확정하는 캐릭터로 설정했다. 그렇지만 보이스오버라든가 많은 경우 플래시백을 통해 전해지는 다른 캐릭터들의 소식 덕분에 우리의 시야는 사실 훨씬 더 넓어지게 된다.| B. Thomas 2000: 222|

멀티트랙 매체에서는 모든 것이 시점을 의미할 수 있다. 카메라 앵글, 초점거리focal length, 음악, 미장센, 행동, 의상 등은 그 주요 수단이다.|Stam 2005b: 39| 로버트 스탬이 주장하듯, 1인칭 서술이냐 3인칭 서술이냐보다 중요한 것은 "친밀감과 거리에 대한 저자의 지배력, 즉 캐릭터의 지식과 의식에 대한 접근 수준"|2005b: 35|이다. 구스타프 하스포드Gustav Hasford의 자전적 소설 《쇼트 타이머스The Short-Timers》(1983)는 그 대표적 사례다. 이 소설은 해병대신문 기자이자 조커Joker라는 별명을 지닌 캐릭터에 의해 서술된다. 그는 에피소드적이고 파편적이며 불연속적인 스타일로 스토리를 말하는데, 이 스타일은 표면상 캐릭터와 저자가 체험한 베트남전쟁의 '광기'에 대한 객관 상관물처럼 보인다. 이후 스탠리 큐브릭과 마이클 허Michael Herr는 이 소설을 영화 〈풀 메탈 자켓Full Metal Jacket〉(1987)으로 각색했다. 이때 그들은 거리를 둔 저널리스트의 아이러니한 관점을 제거한 뒤, 전쟁 및 그 이미지를 도덕적 부조리로 구성해 자기반영적으로 보여 주었다.

영화를 비디오게임으로 각색할 때도, 시점의 활용법은 산문 픽션 특유의 유연성에 관한 공리에 의문을 제기하게 한다. 진정 육화된 1인칭 시점인 가상현실을 활용하지 않더라도, 컴퓨터 애니메이션은 일반적으로 알려져 있는 것보다 훨씬 더 다양하다. 많은 게임들은 멀티플레이어 옵션과 함께, 3인칭 또는 1인칭 슈터 포지션shooter position을 제공한다. 물론 이 두 시점을 결합한 변종도 있다. 우리는 1인칭 슈터로 **행동**할 수도 있지만, 3인칭 슈터가 되어 캐릭터나 아바타 뒤에서 **볼** 수도 있다. 1인칭 역할을 할 때 플레이어들

은 수동적으로 바라보지 않고 "온스크린 캐릭터들의 눈 뒤에서 게임 세계를 대리로 살펴본다."|Bryce and Rutter 2002: 71| 이는 캐릭터와의 더 직접적 관계, 그리고 활성화된 게임 세계로의 엄청난 몰입을 가능하게 한다. 3인칭 슈팅 게임은 마치 카메라가 영화 관객의 눈을 인도하는 것처럼 플레이어의 관심을 인도하기 위해 미리 설치된 카메라 앵글을 사용하곤 한다.

하지만 서로 다른 참여 양식들의 시점에 관한 이런 클리셰는 내적 세계와 외적 세계, 즉 주관성과 물질성을 제시할 수 있는 서로 다른 매체들의 능력이라는 광범위하고 훨씬 논쟁적인 문제를 제기한다. 이 문제에 관한 문학비평가들의 논의는 비록 말하기와 보여 주기에 한정된 것이기는 하지만 참여형 양식과도 관련이 있을지 모른다. 이때 참여형 양식은 영화나 문학이 하는 일, 즉 "대화, 발화, 언어 등의 다소 고도의 활용"|Morrissette 1985: 13|을 공유하지 않을 수도 있다.

클리셰 2: 내면성은 말하기 양식의 영토다. 외면성을 가장 잘 다루는 것은 보여 주기 양식과 특히 상호작용하기 양식이다.

다시 말해, 언어, 특히 문학적 픽션은 시각화, 개념화, 지적 파악 등을 통해 내면성을 '다룬다'. 직접적인 시각적·청각적 지각을 동반한 행위 예술과 신체적 몰입을 동반한 참여형 예술은 외면성을 재현하는 데 적합하다. 논란의 여지는 있지만, 모더니즘 소설은 캐릭터의

내적 삶, 심리적 복합성, 사유, 느낌 등에 새로운 의의를 부여해서 인쇄된 문학과 영화 간 구분을 심화했다. 제임스 조이스는 자기 기억이 '시네마토그래피cinematography' | 사전적으로는 영화 촬영법, 즉 피사체를 촬영해서 영상을 만드는 기법을 의미한다. 그러나 오늘날에는 촬영부터 현상, 프린트, 영사에 이르는 영화 제작 전 과정을 가리키는 것으로 그 의미가 확장되었다. | 구실을 했다고 주장할지 모르지만, 그의 고전적 모더니즘 작품들을 보면 어떤 면에서 그는 새로운 매체의 선구자이기도 했다. "이제 사유 과정 자체가 화제를 구성하게 되고, 그래서 선형적·직선적 논리 세계를 떠날 수 있게 된다. 조이스는 … 의식의 흐름 기법을 활용해 주체와 세계, 즉 내적인 것과 외적인 것의 융합을 표현한다." | Dinkla 2002: 30 | 그리고 이 논리로 《피네간의 경야》의 '리좀적 네트워크'는 서사 전략으로서의 하이퍼텍스트에서 훌륭한 후계자를 발견했다. | Dinkla 2002: 31 |

　그렇지만 비평가들 사이에는 조이스가 의식의 흐름 기법을 활용한 일이 영화적인 것 또는 전혀 새로운 매개 방식이라는 주장과, 언어 및 구조가 복잡한 조이스의 작품을 스크린으로 각색하기란 사실상 불가능하다는 견해가 항상 맞선다. | Gibbons 2002: 127 |

　그래도 조이스의 소설들에 기초한 조셉 스트릭Joseph Strick의 각색 영화들은, 예컨대 〈율리시즈Ulysses〉(1967)의 경우 와이드 앵글 렌즈, 연상 편집associative editing | 유사한 의미로 해석될 수 있는 두 개의 대조적 이미지를 병치하는 기법. | 패턴, 논리와 연속성을 침식하는 음향 설계 등을 활용해 사실주의와 추상 사이의 긴장 같은 문제에 상응하는 순전한 영화적 문제를 탐구해 왔다. | Pramaggiore 2001: 56 | 간단히 말해, 그는 주체 재현에 활용되는 할리우드의 표준 관습(숏/리버스 숏, 아이라인 매치eye-line match)을 거부하고, 음향 실험과 암흑 스크린 시험을 포함한 아방가르드 영화

기법들을 활용했던 것이다. 이후 각색 영화 〈젊은 예술가의 초상Portrait of the Artist as a Young Man〉(1978)에서 스트릭은 스티븐Stephen의 균열된 주체성을 표현하기 위해 플래시백과 플래시 포워드를 반복해서 사용했다. 이 스토리의 영화 버전에서 중심 주제는 예술적 창조성의 탄생이 아닌 내면화된 죄의식이었다. 영화감독은 영화의 오프닝 부분에 중심 주제를 육화해서 분명히 보여 주려 했고, 이를 위해 대본의 한 행 "눈을 뺀대요/잘못했습니다"[20]를 길게 연장하는 한편 눈이라는 시각적 모티프를 선정해 클로즈업과 상징적 몽타주로 처리했다.

영화에 등장하는 스티븐의 일기는 소설에 비해 별 역할을 하지 않는다. 그렇지만 일기가 제시되는 마지막 장면에서 스트릭은 보이스오버와 몽타주 기법을 활용한다. 이때 일기의 '현존'을 나타내는 기호로서 일기가 네 번째 재현될 때 시각적인 것과 청각적인 것은 완벽히 합쳐지게 된다. 이후 일기가 다섯 번째 제시되고, 보이스오버는 묘사된 장면의 실제 상연으로 대체된다.|Armour 1981: 284| 보이스오버가 단지 확인을 위해 마지막에 다시 등장하기는 하지만, 아마 청중은 이제 이 일기라는 약호를 익혀 잘 알고 있을 것이다. 소설이 언어—문어와 구어에 대한 스티븐의 강박관념—와 기타 감각들(냄새, 음향, 느낌)을 강조한다면, 각색 영화는 시각을 강조한다. 그 결과 영화 속 스티븐이 예술가로 변모하는 데에는 아무런 동기

---

20 제임스 조이스, 《젊은 예술가의 초상》, 성은애 옮김, 열린책들, 2011, 11쪽.

도 없는 듯이 느껴지지만, 우리는 스티븐의 심리와 상상력 속으로 들어가 볼 수 있다.

그렇지만 이와 같은 영화의 시도에도 불구하고 《뉴요커New Yorker》지의 영화 비평가 폴린 카엘Pauline Kael은 여전히 확신에 차서 단언할 수 있었다. "영화는 행위를 잘 다룬다. 영화는 반성적 사고나 개념적 사유는 잘 다루지 못한다. 영화는 직접적 자극에 적합하다." | Peary and Shatzkin 1977: 3 | 카엘은 물론 이 단언에 대한 비난을 걱정할 필요가 없다. 베르톨트 브레히트Bertolt Brecht 역시 영화란 "외면적 행동"을 필요로 하지 "내성적 심리"를 필요로 하지는 "않는다"고 주장했기 때문이다. | 1964: 50 | 영화는 캐릭터의 내면 속으로 잘 들어가지 못하는 듯하다. 영화는 외면을 보여 줄 수는 있어도 결코 가시적 표면 아래에서 벌어지는 일을 정말로 말해 줄 수는 없기 때문이다.

시거의 매뉴얼 《각색의 기술: 사실과 허구를 영화로 바꾸기》는 이를 다음과 같이 표현한다. "내적이고 심리적인 재료, 즉 내적 사상과 동기부여에 집중하는 재료를 극적으로 표현하기란 어려운 일일 것이다." | 1992: 55 | 그러나 확실히 중요한 점은, 공연 예술에서 정교한 내면적 독백과 내적 상태 분석을 시각적으로 재현하기란 어려운 일이지만, 스트릭 감독이 〈젊은 예술가의 초상〉에서 보여 준 것처럼 음향과 아방가르드 영화 장치들을 통해 내면성을 어떻게든 나타낼 수는 있다는 사실이다.

버지니아 울프는 《안나 카레니나Anna Karenina》의 각색 영화가 여주인공을 '진주로 장식된 블랙 벨벳을 입은 관능적 여인'으로 제

톨스토이의 소설을 각색한 그레타 가르보 주연의 1935년 영화 〈안나 카레니나〉.

시했다고 비난했다. 울프는 그녀를 인정하지 않으려고 했다. 울프는 그 소설의 독자로서 자신이 "매력, 열정, 절망 등 그녀의 마음 내부를 통해 거의 완전히" 안나를 알고 있다고 단언했기 때문이다. |1926: 309| 이런 내면의 정보가 없을 경우 우리는 그 캐릭터의 본질을 파악할 수 없다. 1장에서 살펴본 것처럼 《하워즈 엔드》에 제시된 헬렌 슐레겔의 두려움의 계기, 즉 "공포와 허무!"는 머천트/아이보리 제작 각색 영화의 경우 베토벤 강의에서 추상적으로만 표현될 뿐이다. 따라서 논점은 다음과 같다. 영화는 캐릭터의 경험과 사유를 보여 줄show 수 있지만, 보이스 오버라는 '문학적' 장치가 없다면 결코 그 경험이나 사유를 드러낼 reveal 수 없다는 것이다.

그러나 이미 살펴본 것처럼 영화는 그에 상응하는 영화적 등가물을 발견할 수 있고 또 발견해 낸다. 예컨대, 어떤 장면은 관객이 캐릭터의 내면에서 일어나는 일을 이해하게 해 주고, 이를 통해 표상적 가치를 갖게 될 수 있다. 또 다른 예를 들면, 비스콘티 감독의 〈베니스에서의 죽음〉에 등장하는 주인공 노인은 이발사의 도움을 받아 머리 염색제와 화장품으로 치장함으로써 미소년과 사랑에 빠질 수 있는 청년 이미지의 패러디로 변형된다. 이 장면은 토마스 만의 원작 소설 〈베니스에서의 죽음〉에도 등장하지만, 비스콘티의 영화 버전에서 훨씬 더 큰 의미와 무게를 갖는다. 시각적 이미지 자체의 힘과 더크 보가드Dirk Bogarde의 섬세한 연기력으로 인해 에셴바흐Eschenbach가 겪는 고통과 욕망, 두려움과 희망 간 긴장은 무자비할 만큼 꽉 찬 클로즈업으로 스크린 위에 표현된다.

외관은 내적 진실을 비추는 거울이다. 다시 말해, 내면적 사건의 시각적·청각적 상관물을 만들어 낼 수 있다는 것, 그리고 영화는 사실상 문자 텍스트로는 불가능한 많은 기법들을 마음대로 다룰 수 있다는 것이다. 예를 들어, 심리적 친밀감을 만들어 낼 수 있는 클로즈업의 힘이란 (잉마르 베리만Ingmar Bergman 감독의 영화들도 생각해 보면) 너무나도 분명한 것이어서, 영화감독은 강력하고 의미심장한 내면의 아이러니를 드러내기 위해 이 기법을 활용할 수 있다. 앞서 언급한 작품이지만, 스티븐 프리어즈 감독의 각색 영화 〈위험한 관계〉(1988)에는 발몽이 아이를 유산한 채 엄청난 고통에 빠져 있는 한 여성을 바라보는 장면이 등장한다. 이때 영화는 발몽의 얼굴을 클로즈업함으로써 그의 냉담한 무관심을 잘 보여 준 바 있다.

영화는 대부분의 경우 자연주의적 매체지만, 슬로모션, 래피드 커팅rapid cutting, 디스토션 렌즈distortional lenses (어안魚眼 렌즈 |촬영 범위가 180도로 넓어서 피사체가 둥글게 변하는 렌즈.|, 텔레포토 |표준 렌즈보다 초점거리가 짧은 협각 렌즈. 거리와 깊이를 응축하기 때문에 피사체와의 거리는 짧게, 그 깊이는 얕게 촬영된다.|), 조명, 다양한 종류의 필름 스톡 |촬영하지 않은 필름, 필름 원본.| 활용 같은 기법들을 활용해 주관적 요소의 외면화된 시각적 유사물, 즉 판타지나 마술적 리얼리즘을 만들어 낼 수 있다.|Jinks 1971: 36-37| 스탬의 주장에 따르면, "재현의 테크놀로지로서의 영화는 시간과 공간의 마술적 증식에 더할 나위 없이 적합하다. 영화에는 아주 다양한 시간성과 공간성을 뒤섞어 놓을 힘이 있다."|2005a: 13| 수잔 손탁Su-

더 훌륭한 이미지다."|Weisstein 1961: 18| 물론 많은 경우 현실보다 이상에 더 가깝기는 하겠지만, 그런 병합은 너무나 '무대적인' 예술 형식에서도 내면성을 살펴볼 수 있게 해 준다.

오페라나 뮤지컬의 캐릭터들은 스토리의 필연적 응축 때문에 2차원적이게 등장할 수도 있다. 그러나 두 매체에서 음악은 캐릭터들의 발화되지 않은 잠재의식에 비견되어 왔다. 캐릭터가 노래하는 가사는 외부 세계에 **말을 걸지**address 모르지만, 음악은 캐릭터의 내적 삶을 **재현한다.**|Halliwell 1996: 89, Shmidgall 1977: 15, Weisstein 1961: 20|

왜 그런가? 무대 위 캐릭터들이 소위 '경이로운 노래phenomenal songs'(자장가, 축가 등)를 자의식적으로 부를 때가 아니라면, 그들은 자신들이 부르는 음악을 듣지 못한다는 게 오페라의 관습이기 때문이다. 오직 청중만이 그 외의 음악을 듣게 되고, 오직 청중만이 음악의 의미층에 접근하게 된다.|Abbate 1991: 119| 음악이 내면성을 재현할 수 있는 이유가 바로 여기에 있다. 그렇지만 사실상 오페라에도 내면성 재현에 활용되는 확립된 관습이 있다. 바로 아리아다. 아리아를 부르는 동안 극적 행위나 대화는 중단되고, 우리는 캐릭터가 자기반성과 자기성찰에 이르는 순간을 엿보게 된다.|Weisstein 1961: 18|

리하르트 바그너의 악극처럼 아리아가 등장하지 않는 '통절通節through-composed' 오페라의 경우, 음악적 반복과 변주—보통 라이트모티프leitmotif라고 불리는 요소—가 극 중 캐릭터가 의식적으로 마주할 수 없는 것을 청중의 귀에 가져다줄 수 있다. 바그너의 작품 〈트리스탄과 이졸데Tristan und Isolde〉에서 이졸데는 트리스탄에 대한 증오를 노래하지만, 작품의 제목 자체가 전설 속 연인의 이름을 따라 지어진 것이기 때문에 우리는 이졸데의 음악에서 트리스탄에 대한 사랑을 연상하게 된다.

이미 살펴본 것처럼, 오페라를 영화로 제작할 때 사실주의 관습은 오페라 장르의 관습화된 내면성 전달 능력조차도 감쇄시키는 것처럼 보인다. 그렇지만 여기 내면성을 전달할 수 있는 방법이 있다. 푸치니Puccini의 오페라 〈나비부인Madama Butterfly〉(1904)을 각색한 장피에르 폰넬Jean-Pierre Ponnelle의 1976년 TV 버전은 아리아가 흐르는 동안 노래를 부르는 배우의 입술이 움직이지 않게 했고, 그럼으로써 아리아를 통해 캐릭터의 내면적 사유와 감정을 전달하겠다는 생각을 시각화했다. 우리는 아리아를 듣지만, 배우들이 노래하는 모습을 물리적으로 보지는 못한다.

프랑코 제피렐리 감독은 베르디의 오페라 〈라 트라비아타La Traviata〉(1853)를 영화로 각색하며 내적인 것을 외면화할 다른 수단을 활용했다. 그는 사실 오페라 각색 이전 텍스트(알렉상드르 뒤마 Alexandre Dumas|피스fils: 아들의 《춘희La dame aux camélias》(1848))에 기대어 비올레타Violetta가 자신의 모습을 거울에 반복해서 비춰 보도록 했다. 이 행동은 영화제작상 사실주의적인 것이다(비올레타는 자신이 여전히 아름답게 보이는지, 아니면 병들어 보이는지 확인한다). 그렇지만 그 행위는 우리를 그녀의 마음속으로 데려다 주고, 그래서 대상화하는 남성의 시선을 그녀가 어떻게 내면화했는지 보여 주는 자기반영 수단이 된다. 영화감독은 호기심과 욕망이 가득한 시선으로 그녀를 응시하는 젊은 남성의 이미지를 영화 초반부에 첨가해,

그녀에 대한 남성의 특별한 시각을 이미 설정해서 강조한 바 있다. 제피렐리는 또한 카메라가 어느 정도 비올레타의 마음속으로 들어가게 하고, 이를 통해 특히 열이 오르고 병이 들었을 때 그녀가 연인을 어떻게 인식하는지 잘 보여 준다.

지금까지는 두 번째 클리셰의 반쪽을 설명했다. 반대 의견이 있겠지만, 보여 주기 양식 공연 매체에 내면성을 '다룰' 능력이 있음을 보여 주었다. 그렇지만 클리셰의 나머지 반쪽, 즉 공연 매체가 인쇄 매체보다 외면성을 더 잘 '다룬다'는 정반대 생각도 검토해 볼 필요가 있다. 지크프리트 크라카우어Siegfried Kracauer는 "소설의 내용이 정신적 체험이나 영적 체험이 아닌 객관적 현실에 확고히 뿌리내려 있을 때만"|Anrew 1976: 121| 영화 각색도 의미가 있다고 단언했다. 그래서 에밀 졸라Emile Zola의 《목로주점L'Assommoir》(1877)은 각색될 수 있지만, 베르나노스의 《어느 시골 신부의 일기》(1936)는 그렇지 않을 것이라고 생각했다. 그런데도 이미 살펴본 것처럼 로베르 베르송 감독은 용감하게 《어느 시골 신부의 일기》를 각색한 바 있다.

하지만 각색 영화가 소설 그 자체보다 외면성을 언제나 더 잘 전달하는가? 어쨌든 산문 묘사는 어느 정도 길어져도 서사적으로 유의미한 세부 내용들을 선별해 낼 수 있지만, 영화에서는 모든 사항이 동일한 무게와 그에 따른 동일한 의의를 지닌 채 동시에 제시된다. 최소한 카메라가 계속 돌아가거나 조명이 우리 눈을 자극하는 한에서는 그렇다. 소설은 캐릭터를 선별된 유의미한 세부 내용들로 한 차례 묘사할 뿐이지만, 영화는 캐릭터를 반복해서 보여 준다. 그래서 캐릭터 외관의 유의미한 특수성들은 반복과 자연화 과정을

거치며 사라지게 된다. 영화 에디터 월터 머치의 용어를 사용하면, 영화는 "매우 장황한" 매체인 반면에 소설의 특성은 '스토리의 풍부함'에 있다. 각색자가 이 차이를 고려하지 않을 경우 "영화에는 분명히 문제"[21]가 발생한다.| Ondaatje 2002: 127|

《위대한 유산Great Expectations》(1860~1861) 같은 소설에서 디킨스는 드레스와 외관의 자연주의적 가치·상징적 가치에 매료되어 있었지만, 재거스Jaggers만은 특히 세부적으로 묘사하지 않기로 한 바 있다. 그렇지만 "영화라는 회화적·자연주의적 매체에서 캐릭터를 보려면 캐릭터는 반드시 묘사되어 있어야만 한다. 그러나 캐릭터를 묘사하는 일, 즉 캐릭터를 시각화하는 일은 소설이 특수한 캐릭터를 처음 만들어 낼 때 활용하는 바로 그 세밀함을 파괴하게 된다."|

Giddings, Selby, and Wensley 1990: 81|

영화, 비디오, 쌍방향 소설, 비디오게임 등의 활력 있는 외적 행동을 카메라의 24프레임으로 포착할 수는 없지만, 한 프레임씩frame by frame 만들어 낼 수는 있다. 이것이 바로 특수 효과를 만들어 내는 방법인데, 최근 영화 〈스파이더맨Spider-Man〉처럼 만화책을 영화로 각색할 수 있는 것도 그 때문이다. 이와 마찬가지로 〈해리 포터〉 스토리를 구성하는 마법사와 괴물의 초자연적 세계도 컴퓨터 매체를 통해 가시화되고, 또 현실화될 수 있다. 그러나 에이젠슈타인Eisenstein이 몽타주에서 변증법적 이성의 등가물을 보았을 때, 〈프시케의 외

---

21 마이클 온다체, 《월터 머치와의 대화: 영화 편집의 예술과 기술》, 비즈앤비즈, 2013, 150쪽.

화에서 테크놀로지의 이식까지From the Externalization of the Psyche to the Implantation of Technology〉에서 레프 마노비치Lev Manovich는 프랜시스 골턴Francis Galton의 사진에서 뉴미디어에 이르기까지 새로운 시각 테크놀로지가 분명 정신의 작업을 외화하고 대상화하는 데 활용된다고 주장했다.

　이 사실이 내면성과 외면성 모두를, 후자의 경우 섬뜩한 자연주의적 정교함을 갖춘 외면성이든 총체적 환상으로서의 외면성이든 그 모두를 만들어 내는 데 비디오게임의 활기찬 세계를 활용할 수 있는 이유인가? 원근법적 공간 활용, 외부 디테일의 정확한 표현, 〈슈렉Shrek〉 같은 게임의 사실주의적 움직임 재현 능력 등 이 모든 것이 "테크놀로지에 의한 실재의 '전유'를 위해"|Ward 2002: 132| 함께 작동한다. 캐릭터나 아바타에게는 진정한 내면성이 없다는 게 사실일지 몰라도, 플레이어에게는 진정한 내면성이 있다. 그래서 아바타의 움직임을 조작할 때 당연히 자신의 동기, 욕망, 희망, 두려움 등을 게임 맥락 속에서 캐릭터에게 부여할 수 있다.|Weinbren 2002: 186|

　내면성과 외면성의 재현은 분명 이 공간적 차원에 관여하지만, 항상 활기 있는 것만은 아니다. 하지만 시간적인 것은 각색의 형식적 차원, 즉 (어떤 양식이나 매체든) 내용의 시간과 '서술'의 시간 모두와 관련되어 있다. 문학을 시간의 예술로 (그리고 회화를 공간의 예술로) 명명한 레싱이 옳다면, 말하기 양식은—확장된 서사 픽션에서처럼—시간을 가장 잘 기술할 수 있고, 그래서 다른 양식으로 각색되면 특수한 문제를 유발할 수 있다. 하지만 이론의 공리는 다시금 실제 실천을 배경으로 시험에 부쳐질 필요가 있다.

클리셰 3: 보여 주기 양식과 상호작용하기 양식은 현재라는 단 하나의 시제만을 갖는다. 말하기 양식만이 과거, 현재, 미래의 관계를 보여 줄 수 있다.

카메라는 무대에서와 같은 완전한 현존과 직접성이 있다고들 한다. 전자 테크놀로지의 경우에도 동일한 주장을 한다. 이 논리에 의하면 오직 산문 픽션에만 유연한 시간선이 있고, 약간의 단어만으로 과거에서 미래로 이동할 수 있는 능력이 있다. 그리고 공연 매체 또는 상호작용 매체에는 이런 능력에 해당하는 것이 정말로 없다고 항상 가정한다. 어쨌든 사실주의 미학으로 보면 이런 매체에서 스토리는 현재 시제로 전개된다. 그리고 이미 일어난 일보다는 앞으로 일어날 일에 더 관심을 갖는다.| Bluestone 1957/1971: 50, Seger 1992: 24 | "문학을 영화로 옮길 때 '옛날 옛적'은 '지금 여기'와 충돌한다."| Gidding, Selby, and Wensely 1990: x iii |

영화가 심지어 서스펜스 효과 유발을 위해서라고 하더라도 플롯 "지연$_{retardation}$"| Abbott 2002: 109 |[22]을 참아 낼 수 없는 이유, 그에 비해 소설은 이를 잘 참아 낼 수 있는 이유가 여기에 있다. 하지만 무대와 달리 시네마는 분명히 플래시백과 플래시 포워드를 활용할 수 있고, 바로 그 직접성으로 인해 잠재적으로 산문 픽션보다 더 효과적으로 이 전환 작업을 수행할 수 있다. 산문 픽션에서는 서술하

---

22 H. 포터 애벗, 《서사학 강의》, 문학과지성사, 2010, 224쪽.

는 목소리가 시간 속에 잠긴 캐릭터와 독자 사이에 자리잡고 있기 때문이다. 바꿔 말하면, 공연물의 수사적 어구는 과거, 현재, 미래를 융합하고 이것들을 서로 연결하기 위해 존재한다.

예를 들어, '한편' '다른 곳' '나중' 같은 문학의 수사적 어구는 영화의 디졸브dissolve | 두 화면을 겹쳐 앞 화면을 어둡게 하면서 다음 화면을 선명하게 하는 것. | 와 동등한 의미를 갖는다. 하나의 이미지가 모습을 감출 때 다른 이미지가 모습을 드러내고, 단어로 할 수 있는 것보다 더 직접적인 방식으로 시간과 공간이 병합된다. 미속촬영time-lapse | 일정한 간격을 두고 한 번에 한 프레임씩 촬영을 함으로써 긴 시간 동안 이루어지는 변화를 전체적으로 보여 주는 기법. 카메라를 움직이지 않게 고정한 뒤 빌딩이 건축되는 전체 과정을 촬영하는 일이 그 대표적인 사례다. | 디졸브 기법을 이용하면 시간과 공간뿐만 아니라 원인과 결과도 종합할 수 있다. | Morrissette 1985: 18-19 | 이 방법으로 모더니즘 소설에 등장하는 의식의 흐름과 내적 독백을 영화로 각색할 수 있다.

이와 마찬가지로 영화에서 시각적·청각적 라이트모티프는 기억을 통해, 그리고 서사의 다른 수준이기는 하지만 캐릭터의 기억을 반복하는 청중의 기억을 통해 과거를 제시할 수 있다. 마르셀 푸르스트의 외화된 내적 기호들, 즉 《잃어버린 시간을 찾아서》(1913~1927)에서 주인공의 기억을 불러일으키는 마들렌 쿠키, 울퉁불퉁한 도로의 돌부리 같은 기호들은 틀림없이 영화의 기법을 예표해 줄 것이다. 그리고 스탬이 상기시켜 준 것처럼, 사실 과거 또는 '과거성pastness'을 영화로 재현할 수 있는 방법은 많이 있다. 장식과 의상, 소품, 음악, 소제목(예를 들면, 런던 1917), 색채(엷은 적갈색 색조), 구식 레코드 기기, 인위적으로 낡게 만든 필름이나 실제 오래된 필름 등은 그 대표 사례들이다. | 2005b: 21 |

이런 시간적 공리의 또 다른 측면은 소설이 행위, 배경, 캐릭터 등을 길거나 짧게, 섬세하거나 두루뭉술하게 묘사할 수 있다는 사실, 그리고 서술자가 묘사에 투자한 시간을 토대로 독자가 그 중요성을 판단하게 된다는 사실이다. 영화는 사람들을 촬영 중인 배경 안에 모두 동시에 등장시키지만, 관객에게는 정보 전달에 도움이 되는 어떤 것도 제공해 주지 않는다. 그러나 숏의 길이는 말할 것도 없고, 숏의 종류(롱 숏, 미디엄 숏, 클로즈업, 앵글 숏, 리버스 숏)는 항상 실제 행동의 자연주의적 시간 배분이나 속도 조절과는 상관없이 영화화되는 것의 극적 중요성에 사실상 좌우된다.

　　다만, 영화감독이든 에디터든 카메라 감독이든 누군가는 분명히 매개자 역할을 하지만, 오직 시각적인 것으로만 그렇게 하지는 않는다. 실시간으로 진행되기 때문에 사운드와 영상이 정확히 일치하는 무대 위 라이브 공연과 달리, 영화에서 음향과 영상의 관계는 구성된다. 영화 에디터가 시간과 공간의 관계를 조작하는 것처럼, 시각 프레임과 여러 사운드트랙(대화, 보이스오버, 음악, 소음)도 결합된다.

　　영화 각색자는 진정 풍부한 기술적 가능성들을 마음껏 이용해 왔다. 그래서 이제는 시간적으로 복잡하거나 지극히 내면화되어 있는 텍스트라고 해도, 인쇄물을 스크린으로 옮기는 데 필요한 관습들을 잘 배워 익히고 있다. 하지만 그렇다고 전혀 아무런 문제도 없다는 의미는 아니다. 노벨라 〈베니스에서의 죽음〉을 쓸 때 토마스 만은 어린 소년의 아름다움을 주인공 아셴바흐와 독자의 마음에 심어 주기 위해 많은 시간을 할애한 반면에, 비스콘티는 영화 각색

작업을 하며 스토리가 잘 전개될 수 있게끔 '잘생긴 비요른 안드레센Björn Andrésen이 유발한 이미지를 던져 버려야'만 했다. 또한 우리는 소설에 등장하는 학식 있는 캐릭터 아셴바흐의 이상화된(명백히 그리스화된) 시선이 인도하는 타치오Tadzio 감상법을 서서히 배워 나가지 않는다. 그 대신 영화에서는 에셴바흐와 소년 사이의 '기나긴 시선 교환'을 바라보게 된다. 이때 "그들의 성적 노골성은 아셴바흐를 어리석고 음란한 늙은이로, 소년을 아름답고 자그마한 노리개로 바꾸어 놓는다."|Paul Zimmerman; Wagner 1975: 343에서 인용| 다른 매체를 지향하는 각색자에게 시간과 시간 배분은 분명히 현실적인 난제다.

무대에서 시간 문제를 다루기 위해 사용할 수 있는 수단은 그와 다르고, 어쩌면 영화보다 더 제한적일 것이다. 앞서 지적했듯이 라이브 공연이란 실시간으로 진행되기 때문이다. 각색은 스토리의 시간 변화 외에, 예컨대 장면 전환에 필요한 시간 같은 전문적인 문제도 계산에 넣어야 한다. 크라카우어는 무대 오페라가 시간적 문제를 첨가했다고 지적한다. 극의 전개가 멈춘 시간 동안 부르는 아리아는 그 대표 사례다. 이미 살펴본 바 있듯이, 겉보기에 매우 외면화된 예술 형식에서 아리아는 관습화된 내면성의 계기다. 그러나 아리아는 행동을 구속하기도 한다. 아리아가 "노래한 열정은 물리적 삶에 스며드는 대신 그 삶을 변모시킨다."|Kracauer 1955: 19| 이런 이유로 크라카우어는 "오페라의 세계란 영화적 접근법을 근본적으로 부정하는 전제들 위에 구축되어 있다"|19|고 주장했다. TV와 영화의 자연주의는 무대 위에서 노래를 부르는 형식의 작위성에 이질적인 것처럼 보일지 모른다. 그렇지만 이 사실이 오페라가 TV와 영

화에서 두 번째 삶을 사는 것을 막지는 못했다. 그것도 공연 기록물보다 각색 덕분에 말이다.

오페라의 극도 분명히 실시간으로 전개되기는 하지만, 그 시간 배분 방식은 무대극의 시간 배분 방식과 다르다. 그 이유는 음악에 있다.|Halliwell 1996: 87-88| 작곡가 버질 톰슨Virgil Thomson은 이를 생동감 있게 표현했다. "오페라는 의상을 차려입은 콘서트가 아니다. 단순히 음악을 더한 연극도 아니다. 극적 행동, 즉 시와 음악으로 보여 주고 음악으로 활력을 부여받아 통제되는 극적 행동이 이어진다. 오페라는 시 덕분에 상당한 장엄함을 확보할 수 있고, 음악 덕분에 속도를 조절할 수 있다."|1982: 6| 뮤지컬에서처럼 오페라에서도 음악의 박자는 다른 예술 형식에 없는 또 다른 시간적 차원—혜택이자 제약—을 열어 준다. 오페라의 비디오 버전 감독 및 에디터는 보통 화음 구조와 화성을 포함한 음악의 리듬에 따라 카메라 숏의 속도를 조절한다.|Large 1992: 201|

모든 매체에는 특별한 각색 문제가 있다. 시간의 전개를 재현하거나 주제화하는 방법이 그것이다. 산문 픽션은 이 문제를 너무나도 쉽게 해결할 수 있다. 소설의 캐릭터는 권태로워질 수 있다. 우리는 시간의 흐름, 즉 권태의 축적을 읽을 수 있지만, 그래도 우리 자신이 권태로워지지는 않는다. 그래픽 노블에서 우리는 그 지루함에 굴복하지 않은 채 지루함이 발생하는 것을 실제로 볼 수 있다. 하지만 실제 관람 시간에서 지루함을 자연주의적으로 재현하는 데 걸리는 상영 시간을 고려해 보면, 영화에서 권태로워지는 과정을 실제로 재현하기란 그리 쉬운 일이 아님을 알 수 있다. 1991년 클로드

샤브롤Claude Chabrol 감독은 플로베르Flaubert의 소설 《보바리 부인 Madame Bovary》(1857)을 영화로 각색하며 엠마 보바리Emma Bovary의 권태를 극화하려고 했을 때 이 사실을 발견했다. 그렇지만 도약a leap forward(오프 스크린off-screen | 출연자가 모습을 화면에 드러내지 않은 채 대사를 하게 만드는 기법 |) 역시 관객들이 잘 알고 있는 영화 관습이다. 그리고 오손 웰스의 〈시민 케인Citizen Kane〉(1941)에 반복적으로 등장하는 아침 식사 장면을 떠올려 보면, 단순 반복 행위도 시간의 흐름을 권태로 빠져들게 함을 알 수 있다.

TV 각색은 보통 마음대로 쓸 수 있는 시간이 많고, 그래서 더 유연하다. 데이비드 로지의 《훌륭한 솜씨》(1988) 같은 소설이 연속극으로 만들어진 일도 있다. 그러나 연속극은 서사를 정해진 회차에 따라 동일한 분량으로 나누어야 한다는 또 다른 시간적 제약이 있다. 자기 소설을 각본으로 고쳐 썼던 로지는 이렇게 말했다. "어떤 서사 매체도 TV 시리즈 에피소드만큼 시간이 딱 정해져 있지는 않다. 각 에피소드는 분과 초 단위로 측정된 사전 시간표에 따라 방송되지 않으면 안 된다." | 1993: 193 |

작가도 이런 정확한 시간 배분을 고려할 필요가 있지만, 최종적으로 이 작업을 해야만 하는 사람은 물론 에디터다. 하지만 여기서 다른 종류의 시간적 제약이 등장한다. 예를 들면, 매체로서의 TV는 관습상 영화보다 속도가 빠르고, 그래서 각색자는 불가피하게 속도가 느린 문학작품으로 작업을 할 경우에도 이 속도를 고려하지 않으면 안 된다. 하지만 고전적 소설을 TV 영화로 각색할 경우에는 문학에서 나온 텍스트적 잔향이 보통 연기와 카메라 움직임 모두에

잔존하게 된다. 독서가 TV 시청보다 '느긋하고 신중하며 사려 깊은 일'이라는 생각을 불러일으키면서 말이다.|Cardwell 2002: 112|

　공연 매체의 시각적·청각적 직접성은 분명 현재의 지속이라는 감각을 만들어 낸다. 그러나 시간과 시간 배분은 각색 과정에서 드러나는 것보다 훨씬 더 복합적이다. 패러디에 그 증거가 있다. 애니메이션 예술가 제니퍼 쉬먼Jennifer Shiman은 고전적 영화를 30초 버전으로 각색했는데, 여기서 스토리는 진지하고 정직한 토끼 캐릭터의 연기를 통해 해체되고 재구성되고 재상영된다.[23] 이와 반대로 더글라스 고든Douglas Gordon은 대중적인 영화를 선택해 길게 늘여 놓았다. 히치콕 감독의 〈사이코Psycho〉(1963)를 24시간 분량으로 늘이고, 존 포드John Ford 감독의 〈수색자The Searchers〉(1956)를 (우리가 전체를 다 보려고 한다면) 5년으로 늘이는 식이다. 두 예술가의 패러디적 각색은 아이러니하게도 영화의 시간 처리 관습을 전경화한다. 원거리 통신(전화, 라디오, TV)으로 인해 기술적으로 가능해진 '즉시성'은 지난 세기 새롭게 등장한 것이었고, 바로 그 시간성 때문에 우리는 영화가 현재 시간에 발생하고 있고 영화가 발생할 때 우리도 현재한다는 가상을 받아들일 수 있게 된 것이다.|LeGrice 2002: 232|

　물론 영화에 기초한 비디오게임은 이런 영화의 가상을 여전히

23　제니퍼 쉬먼은 2004년 1인 기업 앵그리 에어리언 프로덕션Angry Alien Productions을 창업하여 플래시 애니메이션 '30초 토끼 극장30-Second Bunnies Theatre' 시리즈를 제작하고 있다. 이 시리즈는 〈엑소시스트The Exorcist〉, 〈타이타닉Titanic〉, 〈해리 포터〉 등 대작 영화들을 토끼 캐릭터를 활용해 30초로 각색해서 보여 주고 있다. 앵그리 에어리언 웹 사이트(www.angryalien.com)에서 애니메이션을 직접 볼 수 있다.

이 사례는 패트릭 J. 스미스Patrick J. Smith의 유명한 선언과 모순되는 듯 보인다. 오페라 각색에서는 "정말로 위대한 예술 작품이라면 모두 허용하는 애매성이나 독서의 다양성이 … 불가피하게 생략되거나 줄어들게 된다. 이는 원작뿐만 아니라 각색 작품 그 자체에도 손해다."|1970: 342-43| 그러나 언어적·서사적 애매성은 분명 공연 매체로 극화될 필요가 있고, 이 과제는 전혀 불가능한 게 아니다. 그리고 무언가를 잃으면 얻는 것도 있다. 극화 작업의 시각적·청각적 직접성은 헨리 제임스 같은 작가의 산문에는 딱 들어맞지 않는다. 그렇다면 어떠한 대가를 치러야 할까? (각색에서는 언제나 거래가 이루어진다)

연출자와 연기자는 연극 또는 오페라를 무대에 올릴 때 반드시 저술된 대본의 '해석학적 풍부함'을 줄여 놓는다.|Scholes 1976: 285| 영화나 TV의 경우 이 선택은 최종적인 것이 되어 영원히 기록된다. 언어에 정향된 작가의 관점에서 보면, 이는 심각한 한계다. 자작 소설 《스파이더Spider》를 데이빗 크로넨버그David Cronenberg 감독의 영화(2002)로 각색했던 패트릭 맥그래스Patrick McGrath는 이 점을 잘 보여 준다.

산문 픽션 작가는 처음 각본을 쓰게 되면 보통 잘난 체하며 작업을 시작한다. 확실히 이 작업은 그리 어렵지 않을 것이라고 생각한다. 기껏해야 스토리의 골격만 만들어 내면 된다는 것이다. 그래서 그는 재빨리 일을 끝내 쉽게 돈을 벌고 어느 정도 명성도 얻겠다는 생각으로 작업을 시작한다. 머지않아 그는 자기 생각이 교만한

것이었음을 깨닫게 된다. 자기가 다룰 수 있는 것은 차례로 나열되어 있는 드라마 영상들밖에 없음을 알게 된다. 그 때문에 그는 언제가 영어라는 지극히 무한한 자원을 배경으로 했었던 일을 다시 하지 않으면 안 된다.|2002: R1|

그러나 시각에 정향된 영화감독에게는 그 반대가 참이다. 영화 감독은 단일 트랙 언어에서 멀티 트랙 매체로 옮겨 갈 수 있고, 그렇게 함으로써 여러 수준에서 의미를 만들어 낼 수도 있고 다른 신체적 감각들에 호소할 수도 있다.

하지만 영어 또는 다른 언어라는 '무한한 자원'은 상징과 은유를 내포한다. 이 '무한한 자원'은 공연 매체의 보여 주기 양식으로 구현될 경우 캐릭터의 입으로 간단히 발화될 수 있지만, 그렇지 않으면 도상圖像적 형식으로 물리적이게 구체화되거나 그 등가물로 번역되어야만 한다. 디킨스의 《위대한 유산》이 무대, 스크린, 라디오 등으로 100여 회 이상 각색되었지만, 비평가들은 그 가운데 어떤 작품도 자연주의적인 것과 상징주의적인 것의 융합을 성취하는 데에는 실패했다고 느낀다. 그것은 소설의 언어적 결에만 있다는 것이다.|예를 들면, Bolton 1987: 416-29, Giddings, Selby, and Wensley 1990: 86-87|

그렇지만 공연 매체도 의존할 수 있는 고유한 자원이 있다. 이미 살펴본 것처럼, 오페라와 뮤지컬은 상징적 목적을 위해 음악을 사용할 수 있다. 셰익스피어의 오텔로Othello가 이아고Iago의 허상을 점진적으로 받아들이는 것처럼, 베르디와 보이토Boito의 오페라에 등장하는 오텔로도 이아고와 같은 수준으로 타락하면서 그의 음악

(잘 들리는 셋잇단음표와 부점 리듬)을 점진적으로 받아들인다. 자연주의적 요구로 무장한 영화도 편집을 통해 별개의 영상들을 하나로 연결함으로써 상징적 비유를 만들어 낼 수 있다. 카메라는 한 장면에서 어떤 요소를 떼어 낸 뒤, 맥락화 작업을 통해 거기에 의미와 더불어 상징적 의의도 부과할 수 있다. 토머스 하디Thomas Hardy의 소설《테스Tess of the D'Urbervilles》(1891)에 등장하는 '작약빛 입술'을

토머스 하디의 소설을 각색한 로만 폴란스키 감독의 1979년작 〈테스〉.

가진 주인공은, 로만 폴란스키Roman Polanski 감독이 제작한 1979년 영화 〈테스Tess〉에서 입을 벌려 알렉스가 주는 딸기를 받아먹는 나스타샤 킨스키Nastassia Kinski의 새빨간 입술로 번역된다.|Elliott 2003: 234|

물론 언어적 아이러니를 공연 매체로 각색할 때 대화 대신 보여 주기 양식을 활용하면 분명 특수한 난제에 직면하게 된다. 앞서 다른 맥락에서 언급한 작품이기는 하지만, 윌리엄 새커리의 1844년 소설《배리 린던의 행운》은 1인칭 서술자가 '동정심 많고 재치 있는 18세기 신사의 도전과 불운'을 이야기하는 작품으로 소개되거나, 그렇게 간주된다. 하지만 새커리의 교묘한 아이러니 덕분에 이 작품은 실제로는 "사악하고 자기기만적인 짐승의 일기"|Sinyard 1986: 130|로 받아들여진다.

이미 살펴본 바 있듯이 영화의 경우 1인칭 서술은 처리하기 힘들고, 스탠리 큐브릭의 〈배리 린던Barry Lyndon〉에 등장하는 전지적 서술 카메라는 그 거리로 인해 친밀함과는 거리가 멀다. 또한 우리

는, 우리가 잃어버린 무신경하고 자기 망상적인 개인의 목소리라는 감각을 속물 사회의 문맥에서 그런 개인의 느낌으로 획득한다. 그 결과, 영화가 장면들 사이에 아이러니적 보이스오버 서술자를 설정해 두었음에도 불구하고, 배리 린던은 새커리의 소설에서보다 더 동정심 많은 캐릭터로 등장하게 된다.

그러나 각색자가 아이러니, 애매성, 은유, 상징 같은 언어적 요소들을 극화할 때 겪는 어려움은, 현존하지 않는 것을 극화해야만 할 때 부딪히는 문제들과 비교해 보면 빛이 바랜다. 산문 서사의 부재와 침묵은 거의 언제나 공연 매체의 현존으로 바뀌거나, 아니면 이 측면의 클리셰가 가정하듯이 그 힘과 의미를 상실하게 된다. 하지만 정말로 그러한가? 다음 장에서는 각색 실천의 확장된 사례를 배경으로 이 공리를 점검해 볼 것이다. 이 사례는 이 특수한 지점을 다루고 있을 뿐만 아니라, 이 장에서 다루어 온 바 양식 및 매체 특이성을 둘러싼 거의 모든 문제들의 한가운데에 자리하고 있다. 그러므로 다음 장은 요약 및 결론 구실을 할 것이다.

실천에서 배우기

1940년대 말과 1950년대 초 벤저민 브리튼은 당시 고령이었던 E.M. 포스터와 좀 더 젊었던 자칭 '극장의 인간' 에릭 크로저Eric Crozier의 도움으로, 허먼 멜빌의 미완성 유작이자 단연 애매한 작품《빌리 버

도 가장 창의적인 방식으로 되살아나게 된다. 오페라 대본에서 비어는 빌리가 머무르는 방으로 사라진다. 그리고 무대 위에서는 어떤 연기도 행해지지 않는다. 그 대신 청중은 오직 명음明音 3화음으로 이루어진 34개 악절만을 듣게 되고, 이때 각각의 화음들은 F장조 3화음 위에서 서로 조화를 이루면서도 서로 다르게 편곡되어 연주된다. 다시 말해, 언어의 침묵과 무대 연기의 결여가 악음樂音

> 악기 소리, 노래 소리 등 일정한 피치를 갖고 있어 상쾌한 느낌을 주는 음.

, 그러나 실질적인 멜로디도 없고 리듬 변주도 없는 음에 수반된다.

이 스토리의 다른 보여 주기 양식 각색들도 침묵으로 일관하지는 않았다. 1950년, 즉 오페라가 작곡되기 1년 전 공연된 루이스 콕스Louis O. Coxe, 채프먼R.H. Chapman의 브로드웨이 연극은 서술자의 추정을 극화해서 보여 준다. 여기서 빌리는 판결에 관해 설명해 달라고 비어에게 공개적으로 요구한다. 비어의 대답—세계는 선과 악으로 채워져 있다는 것, 그래서 "우리 대부분은 일찍 깨닫고 중용을 지킨다"는 것—을 듣고 빌리는 "아마도 인간이 갖고 있을 일종의 야만성은 친절함만큼이나 인간에게 본질적인 것"|1951: 68|이라는 사실을 잘 이해하게 된다. 이 장면이 노벨라에서도 작동하는지 그렇지 않은지의 여부를 두고 수년에 걸친 비평가들의 논의가 있었지만, 이 무대 버전은 그 애매성을 실질적으로 제거해 버린다.

앞서 언급한 이 연극의 영화 버전(피터 유스티노프 감독 및 주연)도 차이가 있기는 하지만 이 장면을 극화해서 보여 준다. 영화에서 비어는 빌리의 물음에 대한 대답이란 존재하지 않는다고 말하지만, 그리고 사형선고를 받은 인간에게 두려움을 극복할 방법으로 자신

(비어)에 대한 증오를 제안하지만, 빌리는 정말로 두렵지 않다고 대답한다. "나는 내 일을 했을 뿐입니다. 당신은 당신 일을 했고요." 유스티노프는 이 장면을 앤서니 홉킨스Anthony Hopkins가 연주하는, 이상하고 낯설게 만드는 오페라 화음과 거의 유사한 멜로드라마적 음악과 함께 제시한다.

침묵을 대체하는 브리튼의 음악은 매우 다양한 방식으로 해석되어 왔다. 몇몇 독해는 단연 미메시스적이었다. 이 입장의 비평가들은 화음 변화를 닫힌 문 뒤에 있는 두 남자의 감정 변화로 상상한다. 말하자면, 비평가들은 '몇 가지 추측'을 제공한다는 점에서 멜빌의 서술자와 다르지 않다. 그로 인해 화음들은 놀라움에서 공포로, 또 체념과 평정심으로 나아가는 변화를 분명히 표현한 것으로 해석된다. 다른 비평가들은 화음을 주제론적으로 읽어 낸다. 여기서 화음은 관련된 정열들을 음악적으로 구현한 것, 또는 그 당시 법적 기소의 두려움을 내놓고 말할 수 없었던 동성애적 정념을 긍정적 형태로 또는 매우 이상화된 형태로 내포하는 것으로 간주된다. 또 다른 신중한 비평가들에게 그 의미는 상징적이거나 형이상학적인 것이다. 오페라의 나중 두 장면에서 그 화음을 들을 수 있다는 사실이 이런 독해를 얼마간 가능하게 해 주는 요인이다. 말하자면, 이 장면 바로 직후 사형선고를 받은 사람이 부르는 마지막 아리아에서, 즉 빌리가 커다란 도덕적·심리적 힘을 얻어 죽음을 수용하게 되었을 때 부르는 아리아 〈수갑을 찬 빌리Billy in the Darbies〉에서 우리는 그 화음을 들을 수 있다. 그리고 비어의 에필로그라는 클라이맥스에서, 즉 비어가 빌리의 멜로디 및 가사("그러나 나는 폭풍 속에서 돛을, 매우 반짝이는 돛을 보았고, 그래서 나는 만족한다.")를 노래로 부를 때 우리는 그 화음을 다시 들을 수 있다(비어는 사실주의적이게도 전혀 들을 수 없다). 이런 일부 화음들의 재연은 비어의 구원이 닫힌 문 뒤에서 시작되었음을 내포하는가? 그렇다면 빌리가 죽음을 받아들여 도덕적·심리적 힘을 획득한 일도 거기에서 처음 시작되는가?

아놀드 횟탈Arnold Whittall의 지적에 의하면, 작곡가들은 "숭고한 것, 기념비적인 것을 재현하기 위해 보통 음조 스펙트럼을 폭넓게 횡단하는 저속도의 화음 계열을 사용한다. 하지만 그렇다고 해도 멜로디 또는 이와 관련한 의미 있는 선율 진행을 완전히 거부하지는 못한다."|1990: 157| 횟탈은 여기서 화성법을 내면성의 표현 수단으로 활용할 수도 있다고 계속해서 주장한다. 만약 그렇다면, 이는 소설의 성찰과 반성을 공연 매체로 전위하는 과정에서 잃게 되는 것을 음악이 어떻게 보충하거나 대신하는지를 보여 주는 또 다른 사례에 해당할 것이다.

캐롤린 아바트Carolyn Abbate는 《무언의 목소리: 19세기 오페라와 음악 서사Unsung Voices: Opera and Musical Narrative in the Nineteenth Century》(1991)에서 문학 서사학의 통찰을 음악 연구에 적용한 바 있는데, 어느 정도는 그 덕분에 오페라에서는 소설의 서술자가 오케스트라로 대체된다는 생각이 보편화될 수 있었다. 〈빌리 버드〉의 해당 장면에서는 반음계 화음과 온음계 화음의 변증법이 불안하고 불안정한 F장조 음조를 만들어 냈다. 이 음조를 들을 수 있는 사람에게 이는 멜빌의 언어적 얼버무림에 해당하는 음악적 등가물이었

다.|확장된 논의는 Whittall 1990 참조| 이 사실은 또한, 오페라 대본가의 시각 **언어**는 비어의 구원과 평화를 보여 준다고 하더라도, 오페라의 **음악적** 결말은 확실히 더 애매하고 복잡하다는 것을 암시해 준다. "브리튼의 음악이 음조 배열에 도전하면서도 그것을 거부하지 않고, 사랑을 통한 구원이라는 오페라의 위대한 주제에 도전하면서도 그것을 거부하지 않는다는 것, 그럼으로써 칼날 위에서 아슬아슬한 균형 상태를 위태롭지만 완벽하게 유지한다는 것은 분명히 맞는 말이다."|Whittall 1990: 170|

지금 논의하고 있는 장면에서 음악의 애매성은 바로 그 행위의 결여에 반영되어 있다. 이는 최상의 비오페라적인 오페라적 순간이다. 이 순간 가사와 음악은 상호작용하지 **않고**, 가사는 우리가 듣고 있는 음악을 이해하는 데 도움이 되지 **않는다**. 사실상 우리에게는 언어적 실마리는 물론이고 시각적 실마리도 주어져 있지 않다. 관객이 이 장면에서 자주 곤혹스러움을 느끼는 것은 전혀 놀라운 일이 아니다. 관객은 이 장면이 빌리와 비어의 만남을 위한 전주곡이라고 생각하고, 그래서 안절부절못하게 되는 것이다. 청중은 무대 위에서 어떤 중요한 일이 벌어지고 있는지 전혀 느끼지 못한다. 당연하다. 행위는 모두 문 뒤에 있는 무대 아래에서 이루어지기 때문이다. 하지만 그 화음들이 끼친 영향은, 재현되지 않은 것이 재현된 것보다 더 강한 힘을 가질 수 있음을 말해 준다. 우리의 상상력을 불러일으켜 그 틈새를 메우게 만드는 것, 이는 명백히 연출가의 능력에 달렸다.

볼프강 이저Wolfgang Iser의 독서 이론—독자가 어떻게 텍스트의

일부인 서사적 틈새를 메우는가|1971|—은 여기에도 적용될 수 있다.|Abbott 2002: 114–16, 애벗이 다양한 매체의 서사적 틈새에 관해 논하는 부분| 우리는 보고 들으면서 자유롭게 연상하는 게 아니다. 우리는 앞 장면의 만남이라는 극 설정과, 형언하기 힘들지만 함축성 있는 애매성을 지닌 34개 화음이 서로 결합해서 이끄는 바에 따라 틈새를 메우게 된다.

〈빌리 버드〉의 악명 높은 비공개 장면은 양식과 매체를 횡단하는 전위 작업이 매우 복잡한 일임을 보여 주는 좋은 사례다. 사실주의 영화와 마찬가지로, 어쩌면 더 그럴지도 모르지만, 무대 오페라는 자명하게도 애매성, 얼버무림, 부재 등을 재현하는 매체가 아니다. 하지만 이 비공개 장면은 무대화 또는 언어화에 대한 거부와 낯설게 하는 음악의 첨가를 서로 결합하고 있고, 그래서 그 복잡성의 어떤 버전을 잘 표현해 줄 수 있다. 또한 이 과정에서 산문 픽션 대비 공연 매체의 재현적 부적합성과 관련한 상당 수의 클리셰들을 논박하는 예술적 실천 사례를 제공해 줄 수 있다.

여기서 꼭 말하고 싶은 것은, 보통 이런 공리를 표명하는 사람은 각색자 본인이 아니라 버지니아 울프 같은 방어적 문학비평가와 자기방어적 작가라는 사실이다. 울프는 소설의 영화 각색이란 별 가치 없는 일임을 생생하게 기술한다. "그렇게 우리는 세계의 아주 유명한 소설들 사이를 배회하며 느릿느릿 움직인다. 그렇게 우리는 그 소설들을 아주 쉬운 단어로, 또한 무식한 남학생이 갈겨 쓴 필치로 한 자 한 자 적어 나간다."|1926: 309| 이런 관점을 꼭 신뢰해야 할 필요가 있을까? 가끔씩은 각색자에게도 귀를 기울여야 하지 않을까?

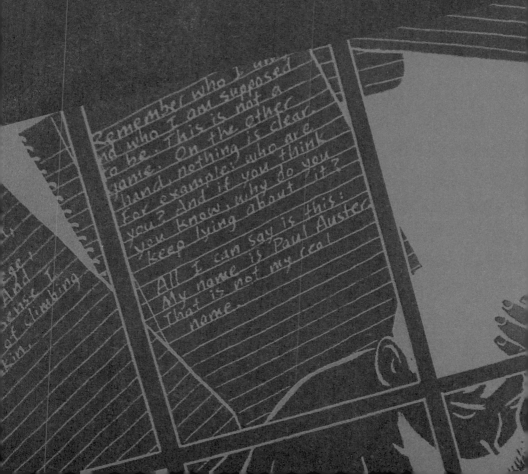

3

누가? 왜?

| 각색자 |

극작가는 자신이 무대 위에서 일어나는 모든 일의 유일한 저자로 여겨지기를 바란다. 그러나 이 경우 나는 다른 여러 사람들과 운전실을 공유하게 되리라는 것을 잘 알고 있다. 대형 뮤지컬 대본가나 영화 각본가처럼, 나는 디자이너, 동작 연출가, 작곡가, 모든 창작 팀 구성원에게 의견을 구하게 될 것이다. 나는 제작자와 연출가, 즉 닉 하이트너Nick Hytner 형태로 통합되어 있는 두 인물과도 작업을 하게 될 것이다. 그리고 필립 풀먼과도 작업을 하게 될 것이다.

극작가 니콜라스 라이트Nicholas Wright,
필립 풀먼의 소설 《황금 나침반》의 무대용 각색에 관하여

다른 극작가들도 책을 각색하며 이렇게 느낄까? 나는 제작사에 대본을 '승인'받을 때처럼 영화감독, 프로듀서, 투자자 등의 승인이 필요하다는 사실을 잘 안다. 그러나 이는 실천적·정치적 필요에 따른 것이지 개인적 필요에 따른 것은 아니다. 작품이 원작에 필적하기를 바라는 것, 그에 못지않게 원작자에게 필적하기를 욕망하는 것, 이는 허영이다.

시나리오 작가 노엘 베이커,
마이클 터너Michael Turner의 소설 《하드 코어 로고Hard Core Logo》의 영화 각색에 대하여

누가 각색자인가?

시나리오 작가 노엘 베이커에게 이 물음에 대한 대답은 간단하다. 알렉상드르 뒤마(피스) 같은 저자가 자작 소설 《춘희Camille》(1848)를 연극(1852)으로 옮길 경우에도 이 물음에 대답하기는 쉬울 것이다. 여기서 저자와 각색자는 동일 인물이다. 헬렌 에드먼슨Helen Edmundson이 조지 엘리엇의 소설 《플로스 강의 물방앗간The Mill on the Floss》(1960)을 무대극으로 만들 때처럼, 간혹 저자와 각색자가 다를 때에도 이 물음에 쉽게 대답할 수 있다. 하지만 뮤지컬이나 오페라 각색의 경우에는 문제가 훨씬 더 복잡하다. 뒤마의 연극은 오페라 〈라 트라비아타〉(1853)로 만들어졌는데, 이때 각색자는 오페라 대본 작가 프란체스코 마리아 피아베Francesco Maria Piave인가, 아니면 작곡가 주세페 베르디인가? 아니면 그 둘 모두여야 하는가? 뉴미디어의 복합성이란, 거기서 이루어지는 각색 역시 집단적 과정임을 의미하는 것이기도 하다.

공연 양식이나 상호작용 양식으로 옮기는 것은 확실히 단일 창작 모델에서 협업 창작 모델로의 이동을 수반한다. 하나의 모델에

서 다른 모델로 이행하는 데에는 종종 많은 어려움이 따른다. 우스터 그룹Wooster Group[1]이 1980년대 초 작품 〈엘 에스 디L.S.D.〉에서 아서 밀러Arthur Miller 희곡 《시련The Crucible》의 기본 구조만을 각색했음에도 불구하고, 밀러가 우스터 그룹에 제기한 소송을 보라.[2] 우스터 그룹은 협업과 즉흥의 에토스, 그리고 개인 소유물로서의 극장에 대한 도전으로 유명했지만, 공동 실천으로서의 각색이 갖는 아이러니와 문제점이 이 법적 조우에서 분명해졌다.|Savran 1985|

인터랙티브 디지털 설치 작품 및 인터넷 연결 작품의 집단 창작 모델은, 상호작용 이전이든 상호작용 동안이든 다양한 참여자들이 계속해서 재조직하는 연결망을 가장 잘 묘사해 준다. 이 유동적 협업은 영화나 비디오 같은 완성된 생산물보다 공연 중인 연극 무대의 협업과 유사하다. 라이브 무대와 라디오극, 무용, 뮤지컬, 오페

---

1   뉴욕에 근거지를 둔 비영리 실험연극 집단. 리처드 셰크너Richard Schechner의 '퍼포먼스 그룹'(1967-1980)으로 출발해서 1980년 '우스터 그룹'으로 개명했다. 기존 희곡의 해석 대신 재창조에 더 관심을 갖는 한편, 관객과 배우 간 감정이입이나 사실주의적 관습 같은 전통적 연극 미학에 반대했다.

2   1983년 말 우스터 그룹 단장 르콩트LeCompte는 신작 〈L.S.D.〉의 리허설에 아서 밀러를 초대했다. 이 작품은 밀러의 희곡 〈시련〉에서 정치적 탄압을 다룬 50분 정도 분량을 활용해서 만든 것이었지만, 밀러는 우스터 그룹에 〈시련〉의 사용권을 허락하지 않았다. 이후 르콩트는 밀러의 희곡 분량을 20분 정도로 축소한 작품을 다시 만든 뒤 몇 차례에 걸쳐 밀러를 리허설에 초대했다. 이때 밀러는 작품의 사용 권리와 관련한 특별한 부정적 언급을 하지 않았고, 르콩트는 이를 암묵적 승인으로 간주함으로써 작품 공연을 예정대로 진행했다. 하지만 〈L.S.D.〉의 뉴욕 공연을 앞두고, 밀러는 그 작품이 〈시련〉의 일부만을 추출하고 또 많은 부분을 생략한 데 대해 문제를 제기하면서 우스터 그룹에 소송을 제기했다. 우스터 그룹이 마침내 작품 공연을 포기하고, 그에 따라 밀러 역시 법적 소송을 취하하면서 사건은 일단락되었다.

라 등이 모두 일군의 사람들에 의한 반복 공연 형식이다. 그래서 이 형식들이 앞선 작품의 각색 장소가 되면 관련된 많은 예술가들 가운데 정확히 누구를 실제 각색자(들)로 불러야 하는지를 두고 항상 논쟁이 벌어지게 된다.

이 관점에서 보면 영화와 TV는 아마 가장 복합적인 매체일 것이다. 자주 폄하되곤 하는 각본가, 즉 "영화의 플롯, 캐릭터, 대화, 주제 등을 창작하는 또는 (창조적으로 각색하는)"|Corliss 1974: 542| 각본가가 중심 각색자인가? 어떤 의미에서는 이 물음에 가장 분명한 대답이 있는 것처럼 보이지만, 그리고 노엘 베이커도 그에 동의하겠지만, 대부분의 사람들은 그런 대답을 내놓지 않을 것이다. 각본의 '저작권'이 복잡하리라는 게 그 이유 가운데 하나다. 스티븐 스필버그Steven Spielberg는 1987년 발라드J.G. Ballard의 소설《태양의 제국Empire of the Sun》을 영화로 각색한 바 있는데, 이때 첫 번째 촬영 각본/각색 작품을 쓴 사람은 톰 스토파드Tom Stoppard였다. 이 각색 작품은 이후 메노 메이제스Menno Meyjes에 의해 개작되었고, 편집실에서 다시 한 번 변경되었다.|Reynolds 1993b: 7| 그렇다면 누가 각색자인가?

음악감독/작곡가의 이름은 보통 주된 각색자로 여겨지지 않는다. 그렇지만 그 또는 그녀는 감정을 증강하거나 청중의 반응을 유발하고, 그래서 상이한 캐릭터들을 잘 이해하게 해 주는 음악을 작곡한다. 아마도 달콤한 순수함을 표현하기 위해서는 솔로 바이올린을, 애매한 캐릭터 주변에서 풍겨 나오는 불편함을 전달할 때에는 스네어링 베이스 클라리넷snarling bass clarinet을 이용할 것이다. 그러나 음악이 각색의 성공에 분명 중요한 요인이라고 하더라도, 작곡가

가 보통 각색된 텍스트가 아닌 각본으로 작업을 한다는 것도 사실이다. 작곡가는 특히 제작사의 결정, 시기, 예산 등에 맞게끔 음악을 작곡해야 하기 때문이다. 의상 및 세트 디자이너들도 각색자 역할을 할 수 있다. 많은 사람들은 이들이 각색된 텍스트에 의존한다는 사실, 특히 소설의 경우에는 영감을 얻기 위해 그렇게 한다는 사실을 인정한다. 하지만 그들이 직접적으로 책임감을 느끼는 것은 **영화감독**의 **영화 각본** 해석이다.|특히 Giddings, Selby, and Wensley 1990: 110-28에 실린 인터뷰 참조| 동일한 책임감을 촬영감독도 자주 느낀다.

배우를 각색자로 볼 수 있는지의 여부는 그리 단순한 문제가 아니다. 무대에 오른 작품에서처럼, 연기자는 물질적 실존을 육화하고 각색에 물질적 실존을 부여해 주는 존재이다. 일부 배우들은 분명 각본을 따라야 함에도 불구하고, 특히 그들이 연기해야 하는 캐릭터가 잘 알려진 문학적 캐릭터인 경우 각색된 텍스트에서 배경과 영감을 발견하려고 한다. 그런데 이 사실이 배우를 의식적 각색자로 만들어 주는가? 여러 인터뷰에서 소설가들은 자신들이 느낀 놀라움을 분명히 지적한 바 있다. 배우가 제스처, 목소리 톤, 얼굴 표정 등을 통해 자신들이 전혀 예상하지 못했던 방식으로 캐릭터를 구체화해 해석한다는 것이다.|Cunningham 2003: 1| 말하자면, 배우는 "자신의 개별적 감각과 의식을 캐릭터에게" 옮겨 놓을 수 있고, "자신의 고유한 상상력에서 유래한 통찰과 제스처를 캐릭터에 부여해" 줄 수 있다.|Ondaatje 1997: ix| 그러나 글자 그대로의 의미로 볼 때, 배우가 이런 의미에서 정말로 각색을 하는 대상은 각본이다.|Stam 2005b: 22|

각색자의 역할과 관련해 아직까지 거의 검토되지 않은 또 다른 후보자가 있다. 마이클 온다체가 강조한 것처럼, 영화와 TV 에디터의 솜씨는 "그 중요성에 비해 간과되어 왔"|2002: xi|[3]다. 에디터 월터 머치가 지적한 것처럼, "제대로 된 영화 편집은—혹은 '영화 공사工事'라고 부를 수도 있겠죠.—표면에 뚜렷이 드러나지 않은 영상과 사운드의 숨은 규칙성을 발견해 그것을 이용하는 작업이라고 할 수 있습니다."|Ondaatje 2002: 10|[4] 에디터는 그 어느 누구도 하지 못하는 방식으로 작품 전체를 인식하고 만들어 낸다. 그렇지만 일반적으로 시나리오 작가, 작곡가, 기획자, 촬영감독, 배우, 에디터 같은 예술가들은 영화나 TV 제작사의 주된 각색자로 여겨지지 않는다.

영화 세트장을 한 번이라도 방문해 본 사람이라면 영화가 한 사람에 의해 만들어진다는 말에 동의하지 않을 것이다. 영화 세트장은 직능별로 모든 인원이 분주히 움직인다는 점에서 벌집이나 루이 14세 궁정의 일상과 닮아 보이기도 한다. 하지만 대중의 뇌리에는 영화의 스토리, 스타일, 디자인, 극적 긴장감, 취향, 심지어 촬영 당시의 날씨에 대한 책임까지 모조리 쓸어 가는 감독이라는 단 한 명의 왕이 각인될 뿐이다. 그러나 영화 한 편을 만드는 데

---

3   마이클 온다체,《월터 머치와의 대화: 영화 편집의 예술과 기술》, 13쪽

4   마이클 온다체,《월터 머치와의 대화: 영화 편집의 예술과 기술》, 34쪽.

는 수많은 분야의 힘든 일이 존재한다.│Ondaatje 2002: xi│[5]

단 한 명의 왕이란 물론 영화감독이다. 피터 월렌Peter Wollen은 **작가**auteur로서의 영화감독이란 결코 단순한 각색자가 아니라고 주장했다. "영화감독은 다른 저자에게 예속되어 있지 않다. 영화감독에게 원천이란 촉매들, 즉 근본적으로 새로운 작품을 제작하려면 선취해야 할 장면들을 공급해 주는 구실에 불과하다."│1969: 113│
　셰익스피어의 《템페스트The Tempest》를 각색한 피터 그리너웨이

Peter Greenaway의 1991년 작품은 이 점을 분명히 확인시켜 준다. 그리너웨이는 작품 제목을 〈프로스페로의 서재Prospero's Book〉로 바꾸었고, 자기 지시성과 인용이라는 고유한 포스트모던 미학을 작품에 뚜렷하게 표시해 두었다. 프로스페로가 알고 있는

셰익스피어의 《템페스트》를 각색한 피터 그리너웨이 감독의 1991년 영화 〈프로스페로의 서재〉.

것은 모두 책에서 배운 것이다. 그러므로 그가 창조해 낸 마법의 세계 역시 매우 책 같은 세계, 또한 그림 같은 세계가 된다. 프로스페로처럼 그리너웨이도 책을 통해, 즉 아타나시우스 키르허Athanasius Kircher에게서 영감을 받아 글자 그대로 영화 같은 섬 세계를 만들어 낸다. 이는 우선 청중 구성원들이 말로 듣게 되는 세계이고, 다

5　마이클 온다체, 《월터 머치와의 대화: 영화 편집의 예술과 기술》, 13쪽.

음으로는 '디지털' 이념에 기반한 시각적 유희 속에서 인간의 손에

의해 씌어지는 것을 지켜보게 되는 세계이며, 마지막으로는 디지털

화된 형식 속에서 그들 각자의 눈으로 목격하게 되는 세계이다. 그

리너웨이는 페인트 박스 〈컴퓨터를 통해서 영상 그래픽을 만들어 내는 장치. 색, 선, 모 양, 질감 등을 다양하게 표현할 수 있어 매우 다양한 영상을 만

들어 별 수 있다. 〉 와 당시 통용되던 일본 하이비전 비디오테이프 테크놀로지

를 활용해 책 제목을 활성화하는 영상을 전자공학적으로 만들어

낸다.[6] 하지만 그 또는 그녀가 어느 정도나 동방박사이고 관리자인

지는, 게다가 영화감독이 어느 정도나 지배자인지는, 말하자면 영화

감독이 어느 정도나 그 또는 그녀가 새로운 작품을 만들려면 반드

시 의존해야 하는 다른 예술가들의 조직자인지는 중요하지 않다.

사실 영화 같은 공연 예술은 단연코 협업 예술이다. 고딕 성당을

---

6 〈프로스페로의 서재〉에는 총 24권의 책이 순차적으로 등장한다. 그리너웨이는 우선 책
   제목을 제시한 뒤 다양한 디지털 편집 기술을 활용해서 그 내용을 영상화하는 방식으
   로 작품을 구성했다. 이 영화에 등장하는 책 목록을 소개하면 다음과 같다. 1. 물의 책
   A Book of Water, 2. 거울의 책A Book of Mirrors, 3. 신화의 책A Book of Mythologies,
   4. 작은 별 안내서A Primer of the Small Stars, 5. 오르페우스를 갈망하는 아틀라스An
   Atlas Belonging to Orpheus, 6. 가혹한 기하학 책A Harsh Book of Geometry, 7. 색의 책
   The Book of Colours, 8. 베르살리우스의 해부학The Vesalius Anatomy of Birth, 9. 사
   자의 목록An Alphabetical Inventory of the Dead, 10. 여행자의 이야기 책A Book of
   Travellers' Tales, 11. 지구에 관한 책The Book of the Earth, 12. 건축과 음악의 책A Book
   of Architecture and Other Music, 13. 92개의 미노타우로스 기담The Ninety-Two Conceits
   of the Minotaur, 14. 언어의 책The Book of Languages, 15. 식물도감End-plants, 16. 사랑
   의 책A Book of Love, 17. 과거, 현재, 미래의 동물 우화집A Bestiary of Past, Present and
   Future Animals, 18. 유토피아의 책The Book of Utopias, 19. 우주구조론 책The Book of
   Universal Cosmography, 20. 전승되는 유물Lore of Ruins, 21. 파시페와 세미라미스의 자
   서전The Autobiographies of Pasiphae and Semiramis, 22. 움직임에 관한 책A Book of
   Motion, 23. 게임의 책The Book of Games, 24. 36편의 희곡Thirty-Six Plays.

건축할 때처럼 다양한 제작자들이 있고, 따라서 틀림없이 다양한 각색자들이 있을 것이다.

하지만 이 다양한 각색자들은 각색된 텍스트에 서로 다른 거리를 두고 있다. 제이디 스미스가 자작 소설 《하얀 이빨》의 TV화에 보인 반응은 이 과정의 복합성을 잘 보여 준다. "텔레비전은 창의적 생각이 시나리오 작가에게서 프로듀서에게로, 배우에게로, 조감독에게로, 감독 자신에게로, 카메라맨에게로, 그리고 다른 사람들이 아무 말도 안 하면 촬영용 막대기를 그냥 허공에 휘저어 욕 먹을 게 뻔한 가난뱅이에게로 지극히 느리게 퍼져 나가는 것을 보고 있다. 텔레비전은 집단적 책임이다"|2003: 1|

이 과정이 각본 쓰기에서 (디자이너, 배우, 촬영감독, 영화감독 등이 활약할 때) 실제 촬영에 이르게 되면, 그리고 다음으로 음악이 첨가되고 전체로서의 작품이 형태를 갖추게 될 때 쯤 편집 작업에 이르게 되면 각색된 소설로부터는 더욱 거리가 멀어지게 된다. 각본 자체는 영화감독과 배우의 상호작용을 통해 자주 변화한다. 에디터와의 상호작용은 더 말할 것도 없다. 결과적으로 영화의 초점과 강조점은 시나리오와 각색된 텍스트 모두로부터 현저히 멀어질 수 있다. 윌리엄 골드먼William Goldman은 완성된 영화를, 그 자체가 서사 혹은 장르 관습의 각색일 수도 있는 소설에 대한 시나리오 작가의 각색에 대한 배우의 각색에 대한 영화감독의 각색에 대한 에디터의 각색에 대한 영화사의 각색으로 본다.|Landon 1991: 96|

무대 공연용 각색도 거의 이 과정만큼 복잡할 수 있지만, 영화 에디터의 구성적 개입 대신에 전체의 형식과 영향에 훨씬 더 큰 책

임이 있는 사람이 바로 연출자다. 영화에서처럼 무대 생산물에서도 연출자의 특징적 선입관, 취미, 문체적 특성 등은 쉽게 눈에 띄고, 그래서 잘 알아볼 수 있다. 이 점에서 어쩌면 모든 연출자는 최소한 잠재적으로는 각색자로 간주되어야 할 것이다. 청중은 하리 쿠퍼Harry Kupfer의 오페라 생산물이 작품의 기저에 놓여 있는 폭력과 성적 긴장을 자기반영적으로 전면에 배치한 것임을 배워서 안다. 영화의 경우도 물론 그렇다. 한때 리들리 스콧Ridley Scott의 각색 작품은 주변화된 사람들과 힘 없는 사람들에 초점을 맞추었고, 고전적 소설, 즉 거의 모든 고전 소설의 데이비드 린 버전은 낭만적 억압과 성적 불만 같은 주제를 강조했다.|Sinyard 1986: 124| 이 경우 영화감독은 각색물을 훨씬 더 자기 자신의 작품으로 만들어 놓는다. 영화감독 본인의 말대로, 〈펠리니의 사티리콘Fellini Satyricon〉(1969)은 80퍼센트의 펠리니와 20퍼센트의 페트로니우스Petronius로 되어 있다.|Dick 1981: 151|

그러므로 각색된 텍스트는 재생산해야 할 것이 아닌 해석해서 되살려내야 할 것, 많은 경우 새로운 매체로 그렇게 해야 할 것이다.

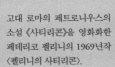
고대 로마의 페트로니우스의 소설 《사티리콘》을 영화화한 페데리코 펠리니의 1969년작 〈펠리니의 사티리콘〉.

어떤 이론가가 서술적·서사적·가치론적 지침들의 저장소라고 부른 것을 각색자는 활용할 수도 있고 무시할 수도 있다.|Gardies 1998: 68-71| 각색자는 창작자이기에 앞서 해석자이기 때문이다. 하지만 각색된 텍스트의 스토리와 헤테로코슴을 창조적으로 전위하는 일은, 2장에서 살펴본 것처럼 장르 및 매체의 요구에도 지배되지만 각색자의 기질과 재능에도 지배된다. 더욱이 각색되는 재료들은 그 또는 그녀의 개인적 상호텍스트를 통해 걸러진다. 프랑스 작가 미셸 비나베르Michel Vinaver는 자신의 각색 과정을 대체 과정, 즉 자신의 의도로 이전 텍스트의 의도를 대체하는 과정이라고 부른다.|1988: 84| 영화감독 베르나르도 베르톨루치Bernardo Bertolucci와 시나리오

작가 길버트 아데어Gilbert Adair 는 아데어의 소설《홀리 이노센트The Holy Innocents》(1988)를 영화 〈몽상가들The Dreamers〉(2004)로 각색하며 로맨스의 게이 섹스를 이성애 섹스로 바꾸어 놓았다. 베르톨루치의 의도가 아데어의 의도를 대체한 것이다.

길버트 아데어의 소설 《홀리 이노센트》를 각색한 베르톨루치 감독의 영화 〈몽상가들〉.

토마스 만의 〈베니스에서의 죽음〉을 각색한 영화와 오페라는 매체 및 장르 관습이라는 분명한 이유 때문에 서로 구별되지만, 소위 창작자 개인의 독특한 예술적 필터를 거쳐 상연되었다는 점에서도 서로 구별된다. 비스콘티는 시각적·청각적으로 풍요로운 감각적 영화 세계를 만들어 넘으로써 구스타프 말러Gustav Mahler의 음악

뿐만 아니라 모네Claude Monet, 과르디Guardi, 카라Carrà 등의 회화 작품들도, 게다가 본인의 영화 〈센소Senso〉까지도 되풀이한다.| Carcaud-Macaire and Clerc 1988: 160| 이는 오페라가 아폴론적 정신의 지배에 대한 디오니소스적 신체의 승리를 더 지적이면서도 언어적으로 해설할 때와는 전혀 다른 충격을 준다. 하지만 오페라 대본가 머파뉘 파이퍼는 토마스 만의 텍스트로 되돌아갔고, 그래서 만과 같이 플라톤과 니체 모두에게서 영향을 받았다. 브리튼의 현대 음악은 인도네시아 발리에서 영감을 받은 것이기는 하지만, 영화 버전에 반복해서 등장하는 말러 교향곡 제5번 4악장 **아다지에토**Adagietto의 후기 낭만주의에서 그리 멀리 있지 않다.

복잡한 창작 과정에 다수의 다양한 예술가들이 관여한다는 점에서 영화와 오페라는 서로 비슷하다. 그럼에도 불구하고 영화사의 공식 발표라든가 비평가들의 반응으로 볼 때, 전체 비전과 그에 따른 **각색으로서의** 각색에 대한 최종적 책임이 영화감독에게 있음은 분명하다. 하지만 보통은 다른 누군가가 과정의 시작을 알리는 각본을 쓴다. 이 다른 누군가가 우선 각색된 텍스트를 해석한 뒤, 이 새로운 텍스트에 육적 삶을 부여하는 과제를 영화감독이 떠맡기에 앞서 그것을 새로운 매체에 적합하게 바꾸어 써 놓는 것이다. 이런 이유로, 작곡가와 작가가 저작권을 공유하는 뮤지컬에서처럼(예컨대, 로저스와 해머스타인Rodgers and Hammerstein[7]의 경우) 영화에서

---

7 작곡가 리처드 로저스Richard Rodgers(1902-1979)와 시인이자 극작가 오스카 해머스타

도 영화감독과 시나리오 작가는 주된 각색 업무를 공유한다. 관련된 다른 예술가들이 각색된 텍스트에서 영감을 받을지 몰라도, 그들은 영화 대본과 자율적 예술 작품으로서의 영화에 더 큰 책임이 있다.

왜 각색을 하는가?

오늘날 전 매체에서 생산되는 엄청난 수의 각색 작품들을 보면, 많은 예술가들은 두 가지 책임을 떠맡기로 한 것처럼 보인다. 다른 작품을 각색하는 것과, 다른 작품으로 자율적 창작품을 만드는 것. 20세기 초엽 자코모 푸치니와 푸치니의 오페라 대본가도 오페라 창작 시 그렇게 하리라는 기대를 받았다. 〈백조의 호수〉를 만든 러시아의 전설적 안무가 마리우스 프티파Marius Petipa는 발레에서 그렇게 했기 때문에 찬사를 들었다. 그러나 문학작품을 각색하는 영화감독과 시나리오 작가의 경우에는 그 양상이 다르다. 그들의 노력이 직면하는 것은 많은 경우 뿌리 깊은 도덕주의적 수사학이다.

인 2세Oscar Hammerstein II(1895-1960)로 구성된 미국의 뮤지컬 창작 집단. 마리아 아우구스타 폰 트랩Maria Augusta Von Trapp의 《폰 트랩 가족 중창단 이야기The Von Trapp Family》(1949)를 각색해서 만든 뮤지컬 〈사운드 오브 뮤직The Sound of Music〉(1959)은 그들의 유작이자 최고 걸작으로 평가 받고 있다.

로버트 스탬의 생생한 용어로 표현하자면, "**불충실성**은 빅토리아 시대 내숭의 뉘앙스와 함께 울려 퍼진다. **배반**은 윤리적 배신을 환기시킨다. **변형**은 심미적 혐오를 함축한다. **위반**은 성적 폭력을 떠올리게 한다. **통속화**는 계급 비하를 상기시킨다. **신성모독**은 '거룩한 말씀'에 대한 일종의 종교적 신성모독을 암시한다."|2000: 54| 그러나 오늘날 스탬을 비롯한 다른 많은 사람들이 느끼듯, 이제는 이런 종류의 부정적 견해로부터 벗어날 때가 왔다.

하지만 경멸적 용어의 사용은 훨씬 더 중요한 물음을 제기한다. 왜 누군가는 그 도덕주의적 싸움에 자의로 참여해 각색자가 되는가? 자신이 만든 작품이 사람들 머릿속에 있는 상상의 버전과 비교되리라는 것, 따라서 필연적으로 뭔가 부족한 작품으로 판명되리라는 것을 잘 알고 있는 각색자를 추동하는 동기는 무엇인가? 왜 각색자는 금전적 기회주의라는 비난을 감수하는가?

제인 캠피온Jane Campion은 헨리 제임스의 《여인의 초상Portrait of a Lady》(1881)을 화려한 전통적 유산영화로 각색하기 위해 외관상 페미니즘적·예술가적 비전을 포기했다는 비난을 받았다. 재즈 변주곡처럼 각색도 개인의 창의적 결정과 행동을 강조하지만, 재즈 연주자들이 존경을 받는 것과 달리 각색자들은 대부분 존경을 받지 못한다. 그렇다면 유망한 각색자는 겸손, 존경, 연민, 위트, 날카로움 같은 소위 모든 이상적 자질들을 갖추는 데 더해|J.A. Hall 1984: 1, Sheila Benson in Brady 1994: 2| 마조히스트가 될 필요는 없는가? 엘튼 존Elton John은 오페라 〈아이다Aida〉를 브로드웨이 무대용으로 각색하며 말했다. "베르디가 이미 그 일을 다 해 두었다는 사실이 불장

난을 추동했다. … 그것은 나의 마조히즘 감각을 자극했다.ˮ| Witchell 2000: 7 |

20년 전 도널드 라슨Donald Larsson은 "각색 동기와 기법의 정확한 역사를 토대로 한 각색 이론"| 1982: 69 |을 요구한 바 있다. 그러나 대부분은 각색자를 돈만 바라는 기회주의자로 보고 무시할 뿐 각색의 동기에는 관심을 보이지 않는다. 금전적 매력을 무시할 수는 없겠지만, 다른 매력도 있지 않을까.

경제적 유인誘引

게임 플레이어들은 거의 도덕적이지는 않지만 그에 못지않게 강력한 견해를 공유하고 있는데, 각색으로 최고의 컴퓨터게임을 만들어 낼 수는 없다는 것이다. 그렇지만 영화 각색 비디오게임은 여기저기 만연해 있고 많은 플랫폼에서 쉽게 찾아볼 수 있다. 어떤 수준에서 보면, 비디오게임의 영화 각색은 분명히 성공한 영화를 이용해 이익을 챙기려는 시도다.

물론 〈툼 레이더Tomb Raider〉의 게임 캐릭터 라라 크로프트Lala Croft를 이용한 영화가 인기를 얻은 데서도 드러나듯 그 반대 경우도 가능하다. 하지만 동일한 미디어 기업(예를 들면, 소니 코퍼레이션Sony Cooperation)이 영화(소니 픽처스Sony Pictures)와 비디오게임(플레이스테이션)의 생산 및 분배를 모두 통제한다고 하더라도, 게임 각색 영화가 모두 커다란 상업적 성공이나 엄청난 성과를 거두는 것은 아니

다. 우리는 게임만을 상업적으로 이용하는 게 아니라는 사실을 기억해야 한다. 영화는 흔히 앨리스 워커Alice Walker의 1982년 소설 《칼라 퍼플The Color Purple》(1985년 각색)이나 토니 모리슨Tony Morrison의 1987년 소설 《빌러비드Beloved》(1998년 각색) 같은 퓰리처상 수상작들을 재료로 제작된다. 시나리오 작가를 위한 안내서에서 주장하듯, 어느 정도 "각색은 **오리지널 각본**이자 그 자체로 시나리오 작가의 유일한 자산이"고, 그래서 재정적 이득의 원천이기 때문이다.|Brady 1994: xi, 저자 강조|

또 다른 경제적 각도에서 보면, 오페라, 뮤지컬, 영화 같은 고비용 협업 예술 형식들은 준비된 청중을 보유한 안전한 작품을 구하려고 한다. 그리고 이는 보통 각색을 의미한다. 고비용 형식들은 '프랜차이즈'를 위한 청중 확장 방법을 찾으려고도 할 것이다. 그렇지만 물론 그들이 바로 이 측면에서만 각색을 고려한다고 말해서도 안 된다. 일반적으로 오페라는 오페라 회사의 의뢰를 미리 받아 제작되지만, 브로드웨이 뮤지컬은 스스로 상업 시장에서 살아남아야 한다. 제작자는 외부 투자자들에게 투자도 받아야 하고, 대본 리딩 및 워크숍 작업도 개최해야 하고, 교외에서 시연試演도 해야 하고, 유료 대중 앞에서 시사회도 열어야 한다.|Lachiusa 2002: 15 참조| 영화와 TV 시리즈는 게다가 예산 제약까지 받는다.

TV 대본을 쓰는 것은 택시 안에 앉아 있는 것과 유사하다. 미터기는 계속해서 돌아가고, 모든 것에 대한 금액을 지불해야 한다. 당신은 어디를 가든 항상 금액이 변경되는 것을 볼 수 있다. 아니

면 공연 및 제작의 재정적 곤란을 볼 수도 있다. 이것이 그 매체에 필요한 글쓰기 기술이다. 하지만 소설은 미터기 스위치를 꺼놓는다. 소설가는 좋아하는 것에 관해 쓸 수 있다. 부에노스아이레스에 관해, 달에 관해, 원하는 모든 것에 관해 쓸 수 있다. 이것이 소설의 경이로움, 소설가됨의 경이로움에 속한다.|Bradbury 1994: 101|

영화 각색의 경우, 스튜디오 시스템이란 처음부터 투자은행과 기업의 제작 사이에 철저한 충성 관계가 있었음을 의미한다.|Bluestone 1957/1971: 36| 말하자면, 시장의 법은 투자자와 관객 모두에게 영향을 끼친다. 하지만 스타 시스템과 매혹적 종사자들만으로는 재정적 또는 예술적 성공을 보장받기 어렵다. 예를 들어, 2002년 가이 리치Guy Ritchie는 부인 마돈나Madonna를 내세워 리나 베르트뮐러Lina Wertmüller 감독의 〈귀부인과 승무원Swept Away〉(1974)을 리메이크했지만, 결국 아무런 성과도 내지 못했다. 영화 세계의 특수한 경제구조—'큰돈=빅 스타', 그리고 유명 영화감독—로 인해 시나리오 작가는 두 번째나 세 번째 인물이 된다. 각색된 텍스트를 쓴 대개의 무명 작가도 그렇게 된다. 소설의 영화 계약금은 적은데, 실제로 영화화되는 작품이 그리 많지는 않기 때문이다. 하지만 유명 작가들은 많은 돈(수백만 달러)을 벌기도 한다. 영화사가 그 이름만으로도 영화가 팔릴 것으로 보기 때문이다.|Y' Barbo 1998: 378|

한편, 영화를 소설화하는 작가는 다른 예술가들에 비해 열등한 존재로 간주된다. 각본을 토대로 한 작업은 상상력에 기반한 스

토리 창안 및 집필 작업과 동일한 것으로 인식되지 않는다. 발터 벤야민이 번역가에 대해 내린 판단은 각색자에 대한 통상적 의견과 맥을 같이한다. "작가의 의도가 소박하고 일차적이며 구체적이라면, 번역자의 의도는 파생된 것이고 궁극적이며 이념적이다."|1992: 77|[8]

당연한 말이지만, 경제적 동기부여는 각색 과정의 모든 단계에 영향을 끼친다. 만화 예술가 카메론 스튜어트Cameron Stewart가 지적한 것처럼, "수많은 만화책이 할리우드 영화사에 어필할 목적으로 만들어지고 있다. 영화 선전물로서 집필되고 작화되는 것이다. … 만화가는 한정된 영화 예산으로 할 수 있는 한계를 예상하며 만화책을 저술한다. … 그 결과 수퍼 히어로답지 않은 수퍼 히어로 만화가 나타난다."|Lackner 2004: R5| 엔터테인먼트 산업은 바로 이것, 산업이다. 만화책은 실사 영화, TV 만화영화, 비디오게임, 액션 장난감 등이 된다. "목표는 아이들이 배트맨 망토를 두르고, 배트맨 홍보지로 포장한 패스트푸드를 먹으며, 배트맨 장난감을 가지고 놀면서 배트맨 비디오를 보게 하는 것이다. 목표는 글자 그대로 아이들의 모든 감각을 사로잡는 것이다."|Bolter and Grusin 1999: 68| 이는 내가 '참여형'이라고 불렀던 참여의 수준에 새로운 의미를 부여할 가능성이 있다.

---

8   발터 벤야민, 《발터 벤야민 선집 6: 언어 일반과 인간의 언어에 대하여, 번역자의 과제 외》, 최성만 옮김, 길, 2008, 133~134쪽.

법적 제약

각색의 착수를 두고 고민할 때, 각색자들은 그로 인한 재정적 매력이 혹시라도 있을 수 있는 법률 위반 우려로 상쇄되는 것을 느낄 수 있다. 각색자가 정말로 "침입자"—"그들은 베끼는 것이 아니라, 그들이 원하는 것을 훔쳐 오고 나머지는 버린다"|Abbott 2002: 105|[9]—라면, 각색은 법적 처벌을 받을 것이다.

브램 스토커의 소설 《드라큘라Dracula》를 각색한 무르나우F.W. Murnau 감독의 작품(〈노스페라투Nosferatu, a Symphony of Terror〉(1922)) 이 예상 외로 이 혐의를 피한 것은 돈과 법의 흥미로운 조합이 초래한 결과다. 독일 영화감독 무르나우는 영국에 인세를 지불하고 싶지 않았기 때문에 소설의 플롯에 변화를 주었다. 뱀파이어와 미나 Mina의 러브 스토리를 도입했고, 반 헬싱Van Helsing이라는 캐릭터를 커팅했으며, 드라큘라가 죽는 방식을 바꾸어 버렸다. 1921~1922년 독일의 경제 침체 상황에서 한정된 예산도 한몫했다. 하지만 이후 스토커의 부인이 저작권 침해 소송을 제기하면서 영국에서 이

브램 스토커의 소설 《드라큘라》를 각색한 무르나우 감독의 1922년 영화 〈노스페라투〉.

9 H. 포터 애벗,《서사학 강의》, 217쪽.

영화 사본은 파기 판결을 받게 되었다. 이후 해적판이 영국과 미국에 들어오고 독일판 사본이 계속해서 유통되었지만, 이런 이유로 〈노스페라투〉의 '오리지널'판 또는 저작권 보호판은 존재하지 않게 되었다.| Hensley 2002; Roth 1979 |

각색은 수익에 대한 자본주의적 욕망**으로 유발**되기도 하지만, 법의 자본주의적 욕망**에 지배**되기도 한다. 각색은 문화적·지적 재산의 소유권에 위협이 되기 때문이다. 출판사나 영화사가 계약서를 통해 각색의 법적 처벌을 면하려는 이유가 여기에 있다. 지배 문제와 자기 방어 문제는 우선 힘 있는 사람들의 관점에서 나온 것이다. 반대 쪽 사람들에는 아무것도 없다. 시나리오 작가 베이커가 표현한 것처럼,

계약서는 잔인할 만큼 솔직한 법률 용어로 당신 작가가 어디에 있는지 알려 준다. 당신은 언제라도 해고될 수 있다. 감독, 제작, 그리고/또는 연기를 겸하지 않는 한 당신은 힘도 없고 대부분 이름도 없다. 당신 이름은 크레디트에서 지워질 수 있다. 일단 판매되고 나면, 당신 작품은 당신이 설계해서 판매한 집과 유사한 처지에 놓이게 된다. 새로운 소유자는 집을 원하는 대로 바꿀 수 있다. 튜더 스타일 들보, 디즈니랜드 성의 작은 탑, 플라스틱 분수, 홍학紅鶴, 정원의 요정, 그리고 당신이나 재료의 원래 의도와 아무런 관련 없는 욕망 및 변덕을 채워 주는 물건들을 더할 수 있는 것이다.| 1997: 15 |

각색이 법의 '파생' 작품으로 불리는 데에는 분명 하나 이상의 이유가 있다.

법이 각색에 적용되면 무엇을 보호하는가? 미국 법에서 문학의 저작권 침해 기준은 정말 글자 그대로 단어의 복사만을 가리킨다. 〈드라이빙 미스 데이지Driving Miss Daisy〉(1989)와 〈사랑의 블랙홀 Groundhog Day〉(1993) 같은 영화의 기초가 되었던 원작 소설을 쓴 작가들이 패소한 사례는 이를 잘 증명해 준다. 일군의 무용수 및 무예가들도 비디오게임 〈모탈 컴뱃Mortal Kombat〉과 〈모탈 컴뱃 II Mortal Kombat II〉 제작자에게 제기한 소송에서 패소했다. 비디오게임 회사가 게임의 아케이드 및 홈 비디오 버전 제작을 위해 그들의 공연을 비디오테이프에 녹화한 뒤 디지털화했음에도 말이다.

'실질적 유사성'을 법원에서 증명하기란 사람들이 생각하는 것보다 훨씬 어려워 보인다. 영화로 각색된 소설의 경우 법원은 플롯, 분위기, 캐릭터, 캐릭터의 성장, 속도, 배경, 사건들의 연쇄 등을 연구한다. 그런데 소설을 영화화할 때 소설에서 너무나도 많은 것들을 커팅해야 하기 때문에, 또한 기업 제작 영화에 너무나도 많은 각색 행위자들이 관여하고 있기 때문에, 각색했다는 사실만으로는 기소를 하기에 그리 충분하지 않다.|Y' Barbo 1998: 368-69| 단, 소설가가 무허가 또는 무보상 전용轉用으로 재정적 피해를 입었다면 약간의 희망은 있다.

반대로, 출판사들이 잘 알고 있듯이 영화 버전은 많은 경우 소설의 판매고를 높인다. 그래서 심지어 책 표지를 영화 사진으로 장식한 새로운 판본을 내놓기도 한다. 이 경제적/법적 공모 관계는 다른

예술 형식들에서도 작동한다. 이탈리아 그룹 에페취비FCB는 칼 오르프Carl Orff의 칸타타 〈카르미나 부라나Carmina Burana〉(1936)에 등장하는 합창곡 〈아, 운명이여O Fortuna〉를 1990년 테크노곡 〈엑스칼리버Excalibur〉로 각색한 바 있는데, 이를 통해 오르프의 레코딩 판매고가 현저히 증가했던 것이다.|Hutchings 1997: 391| 물론 어떤 법적 조치도 이루어지지 않았다.

패러디는 각색이 진정 **각색으로서** 들먹일 수 없는 부가적 논의에 합법적으로 접근한다. 앞선 작품에 대한 비판적 논평의 권리가 그것이다. 앨리스 랜달Alice Randall의 소설《사라진 바람The Wind Done Gone》(2000)의 출판사는 마가렛 미첼 재단Margaret Mitchell estate이《바람과 함께 사라지다Gone with the Wind》의 저작권 침해 소송을 제기했을 때 바로 그 권리를 들먹였다. 출판사는 레트Rhett와 스칼렛Scarlett의 스토리를 혼혈 인종의 시점에서 말하는 것은 불법 복제가 아닌 비판적 논평이라고 주장했다.

법의 관점에서 보면, 직설적 각색은 한스 하케Hans Haacke나 셰리 레빈Sherrie Levine 같은 포스트모던 전유 예술가들의 작품에 더 가깝다. 이들은 다른 예술가의 작품을 가져다가 제목 변경이나 재문맥화를 통해 그것을 '재-기능화'했다. 하지만 이들의 작업이 다른 예술가들의 이미지를 전유한 클로드 모네나 앤디 워홀Andy Warhol, 파블로 피카소Pablo Picasso 등의 작업과 정말로 다른 것인가? 오늘날 법은 그럴 수 있음을 시사한다. 유명한 사례가 있다.

제프 쿤스Jeff Koons의 〈끈처럼 이어진 강아지들String of Puppies〉은 아트 로저스Art Rogers의 흑백사진 〈강아지들Puppies〉을 마음 따

뜻해지는 우편엽서에서 3차원 목재 페인팅 조각으로 각색한 작품이다. 쿤스의 작품은 로저스의 이미지와 비슷했지만, 현저한 아이러니 덕분에 그와 구별될 수 있었다. 작업 과정에서 쿤스는 세 가지 변화를 주었다. 인물은 매우 공허한 모습이었고, 머리에 꽃을 달고 있었으며, 강아지들은 파란색이었다. 또한 그는 당연하게도 이 작품을 〈진부Banalty〉 연작의 맥락에서 전시했다. 쿤스는 각색의 허용 여부를 문의하지 않아 고소를 당했고, '공정 사용fair use' 개념을 바탕으로 '비판적 목적'의 전유에 기초한 패러디 논의를 전개함으로써 자신을 방어했다. 이 재판은 예술계뿐만 아니라 법조계까지 수년 동안 시끄럽게 만들었다.|Inde 1998 **참조**| 판결은 처음에는 쿤스 편이었지만, 다음에는 로저스 편이었다.|Rogers v. Koons, 960 F.2d 301, 307 [2d Cir.], cert. denied, 506 U.S. 934, 121 L. Ed. 2d 278, 113 S. Ct. 365 [1992]|

아트 로저스의 1980년 흑백사진 〈강아지들〉(왼쪽)과, 이를 조각으로 각색한 제프 쿤스의 〈끈처럼 이어진 강아지들〉(1988).

테마파크나 디지털 미디어의 경우에는 법이 소유권을 훨씬 빈틈없이 보호한다. 디즈니 도메인에 있는 어떤 것도 허락 없이 각색해서는 안 된다. 다른 한편, 몇몇 기업들은 플레이어들이 비디오게임을 스스로 확장하게도 하고(첫 사례는 1993년 발매된 〈둠Doom〉이었다), 그들이 만든 새 건물을 공통 라이브러리를 통해 다른 플레이어들과 공유하게도 한다(예를 들면, 〈심즈Sims〉[2001]). 레프 마노비치가 〈누가 저자인가?Who Is the Author?〉에서 보여 주듯이 오픈 소스 모델은 소프트웨어 코드의 무한 변형을 허용한다. 모든 사람이 원본의 변경 권한을 갖고 있기 때문이다. 이 모델은 분명 새로운 법적 모델을 제공한다. 최근 구축된 '지적재산 공유 매체Copyleft media' 및 로렌스 레식Lawrence Lessig의 **저작물 공유** 프로젝트Creative Commons project[10]에서는 예술가들이 자기 작품의 공유 권한과, 예술가 공유 공동체나 '공유물'의 이용 권한을 인가할 수 있다.

문화 자본

각색의 동기는 더 있다. 1장에서 검토했던 예술의 인지된 위계질서와 그로 인한 매체의 인지된 위계질서를 고려하면, 각색의 경우 명예를 얻거나 문화 자본을 축적할 수 있는 유일한 길은 위쪽으로 올라가는 것이다.

---

10 인터넷의 진정한 가치가 공유, 참여, 개방에 있음을 강조하는 운동. 이 운동은 디지털 시대 '저작권'을 두고 벌어지는 혼란이나 법적 문제를 인터넷 고유의 가치인 공유와 개방을 통해 해결하려고 한다. 한국의 경우 사단법인 크리에이티브 커먼즈 코리아 CCKOREA(http://www.cckorea.org)에서 이 운동을 전개하고 있다.

영화 역사학자들은 이런 동기부여가 초기에 단테와 셰익스피어를 각색했던 다수의 영화들을 설명해 준다고 주장한다. 오늘날 18~19세기 영국 소설을 각색한 TV 작품들 역시 각색된 작품의 문화적 명성에서 혜택을 보려고 할 것이다. 마찬가지로 문화적 인정의 전도된 형태이기는 하지만, 클래식 연주자들도 때때로 인기 연예인이 되기를 열망한다. 조슈아 리프킨Joshua Rifkin의 〈바로크 비틀즈 북The Baroque Beatles Book〉은 유명 그룹의 노래를 바로크 오케스트라로 편곡한 것이다. 여기에는 〈헬프Help〉의 칸타타 버전도 담겨 있다.| Gendron 2002: 172-73|

이런 문화적 층위 이동 욕망과 관련해서 볼 때 수많은 문학작품의 영화 및 TV 각색 배후에는 교육적 충동이 자리잡고 있다. 엄청난 규모의 각색 작품 시장은 문학과 학생들과 교사들, 말하자면 자신이 가르치는 학생들의 영화적 상상력에 어필하기를 바라는 교사들을 계산에 넣고 있다. 오늘날 교육적 '야심'을 갖고 있는 각색 영화나 각색 무대를 알고 싶다면 웹 사이트를 확인해 보라. 오늘날에는 학생들과 교사들이 각색 작품을 '최대한 활용'하게끔 도와주는 2차 교육 산업도 존재한다.

1930년대부터 1960년대까지 존재한 '할리우드 윤리 규약Hollywood Production Code'은 각색, 문화 자본, 그리고 특히 일반 대중의 수용과 관련한 다양한 논의를 가능하게 한다. 이 규약의 규제 아래에서는《안나 카레니나》같은 고전적 작품의 각색조차도 유혹, 퇴폐, 간통 같은 성적 내용을 이유로 의심을 받을 수 있었다. "이 규약의 기본 전제는, 할리우드가 예술 작품 생산 시 책 저자와 브로드

웨이 극작가에게 동일한 자유를 용인하지 않는다는 것이었다. 개혁가들은 문학이 독자를 타락시키는 정도보다, 동시대 문학에 횡행하는 '모더니즘'의 |각색을 통한| 영화화가 영화 팬인 일반 대중을 타락시키는 정도가 훨씬 더 클 것이라고 우려했다." |Black 1994: 84| 그래도 여전히 각색은 흔하게 이루어졌지만, 각색되는 작품의 선택권은 더 제한되었다.

개인적 동기와 정치적 동기

각색자들이 처음 각색을 하기로 결심한 뒤 각색할 작품과 각색할 매체를 선택할 때에는 분명히 개인적 이유가 있다. 그들은 각색할 작품을 해석하기도 하지만, 그 과정에서 작품에 대한 입장을 취하기도 한다. 예를 들어, 데이비드 에드가David Edgar는 1980년 로열 셰익스피어 극단Royal Shakespeare Company 공연을 목적으로 찰스 디킨스 작품《니콜라스 니클비Nicholas Nickleby》의 각색극을 쓴 바 있는데, 이 작품은 "그 소설의 직접적 극화라기보다 디킨스의 사회적 도덕성 형식을 비판하는 디킨스에 대한 연극" |Innis 1993: 71|으로 불렸다. 몇몇 비평가들은 "참된 예술적" 각색이란 "원작을 전복해야"**만** 한다고, 즉 "원천을 감추면서 벗겨낸다는 이중적이고 역설적인 일을 수행해야"**만** 한다고 주장했다. |Cohen 1977: 255|

그에 반해, 예를 들어 포스터의 소설을 각색한 머천트/아이보리의 영화(《하워즈 엔드》)는 거의 존경심의 표현 방법으로 의도되어 그렇게 수용되었다. 그러나 오마주가 유일하게 가능한 것, 또는 유일하게 용인되는 것이 되기도 한다. 2005년 아일랜드 방송협회RTE, 채널 4Channel 4, 타이론 프로덕션Tyrone Productions, 아일랜드 영화위원회Irish Film Board는 사무엘 베케트를 잘 알고 있거나 그의 영향을 받은 영화감독들이 베케트의 작품을 각색해 만든 19편의 단편영화를 후원했다. 하지만 충실성이라는 이름으로 베케트 재단은 어떤 식의 텍스트 변경도 허용하지 않으려고 했다.

　　몇몇 커버 곡들은 공공연하게 헌정물로 계획된다. 홀리 콜Holly Cole의 〈템테이션Temptation〉은 탐 웨이츠Tom Waits에 대한 오마주다. 하지만 비판을 계획하는 커버 곡들도 있다. 토리 아모스Tori Amos 같은 여성 가수가 남성 가수의 여성혐오 곡을 커버할 때, 새로운 보컬의 시각은 각색된 작품의 성차별주의 이데올로기를 전복시킨다. 〈97 보니 앤 클라이드97 Bonnie & Clyde〉는 에미넴Eminem 곡의 커버다. 이 곡에서 한 남자는 아이에게 노래한다. (양아버지도 형제도 아닌) 그 둘이 함께 해변으로 가서는, 거기에 살해당한 엄마의 시체를 버리려 한다고. 에미넴이 샘플링한 어린 소녀의 목소리를 배경으로 남성이 부르는 노래를 들으면 그 가사가 너무나도 끔찍하다. 그러나 엄마가 아기 목소리로 똑같은 가사를 노래로 부를 때 그 가사는 아빠에게 유죄를 선고하는 잔혹한 인용이 된다. 더 나아간 각색에서는, 이런 공포에 빠져 있는 딸이 젊은 여성으로서 스트랭글러스Stranglers의 〈스트레인지 리틀 걸Strange Little Girl〉을 노래한다.｜
Amos and Powers 2005: 288 참조｜

　　이처럼 각색을 하는 데에는 온갖 종류의 이유가 있다. 특히 세

익스피어의 각색은 헌정물, 아니면 문화적 정전의 권위 찬탈 방식이 될 수도 있다. 마저리 가버가 지적한 것처럼, 셰익스피어는 많은 각색자들에게 "쓰러뜨려야 할 기념비적 존재"|1987: 7|다. 그 증거로 프랑코 제피렐리 감독이 만든 1967년 영화 버전 〈말괄량이 길들이기 The Taming Of The Shrew〉의 시나리오 크레디트를 보자. "폴 덴Paul

프랑코 제피렐리 감독의 1967년작 〈말괄량이 길들이기〉.

Dehn, 수소 체키 다미코Suso Cecchi D'Amico, 그리고 프랑코 제피렐리. 윌리엄 셰익스피어에게 감사한다. 셰익스피어가 없었다면 그들은 할 말이 없었을 것이다." 하지만 여기서 아이러니하게 대체되는 것으로 여겨지는 인물은 바드Bard |셰익스피어의 별칭.| 뿐만이 아니다. 메리 픽포드Mary Pickford와 더글라스 페어뱅크스Douglas Fairbanks가 출연한 동명의 1927년 영화도 대체된다. 그 때문에 (그 당시) 매우 시장성 있는 커플 엘리자베스 테일러Eliza-beth Taylor와 리처드 버튼Richard Burton이 1967년작에 캐스팅되었다.

더 절제된 태도로, 구스 반 산트Gus Van Sant의 1991년 영화 〈아이다호My Own Private Idaho〉는 "윌리엄 셰익스피어 부가대사additional dialogue |촬영대본에 추가된 대사.|"를 크레디트에 올린 바 있다. 물론 그 의도가 훨씬 뚜렷한 사례도 많다. 장 주네Jean Genet 작품 《브레스트의 논쟁 Querelle de Brest》(1947)을 각색한 라이너 베르너 파스빈더Rainer Wer-ner Fassbinder 영화 〈쿼렐Querelle〉(1982)의 경우, 각색자는 "문학작품과 그 언어에 대한 분명하고 한결 같은 문제 제기"|Fassbinder 1992: 168

|를 계획했다.

각색은 분명 넓은 의미의 사회적·문화적 비판에 활용될 수 있지만, 그 비판을 피하는 데에도 활용될 수 있다. 메이슨A.E.W. Mason의 《포 페더스The Four Feathers》(1902)는 자주 영화화되는 소설인데, 2002년 영화 버전(셰카르 카푸르Shekhar Kapurdhk 감독, 후세인 아미니Hossein Amini·마이클 쉬퍼Michael Schiffer 각본)의 경우 제국주의 정치학에서 한 발 빼려는 시도를 보여 준 바 있다. 이런 시도는 그 당시에 선보인 더 직접적인 정치적 참여 형식들에 비하면 그리 일반적인 게 아니었다. 샐리 포터Sally Potter가 버지니아 울프의 《올랜도Orlando》를 영화로 만들게 된 이데올로기적 동기는, 출판된 각본의 서두에 표현되어 있듯이 울프의 페미니즘적 목적과는 다르지만 동일하게 정치적인 것이었다. 포터는 단지 자신이 좋아하는 이야기를 말하는 차원을 넘어 "영국 계급 체계와 그로부터 발생하는 식민주의적 태도에 대한 매우 신랄하고 풍자적인 관점"|Potter 1994: xi|을 가능하게 하려고 이 텍스트를 각색했고, 그래서 필연적으로 텍스트를 변경하려 했다.

탈식민주의 드라마 작가들과 반전反戰 TV 프로듀서들도 이처럼 각색을 정치적 입장 표현에 활용해 왔다. 지난 반세기 동안 형식주의자, 신비평가, 구조주의자, 탈구조주의자 등이 비슷하게도 작품 해석에서 예술가의 의도가 갖는 적절성을 결정적으로 부인해 왔지만, 오늘날 학계에서 그런 종류의 정치적·역사적 의도성은 커다란 관심사다. 페미니즘 연구, 탈식민주의 연구, 에스닉 연구, 퀴어 연구 등이 개별 행위자에 점차 초점을 맞추고는 있지만, 아직도 의심스러운 것은

다른 종류의 개인적이고 그래서 특이한 동기부여다. 그런데도 시나리오 작가를 위한 안내서는 여전히 자신 있게 단언한다. "어떤 이유로든 각색자가 소설에 측정할 수 없을 만큼 큰 감동을 받지 못한다면, 연극은 그에 따른 손해를 볼 것이다."|Brady 1994: 10|

리처드 로저스Richard Rodgers·오스카 해머슈타인Oscar Hammerstein은 리C.Y. Lee의 소설《플라워 드럼 송The Flower Drum Song》(1957)

1961년 영화로 각색된 〈플라워 드럼 송〉.

을 읽고 감동을 받아 뮤지컬(1958)과 영화(1961)로 각색했다. 그런데 창작자들의 진보적·자유주의적 의도에도 불구하고, 40년 뒤 작가 데이비드 헨리 황David Henry Hwang은 중국인 캐릭터들을 거만하고 진정성 없는 모습으로 재현해 놓았다.[11] 황은 두 가지 이유에서 각색 작업에 나섰다고 주장했다. 하나는 황 자신이 청년으로서 느낀 "죄책감을 동반한 즐거움"|2002: 1|이었다. 황은 이 영화가 그때까지 거의 보지 못했던 아시아 남성과 여성 간의 러브 스토리를 상연했기 때문에 그것을 즐겼던 것이다. 다른 하나는 변화, 즉 황이 뒤이은 수십 년간 차이니즈 아메리칸에게 닥친 문화적 문제들에서

---

11   뮤지컬 〈플라워 드럼 송〉은 1958년 초연 후 1960년까지 브로드웨이에서 공연되었다. 그리고 2002년 데이비드 헨리 황은 로저스·해머슈타인 재단으로부터 각색 허가를 받은 뒤 작품을 전면 개작했다. 예컨대, 주인공 메이는 결혼을 위해 미국으로 건너 온 여성이 아닌 문화혁명을 피해 떠나 온 난민으로 바뀌었다.

본 변화(세대 간 갈등에서 동화로의 이동)였다. 황은 전반적 스토리라인과 대부분의 캐릭터는 그대로 두었지만, 흥행에 크게 성공한 대본은 내던져 버렸다. 그리고 리의 책에 담겨 있는 '정신'으로 돌아가 그에 '충실'할 것을 주장했다.

이 모든 내용은 각색자가 각색에 나서는 이유와 방법을 이해하는 데 흥미롭고도 중요한 정보들이다. 그런데도 문학 연구에서 이 응답의 차원은 중심에서 벗어나 있다. 하지만 어떤 작품을 각색하기로 결정하고 이를 위한 특수한 방법을 선택하는 데에는 문화적·역사적으로 조건 지어진 이유 외에 각색자의 매우 개인적인 이유도 있다. 그러므로 각색 이론은 그 이유들을 진지하게 숙고해야 한다. 이 작업이 예술 일반에 관한 비판적 사유에서 의도성의 역할에 관한 재사유를 의미할지라도 말이다.

다음 절에서는 하나의 특수한 서사가 일련의 매체들과 장르들을 경유해서 변화해 가는 모습을 추적할 것이다. 이는 각색 과정에서 경제적, 법적, 문화적, 정치적, 개인적으로 복잡한 동기부여와 의도를 모두 탐구하기 위한 하나의 방법이다. 아직 편집 중인 어떤 책의 이론을 적용해 본다면, 각색이란 하나의 버전 이상으로 존재하는 이른바 "유동적 텍스트fluid texts"다. 각색은 "**변화하는** 의도의 물질적 증거"다.|Bryant 2002: 9; 원저자 강조| 각색은 그 자체로서 "텍스트의 유동성을 추동하는 창조적 과정과 힘"|11|을 수용할 수 있는 역사적 분석 형식이 필요하다는 사실을 암시한다.

실천에서 배우기

그러므로 나는 "왜?"라는 질문으로 시작하려고 한다. 왜 전혀 다른 성향의 20세기 유럽 예술가들이 모두 연이어 하나의 특수한 역사적 서사를 각색하기로 했을까? 1794년 프랑스혁명에 뒤이은 공포정치가 막을 내리기 열흘 전, 단두대에 서게 된 프랑스 콩피에뉴 지방 출신 카르멜회 소속 수녀 16명의 서사를 말이다.

겉보기에 이 서사의 주제는 전혀 근대적이지 않다. 이 서사는 20세기 **시대정신**에 매우 분명한 것을 언급하기 위해 즉각적으로 등장한 게 아니다. 또한, 적어도 오스카 와일드의 《살로메》가 1890년 **팜므 파탈**의 소름 끼치는 매력을 포착했던 것과 같은 방식으로 등장한 것도 아니고, 수년 뒤 리하르트 슈트라우스의 오페라 각색 작품이 프로이트Freud와 브로이어Breuer에 의해 정확히 히스테리아로 표기된 바 있는 강박관념에 사로잡힌 채 팜므 파탈을 새로운 세기의 용어로 번역하는 방식으로 등장한 것도 아니다. 그와 반대로 이 서사는 찬송가를 부르며 음악과 용기로 군중의 야유를 잠재우고 교수대로 향했던 16명의 가톨릭 순교자 스토리를 담고 있다. 이 스토리는 하나의 서사로는 확실히 재미있지만, 30년이 넘도록 노벨라, 영화, 연극, 오페라 같은 형식들로 이야기되고 또 이야기될 만큼 분명한 경쟁력이나 역사적 의의가 있는 것은 아니다.

역사적 해설에 의하면 콩피에뉴 지방 카르멜회는 1792년 수녀원을 빼앗겼다. 국회가 성직자의 동산과 부동산을 전부 몰수하고, 모

든 종교 집단에 소위 미신적 행위를 단념하고 세속적 세계로 복귀할 것을 요구한 뒤였다. 수녀들은 하나의 공동체로서 기도를 올리기 위해 끊임없이 은밀한 모임을 가졌고, 수녀원장 마담 리두앙Madame Lidoine의 제안에 따라 신앙을 위한 삶의 봉헌 결의에 동의했다. 그들이 매일 반복한 이 결의는 이후 순교 서약으로 알려지게 되었다. 1794년 6월 수녀들은 체포되어 법정에 섰고, 결국 '광신자'라는 죄목으로 사형선고를 받았다. 종교적 여성들로 "반혁명적 회의와 집회"를 조직했다는 게 유죄 사유였다.|Gendre 1999: 277; Bush 1999: 201-13; S.M. Murray 1963: 62-65| 수녀들은 순교의 예감을 기쁘게 발산하는 가운데 찬송가 〈임하소서 성령이여Veni Creator〉를 부르며 교수대에 올랐고, 그 서약을 다시금 되뇌었다. 가장 젊은 콩스탕스 자매Sister Constance가 먼저 올랐고, 수도원장 리두앙이 마지막으로 올랐다. 콩스탕스는 성가 〈모든 백성은 주를 찬미하라Laudate Dominum omnes gentes〉를 부르기 시작했고, 길로틴이 글자 그대로 그녀의 목소리를 잘라버리자 다른 수녀들이 그 성가의 멜로디를 이어 불렀다. 수녀들의 사체는 픽푸스 묘지Picpus Cemetery의 공동묘지에 묻혔다. 그리고 열흘 뒤, 사람들의 말처럼 마치 조국과 신앙을 위해 죽음을 맞은 수녀들의 순교에 대한 응답인 양 공포정치가 막을 내렸다. 이 모든 내용은 홀로 살아남은 자매, 즉 콩피에뉴 지방에 다른 수녀들과 함께 있지 않고 체포 당시 파리에 있었던 강생의 마리아Marie de l'Incarnation가 남긴 증언을 통해 알려졌다. 그 당시 마리아는 두려움에 휩싸인 채 프랑스 동부로 도망쳤고, 훨씬 뒤 그 스토리를 전하는 수많은 스토리텔러들 가운데 첫 번째 사람이 되었다(마리아의 브루노Bruno de

Jésus Marie가 쓴 책, 그리고 윌리엄 부쉬William Bush가 번역하고 편집한 강생의 마리아 책을 보라).

카르멜회 스토리는 1931년 가톨릭으로 개종한 젊은 독일인 게르트루트 폰 르 포르Gertrud von le Fort 남작 부인에 의해 각색되었다. 이 남작 부인은 자신이 읽고 있던 종교 서적의 주석에서 처음 이 스토리를 발견했다고 한다.|S.M. Murray 1963: 66| 하지만 카르멜회 스토리는 가톨릭계에서 이미 유명한 이야기로, 사실은 혁명과 특히 공포정치의 종식을 둘러싼 신화의 일부를 이루고 있었다. 이 역사적 해설은 르 포르가 만든, 블랑쉬 드 라 포르세Blanche de la Force라는 허구적 캐릭터의 스토리도 틀짓고 있다.

르 포르의 작품에서 블랑쉬는 병적으로 두려움 많은 젊은 여성으로 종교적 소명 때문에, 또한 삶과 특히 죽음에 대한 공포 때문에 카르멜 교단에 투신한다. 작가가 나중에 밝힌 바에 따르면, '교수대의 마지막 사람Die Letzte am Schafott'이라는 제목의 노벨라는 두 가지 문제를 탐구하기 위해 쓴 작품이었다. 작품 속 캐릭터에 자신의 성을 부여한 데서도 드러나듯, 하나는 새롭게 찾은 신앙을 통해서는 결코 수녀에게 요구되는 시련을 이겨 낼 수 없으리라는 그녀 자신의 두려움이었고, 다른 하나는 자신의 모국에서 발흥하는 전체주의에 대한 공포였다.|Gendre 1994: 283; S.M. Murray 1963: 61; Neuschaffer 1954-55: 35; O'Boyle 1964: 57| 그러나 역사란 두려움 많은 젊은 블랑쉬 스토리를 위한 단순한 배경이 아니었다고 사람들은 말한다.|Bush 1999: xv| 역사는 르 포르가 블랑쉬의 실존적 공포를 의탁할 수 있는 구조적, 지적, 정신적 골격을 제공해 주었다. 이를 통해 르 포르

는 대문자 공포Terror와 연결될 수 있었고, 따라서 개인의 심리적 반응에 역사적 울림을 부여할 수 있었다.

나중에 〈교수대에서 부르는 노래The Song at the Scaffold〉로 영역된 〈교수대의 마지막 사람〉은 대부분 공포정치에서 살아남은 프랑스 귀족 빌레루아M. de Villeroi에 의해 서술되는 서간체 노벨라다. 혁명의 난폭함에 사로잡힌 빌레루아는 과거의 공포에서 의미를 발견하려고 한다. 빌레루아는 블랑쉬와 그녀의 환경을 잘 알고 있고, 그래서 그녀의 운명을 동정적 태도로 자세히 이야기하기에 적합한 위치에 있다. 빌레루아는 블랑쉬에게 은신처를 제공했던 수녀원의 외부에서 어떻게 혁명의 힘들이 모여들고 조금씩 승리해 나가는지, 한편 블랑쉬는 어떻게 내부에서 안전함을 느끼는지 말해 준다. 그러나 역사적 해설에서처럼 수녀들은 곧 주거지에서 쫓겨한다. 그렇지만 이는 수녀들이 훨씬 더 극적인 (매일 반복하는 것이 아닌) 단한 번의 순교 서약을 하고 난 뒤였다. 이때 수녀들을 채근한 사람은 새로운 수녀원장, 즉 당시 수녀원에 없었던 마담 리두앙이 아닌 강생의 마리아였다. 이 버전에서 마리아는 두려움에 떠는 블랑쉬를 돋보이게 하는 인물로 등장한다. 마리아는 프랑스 귀족의 사생아로 출생뿐만 아니라 행동에서도 기품과 용기가 있고 의지 또한 굳은 인물, 즉 서술자가 매우 존경하고 우리가 느끼기에 저자 자신도 존경하는 여성이다.

이 노벨라에서 블랑쉬는 자신도 서약하겠노라 주장한 뒤 수녀원을 떠난다. 마리아가 어느 정도는 블랑쉬를 찾기 위해 파리에 체류하는 동안, 자매들은 콩피에뉴 지방에서 체포된다. 마리아는 서약의 교사자였지만, 그녀의 영적 지도자는 수녀원으로 돌아가 희생을 당하는 대신에 계속해서 살아남을 것을 그녀에게 명령한다. 그녀는 순교자들의 죽음을 목격한다. 수녀들이 부르는 〈살베 레지나 Salve Regina〉—수녀가 죽을 때 부르는 찬송가—와 〈임하소서 성령이여〉를 듣는 서술자도 이를 목격한다. 여성들이 한 명씩 죽어 가면서 노래를 부르는 소리도 잦아들게 된다. 단 하나의 목소리(가장 나이 많은 수녀의 목소리)만 남았을 때, 갑자기 블랑쉬가 나타나 노래를 부르기 시작한다. 거기서 한 무리의 여성들에게 살해되기 전까지 블랑쉬는 창백하지만 두려움 없는 얼굴로 찬송가의 나머지 부분을 부른다. 서술자는 이 수녀들의 역사를 상세히 기록하는 마리아의 미래 모습으로 끝맺음으로써 스토리가 이 클라이맥스를 지나 이어지도록 해 준다.

하지만 이 스토리의 실제 중심은 블랑쉬다. 그래서 폰 르 포르 남작 부인은 나중에 블랑쉬가 개인적으로도 정치적으로도 자신에게 매우 중요한 존재임을 분명히 밝혔다.

그녀는 결코 역사적으로 의미 있는 삶을 살지 않았다. 하지만 그녀는 오로지 그녀 자신의 내적 자아에서 나온 떨림만을 들이마셨고, 결코 이 기원에서 벗어나지 못할 것이다. 이 인물은 다가올 역사를 예기하는 전조들로 독일에 어두운 그림자를 던지는 시간의 가장 깊숙한 공포로부터 태어났고, 내 앞에 "종말로 치닫는 전체 시대로 인해 괴로워하는 죽음의 화신"으로 서 있었다.|Baroness Gertrud Von Le Fort 1956: 93, 나의 번역|

1940년대 중반 이 이야기 버전은 레이몽 브룩베르저Raymond Bruckberger 신부, 즉 '젊고 열정적이고 매력적인 도미니크회' 성직자에 의해 각색되었다. 브룩베르저는 제2차 세계대전에 참전한 바 있고, 샤를 드 골Charles de Gaulle 편에 서서 시위를 한 첫 번째 무리에 속했고, 레지스탕스의 지도신부를 맡기도 했다.|Speaight 1973: 261| 또한 브룩베르저는 수녀들의 운명과 특히 그녀들의 용기를 프랑스 레지스탕스의 알레고리로 보고, 필리프 아고스티니Philippe Agostini의 도움을 받아 영화 시나리오를 집필했다. 이 서사 버전은 서술자를 포함해 많은 것을 삭제하고, 얼마간 새로운 매체의 미학적 요구에 따라 강조점을 이동시킨다. 이 시나리오는 영화를 위해 계획된 것이어서 매우 시각적이고 극적이다. 행위에 기초해 있지 종교적 담론에 기초해 있지 않으며, 서술보다는 직접적 카메라 연출을 욕망한다. 표면상 복잡한 대인관계 때문에 이 시나리오 사본은 공유 저작물로 보관되어 있지 않다. 그러므로 나는 여기서 머레이S.M. Murray|1963: 43-92|와 장드르Gendre|1994: 284-86|의 인용 및 개요에 의지한다.

브룩베르저 신부는 남작 부인의 노벨라에서 위대한 고전 비극으로 볼 만한 요소를 발견한 뒤 그에 매료되었다고 나중에 밝혔다. 구체적으로 말해, 두 우주 사이에서, 그리고 화해 불가능한 두 신비주의, 즉 카르멜의 신비주의와 혁명의 신비주의 사이에서 벌어지는 끝없는 싸움에 매료되었다.|1980: 421-22| 그렇지만 시나리오를 쓸 때, 특히 프랑스혁명 장면을 제시할 때 잠재적 영화감독인 그가 정말로 매료된 것은 신비주의가 아닌 스펙터클한 행동의 가능성이었다. 그는 자신이 느끼기에 특별한 관계가 없는 캐릭터들, 장면들, 그

리고 기타 상관 없는 것들을 잘라 냈다. 그러나 브룩베르저도 거의 항상 카메라에 나오는 블랑쉬에 초점을 맞추었고, 그에 따라 죽음에 대한 그녀의 두려움에도 초점을 맞추었다.

이 목적을 위해 브룩베르저는 특정 장면을 만들어 넣기도 했다. 노벨라에 열 줄 정도 서술되어 있지만 정말로 발생하지는 않은 장면, 즉 수녀원 부원장 마담 크루아시Madame de Croissy의 임종 장면이 그것이다. 사실 이 수녀는 다른 수녀들과 함께 교수대에서 죽었다. 그러나 노벨라에서 이 수녀는 블랑쉬가 교단에 가입할 당시 병들어 있다고 했고, 죽음을 두려워한다고 알려져 있었다. 이런 이유로 크루아시는 늘 두려움을 느끼는 블랑쉬에게 어떤 동정심을 갖게 된다. 블랑쉬가 수녀원에 도착한 직후 부원장은 고통스런 죽음을 맞는다. 블랑쉬는 그녀가 죽어 가며 내는 신음 소리를 들으면서 신이 이런 거룩한 여성에게 너무나도 커다란 고통을 준 데 대한 환멸을 느낀다. 시나리오 작가라면 당연히 이 극적 장면을 묘사하려 할 것이다. 의사의 황급한 발걸음이 홀에서 들리고, 죽어 가는 여성의 울음소리가 복도의 침묵을 깨뜨린다. 그리고 블랑쉬는 몹시 불안해하며 굳게 닫힌 진료실 문을 쳐다본다. 블랑쉬는 부원장의 임종을 지키라는 부름을 받지만, 그녀에게 들려오는 영적 지도자의 고통의 고백을 이해하지 못한다. 이후 다른 수녀들이 불려 온다. 부원장은 죽음에 대한 두려움을 겸손하게 시인하고는, 마치 그녀들에게 용서를 구하기라도 하듯 무릎을 꿇고 안녕을 고한 뒤 자신을 위해 기도해 달라고 말한다. 앞으로 살펴보겠지만, 이 임종 장면은 이후 각색에서 가장 많이 바뀌는 부분이다.

1947년 이 시나리오의 대사를 집필할 누군가를 찾던 브룩베르저와 아고스티니는 맨 먼저 실존주의 소설가 알베르 카뮈에게 접근했다. 이때 카뮈는 자신이 신앙인이 아님을 그들에게 상기시킨 뒤, 프랑스에서 '대본작가dialoguiste'로 불리던 조르주 베르나노스에게 부탁하라고 한다.|Vincendeau 2001: xi| 이 보수적 가톨릭 작가는 전쟁 기간 동안 브라질에서 자발적 망명 생활을 한 뒤 2년 전, 즉 1945년 프랑스로 돌아와 있었다.|Béguin 1958: 127; Bush 1985: 2; Gendre 1994: 35 | 베르나노스는 매우 적절하고 훌륭한 제안이었다. 노벨라와 시나리오 모두에서 전개되었던 스토리의 주제는 베르나노스 자작 소설의 주제와 완전히 일치했다. 그뿐만 아니라 브룩베르저는 1937년에 이미 이 노벨라의 프랑스어 번역본을 베르나노스에게 주었고, 베르나노스는 이 번역본을 브라질로 가져가 자주 다시 읽은 상태였다.|

Kestner 1981: 14 |

하지만 브룩베르저가 영화 대사 집필을 의뢰하기 위해 접근했던 바로 그때 극렬한 프랑스인, 극렬한 왕정주의자, 극렬한 정치인 베르나노스는 극렬하게 의기소침해 있었다. 전후 프랑스의 모습, 즉 제4공화국과 기술 만능주의·물질 만능주의 사회에 실망한 베르나노스는 혐오감에 휩싸여 북아프리카로 이주했다. 게다가 1947년 바로 그때 베로나노스는 자신이 위중한 병을 앓고 있음을, 즉 암으로 죽어 가고 있음을 알았다. 베르나노스가 병에 보인 반응은 관련 기록이 많이 있다.|자세한 내용은 Bush(1985: 2), Speaight(1973: 213-47), Béguin(1958: 93-94), S.M. Murray(1963: 17-19), Albouy(1980: 220-30), Leclerc(1982: 109-71) 참조|

베르나노스가 집필하기로 한 영화 시나리오 대사는 그 자체가 각색이다. 말하자면, 전혀 다른 작품으로 귀결되는 스토리의 전유다. 그는 매우 정치적이고 아주 논쟁적인 기질의 소유자였음에도 불구하고, 스토리를 개인화한다. 그는 영화 시나리오의 정치적 알레고리를 정신적·심리적 내면 여행으로 바꾸어 놓고, 대본 전체를 도래할 죽음에 대한 두려움과 종교적 구원에 대한 희망으로 채워 놓는다.|Bush 1988: 17|

베르나노스는 대사 집필을 끝낸 직후 죽었다. 영화 제작자는 영화제작에 그 각본을 사용할 수 없다고 결정했는데, 길이도 너무 길고 행동도 별로 없다는 게 그 이유였다.|O' Boyle 1964: 58| (단수형으로 되어 있는) 〈카르멜회 수녀들의 대화Dialogue des Carmélites〉라는 영화가 1960년 마침내 제작되지만, 이 영화는 베르나노스의 대사를 반도 사용하지 않은 전혀 다른 각본으로 만들어진 작품이었다. 알베르 베갱Albert Béguin, 즉 베르나노스의 문학적 유언 집행자는 그가 죽은 뒤 트렁크에서 원본을 찾아냈고, 이를 이번에는 (복수형으로 되어 있는) '카르멜회 수녀들의 대화들

〈카르멜회 수녀들의 대화〉 1960년.

Dialogues des Carmélites'이라는 제목의 무대극용 희곡으로 출판하기 위해 편집했다. 이 희곡은 1949년 출판 후 1951년 초연되었다. 이로써 전혀 다른 각색자가 전면에 등장한 것인데, 편집자는 중요한 방식으로 개입하게 되면 각색자가 될 수 있기 때문이다. 여기서 벌어진 일은 이렇다. 베갱은 작품을 여러 막으

로 나누었고, 대사를 이리저리 옮겼고, 역사적 판결과 찬송가를 추가했고, 대사가 없는 장면들을 간소화했다.|Gendre 1999: 286-87; S.M. Murray 1963: 24-42, 125|

하지만 베르나노스가 시나리오의 죽음 장면에 준 변화는 개인적 측면과 미학적 측면 모두에서 뚜렷하다. 베르나노스는 외적 행동보다 임종 시 영적·심리적 드라마에 더 관심이 있었다. 그래서 그는 우선 병든 부원장을 원래 나이(59세)로 만든 뒤, 이 첨가된 디테일에 주목하도록 만들었다. 블랑쉬의 어린 친구인 수련修練 수녀 콩스탕스를 통해 그 나이란 결국 인간이 죽을 수밖에 없는 시기라는 논평을 덧붙임으로써 말이다. 베르나노스는 또한 부원장에게 관련 기록을 통해 충분히 확인 가능한 자신의 영적·심리적 기질을 부여했다. 그는 부원장이 삶의 매 순간 죽음을 성찰해 왔음을 자인하게 만든 것이다.|Bernanos 1949: 43; S.M. Murray 1963: 129 참조| 베르나노스의 소설은 말할 필요도 없고, 그가 남긴 문서와 일기는 그가 긴 세월 동안 죽음에 사로잡혀 있었음을, 그리고 늘 곧장 들이닥칠 것만 같은 공포에 사로잡혀 있었음을 보여 주는 증거다. 베르나노스가 죽음에 사로잡혀 있었음은 그의 친구가 떠올린 기억에 분명히 나타나 있지만|Boly 1960: 15|, 그 자신이 남긴 문서에도 고통스럽게 담겨 있다.|Béguin 1958: 31|

베르나노스의 작품에 등장하는 부원장은 임종 시 엄청난 육체적 통증과 그에 맞먹는 엄청난 심리적·영적 고통을 느낀 나머지, 자신이 신에게서 버림받은 것 같다는 발언을 함으로써 강생의 마리아를 아연실색케 만든다. 그래서 강생의 마리아는 교단이 박해를 당해 파멸하게 되는 끔찍한 환각을 보기도 한다. 이 스토리 버전에서는 오로지 블랑쉬만 그녀 쪽에 호출을 받게 되고, 죽어 가는 여성은 오직 블랑쉬에게만 자신의 두려움에 대한 용서를 구한다. 부원장은 얼굴이 통증과 절망으로 일그러진 채 끔찍한 죽음을 맞는다. 콩스탕스가 나중에 지적한 것처럼, 거룩한 여성에게 끔찍한 죽음을 선사한 것은 신의 잘못이 아닌가 하는 의문을 낳을 정도로 그녀에게 전혀 어울리지 않는 죽음을 말이다.

이후 베르나노스는 콩스탕스의 입을 빌려 시나리오와 장편소설 모두를 각색하며 주제에 큰 변화를 주었다는 발언을 한다. 이는 성인의 통공通功·the Communion of Saints | 죽어 있든 살아 있든, 지상·연옥·천국 중 어디에 있든, 모든 기독교 신자들은 영적으로 결합해 있다는 것. 신자들의 공로와 기도는 서로 통한다는 게 그 이유다. | 이라는 가톨릭 교리의 개인적 확장을 표현한 발언이다. 오웬 리Owen Lee 신부가 설명한 것처럼, 이 교리의 논리적 귀결은 부원장이 그런 험난한 죽음을 맞았기 때문에 다른 누군가가 수월한 죽음을 맞으리라는 생각이다. |1998: 177| 콩스탕스식으로 말하면 "사람은 각자 자신을 위해 죽지 않는다. 사람은 각자 다른 이들을 위해 죽거나, 아니면 또 다른 누군가를 대신해 죽기도 한다. 혹시 모르지 않는가?(On ne meurt pas chacun pour soi, mais les uns pour les autres, ou même à la place des autres, qui sait?)"|57| 이 발언의 의미는 연극의 마지막 장면에 이르러 분명해진다. 마지막 장면에서 블랑쉬는 어떤 두려움도 드러내지 않은 채 군중 밖으로 걸어나가 교수대 위에서 평온하게 죽음을 맞이한다. 블랑쉬는 부원장이 그럴 만한 자격을 부여했던 죽음, 또는 부원장이 자신에게 넘겨 주었던 죽음을 죽기 때문에 수월하게 죽는다.

거룩한 수녀의 죽음이 담긴 길고도 비참한 장면은 베르나노스가 자신의 죽음에, 그리고 신체적 고통 및 정신적 슬픔에 순응하는 방식으로 해석되어 왔다. 마찬가지로, 매우 기품 있고 처음으로 두려움 없는 블랑쉬의 죽음 표상은 자신의 종말에 관한 베르나노스의 바람을 충족시키는 투사물로 독해되어 왔다. 텍스트의 흔적은 어떻게 이런 비약을 정당화할 수 있을까? 한 가지 분명한 것은, 신비주의적 죽음 교환이란 순전히 베르나노스가 첨가한 생각이라는 점이다. 실제로 베르나노스 연구자들은, 비록 그가 노벨레와 시나리오에 '빚'을 지고 있기는 했지만 그 작품이 순전한 베르나노스의 텍스트라고, 즉 거기에 그가 남긴 모든 저작의 전체 주제가 담겨 있다고 집요하게 주장한다.|Aaraas 1988-89: 16; Gendre 1994: 287-88; Hell 1978: 244|

그들의 주장은 어떤 희생을 치르더라도 선행 작품을 보호해야 한다는 후기 낭만주의적 요구에 어긋나는 것이지만, 전혀 잘못된 것이 아니다. 그들의 주장에 따르면, 베르나노스는 한낱 각색자가 아닌 진정한 창작자다. 프랑스 작가 쥘리앵 그린Julien Green은 언젠가 이 스토리의 '소유'자를 두고 발생한 분쟁을 해결하기 위해 법률 당국에 호출된 바 있다. 이때 그는 르 포르 남작 부인이 주요 캐릭터들을 발명하고 창조했다는 점, 하지만 베르나노스가 그 이야기를 자기 고유의 방식으로 해석했다는 점을 분명히 밝혔다. 캐릭터 만들기라는 과제가 계속 그에게 부과되어 있었기 때문에, 심판자의 눈에 그는 주저자로 남게 되었다. 그린이 서술한 것처럼, 베르나노스는 시나리오를 매우 적법하게 그리고 많은 사람들의 예상처럼 순전

한 '베르나노스'로 만들어 놓았다.|S.M. Murray 1963: 105-6| 당연한 말이지만, 카르멜회 스토리에 대한 베르나노스의 시각은 브룩베르저 신부가 염두에 두었던 것과 아주 달랐다.

프랑스 작곡가 프랑시스 풀랑크Francis Poulenc가 파리에서 보고 깊이 감명 받은 것은 베르나노스 연극의 베갱판이었다. 그러나 1953년 풀랑크에게 이 연극에 기초한 오페라를 써 보라고 제안한 사람은 리코르디Ricordi 출판사의 귀도 발차렝기Guido Valcarenghi였다. 작곡가는 러브 스토리가 없다는 이유로 처음에는 망설였지만 결국 오페라를 쓰게 되었다. 풀랑크는 작곡가의 입장에서 대본이 완벽하다는 느낌을 받고는 더 이상 주저하지 않았다. 언어의 리듬이 그의 음악적 상상력에 딱 들어맞았던 것이다.|Poulenc 1954: 213| 하지만 친구들과 친척들 대부분은 이 종교적 스토리가 풀랑크에게는 어울리지 않는 재료라고 보았다. 풀랑크는 유행에 민감한 세속적 멋쟁이로, '프랑스 6인조Les Six'로 알려진 불경스런 젊은 프랑스 작곡가 집단의 일원이었고, 신성한 음악보다 신성모독적 음악을 작곡하는 인물로 유명했다.|Ivry 1996: 12-34, 110-11| 하지만 그는 1926년 가톨릭 신앙이 다시 일깨워지는 경험을 하고 난 뒤 〈검은 성처녀에 대한 연도煉禱·Litanies à la vierge noire〉를 작곡했다. 이는 프랑스 로카마두르Rocama-dour에 조각상도 세워져 있는 유명한 흑인 성처녀에게 경의를 표하는 곡이었다. 로카마두르는 풀랑크가 친구이자 경쟁자인 피에르 옥타브 페루Pierre-Octave Ferroud의 갑작스런 죽음 이후 순례를 떠난 곳이기도 하다.|Gagnebin 1987: 33; Ivry 1996: 91-113| 그때부터 풀랑크는 신성한 음악과 세속적 음악을 모두 작곡했고, 친구들과 친척들의 죽

음을 기리기 위해 종종 종교적 주제로 돌아가기도 했다.

풀랑크가 주고받은 편지들에 따르면, 그가 오페라 〈카르멜회 수녀들의 대화들Dialogues des Carmélites〉을 작곡한 것은 연인 뤼시앵 루베르Lucien Roubert와의 관계 단절에서 기인한 심기증心氣症 및 신경쇠약과 전적으로 결부되어 있었다. 그는 오페라를 작곡하려면 정말로 그런 불안한 감정 상태가 필요한 것은 아닌지 의심하기에 이르렀다.(1954년 2월 14일 앙리 엘Henri Hell에게 보낸 편지|Poulenc 1991: 216|와 1955년 12월 25일 로제 데르쿠르 플루Rose Dercourt-Plaut에게 보낸 편지|237| 참조) 그러나 훨씬 더 중요한 것은, 풀랑크가 1953년 옆에 있던 루베르와 함께 각색 작업을 시작했고, 1955년 루베르가 풀랑크 옆에서 폐병으로 죽어 가며 종말을 맞을 때 수녀들의 죽음을 다룬 음악을 작곡했다는 사실이다. 베르나노스가 발명한 신비주의적 죽음 교환은 풀랑크에 의해 **생명을 얻었다**. 아니면 플랑크는 그렇게 믿고 있었는데, 루베르가 자신을 위해 죽었다는 생각에 사로잡혀 있다는 편지를 친구에게 쓰기도 했기 때문이다.|1991: 232|

하지만 이 각색 작업에는 강한 개인적 관심사 외에 미학적 관심사도 중요한 역할을 했다. 연극에서 오페라로 매체가 바뀌며 베르나노스의 대본과 수녀의 스토리는 상당 부분 잘려 나갔다. 풀랑크는 가톨릭교로 다시 귀의했음에도 불구하고, 프랑스혁명으로 부상한 모든 계급 문제들뿐만 아니라 연극의 종교적 논쟁들도 잘라 냈다. 결과적으로 각색 과정은 인간의 유한성 앞에 선 개인의 선택이라는 간결한 스토리를 만들어 냈다. 결국 오페라는 1950년대 실존주의적 파리에서, 그리고 죽어 가는 연인을 기리는 작곡가에 의해

작곡되었다.| Gendre 1994: 73; Ivry 1996: 75-78 |

따라서 카르멜회 스토리의 오페라 버전에서 부원장의 죽음이 1막의 클라이맥스가 된 것은 놀라운 일이 아니다. 풀랑크는 베르나노스의 감동적인 극에 강렬한 음악을 더했지만, 계획적으로 악보를 매우 성기게 작성해 청중이 대본에 우선 주의하게 했고, 그럼으로써 모든 대사가 잘 들리고 쉽게 이해되게 했다.| Poulenc 1991: 206 | 1977년 메트로폴리탄 오페라 공연에서 부원장 역을 맡아 연기했던 가수 레진 크레스팽Régine Crespin은 그 죽음을 벌거벗은 죽음, 즉 영적 공허와 육체적 통증 모두에 대한 총체적 두려움을 체험하는 죽음이라고 불렀다. 자신의 유한성에 순응하도록 하는 죽음이라는 것이다.| n.d.: 107 |

이 죽음은 인간의 정상적 죽음인 동시에 극도로 긴장된 죽음이었고, 이 여성의 경우 완전히 부적절한 죽음이기도 했다. 오페라의 임종 장면은 보통 이렇게 사실주의적이지 않다. 아주 흔하게는 미화되고, 심지어는 걸러지기도 한다.| Hutcheon and Hutcheon 1996: 43-47, 56-57 | 그러나 이 오페라의 경우 죽음은 공포스러울 만큼 계속되고, 부원장은 자기 부분을 매우 거칠게 노래한다. 작곡가는 심지어 악보에 가래 끓는 소리를 적어 두기도 한다. 대본에 있는 대사, 신체의 통증을 알리는 소음, 탈진한 채 반복해서 베개 위로 쓰러지는 무대 연기 등은 모두 이 장면을 무섭게 만드는 데 기여한다. 게다가 불협화음 음악, 즉 고통과 특히 공포의 청각적 증거는 이 무서움을 극대화한다. 하지만 풀랑크는 죽음의 교환 속 은혜의 전이轉移라는 주제를 통해 두려움이라는 주제에 균형을 부여하고, 또 이 주제를

반박하기도 한다.|1954: 213| 내 경험상 아마도 이 강력한 조합 때문에 (그리고 이 조합이 모순적이기 때문에) 오페라의 결말은 다른 버전의 어떤 결말보다도 훨씬 더 감동적이다. 블랑쉬의 죽음 자체가 앞선 부원장의 죽음으로 구원을 받는 것과 같이, 공포스럽고 소름끼치는 결말의 힘은 부원장의 임종 장면이 갖는 힘에 대한 대답이다.

오페라 쪽에서는 수녀들이 교수대에 오르려고 수레에서 내릴 때 들려오는 기분 나쁜 장송곡 아래로 부원장의 죽음을 연상케 하는 음악적 모티프를 다시 듣게 되지만, 수녀들이 부르는 찬송가 〈살베 레지나〉가 점진적으로 지배력을 확보해 나간다. 카르멜회 수녀들은 한 사람씩 길로틴을 향해 행진한다. 날카롭고 당혹스런 길로틴의 칼날 소리가 음악을 가르지만, 그럴 때마다 반항적 수녀들은 훨씬 더 크게 노래를 부른다. 하지만 들려오던 여러 목소리들은 곧 하나의 목소리, 즉 콩스탕스의 목소리로 줄어든다. 그리고 죽음의 모티프도 음악에서 사라진다. 이 장면은 음악적으로도 극적으로도 신비주의적 죽음 교환을 위해 설정된다. 블랑쉬는 군중 밖으로 걸어 나가고, 지문에 제시되어 있는 것처럼 그녀의 얼굴에는 어떤 두려움의 흔적도 없다. 길로틴이 부원장의 죽음 모티프를 영원히 침묵시키자, 콩스탕스는 빛을 발하며 행복하게 죽음을 맞으러 간다. 오페라 속 은총의 작용을 연상시키는 "발광發光 주제"|Lee 1998: 177|가 음악에 들어온다. 예상할 수 있듯이, 블랑쉬는 콩스탕스가 부르고 있던 찬송가 〈살베 레지나〉를 끝내지 않는다. 그리고 새롭게 얻은 고독의 힘으로 〈임하소서 성령이여〉의 마지막 구절을 느리게 부르며 교수대에 오른다. 이 곡은 성인의 통공通功이라는 맥락에서 블

의 삶이나 의도를 고려하는 것은 문학을 자서전으로, 독서를 관음증으로 격하시킨다고들 한다. 하지만 윤리적 행위자를 윤리적 행위에서 떼어 내는 것보다 창작자를 창작 행위에서 떼어 내는 것이 분명 더 어렵다.|Hix 1990: 81|

작가주의 영화 비평가, 음악학자, 예술사가 등은 보통 자기 시대 지배적 예술 관습에 대한 예술가의 의식적 관계에서도, 또한 그의 동기는 물론 개인적 욕망 및 창조적 욕구에서도 의미와 가치의 전거를 찾는 데 전혀 문제가 없다고 여긴다. 스톨만R.W. Stallman은 초기에 의도주의에 대한 저주를 분명히 표명한 바 있다. "예술 작품의 객관적 지위는 작품을 그것이 유래한 역사적·심리적·창조적 과정으로 되돌려 놓는 판단 기준들과 무관하다."|A. Patterson 1990: 140에서 인용 | 그러나 모든 문학비평가들이 그렇지는 않다. 근래 신역사주의, 페미니즘, 마르크스주의, 탈식민주의 등의 도움으로 정치적인 것과 함께 역사적인 것이 구제되어 왔고, 라캉주의자들과 트라우마 이론가들에 의해 심리적인 것이 구원되어 왔다. 하지만 창조적 과정 자체의 모든 차원들은 여전히 금기시되어 있고, 최소한 여전히 비평의 관심에서 벗어나 있다. 그것은 너무 순문학적인 것, 너무 저널리즘적인 것, 그저 낭만주의적인 것으로 치부될 뿐이다.

하지만 카르멜회 스토리의 각색을 통해 살펴본 것처럼, 각색자는 보통 자신이 각색하기로 한 작품의 창작자가 소유한 어떤 "감수성의 등가물이나 형식"|Schmidgall 1977: 6| 또는 어떤 "예술적 기질이나 선입견과의 특수한 친연성"|Sinyard 2000: 147|을 느낀다. 그리고는 이런 우연한 관심의 일치를 표현하기 위해 특수한 매체를 선택한다.

이와 관련하여 발라드J.G. Ballard 작품《크래쉬Crash》의 영화 각색을 담당한 영화감독 데이비드 크로넨버그의 기술만큼 극단적인 사례는 없을지 모른다. 그는 이 각색 영화를 두고 "나와 발라드의 사랑스런 융합"이고, "우리는 아주 놀랄 정도로 잘 들어맞는다"라고 기술한 바 있다.|Cronenberg 1996: vii|

하지만 어느 정도의 전후 관계는 반드시 존재한다. 이미 살펴본 바대로, 각색 행위에서 여러 결정은 장르나 매체 관습, 정치 참여, 개인사, 공적 역사 등을 포함한 많은 요인들에 기초해 이루어진다. 이런 결정은 해석적 맥락, 즉 이데올로기적·사회적·역사적·문화적·개인적·미학적 맥락에서뿐만 아니라 창조적 맥락에서도 이루어진다. 우리는 나중에 두 가지 방식으로 이 문맥에 접근할 것이다.

첫째, 텍스트는 그런 결정의 표시를 품고 있다. 이 표시는, 그것이 적어도 텍스트로부터 추론 가능한 것인 한 창작자의 존재를 상정하게 해 준다. 내가 든 사례로 돌아가 보자. 카르멜회 스토리의 여러 버전들이 일반적 필요 조건이나 역사적 환경만으로는 설명할 수 없을 만큼 다양하기 때문에, 그 변종들은 각색자 '목소리'의 지표 구실을 하게 된다. 제임스 펠란James Phelan은 이 '목소리'를 말뿐만 아니라 구조적 수단으로도 신호를 보내는 "스타일, 어조, 가치의 융합"|1996: 45|이라고 부른다.

둘째, 더 분명한 것은 보통 의도와 동기에 관한 텍스트 외적 진술이 창작 맥락에 관한 우리의 감각을 형성한다는 사실이다. 물론이 진술은 실제 텍스트적 결과물과 비교될 수 있고, 또 비교될 수밖에 없다. 많은 사람들이 올바르게 주장하듯이, 무언가를 하려는

의도가 반드시 무언가의 실제 성과와 동일한 것은 아니다.│Nattiez
1990: 99; Wimsatt and Beardsley 1946: 480│

나중에 윔셋은 의도성에 대한 기존 입장을 재고하며 이렇게 쓴다.

예술 작품은 제작자의 정신과 인격이라는 사적·개인적·동태적·
의도주의적 영역에서 부상한 것이다. 어떤 의미에서 예술 작품은
… 의도들 또는 의도주의적 재료로 만들어진다. 하지만 그와 동시
에 예술 작품은 그것이 부상하는 순간 공적 영역에, 어떤 의미에
서는 객관적 영역에 편입된다. 예술 작품은 청중의 주목을 요구해
주목을 받는다. 예술 작품은 상호주체적이고 개념적인 언어로 진
행되는, 의미와 가치를 주제로 한 토론에 초대되어 논의의 대상이
된다.│1976: 11-12│

윔셋은 이 인용문을 저자의 의도를 고려해야 한다는 주장에
맞서는 반론으로 여겼다. 하지만 각색의 해석적 차원과 창조적 차
원을 모두 이해하게 되면, 위 인용문은 오히려 **청중을 향한** 각색자
의 의도의 기능을 재검토해야 할 필요성을 예시하는 것으로 보이
게 된다. 윔셋 본인의 용어로 말하면, '상호-주체성'의 공적 영역에
서 '제작자의 정신과 인격'에 관한 지식은 청중 각자의 해석에 실질
적인 영향을 준다. 예술가의 욕망과 동기, 창작 당시 그의 생활 현황
등에 관한 청중의 지식은 어떤 작품의 의미를 해석하고 또 그에 반
응하는 데 영향을 주는 것이다.

청중도 각색자처럼 맥락 속에서 해석한다. 베르나노스의 작품

을 연구한 선임 연구원 윌리엄 부시는, 그의 "마지막 유언"으로 알려져 있는 〈카르멜회 수녀들의 대화〉의 연극 버전을 연구하는 23세 대학원생에 관한 글을 쓴 바 있다. 여기서 부시는 수사적으로 묻는다. "1948년 60세의 나이로 죽음을 맞이하기 몇 달 전, 그|베르나노스|처럼 의식적으로 신 앞에 나설 준비를 하고 있던 16명의 수녀를 다룬 영화 시나리오의 대사를 썼다는 사실에서 어떻게 감동을 받지 않을 수 있겠는가?"|1999: xiii| 부시는 "저자로서 죽은"|1998: 23, 85| 누군가의 증언이라는 로스 챔버스Ross Chambers의 평가에 따라 이 연극을 독해한다. 말하자면, 베르나노스의 대본이 그의 죽음을 증언한다는 것이다. 그것은 맨 마지막에 남긴 몸짓이다. 일단 알고 나면 어떤 독자도 그 사실을 무시하지 못할 것이다.

음악 기호학자 장 자크 나티에즈Jean-Jacques Nattiez는 창조적 과정에 관한 청중의 지식이 해석에 실질적 영향을 준다고 단언한다. 오직 이 측면에만 한정해서 작품을 설명할 수도 없고 또 그래서도 안 되지만 말이다.|1990: ix| 나티에즈는 에티엔 질송Etienne Gilson에게서 가져온 용어 '시적인' 것으로 이 분석 층위를 명명한 뒤, 이를 "예술가의 (혹은 제작자나 장인의) 작품 창작을 가능하게 하고, 또 지지해 주는 조건들—이것들이 없었더라면 존재하지 않았을 무언가를 지금 존재하게 해 주는 그 조건들—의 결정"|13|으로 정의한다. 예술 작품은 형식적 구조뿐만 아니라 "이를 낳는 절차들"|ix|로도 이루어져 있다. 나티에즈에게 형식은 적어도 어느 정도는 텍스트의 흔적으로 묘사하거나 재구성할 수 있는 창작 과정을 거쳐 도출된 결과물이다.|12|

4

어떻게?

| 청중 |

Remember who I am and who I am supposed to be. This is not a game. On the other hand, nothing is clear. For example: who are you? And if you think you know, why do you keep lying about it? All I can say is this: My name is Paul Auster. That is not my real name.

논리정연한 책들과 달리, 디지털 매체들은 판타지를 구현할 수 있는 장소로 우리를 데려다 준다. 텔넷 접속이나 시디롬 드라이브만으로도 우리는 용을 죽일 수 있다.

자넷 머레이Janet M. Murray, 《홀로덱에 선 햄릿Hamlet on the Holodeck》

영화는 갖가지 재료들을 사용했을 뿐만 아니라 서로 다른 요리 시간을 들여 훌륭한 스프를 만들었다. 이 스프는 한 명의 외로운 식객이 아닌 8백 명의 사람들에 의해 소비되어야 했다. 책이 명상적이고 사적인 행위였다면, 영화는 축구 경기장의 고조된 흥분과 비슷했다. 책을 읽거나 쓰려면 자리에 앉은 뒤 우선 나머지 세계를 무시해야 한다. 반면 영화는 여러 부주방장들, 영화사, 시장 등을 잘 다루어야 한다. 책은 카누 여행처럼 은밀할 수 있다. 영화제작은 《로드 짐Lord Jim》에 등장하는 파트나Patna 호의 항해와 더 유사하다. 1천 명에 이르는 순례자들이 부도덕한 선원들이 운전하는 배를 타고 도착 여부가 불분명한 목적지를 향해 나아가는 항해 말이다. 하지만 항해는 웬일인지 마법처럼 가끔씩 안전한 항구에 도착하곤 한다.

마이클 온다체, 소설이자 영화 《잉글리쉬 페이션트》에 대하여

각색의 즐거움

당연한 말이지만, 각색의 창작과 수용은 필연적으로 뒤얽혀 있다. 상업적 측면에서만 그런 게 아니다. 청중이란 서로 다른 미디어에 서로 다른 방식으로 반응하기 때문에—온다체가 풍부한 상상력으로 암시한 것처럼, 사회적이고 물질적인 차이로—, 어떤 스토리가 타깃 청중에게 일으킬 반응은 언제나 각색자(들)의 관심사이다. 라디오, TV, 영화 등은 스토리 노출 정도를 근본적으로 증가시켰고, 그로 인해 몇몇 사람들이 주장하듯 우리의 스토리 이해력 또한 근본적으로 향상되었다.|K. Thompson 2003: 79| 매체들은 틀림없이 스토리에 대한 욕구와 스토리의 기쁨도 증가시켰을 것이다. 그렇다면 **각색으로서의** 각색을 체험함으로써 얻게 되는 즐거움의 진정한 원천은 과연 무엇인가?

1장에서 나는 청중이 느끼는 각색의 매력이란 반복과 차이의 혼합, 즉 친숙함과 기발함의 혼합에 있다고 주장했다. 소설가 줄리언 반스Julian Barnes는 《잉글랜드, 잉글랜드England, England》에서 이 매력을 일부 풍자한다. 이 소설에서 프랑스 이론가는 테마파크의

환희를 "현실에 대한 **경쟁자화**rivalization of reality"로 묘사한다. "우리에게는 복제품이 반드시 필요하다. 현실, 진리, 즉 복제품의 진본眞本이란 우리가 소유할 수 있는 것, 식민화할 수 있는 것, 재배열할 수 있는 것, 희열jouissance을 발견할 수 있는 곳이기 때문이다." | 1998: 35 | 반스는 여러 프랑스 이론가들을 패러디하는 한편, 청중이 느끼는 복제의 즐거움—그리고 각색의 즐거움—의 어떤 원천에 손을 댄다. 프로이트주의자들도 반복하기란 상실의 구성 방식, 지배의 수단, 결핍에 대처하는 방식이라고 말할지 모른다. 하지만 반복으로서의 각색은 분명 즐거움의 지연이 아닐 것이다. 각색은 그 자체가 즐거움이다. 아이가 똑같은 자장가를 듣거나 똑같은 책을 반복해서 읽을때 느끼는 기쁨을 떠올려 보라. 이런 종류의 반복은 의례와 마찬가지로 안정감, 충분한 이해, 다음에 벌어질 일을 알 것 같다는 느낌에서 오는 자신감 등을 가져다 준다.

특히 각색에서는 무언가 다른 일이 벌어진다. 반복에 더해 필연적으로 차이가 존재하는 것이다. 오페라 대본가이자 극작가, 뮤지컬 및 영화 각색자이기도 한 테렌스 맥널리가 한 말을 생각해 보라. "오페라와 뮤지컬의 성공은 어떻게 친숙한 것을 재발명해서 신선하게 만드는가에 달려 있다." | 2002: 19 | 모든 성공한 각색에 대해서는 똑같은 말을 할 수 있다. 다시 말해, 반복에만 초점을 맞추면 각색에 대한 청중의 반응 가운데 오로지 잠재적으로 보수적인 요소만 제시하게 된다. 조엘 호닉Joel Honig은 많은 근대 오페라 작품들(예를 들면, 〈위대한 개츠비The Great Gatsby〉(1999))이 앞서 영화로 제작된 바 있는 소설에 기초해 있다는 사실을 언급하며, 영화의 각색적 매개

에 대한 요구를 "미리 포장된 할리우드 재탕 음식"|2001: 22|에 대한 오페라 청중의 욕망 탓으로 돌렸다. 하지만 어쩌면 진정한 안정감이란 완벽한 반복하기가 아닌 거의 반복하기라는 단순한 행위, 즉 변형을 동반한 주제의 귀환에 놓여 있을 것이다.

각색이 인기 있는 것은 안정감을 주는 특수한 종류의 스토리 때문이라고 주장하는 사람들도 있다. 익숙한 선형적·사실주의적 스토리 라인, 즉 "모세가 아니라면 분명히 이솝과 함께 처음 등장했고, 월터 스콧과 발자크가 정교하게 다듬어 놓은 서술 원리에 입각한"|Axelrod 1996: 201| 스토리 라인이 그것이다. 이런 스토리 라인은 정형화된 각색 영화 장르의 매력, 특히 신화학자 조셉 캠벨Joseph Campbell 유의 영웅 모험 신화를 겸비한 아리스토텔레스의 플롯 관념을 활용하는 장르의 매력으로 간주된다.|Axelrod 1996: 202| 어드벤처 비디오게임 역시 이 스토리 구조를 가지고 즐긴다. 하지만 이 경우 스토리 자체는 들어가서 체험해야 할 특수효과 우주, 또는 간단히 게임 과정 그 자체보다 중요하지 않다. 이는 적어도 남성 플레이어들에게는 사실인 듯하다.

7세에서 12세에 이르는 소녀들은 "서사적 유희를 선호하고 서사적 복잡성에 매력을 느끼는 경향이"|Laurel 2005| 있는 듯하다. 브렌다 로럴Brenda Laurel은 어린이 1,100명과 진행한 인터뷰 및 어린이 1만 명을 대상으로 한 설문 조사를 토대로 팬 픽션과 팬 비디오 창작자들 가운데 상당수가 여성임을 지적했다. 스토리에 대한 매혹이 성인기까지 이어진다는 사실도 제시하면서 말이다. 로럴이 보여 준 바에 의하면, 게임 포맷으로 각색된 것은 젊은 여성들이 보

고 싶어 하는 스토리들, 말하자면 〈버피 더 뱀파이어 슬레이어Buffy the Vampire Slayer〉처럼 자신들의 삶과, 부모 형제나 학교 동기와의 개인적 문제들과도 어느 정도 중첩되는 스토리들이다. 반면에 동일 연령의 소년들은 그들의 삶에 너무 가까운 것들을 거북해하고, 그 대신 수퍼히어로의 이국적 액션 시나리오로 탈출한다. 폭력적인 게임 가운데 81퍼센트는 남성들이 플레이한다. 반면 여성들은 〈심즈〉처럼 좀 더 사회적 상호작용을 하는 롤플레잉 게임, 그렇지 않으면 스토리 라인에 즉각적으로 몰입하게 되는 게임을 더 선호한다(예를 들면, 〈낸시 드류Nancy Drew〉[1] 같은 각색 게임이 있다).

여기서 각색 청중을 일컫는 또 다른 이름은 분명 '팬'이고, 그래서 각색자는 팬들이 만든 커뮤니티를 의식적으로 육성하게 된다. 각색자는 특히 젊은 여성들이 "문화적 재료를 개인적 의미 구성에 전용할" 수 있음을 잘 알고 있다.|Laurel 2005| 상호작용 양식이 팬들에게 그렇게 매력적일 수 있는 이유, 특히 스토리가 각색의 즐거움에서 중심을 차지하는 이유가 바로 여기에 있다. 내 경험을 통해 증명할 수도 있지만, 소녀들은 아주 어린 시절부터 그들만의 고유한 역사, 지리, 사람, 행동 규범 등이 완비된 상상의 세계를 만들어 내고, 풍부한 상상력으로 이 세계에 거주한다. 각색 기업들이 만들어 놓

---

1 1930년부터 총 22권이 발간된《낸시 드류 미스터리Nancy Drew Mystery Stories》시리즈를 각색해서 만든 게임 시리즈. 플레이어가 주인공(낸시 드류)이 되어 범죄 사건을 해결해 가는 인터랙티브 어드벤처 게임이다. 1998년 PC 게임 〈시크릿 캔 킬Secrets Can Kill〉(허 인터랙티브Her Interactive) 발매 후 30여 편 정도 제작되었다.

은 게시판을 이용해 게임 캐릭터에게 이메일을 보내는 일은 바비 인형으로 바비 인형을 위한 스토리를 꾸며 내는 일과 얼마나 다를까?

2004년 바비 인형의 창시자 마텔Mattel은 이런 오락을 개발하기로 결정하고 DVD를 내놓았는데, 이는 일종의 각색이었다. 웹 사이트(http://www.yenra.com/barbie-dvds/)에 설명되어 있듯, 이 DVD는 "스토리텔링을 통해" 현실 세계로 "바비 월드"를 옮겨 놓은 것이었기 때문이다. "바비는 무대를 설치하고는, 스토리를 다음 단계로 가져가기 위해 소녀들의 상상력에 호소할 것이다." 그리고 이를 통해 "바비 브랜드와의 아주 깊은 연관 관계"가 구축된다. 이렇게 보면, 실험적인 아일랜드 작곡가 제니퍼 월쉬Jennifer Walshe가 바비와 그 놀이 친구들을 위한 음악 인형극 오페라를 창작한 것도 그리 놀랄 일은 아니다. 그 제목(《라이브 누드 걸XXX_Live Nude Girls》)에서 드러나듯, 이 작품은 소녀가 인형과 맺는 서사적 관계의 좀 더 어두운 측면을 탐색한다.

이런 많은 이론들과 사례들은 각색의 즐거움이 상품화나 상업화는 말할 것도 없고, 너무나도 보수적인 친숙함에 의해 오염되어 있음을 시사한다. 그렇지만 각색이라는 변형을 동반한 반복에 긍정적 반응을 보내는 데는 전혀 다른 이유가 있다. 레오 브로디Leo Braudy가 영화 리메이크에 관해 논의하며 명명했던 것, 즉 "미완의 문화 사업" 또는 "특수한 서사의 계속된 역사적(경제적·문화적·심리적) 적절성"|1998: 331|이 그것이다. 팔램프세스트적인 것의 이중적 즐거움은 어느 정도 이런 과거와의 진행형 대화―청중에게는 이것이 각색의 의미다―를 통해 생성된다. 하나 이상의 텍스트를 체

험하고, 또 다 아는 듯이 그렇게 하는 것이다. 헨리 필딩의 《톰 존스Tom Jones》(1749)를 각색한 토니 리처드슨Tony Richardson의 1963년 영화의 경우, 우리는 영화의 탈육화된 보이스오버에서 스토리를 조작하고 지배하는 소설 서술자를 인지할 수 있다. 이 보이스오버는 외설스러움을 미리 막기 위해, 또는 캐릭터의 동기를 아이러니하게 해설하기 위해 시간에 딱 맞춰 장면들을 종료한다.

토니 리처드슨의 1963년 각색 영화 〈톰 존스〉.

각색의 상호텍스트적 즐거움을 어떤 사람들은 엘리트주의적이라고 하고, 또 어떤 사람들은 풍요로움을 주는 것이라고 한다. 고전적 모방과 같이 각색도 "지적이고 심미적인 즐거움"|DuQuesnay 1979: 68|에 호소한다. 이는 작품들 사이의 상호작용에 대한 이해, 즉 텍스트의 가능한 의미를 상호텍스트적 울림을 향해 열어 놓음을 뜻한다. 각색 작품과 각색된 작품은 청중이 그 둘 사이의 복잡한 상호 관계를 이해할 때 하나로 합쳐지게 된다. 《톰 존스》를 각색한 1997년 BBC TV 작품에서는 '헨리 필딩'이라는 캐릭터가 서술자 역할을 자기반영적으로 수행하는 것을 볼 수 있다. 하지만 '헨리 필딩'이 이 특수한 영화 버전의 스토리 라인을 이탈할 때면 실질적 지배 인물, 즉 연출자는 그의 말을 중단시킨다.

각색의 이런 엘리트주의적 매력 또는 풍요로움을 주는 매력에 정반대되는 것이 용이한 접근의 즐거움이다. 각색의 상업화뿐만 아니라 그 교육적 역할도 이 즐거움에서 유래한다. 앞서 지적한 것처

럼, 교사들과 학생들은 각색의 아주 중요한 청중이다. 우리들 대부분은 **고전 일러스트**Classics Illustrated 만화 또는 고전적 문학의 만화 영화 버전을 접하며 성장했다. 오늘날 젊은이들은 아동문학이든 성인문학이든 시디롬 각색과 상호작용하는 것처럼 보인다. 1992년 〈셰익스피어Shakespeare: The Animated Tales〉는 10~15세 청중을 겨냥해 셰익스피어의 주요 희곡을 30분 버전으로 만들어 제공했다. 그러나 이후 랜덤하우스에서 출판된 인쇄본은 영화와 달랐다. 이 영화는 원래 대본의 많은 부분을 분명히 잘라 냈지만 그 언어만은 그대로 두었다. 애니메이션 스타일은 디즈니의 것을 의도적으로 피했다. 흥미로운 것은 스토리가 중심적이게 여겨지는 듯했다는 점, 그래서 극을 서사로 또는 보여 주기를 말하기로 번역한다는 의미에서 보이스오버가 사건 전개 수단으로 활용되었다는 점이다. 하지만 편집 작업이나 캐릭터, 배경에는 다른 셰익스피어 영화들의 강력한 상호텍스트적 울림이 있었다. 그래서 어떤 비평가는 이 애니메이션이 셰익스피어의 오리지널 희곡이 아니라 셰익스피어 영화 관람을 준비시킨다고 말하기도 했다.| Osborne 1997: 106 |

물론 어른들은 자주 각색을 "검열한다." 어떤 각색은 어린이들에게 적합하지만 그렇지 않은 각색도 있다는 판단에서다. 아니면 각색 과정에서 스토리를 특정 청중에 맞게 바꾸어 놓는다. 예를 들어, 〈레모니 스니켓의 위험한 대결Lemony Snicket's A Series Of Unfortunate Events〉은 대니얼 핸들러Daniel Handler가 보들레어 가의 고아들에 관해 쓴 세 권의 책 가운데 일부로 만든 각색 영화다. 이 책이 10~12세 어린이와 청소년을 겨냥해 저술된 것이었음에도 불구하고, 영화는 폭넓은 관객층에 호소하기를 원했고 또 그럴 것으로 알고 있었다. 그래서 매우 어두운 이야기를 아주 밝게 만들어 놓았다. 어느 정도는 레모니 스니켓의 내레이션을 활용해, 결국에는 모든 일이 다 잘 되리라는 확신을 어린이들에게 심어 주면서 말이다.

그렇지만 책 각색은 흔히 어린이 교육에서 매우 중요하게 여겨진다. 오락영화나 무대 버전이 어린이에게 그 토대가 된 책을 읽는 맛을 보게 해 줄 것이기 때문이다. 소설가 필립 풀먼은 이를 "가치 논증worthiness argument"(2004)이라고 부른 바 있다. 〈해리 포터〉 영화의 팬들은 대부분 이미 책을 읽었을 테지만, 그래도 풀먼이 틀린 것은 아니다. 그리고 이처럼 그들이-읽게-하는 동기부여는 새로운 교육산업 전반에 활력을 불어넣어 준다. 《나니아 연대기: 사자, 마녀 그리고 옷장The Chronicles of Narnia: The Lion, the Witch and the Wardrobe》(루이스C.S. Lewis)[2]의 새로운 각색 영화는 처음부터

2005년 제작된 각색 영화 〈나니아 연대기: 사자, 마녀 그리고 옷장〉.

---

2   2005년 앤드류 아담슨Andrew Adamson 감독이 만든 동명 각색 영화의 원작 소설. 1950년 출간되었다. 이 소설 이후 루이스는 1956년까지 총 7권의 판타지 소설을 출간하는데, 이를 '나니아 연대기' 시리즈라고 통칭한다. 〈나니아 연대기〉 시리즈는 다음과 같이 이루어져 있다. 《사자, 마녀 그리고 옷장》(1950), 《캐스피언 왕자Prince Caspian: The Return to Narnia》(1951), 《새벽 출정호의 항해The Voyage of the Dawn Treader》(1952), 《은의자 The Silver Chair》(1953), 《말과 소년The Horse and His Boy》(1954), 《마법사의 조카The Magician's Nephew》(1955), 《마지막 전투The Last Battle》(1956).

학습 지도안을 만들어 웹 기반 패키지, 방과 후 활동 등에 이르기까지 정교하게 제작된 보조 교재와 함께 출시되었다. 오늘날 취학연령 어린이들을 겨냥한 책이나 영화는 대부분 교사용 정보나 자료를 갖춘 자체 웹 사이트를 운영하고 있다.

영화의 소설화는 또한 어린 관객을 위한 소위 '주니어' 소설화를 포함하며, 많은 경우 일종의 교육적—또는 어쩌면 단순한 호기심— 가치를 갖는 것으로 인식된다. 인터넷 포스팅을 신뢰할 수 있다면, 영화 팬들은 영화의 소설화를 즐긴다. 캐릭터의 사유 과정, 그리고 그 배경에 관한 세부적 내용을 알려 준다는 게 그 이유다. 어쨌든 소설은 이 일을 항상 잘 해낸다. 웹 사이트 서사들(3인칭 슈팅 게임으로 출발해 극장용 영화로까지 제작된 〈맥스 페인Max Payne〉의 경우)이나 비디오게임 관련 영화들(〈파이널 판타지Final Fantasy〉의 경우)도 다른 포맷이기는 하지만 똑같은 종류의 정보를 제공해 줄 수 있다. 이것들은 모두 각색의 '뒷이야기'에 관한 청중의 지식을 늘려 주고, 그 '뒷이야기'에 청중이 더 많이 참여하게 한다.

이런 다양한 서플먼트supplement들은 때때로 본 영화나 게임 출시 전에 풀려 그에 대한 기대치를 높이곤 한다. 이런 종류의 각색은 더 많은 세부 내용, 특히 각색된 캐릭터의 내적 삶에 관한 더 많은 세부 내용을 제공해 주고, 이 과정에서 청중/독자와 그 캐릭터의 동일화를 촉진한다. 이런 각색은 아마도 사건을 바라보는 주변 캐릭터의 관점을 제공할 것이고, 그럼으로써 영화 각본이나 영화 버전에 등장하지 않는 장면들을 첨가할 가능성도 있다. 소설은 흔히 영화에 모호하게 남아 있는 플롯 및 동기부여 요소들을 설명해 준

다. 아서 클라크Arthur C. Clarke가
소설화한 영화 〈2001 스페이스 오
딧세이2001: A Space Odyssey〉(스탠
리 큐브릭·아서 클라크 각본)에서는
독자가 컴퓨터 할Hal의 의식 속에
들어가 볼 수 있었다.

스탠리 큐브릭 감독의 1968년 영화 〈2001 스페이스 오딧세이〉.

　　물론 누구나 소설화에 찬성
하는 것은 아니다. 많은 사람들에
게 소설화는 상업적 돈벌이, 순수한 상품화, 값비싼 재활용 등에 불
과하다. 앞서 살펴본 것처럼, 게이머들도 성공한 영화와 직접 연결된
게임들은 똑같이 신뢰하지 않는다. "그 자체의 주목할 만한 게임 플
레이 방식이 없는 상품임에도 불구하고 성공한 영화 프랜차이즈를
이용해 돈벌이를 하려는 속보이는 시도"|King and Krzywinska 2002b: 7|
로 보는 것이다. 그러나 경제적 분산 투자야말로 게임의 본질이다.
화이트 울프 퍼블리싱White Wolf Publishing의 사례를 보면, 이 회사
의 피엔피pen-and-paper 롤플레잉 게임 | 디지털 롤플레잉 게임이 등장하기 전에 유
행한 일종의 보드게임. 마스터라고 불리는
진행자가 게임을 전반적으로 통제하는 가운데, 플레이어들이 각자 캐릭터를 선정한 뒤 룰북에 따라 이
야기를 만들어 가는 방식으로 게임이 진행된다. 게임 중 이벤트는 보통 주사위를 이용해서 전개된다.
은 비디오게임, TV 시리즈, 액션 피규어, 만화책, 인터랙티브 미디어
이벤트, 아케이드 게임, 프로 레슬링 등의 라이선스를 갖고 있다. 이
갖가지 구현 형태가 청중의 호기심과 팬의 본능을 충족시키는 것이
기는 하지만, 그 모두가 여기 규정되어 있는 각색에, 또한 결론 장에
서 좀 더 논의해야 할 각색에 완전히 부합하는 것은 아니다. 그렇지
만 그 모두는 돈을 벌어들인다. 그 모두를 위한 청중이 존재하거나,

아니면 그 모두를 위한 청중이 만들어질 수 있는 것이다.

돈벌이꾼뿐만 아니라 검열관도 각색을 면밀하게 검토한다. 검열관 역시 청중을 염두에 두고 있는 것이다. 이전 세기 무대용 각색극과 각색 오페라의 경우 이는 분명히 참이었다. 미국 영화제작배급협회Motion Picture Producers and Distributors of America의 윌 헤이스Will Hayes가 후원하고 다니엘 로드 신부Father Daniel Lord, S.J.가 작성한 할리우드 윤리 규약(1930~1966)은 영화가 악, 범행, 범죄 등을 동정적으로 재현함으로써 청중의 도덕 기준을 떨어뜨려서는 안 된다고 선언했다. 싱클레어 루이스Sinclair Lewis, 어니스트 헤밍웨이Ernest Hemingway, 윌리엄 포크너William Faulkner, 존 도스 파소스John Dos Passos 등은 모두 영화관에 출입하는 대규모 청중을 타락시킬 수 있는 자들로 간주되었다. 그 대신 교화적 종교 드라마와 애국적 스토리를 관람해야 한다는 결의가 이루어졌다. 헤밍웨이의 《무기여 잘 있거라A Farewell to Arms》는 1929년 영화로 각색될 때 이미 브로드웨이에서 흥행한 상태였고, 책 판매 성적도 좋았다. 그러나 사생아, 불륜, 탈영 등을 다룬 스토리였고, 게다가 전쟁에 대한 비판을 담고 있었다. 이 작품은 이탈리아 군대를 전혀 호의적이지 않게 묘사했다. 《무기여 잘 있거라》가 스크린으로 상영되기까지 많은 절충이 필요했음은 물론이다. 헤밍웨이가 승인하기를 거부했지만, 플롯과 캐릭터의 동기부여에 많은 변화가 있었다.

청중에 대한 이런 도덕적·교육적 우려는, 특히 TV의 문학 각색이 문식력과 문학에 대한 접근 여부에 내재하는 계급적 차이를 제거해 버림으로써 더 많은 대중에게 문학을 전파할 수 있는 대체 매

체로 기능하리라는 생각과 밀접하게 연관되어 있다. 그러나 실제로
는 TV의 문학 각색이 늘 그렇게 작동하지만은 않는다. 피터 그리너
웨이와 예술가 톰 필립스Tom Philips가 공동 연출한 BBC의 〈TV 단
테A TV Dante〉(1990)는 이를 잘 보여 주는 사례다. TV가 대규모 청중
에게 말을 건넸지만, 이 프로그램은 "난해했"고 해설 없이는 이해하
기 힘들었다.|Taylor 2004: 147| 폭 넓은 대중을 위해 각색을 한다는 동
기부여에는 다른 커다란 위험이 내포되어 있다. "원작을 읽는 것만
큼 좋거나, 아니면 그보다 더 나은" '대체' 체험을 제공해야 한다는
어떤 책임감이 각색자에게 부과되는 것이다.|Wober 1980: 10| 그런데
각색된 텍스트를 알고 있는 청중과 그것을 알지 못하는 청중에게
그 체험은 동일한 것인가? 요컨대, 각색은 어떻게 **각색으로서** 인식
되는가?

알고 있는 청중과 알지 못하는 청중

샐리 포터의 영화 〈올란도Orlando〉(1994) | 버지니아 울프가 쓴 동명의 원작 소설
(1928)을 각색해서 만든 영화. 이 원작
소설은 엘리자베스 시대에서 20세기 초까지 약 300년에 이르는 올란도의 생애를 서술하
고 있지만, 그를 통해 울프 자신의 여성으로서의 삶을 탐구한 자전적 소설로 알려져 있다. | 에 서 는
보이스오버 서술자든 주인공이든 청중에게 말을 건네면 버지니아
울프의 텍스트, 그에 대한 우리의 지식, 장황하게 서술하는 전기
작가 사이에서 일종의 교섭이 이루어진다. | Shaughnessy 1996: 50 | 만
약 우리가 각색된 텍스트를 알고 있을 경우, 나는 우리를 '박식한'

샐리 포터 감독의 1994년 영화 〈올란도〉.

이나 '능력 있는' 같은 통상적 수식어 대신 '알고 있는knowing'이라는 수식어로 부르려 한다. | Conte 1986: 25 |

'알고 있는'이라는 용어는 지각 있고 세상 물정에 밝으며 지식도 많다는 것을 뜻하고, 그래서 다른 용어들의 엘리트주의적 함의를 얼마간 침식하는 한편 풍요로움을 주는 각색의 팔랭프세스트적 이중성에 대한 좀 더 민주화된 솔직한 주목을 지향한다. 우리가 실제로 체험하는 것이 각색 작품**이라는** 사실을 알지 못한다면, 혹은 각색 작품이 각색한 특정 작품을 잘 모른다면, 우리는 각색 작품을 다른 작품을 체험할 때처럼 단순히 체험하게 된다. 하지만 이미 살펴본 것처럼, **각색으로서의** 각색을 체험하려면 각색을 그 자체로서 인식할 필요가 있고 각색된 텍스트를 알고 있을 필요가 있다. 우리가 체험하고 있는 기억 속에서 각색된 텍스트가 왔다 갔다 하게 만들면서 말이다. 이 과정에서 우리는 각색 작품의 빈틈을 각색된 텍스트에서 가져온 정보로 메워야 한다. 말하기의 담론적 확장에서 보여 주기의 수행적 시간·공간 제약으로 이동할 때, 각색자는 분명 그 빈틈 메우기 능력에 의존하게 된다. 간혹 각색자들은 그에 너무 많이 의존하기도 하는데, 이 경우 각색된 텍스트를 참조하지 않거나 그에 관한 선지식 없이 결과로서의 각색 작품을 이해하기란 불가능한 일이 되고 만다. 각색이 자기 힘만으로 성공을 거두려면, 알고 있는 청중과 알지 못하는 청중 모두에게 성공을 거두어야 한다.

예를 들어, 셰익스피어 희곡 《한여름 밤의 꿈》의 기본 스토리 개요를 알고 있다면, 우리는 오페라 또는 발레 버전에서 플롯이 증류되어 발생한 빈틈들을 메우려 할 것이다. 음악의 개입으로 복잡해지면, 스토리를 잘 알고 있는 게 확실히 도움이 되는 듯하다. 테렌스 맥낼리가 지적했듯, "음악은 작품에 완전히 새로운 차원을 첨가한다. 어떤 청중(또는 비평가)이든 한 번만 들으면 충분히 흡수하게 해 주는 것이다. 캐릭터와 상황을 잘 알고 있다면, 청취자는 긴장을 푼 채 음악에 힘입어 새롭고 놀라운 곳에 갈 수 있다."|2002: 24 | 그럼에도 불구하고 각색자로서는 각색된 텍스트에 대한 지나친 애착이나 향수가 없는 청중과 관계하는 게 더 쉬운 일일 수도 있다. 선지식이 없으면, 어떤 영화 버전을 전혀 각색이 아닌 단순히 새로운 영화로 받아들이려 할 것이다. 그에 따라 영화감독은 더 많은 자유, 그리고 더 많은 지배력을 확보할 것이다.

알려진 각색Konwn adaptations은 분명 장르와 유사하게 기능한다. 알려진 각색은 청중의 기대를 유발하는데|Culler 1975: 136|, 우리가 체험하고 있는 각색 작품과의 만남을 가능하게 하는 한 묶음의 규범을 통해 그렇게 한다. 표절이나 패러디와 달리 각색은 보통 제 정체성을 공개적으로 표명한다. 많은 경우 법적인 이유 때문에 작품은 특정한 앞선 작품이나 작품들'에 기초한' 또는 '을 각색한' 것으로 공개적으로 발표된다. 문제의 작품(들)을 알고 있으면, 우리는 알고 있는 청중이 되고 그 각색된 텍스트는 해석학 이론이 말하는 우리 '기대 지평'의 일부가 된다.

여기서 흥미로운 것은, 나중에 우리가 앞선 각색된 작품을 각색자의 창의적·해석적 행위가 만들어 낸 결과물과 비교하면서 흔히 그 각색된 작품을 전혀 다르게 인식하곤 한다는 사실이다. 특히 인쇄물에서 공연물로 이동하는 경우, 캐릭터(호빗)와 장소(중간계)는 톨킨의 《반지의 제왕》을 다시 읽을 때 문학작품 속 캐릭터와 장소를 상상하는 방법을 조건짓는 방식으로 구현된다. 우리의 상상력은 영화의 시각적·청각적 세계에 의해 지속적으로 식민화된다. 그러나 우리가 각색의 기초가 된 소설을 결코 읽지 않았다면 어떻게 될까? 그러면 원작 소설이 사실상 파생 작품이자 후속 작품, 따라서 우리가 2차적인 것이자 부차적인 것으로 체험하는 작품이 될까? 알지 못하는 청중에게 각색이란 우선성과 독창성 같은 신성한 요소들을 뒤엎는 방식이다.

　　각색된 작품이 정전canon이라면, 우리는 그 작품을 실제로 직접 체험하지 않고 "널리 유포되어 있는 문화적 기억"|Ellis 1982: 3|에 의존할지도 모른다. 그렇지 않으면, 각색된 작품의 렌즈를 통해 각색을 일종의 팔랭프세스트로서 체험하려는 경향이 있다. 제작자 데이비드 셀즈닉David Selznick은 1940년대 《제인 에어Jane Eyre》(1847)를 각색할 때 이 소설의 세부 내용에 크게 신경쓰지 않았다. 관객을 조사해 본 결과 이 작품을 읽은 사람이 거의 없었기 때문이다. 그와 달리 《바람과 함께 사라지다》(1939)와 《레베카Rebecca》(1940)의 경우에는 둘 다 최신 베스트셀러였기 때문에 그 세부 내용에도 크게 신경을 썼다.|Naremore 2000b: 11-12| 디씨 코믹스DC Comics 만화책 《캣우먼Catwoman》의 팬들은 피토프Pitof 감독이 제목만 그대로 둔 채

새로운 배경에 새로운 캐릭터를 첨가해서 만든 2004년 동명 영화를 보고 매우 실망했다. 비평가들은 이 영화의 시나리오 작가들(존 브랜카토John Brancato, 마이클 페리스Michael Ferris, 존 로저스John Rogers, 테레사 레벡Theresa Rebeck)을 "불쌍한 생명체의 발톱을 제거한" "4인 위원회, 즉 범죄 집단"|Groen 2004: R1|이라고 비난했다.

알고 있는 청중은 기대를 하고, 요구를 한다. 벨라 발라즈Béla Balázs가 단언했던 것처럼, "명작은 그 주제가 매체에 이상적으로 들어맞는 작품", 따라서 각색 불가능한 작품이 아니다.|Andrew 1976: 87 에서 인용| 오히려 특수한 청중이 소중히 여겨 변화하지 않기를 바라는 작품이 '명작'의 정체일지도 모른다. 각양각색의 각색은 각양각색의 청중 또는 팬 커뮤니티를 끌어들인다. 〈해리 포터〉의 팬은 톨킨의 팬이 아닐지 모른다. 어떤 영화나 뮤지컬이 스스로를 특정 작품의 각색으로 공표하면, 이 작품을 좋아하는 사람들이 그 각색에 모여든다. 그리고 많은 경우 그 작품의 이름만 남아 있음을, 또한 소중히 여겨 기대했던 것과는 거의 비슷하지 않다는 사실을 발견한다. 이 과정의 문제점을 다른 측면에서 기술한 초기(1928) 자료가 여기 있다.

> 선호하는 예산 절약 습관은 유명한 대중소설 또는 희곡과 아주 비슷한 영화를 만든 뒤, 영화가 거의 완성될 즈음 아주 조심스럽게 이 유사성을 높이고 모델로 활용한 스토리를 구매하는 것이다. 다음으로는 구매한 유명 이야기의 제목을 사용한다. 그러나 보통 그 유사성은 초조한 프로듀서가 처음에 표절 소송이라는

악몽에 사로잡혀 생각했던 것만큼 그렇게 크지 않은 것으로 드러
난다.|Bauer 1928: 294|

〈해리 포터와 마법사의 돌〉 2001년.

팬들이 열성적일수록 그들이 느끼는 실망감
은 더 클 수 있다. 〈해리 포터와 마법사의 돌Harry
Potter and the Philosopher's Stone〉(2001)을 만든 영
화감독 크리스토퍼 콜럼버스Christopher Columbus
는 이렇게 표현했다. "내가 그 책에 충실하지 않
았다면 사람들은 나를 십자가에 못 박았을 것이
다."|Whipp 2002: H4에서 인용|

특정한 각색된 텍스트(들)에 대한 의식에 더
해, 각색 청중의 '알고 있음'에는 다른 차원들도
있다. 그 가운데 하나는 다음 장에서 자세히 다룰 맥락, 즉 문화적·
사회적·지성적·심미적 맥락이다. 하지만 이 차원은 또 다른 종류의
알고 있음과 중첩되어 있다. 말하자면, 2장에서 다룬 바 있는 각색
의 형식과 그로 인해 형성된 기대를 알고 있음이 그것이다. 이를 각
색에서의 장르 교체라는 측면에서 보면, 자서전 독자와 만화책·그래
픽 노블 독자가 각각 만들어 낸 서로 다른 내포 '규약들'을 생각해
보기만 하면 된다. 저자와 독자 간 '자서전의 규약'이라는 필립 르죈
Philippe Lejeune의 관념은, 자서전이란 실존 인물이 그 또는 그녀 자
신의 생애에 관해 쓴 회고적 서사라는 규정을 우리가 수용하고 있
음을 뜻한다.|1975: 14| 블루칼라의 생애라는 하비 피카Harvey Pekar
자신의 스토리가 로버트 크럼Robert Crumb 외 몇몇 작화가들의 만화

책 《아메리칸 스플렌더American Splendor》가 되고, 이것이 다시 연극과 영화로 각색되면서 이 규약은 기묘한 왜곡을 겪게 된다. 매체의 견지에서 보면, 뮤지컬과 오페라가 모두 "노래를 통해 펼쳐지는 극" |Lachiusa 2002: 14|을 보여 준다고 하더라도, 이 둘은 서로 다른 예술적 전통과 많은 경우 서로 다른 청중을 갖고 있다. 뮤지컬 작곡가 마이클 존 라키우사Michael John Lachiusa가 지적했듯, 뮤지컬 장르는 "유럽 오페라 전통이 미국에 이식되어 탄생한 아이"|14|다. 뮤지컬은 고상한 것과 천박한 것을 뒤섞어 놓는데, 이는 이민자 민족 연극, 음악, 무용 등이 타가수정他家受精된 데 기인한다.

그러므로 매체 변화는 동일한 기대 변경을 수반한다. 예를 들어, 오스카 와일드 희곡 《진지함의 중요성The Importance of Being Earnest》의 2002년 영화 버전(올리버 파커Oliver Parker 각색 및 감독)은 연극 버전의 좁은 응접실 세트를 런던 거리와 교외의 웅장한 대지로 바꾸어 놓았다. 왜 그랬을까? 관객들이 영화가 지역색을 띠기를, 또한 실제 공간에서 움직이는 캐릭터들로 교외에서 촬영되기를 기대했기 때문이다. 수십 년 후 고전적 소설의 영국 TV 버전들은 오늘날의 시청자들에게 스타일, 즉 "부드럽고 완만하며 주의 깊게 상호 연결되어 있는, 화려하고 아름다운 그림 같은 영상"|Cardwell 2002: 80|에 대한 기대를 유발하게 되었다. 이런 기대를 좌우하는 것은 사실 각색된 문학 텍스트가 아닌, 특히 영화적 '품질' 지표를 통해 '예술성'의 신호를 보내려는 TV 매체의 욕망이다. 말하자면, "롱테이크, 웅장한 건물의 촬영을 위한 익스트림 롱 숏 … [,] 느리고 부드러운 트래킹 숏의 선호 … [,] 우아하거나 장식적이거나 사색적인 오케스

알렉스 프로야스 감독의 2004년 각색 영화 〈아이, 로봇〉.

불만도 더 커지는 듯하다. 로버트 하인라인Robert Heinlein의 소설《스타쉽 트루퍼스Starship Troopers》(1959)로 만든 폴 버호벤Paul Verhoeven 감독의 1997년 각색 영화(에드워드 노이마이어Edward Neumeier 각본)에 대한 팬들의 부정적 반응을 보라.

그렇지만 과학소설은 특히 각색하기 어려울 수 있다. 마이클 캐섯이 주장했듯, 앞서 저술된 서사에 등장하는 미래의 일은 많은 경우 이제 과거사가 되고, 그래서 배경과 캐릭터, 행위 등이 불가피하게 바뀌고 변화할 수밖에 없다.|2004| 캐섯 역시 각색을 할 때에는 오프닝 크레디트를 통해 청중에게 변화의 불가피성을 알린다고 한다. '~에 기초한' 대신 '~에서 암시를 받은'이나 '~을 자유롭게 각색한' 같은 구절을 적어 두어 원작을 알고 있는 관객의 항의를 예방한다는 것이다.

물론 가능한 수용 범위를 둘러싼 이 모든 복잡한 문제들이 의미하는 바는, 알고 있는 청중과 알지 못하는 청중 모두의 기대와 요구를 각색자들이 충족시켜야 한다는 점이다. 하지만 이 논의를 통해 우리가 관심을 갖게 된 것은, 청중의 체험에는 이와는 다른 차이가 존재한다는 사실이다. 이 차이에는 여러 매체에 대한 청중의 다양한 참가 양식에 따른 차이, 그리고 몰입 정도와 몰입 종류의 차이 같은 것들이 있다.

참여 양식 재검토

2장에서 살펴보았듯이 말하기, 보여 주기, 스토리와 상호작용하기는 독자(관객, 플레이어)의 참여 종류와 양식에서 차이가 있다. 각색자들은 이를 잘 알고 있다. 각색을 사고 파는 이들 역시 그렇다. 맬컴 브래드버리Malcolm Bradbury의 아이러니한 캠퍼스 소설 《역사적 인간History Man》(1975) 양장본 1만 부의 대부분을 구매한 이들은 상대적으로 적은 수의 '대학 졸업' 독자들이었다. 그런데 이 독자들은 그 규모나 구성 면에서 수년 후 BBC TV 각색 작품을 본 10만 명의 시청자와 동일하지 않았다.|Bradbury 1994: 99| 이 소설의 판권을 구매할 때 TV는 "이미 구성되고 이미 선정된 청중"|Elsaesser 1994: 93|에 기댈 수 있다는 사실을 잘 알고 있지만, 이 청중을 엄청나게 확대해야 하고 또 이를 위해 쓸 수 있는 모든 유인책을 다 활용해야 한다는 사실도 잘 알고 있다.

그렇지만 하나의 참여 양식 안에서도, 특히 공연 매체와 관련해서 한 번 더 중대한 구분이 이루어질 수 있다. 영화감독 피터 브룩은 페터 바이스Peter Weiss가 쓴 바로크식 제목의 희곡 《사드 씨의 지도로 사랑통 요양원 연극반이 공연한 쟝 폴 마라에 대한 박해와 살해Die Verfolgung und Ermordung Jean Paul Marats dargestellt durch die Schauspielgruppe des Hospizes zu Charenton unter Anleitung des Herrn de Sade》(1964)를 단순한 제목의 영화 〈마라/사드Marat/Sade〉(1966)로 만들 때, 자신이 앞서 무대에 올렸던 작품을 완전히 영화적으로 옮

피터 브룩의 1966년작 〈마라/사드〉.

기고자 했다. 이때 그는 연극 관객은 어떤 순간이든 어떤 장면이든 무엇을 볼 것인지 자유롭게 선택할 수 있는 반면, 영화 관객은 카메라로 한 번에 하나의 것만을, 즉 그he가 보여 주려 한 것만을 볼 수 있음을 잘 알고 있었다. 그는 이 한계를 극복하려 했다. 이를 위해 서너 대의 카메라를 배치한 뒤 회전, 전진, 후진 등의 기법을 활용했고, "마치 관객의 머릿속에서 움직이는 것처럼 작동해 그의 체험을 가장하려고 했다."|Brook 1987: 189-190| 하지만 그는 이런 카메라 워크조차도 무대 생산물의 작업을 그대로 해내지는 못하리라는 것을 깨달았다. 영화는 무대 생산물이 관객의 상상력을 사로잡는 방식을 영화 특유의 사실주의 때문에 활용할 수 없다. 브룩은 "이미지가 거슬릴 정도로 지나치게 강조되고, 그 디테일이 쓰임을 다한 뒤에도 오랫동안 프레임에 남는다"|1987: 192|는 데 주목했고, 이를 통해 마침내 이미지의 사실성이 영화에 "능력과 한계"를 모두 부여한다는 점을 받아들였다.|1987: 192| 아니면 다른 비평가가 말했듯이 "극장의 경우 무대 및 무대장치의 관습적 기교와 배우의 확고하고 명백한 현존 간의 충돌은 불신의 유예를 요구했다. 반면 사건의 흐름, 자연주의적 연기, 사진 같은 사실주의 등을 구비한 서사 영화는 불신의 유예가 아닌 불신의 억압을 수반한다."|LeGrice 2002: 230|

그런데 최근 어떤 젊은 친구는 내게 각색을 즐기기는 하지만 무대극 버전을 보러 가지는 않는다고 말했다. 자신은 자연주의와 직접성의 관습을 구비한 영화나 TV를 보며 성장한 세대여서 연극 버전이 너무 '무대적'이고 비사실주의적이게 보인다는 것이다. 기묘하게도 그에게는 무대의 3차원 세계가 스크린의 2차원 세계보다 훨씬 참여적이지 않은 것이다.

인간-컴퓨터 인터페이스는 전혀 다른 종류의 참여, 즉 우리 신체와 그 확장(모니터, 키보드, 조이스틱, 마우스, 컴퓨터 등) 간의 피드백 회로feedback loop에 대한 참여를 지원한다. 캐서린 헤일즈Katherine Hayles는 이 관계를 다음과 같이 묘사한다. "우리가 매체이고 매체가 우리다."|2001: 37| 셸리 잭슨Shelley Jackson의 인터랙티브 예술 작품 〈패치워크 걸Patchwork Girl〉(1995)은 프랭크 바움L. Frank Baum 의 《오즈의 패치워크 걸Patchwork Girl of Oz》(1913)과 메리 셸리Mary Shelly의 《프랑켄슈타인Frankenstein》(1818/1831)을 모두 각색했다. 이 작품에서 우리는 마우스를 클릭함으로써 여러 천 조각들을 꿰매어 패치워크 퀼트를 만드는 것 같은 행위에 참가한다. 우리의 신체적 행위는 또한 두 여성 인물의 행동을 가장하게 한다. "여주인공 메리 셸리(《프랑켄슈타인》저자를 표상하는 허구적 인물)는 서로 다른 여성들에게서 수집한 신체 부분들을 꿰매어 여성 괴물을 만들어 낸다. 이로써 작가 셸리 잭슨은 이 여성들의 스토리로 괴물의 서사적 정체성을 구성한다."|Ryan 2005: 524| 〈패치워크 걸〉 같은 매체 혼합적 하이퍼텍스트는 커팅와 봉합이 만든 직접적 결과물이다. 소설에서 괴물을 만들어 내는 것과 똑같이 말이다.

스크린에 등장하는 첫 페이지는 조각들로 짜맞춰진, 바느질 흔적이 남아 있는 여성의 이미지다. 다음 링크는 공동 저자, 즉 메리 셸리, 셸리 잭슨, 그리고 아마도 괴물 자신을 함축한 타이틀 페이지다. 목차의 링크들은 관객이 첫 번째 이미지를 재배열하게 해준다. ⋯ |그로부터| 다양한 서사 시퀀스들과 메타픽션 텍스트들이 이어진다.|LeClair 2000/2003: 8|

그러므로 각각의 참여 양식은 이른바 청중의 서로 다른 '정신 활동'도 수반하는데, 이는 각색자가 약호전환 속에서 반드시 고려해야 할 점이기도 하다. 서로 다른 양식은 서로 다른 매체처럼 우리 의식에서 다르게 작동한다.|M. Marcus 1993: 17| 말하기는 청중에게 개념적 작업을 요구하고, 보여 주기는 지각적 약호 해독 능력을 요청한다. 첫 번째 경우 우리는 독서를 할 때 흰 종이 위에 쓰인 검은 글씨를 이용해 세계를 상상하고 시각화한다. 두 번째 경우에는 상상력을 발휘해 무대 또는 스크린에서 보고 들은 영상, 음향, 대사 등의 세계를 지각하거나 그 세계에 의미를 부여한다. 카밀라 엘리엇은 이를 정신적 이미지화와 정신적 언어화 사이의 상호적 관계라고 부르지만|2003: 210-212|, 여기서 문제는 말 이상이다.

정신분석학 영화 이론가들의 주장에 따르면, 청중은 동일시, 투사, 통합 등의 과정 때문에 영화를 볼 때 의식적으로든 무의식적으로든 아주 깊숙이 빠져들게 된다.|M. Marcus 1993: 18| 물론 비디오게임을 할 때 우리는 훨씬 더 직접적으로, 즉 물리적으로도 정신적으로도 빠져든다. 우리는 극도로 집중하고 생리학적으로 반응하는 것

이다. 다음으로 이 서로 다른 양식들은 제각각 청중에게 고유한 약호 해독 과정을 요구한다. 독서를 할 때 우리는 서사, 캐릭터, 문맥 등의 세부 내용들을 점진적이면서도 순차적으로 모은다. 영화, 연극, 뮤지컬 등을 볼 때에는 다양한 대상, 관계, 유의미한 기호 등을 동시에 인지한다. 대본, 음악, 사운드트랙 등이 결단코 선형적이라고 하더라도 말이다. 상호작용 매체에서 영화의 동시성과 텍스트화된 서사의 순차성은 게임 세계 및 그 규칙/관습에 합류한다.

브루스 모리셋Bruce Morrissette은 청중 반응에 관련된 참여 양식의 또 다른 중요한 면모를 지적했다. 그는 이를 어떤 수사학적 질문으로 제기했다. "영화의 경우 추적 장면, 서스펜스, 기타 강렬한 역동적 시퀀스 등은 근육, 선腺, 맥박, 호흡수呼吸數 등에 영향을 끼치는 신체적 감정이입을 전부는 아니더라도 대부분의 관객에게 유발한다. 소설은 가장 강렬한 액션 시퀀스로도 이런 감정이입을 불러일으킨 적이 있는가?"|1985: 26|

그렇다면 오페라 애호가들이 말하는 **프리송**frisson,[4] 즉 소프라노의 고음에 도취되어 목 뒷머리가 쭈뼛 서는 것은 어떤가? 어떤 영화와 소설이 **그것을** 마음대로 통제한 적이 있는가? 말하기 매체나 공연 매체는 신체의 능동적 참가 정도에서 인터랙티브 예술이나 특

---

4 '전율'로 번역되곤 한다. 오페라 가수들은 1000~3000 헤르츠 정도의 음량을 만들어 낸다. 이는 아기의 울음소리나 사람들의 비명 소리에 비견되는 것으로, 불쾌감을 줄 수 있다. 그러나 우리는 가수들의 노래가 아기의 울음소리나 사람들의 비명 소리와 달리 위험하지 않다는 것을 잘 알기 때문에, 그 노래를 들을 때 롤러코스터를 탈 때와 같은 스릴과 섬뜩함을 체험하게 된다. 이와 같은 체험이 바로 프리송이다.

자 또는 관객은│현실의 광학光學을 갖게 된다. 극장에 앉아 있는 관객은 무대 위 세계가 얼마나 사실주의적이게 제시되든지 간에 그것이 프로시니엄 아치proscenium arch │무대와 객석을 구분하 는 액자 모양의 개구부.│⁵ 너머로 연장되지 않는다는 사실을 충분히 잘 알고 있다."│J. Miller 1986: 206│ 관습화된 어둡고 조용한 대규모 영화관에서 "앞에 있는 광스크린을 향해 뒤에서 투사되는 … 강한 빛의 빔으로"│Flitterman-Lewis 1992: 217│ 영화를 볼 때에는 익명의 집단성과 몰입적 울타리에 의한 보호막 같은 느낌이 있다. 이는 집에 앉아 TV 세트로 영화 DVD를 시청하며 체험할 수 있는 게 아니다.

하지만 청중은 공간뿐만 아니라 시간도 다양한 매체에서 다르게 경험한다. 이 차이는 매체 횡단적 각색에 새로운 문제를 불러일으킨다. 예를 들어, 자주 논의되는 TV의 '현재성presentness'│Carwell 2002: 83-92│은 진실이기도 하지만 거짓이기도 하다. 집에서 TV를 볼 때 우리는 사실 광고, 가족, 친구, 전화벨 소리 등으로 방해를 받기 때문이다. 이런 일은 (적어도 모든 이동전화를 정말로 꺼 둔다면) 영화관에서 영화를 보거나 극장에서 뮤지컬을 관람할 때는 거의 일어나지 않는다. 하지만 비디오나 DVD를 시청할 때 TV의 프라이버시와 가정적 성격은 독서나 게임 플레이를 할 때와 유사하다. 이 모든

5  (현대건축관련용어편찬위원회, 《건축용어사전》, 2011, 성안당: http://terms.naver.com/entry.nhn?docId=710849 &cid=42318&categoryId=42318)

양식에서 우리는 언제 얼마나 체험할 것인지를 조절할 수 있다. 독자가 늘 고독한 독서 과정을 조절한다는 것은 너무나 분명한 사실이다. 그러나 소설을 읽는 데는 시간이 걸리고, 보통 긴 시간이 걸린다. 영화는 더 짧을 수밖에 없다. 관객은 극장을 떠나지 않는 한 영화 상영을 중단시킬 수 없기 때문이다.

예술가 스탠 더글라스Stan Douglas는 정확히 이런 시간 관념을, 또한 영화 관객이 〈공포로의 여행Journey Into Fear〉(2001)이라는 16mm 영화 설치 작품에 포획되는 것을 매우 가학적으로 즐긴다. 그 제목에서도 드러나듯 이 작품은 사실 에릭 앰블러Eric Ambler의 1940년 소설뿐만 아니라 멜빌의 《사기꾼The Confidence Man》(1857)과 이 소설의 1942년 및 1975년 각색 영화도 함께 각색해 만든 작품이다. 이 작품에서 관객은 더빙되고 동기화된 대화들을 화면에 등장하는 해설자에게 모두 치환함으로써 작동하는, 끝없이 순환하는 영화를 보게 된다. 157시간 동안 진행되는 이 특수한 '공포로의 여행'에서 벗어나거나 탈출할 방법은 없다. 매체들과 양식들 가운데 있는 이런 구분들이 가리키는 것은, 각색된 스토리에 —물리적으로, 지적으로, 심리적으로— 몰입하는 방식에는 분명한 차이가 있다는 사실이다.

압도하는"|Schell and Shocket 2001| 이른바 가상 현실을 만들어 낸 것이다. 한 사람은 실제 키를 조종하며 '여행'의 방향을 관리하고, 다른 세 사람은 6기의 대포를 관리한다. 그들은 하나가 되어 5분 안에 할 수 있는 만큼 많은 금을 모아 잘 지키는 한편으로, 가상의 적 해적선과 바다 괴물을 물리친다. 인터랙티브 설계자들은 5분 동안 이용자들의 흥분이 확실히 절정에 도달할 수 있게 속도를 조절한다. 끝부분이 둥글게 휜 3D 스크린과 서라운드 사운드, 그리고 보트의 모션 플랫폼motion platform은 어떤 비디오게임, 어떤 소설이나 영화도 필적할 수 없을 만큼 지극히 강렬한 감각적 체험을 보증해 준다.

알고 있든 알지 못하든, 우리는 매체 횡단적 각색을 동일한 매체 내 각색과는 다르게 체험한다. 하지만 동일한 매체 내 각색의 경우에도 **각색으로서의** 각색은 알고 있는 청중에게 해석학적 이중화, 즉 알고 있는 작품과 체험하고 있는 작품 사이에서 개념적으로 이리저리 오갈 것을 요구한다. 마치 이 과정이 충분히 복잡하지 않기라도 하듯, 우리가 편재해 있는 이 팔랭프세스트적 형식에 부여하는 의미와 의의를 보면 각색을 체험하는 문화적·사회적·역사적 맥락 역시 중요한 요인이다. 1975년 인도의 대서사시 《마하바라타Mahabharata》를 각색할 때 피터 브룩과 장 클로드 카리에르는 스토리텔링을 영화로 옮기기도 했지만, 인도의 맥락을 프랑스의 맥락으로 옮기기도 했다. 이 과정에서 그들은 두 문화를 연결할 수 있는 방법이 필요하다는 점을 인식했고, 그래서 두 세계를 연결하기 위해 프랑스인 서술자를 추가하기로 했다. 이런 종류의 난제에 직면한 사람은 그들만이 아니었다.

어디서? 언제?

ㅣ 맥락 ㅣ

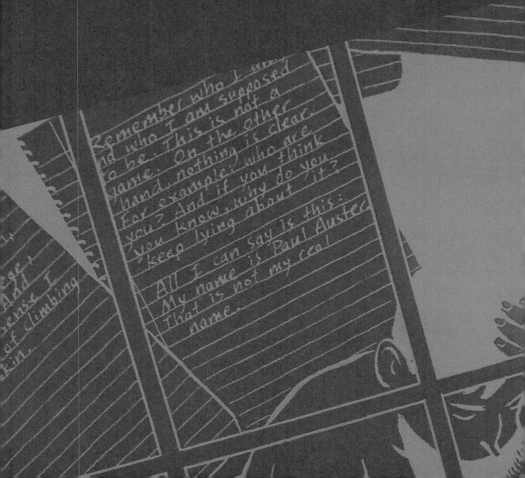

《역사적 인간History Man》은 1960년대 해방운동 문화의 사멸, 즉 학생 혁명 시대의 쇠퇴에 관한 스토리로, 책의 배경이 1972년으로 적절하게 설정되어 있다. 이 책은 1975년, 즉 60년대 급진 문화의 종말과 70년대의 출현 사이 첨점尖點에서 출간되었다. 말하자면, 매우 현대적 작품이다. 하지만 이 작품이 영국 TV에서 상영된 1981년에 대처 부인이 총리로 선출되었다. 우리는 대처리즘, 즉 신보수주의 시대에 있었다. 대처리즘 아래에서 60년대에 대한 문화적·정치적 태도는 완전히 바뀌었다. 그것은 물리쳐야 할 적이었다. 그래서 《역사적 인간》의 1975년 소설 버전이 사멸해 버린 세대의 반쯤 비극적이고 반쯤 아이러니한 버전이었다면, 《역사적 인간》의 TV 버전은 실제로 이전 시대의 잘못에 대한 이후 시대의 주석이었다. 따라서 그 스토리의 가치, 즉 그 스토리의 신화와 의미 역시 소설을 스크린으로 번역하는 과정에서 각색되었다.

맬컴 브래드버리, 자신의 소설 각색에 대하여

죄에 따른 저주였지만, 그는 자신의 흡혈 행위에 양심의 가책을 느꼈기 때문이다. 피터 요세프 폰 린트파인트너Peter Joseph von Lindpaintner와 하인리히 아우구스트 마르슈너Heinrich August Marschner가 독일 낭만주의풍 오페라로 뱀파이어 스토리를 각색했을 때에는 다시 악마적인 것이 귀환했다. 그리고 지난 세기 여러 다른 민족·문화 출신 각색자들이 만든 수많은 각색 영화들에서 이 경향이 지속되었다.

민족과 매체만이 고려해야 할 유일한 관련 맥락은 아니다. 시간은, 많은 경우 아주 짧은 시간도 동일한 장소와 문화에서 맥락을 변화시킬 수 있다. 1815년 프란츠 슈베르트는 괴테의 유명한 초기 발라드 〈마왕Erlkönig〉을 피아노와 독창을 위한 음악으로 각색했다(그러나 이 곡은 1821년까지 발표되지 못했다). 음악사가인 리처드 타루스킨Richard Taruskin은 슈베르트의 **가곡**이 그로부터 3년 뒤(1818)에 나온 카를 뢰베Carl Loewe의 각색 오페라와 그 음악적 강조점이나 의의가 전혀 다른 작품으로 본다. 이 낭만주의 작곡가들은 동시대인들이었고, 그래서 **가곡** 장르의 발전을 이끌어 낸 보편적 민족 음악 이데올로기, 특히 개인적 표현과 집단적 표현('민중das Volk')의 연계를 많은 부분 공유하고 있었다. 그러나 뢰베가 설정한 배경은 다른 어떤 것보다도 "매우 거대한 자연 신비

괴테의 발라드 작품 〈마왕〉에 들어간 19세기 목판화.

주의"| Taruskin 2005: 3,158 |를 드러낸다. 즉, 개인적일 뿐만 아니라, 타루스킨이 광의의 독일 문화에서 벌어지고 있다고 본 미묘한 변화 또한 반영하는 어떤 차이점을 드러내는 것이다.

좀 더 핵심적인 사례로 옮겨 보자. 미국 우익이 브루스 스프링스틴Bruce Springsteen의 활기찬 록음악 〈본 인 더 유에스에이Born in the USA〉를 사용하기로 하자, 스프링스틴은 이 곡을 어두운 무대 위에서 어쿠스틱 기타만으로 홀로 재녹음하기로 결정했다. 선거라는 새로운 맥락이 이 곡을 음울한 장송곡으로 변경시켰다는 점에서 스프링스틴의 자기 커버는 그 자체로 각색이 되었다. 시간 역시 의미에 변화를 주고, 언제나 그래 왔다.

물론 시간에는 망각하게 해 주는 능력도 있지만, 권력의 문제와 관련이 있을 수 있는 시간적 맥락의 세부 사항 같은 것들을 알아채지 못할 수도 있다. 마이클 래드포드Michael Radford의 2005년 각색 영화 〈베니스의 상인The Merchant of Venice〉은 셰익스피어의 청중(혹은 오늘날 청중)이 알고 있었을 수도, 또는 알지 못했을 수도 있는 것을 시각적 이미지로 역사화한다. 영화감독은 베니스 유대인에게 신원을 드러내는 붉은 모자를 씌우고 매춘부를 가슴을 드러낸 채 등장시키는데—연극의 배경이 된 시대에는 법에 따라 그렇게 해야만 했다—, 그 결과 이 작품은 반유대주의와 여성의 역할**에 관한** 연극이 되었다. 우리가 리알토 다리 위에서 스쳐 지나가는 샤일록Shylock에게 침을 뱉는 안토니오Antonio를 바라보며 옛 베니스의 미로 같은 거리와 수로를 지나갈 때, 카메라는 우리에게 서술하고 해석해 주는 것이다.

문화횡단적Transcultural 각색

각색에 관한 물음에서 **어디서**는 **언제**만큼이나 중요하다. 어떤 문화를 다른 문화로 각색하는 일은 새로운 게 아니다. 과거 로마인들도 그리스극을 각색했다. 하지만 최근 들어 이른바 "문화적 지구화" |Cuddy-Keane 2003: 544|가 대두하며 이런 이전移轉이 점차 주목을 끌게 되었다. 많은 경우 언어의 변화가 수반된다. 거의 언제나 장소 또는 시대의 변화가 발생한다. 예를 들어, 〈황야의 7인The Magnificent Seven〉(1960)이 구로사와 아키라 감독의 〈7인의 사무라이Seven Samurai〉(1954)의 할리우드 리메이크였던 것과 같이, 구로사와 아키라의

셰익스피어의 《맥베스》를 각색한 구로사와 아키라의 〈거미의 성〉.

〈거미의 성Throne of Blood〉(1957)은 《맥베스Macbeth》의 훌륭한 일본판 각색 영화이자 중요한 문화적 전위였다. 각색된 텍스트에서 '문화횡단적' 각색 작품으로 전위될 경우 그에 수반해 정치적 값의 이동이 일어난다. 간단히 말해, 맥락이 의미를 조건 짓는다.

시간과 공간의 이동이 문화적 연상에도 변형을 일으킨다는 것은 논리적이게 보인다. 하지만 각색자들이 시간의 흐름에 따라 발생할 수 있는 문화적 변화를 반드시 계산에 넣으리라는 보증은 없다. 알랭 부브리Alain Boublil, 리처드 멀트비 주니어Richard Maltby, Jr., 클

로드 미셸 쇤베르그Claude-Michel Schönberg 등은 일본 내 미국의 성적 제국주의를 다룬 지아코모 푸치니의 20세기 초 오페라 스토리 《나비부인》[1904])를, 〈미스 사이공Miss Saigon〉에서 1970년대 베트남 내 미국의 정치적 제국주의 세계로 옮겨 놓은 바 있다. 이때 그들은, 1989년 뮤지컬 초연 때까지 시대에 뒤떨어져 많은 논란이 되었던 아시아계 여성의 스테레오타입을 그대로 두었다.

앞 장에서 살펴본 것처럼, 간혹 변화는 법적 파문을 피하는 과정에서도 발생한다. 무르나우 감독의 1922년 영화 〈노스페라투Nosferatu〉는 시간(50년 전으로 거슬러 올라감), 공간(트란실바니아에서 독일로, 런던에서 브레멘으로 이동함), 이름(드라큘라는 오를록 백작Count Orlock이 됨) 등에서 브램 스토커의 《드라큘라》에 변화를 주었다. 요즘 같으면 이 변화들은 저작권 침해 소송을 충분히 피할 수 있는 변화들이었지만, 그 당시에는 그렇지 않았다. 대부분의 경우 각색은 시간을 거슬러 올라가지 않는다. 오히려 이전에 창작된 작품과 오늘날 청중 사이의 간극을 좁힐 목적으로 갱신된다. 프랑코 제피렐리는 셰익스피어의 《로미오와 줄리엣》을 각색하며 연인의 애정을 좀 더 신체적으로 만들었고, 1968년 영화 청중의 요구에 맞춰 사건 진행을 늦추는 부분을 잘라 냈다. 1996년 바즈 루어만이 동일 희곡을 각색할 때 타깃으로 삼은 젊은 청중은 MTV 뮤직비디오와 할리우드 액션 영화에 익숙한 집단이었다. 이런 변화에 발맞춰 루어만은 암흑가 배경과 미칠 듯한 속도를 설정했다.

다시 말해, 수용 맥락이 배경과 스타일의 변화를 결정한 것이다. 18세기 심리주의 소설(스턴Stern)이 20세기 심리주의 소설(프루스트)과 같지 않은 것처럼, 수십 년 뒤 제작된 동일 희곡의 각색 작품은 다를 수 있고 달라져야 한다. 문화는 시간이 흐르면 변화한다. 적절성의 이름으로 각색자는 '올바른' 개정 또는 재맥락화를 추구한다. 이것 역시 문화횡단의 형식이다.

하지만 할리우드에서 문화횡단은 보통 작품의 미국화를 의미한다. 킨셀라W.P. Kinsella가 쓴 캐나다 소설 《맨발의 조Shoeless Joe》(1982)는 미국인 인물의 이름을 따서 작명되었을 테지만, 이 소설에 기초한 필 로빈슨Phil Robinson 감독의 1989년 영화 〈꿈의 구장Field of Dreams〉은 북위 49도선 |미국과 캐나다의 국경 지역.| 남쪽에 훨씬 더 초점을 맞추었다. 마찬가지로 바이어트A.S. Byatt가 쓴 매우 딱딱한 영국 소설 《포제션》(1990) 속 캐릭터들은, 닐 라뷰트가 2002년 제작한 동명의 각색 영화에서 미국 청중이 동일시할 수 있는 인물들로 바뀌었다. 소설에 등장하는 조용하고 똑똑한 영국인 롤란드Roland는 영화에서 무례하고 냉소적인 미국인 롤란드로 바뀌었다. 할리우드 영화는 점점 더 전 세계 청중을 대상으로 제작되고 있고, 그 때문에 각색은 캐릭터의 국적을 바꿔 놓을 수도 있지만, 모든 민족적·지역적·역사적 특이성을 실질적으로 무시할 수도 있다.

정통 이탈리아 영화 〈여인의 향기Profumo di donna〉(1974)가 10년 뒤 〈여인의 향기Scent of a Woman〉로 각색되면, 또는 〈마르탱 게르의 귀환Le Retour de Martin Guerre〉(1982)이 미국 시민전쟁 스토리 〈써머스비Sommersby〉(1993)로 바뀌면 어떤 일이 벌어질까? 비평가인 데이비드 에덜스타인David Edelstein은 속도가 변한다고 주장한다. 시간의 간계와 플롯의 애매성이 모두 제거되면서 삶이 "서사에서 벗어나

날렵해"진다는 것이다. 게다가 가족의 가치가 존중 받을 수밖에 없고, 그와 동시에 스토리가 "취한 듯이" 과잉 낭만화될 수밖에 없다.|2001: 20| 에델스타인은 분명 미국화를 반기는 팬은 없다고 단언한다. "대중적 믿음과 달리, 리메이크하는 외국 각본을 저속하게 만들지 않는다고 할리우드가 발표한다면 이는 끔찍한 일일 것이다. 끔찍하고도, 틀렸다. 다른 영역들과 달리, 이 영역에서 영화사社들은 거대한 속물근성의 힘으로 명성을 유지해 나간다."|3|

그런데 이런 종류의 변화가 할리우드에서만 일어나는 것일까? 2005년 프랑스 영화감독 자크 오디아르Jacques Audiard가 제임스 토백James Toback의 〈핑거스Fingers〉(1978)를 〈내 심장이 건너뛴 박동The Beat That My Heart Skipped〉으로 각색했을 때, 1970년대 뉴욕을 배경으로 심리적 갈등을 다룬 어두운 이야기는 더 사실적이지만 아무런 고뇌도 없는 21세기 파리의 스토리가 되었다. 맥락은 의미를 바꾸어 놓을 수 있는데, 어디서인지 언제인지는 중요하지 않다.

문화횡단적 각색은 흔히 인종 정치와 젠더 정치의 변화를 뜻하곤 한다. 각색자들은 때때로 자신들의 특수한 시간적·공간적 문화에 곤란을 초래하거나 논란을 불러일으킬 수 있는 요소들을 앞선 텍스트에서 제거해 버린다. 그렇지 않으면 각색은 앞선 각색된 텍스트의 정치학을 "탈-억제한다de-repress."|Stam 2005b: 42-44| 단일 문화 내에서도 거대한 변화가 발생할 수 있고, 그래서 이 변화는 거시적 수준보다 미시적 수준에서 사실상 문화횡단적인 것으로 간주될 수 있다. 리처드 로저스와 오스카 해머슈타인의 〈플라워 드럼 송〉을 각색한 데이비드 헨리 황의 새로운 버전을 사례로 살펴본 것처

럼, 동일한 사회에서도 정치적 문제는 시간이 흐르면 변화할 수 있다. 셰익스피어의《말괄량이 길들이기》가 20세기 초 여성 참정권 운동 시대부터 1980년대 페미니즘 역풍기까지 해를 거듭하며, 그러나 각 시대마다 다르게 영화와 TV로 재차 각색되었다는 사실은 어쩌면 그리 놀랄 만한 일이 아니다. 마찬가지로, 브램 스토커의《드라큘라》가 특히 그 당시 타당했던 여성의 성스러운 역할과 관련한 신화를 잘 활용했다는 논의도 있지만, 이 신화가 각색을 거듭하며 새로운 사회 현실에 순조롭게 적응했다고도 볼 수 있다.

물론 문화횡단적 각색의 정치학은 예상치 못한 방향으로 진행되기도 한다. 성적으로나 극적으로 급진적인 아르투어 슈니츨러Arthur Schnitzler의 1900년 연극 〈윤무Der Reigen〉(혹은 《윤무La Ronde》)가 에릭 벤틀리Eric Bentley의 〈라운드 투Round Two〉(1990)로 문화횡단된 일이 있는데, 이때 오스트리아인 이성애자의 섹스가 미국인 게이의 맥락으로 이동했음에도 불구하고 어떤 금지 조치나 외설 재판도 이루어지지 않았다.|Schechter 1986: 8| 시간의 흐름에 따른 온건화된 변화는 동일 문화 내 각색에서도 발생할 수 있다. 1928년 벤 헥트Ben Hecht와 찰스 맥아더Charles MacArthur가 함께 쓴 통렬한 코미디《특종 기사The Front Page》는 자주 영화로 각색되었지만, 1940년 작품 〈히스 걸 프라이데이His Girl Friday〉(하워드 혹스Howard Hawks 감독, 찰스 레더러Charles Lederer 각본)가 그중 가장 유명한 듯하다. 이 영화는 노련한 남성 리포터를 여성으로 바꾸었음에도 불구하고, 여성의 시각을 획득하면서 감상성에 대한 통렬함을 상실했다. 2003년 존 구아르는 이 희곡과 영화를 모두 가져다 새로운 희곡 〈그의 연인 프라이데이His

Girl Friday〉로 각색했는데, 이때 살균 처리된 영화에서 삭제되었던 희곡 대사들을 다시 추가했다. 그런데 웬일인지 이 새로운 희곡은 영화보다도 더 통렬하지 않은 작품이 되고 말았다.

현지화

3장에서 살펴본 것처럼, 각색자는 특정 맥락 속에서 작업을 하지만 그 또는 그녀가 그 참조 틀 안에서 수립한 의미는 시간이 흐르면 변화할 수 있다. 알렉상드르 뒤마 피스는 과거 연인 알퐁신 뒤플레시스Alphonsine Duplessis와의 관계를 다룬 실화를 《춘희La Dame aux camélias(동백꽃 여인)》(1848)라는 소설로, 다음에는 동명의 희곡(1852)으로 각색했다. "19세기 중반 파리 거주 부르주아 가족의 품위 있는 삶에 끼친 매춘의 치명적 위협"|Redmond 1989: 72|에 대한 경고로 시작된 것이 이후 각색이 거듭되며 심각한 변화를 겪었다. 주세페 베르디의 오페라 버전 〈라 트라비아타〉는 관객들을 아연실색케 했는데, 어느 정도는 매춘부 여주인공을 동정적으로 그려 놓았기 때문이다. 그 당시 실제 미혼모였던 가수 주세피나 스트레포니Giuseppina Strepponi와 베르디의 관계를 생각해 보면, 이런 전환은 그리 놀랍지 않다. 하지만 그레타 가르보Greta Garbo가 출연했던 1936년 영화 〈춘희〉는 이 러브 스토리가 모든 사회적 논란을 잠재울 수 있도록 스타의 매력을 노골적으로 활용했다. 그러나 팸 젬스Pam Gems가 1985

년 이 영화를 로열 셰익스피어 극단Royal Shakespeare Company의 무대용 〈춘희〉로 다시 각색했을 때 정치학이 귀환했지만, 이번에는 다른 정치학이었다. 이 페미니스트 작가는 남성이 쓴 이전 작품이 침묵했던 주제, 즉 성적·신체적 학대와 낙태라는 주제를 끌어들였다. 이것이 각색, 즉 복제 없는 반복이다.

각색에 관한 한 수용의 맥락은 창작 맥락만큼이나 중요하다. 심슨O.J. Simpson 재판[1] 기간 동안 《오델로》의 새로운 각색 작품을 관람하는 청중을 생각해 보라. 영웅의 몰락, 배우자 학대, 인종차별 문제 등은 필연적으로 셰익스피어가 상상했던 것과는 다른 억양과 호소력을 갖게 될 것이다. 현재의 사건들이나 지배적 이미지들은 우리의 해석뿐만 아니라 지각 역시 조건 짓는다. 각색자의 해석과 지각을 조건 짓는 것처럼 말이다. 작품들, 즉 각색된 작품과 각색 작품 모두를 생산하는 사회와 그 작품들을 수용하는 사회 사이에서는 일종의 대화가 이루어지고, 이 두 사회와 작품들 사이에서도 대화가 이루어진다. 이미 살펴본 것처럼, 수용 맥락에서 경제적 고려와 법적 고려는 테크놀로지의 진화와 마찬가지로 큰 역할을 한다. 종교 같은 것도 그렇다. 캐나다 선주민 극작가 톰슨 하이웨이

---

1   유명한 미국의 미식축구 선수 출신 O.J. 심슨이 전처 니콜 브라운과 니콜의 애인 론 골드만을 니콜의 맨션에서 살해한 혐의로 진행된 재판. 심슨은 검거 과정에서 도주를 시도했는데, 이때 경찰과의 대치 과정이 TV로 생중계되기도 했다. 이를 본 사람들은 심슨을 사건의 범인으로 여겼다. 그러나 심슨은 이후 진행된 재판에서 말 바꾸기를 거듭했고, 민사재판에서 유죄를 선고 받았지만 형사재판에서는 무죄를 이끌어 냈다. 그로 인해 이 재판은 여전히 미국 역사상 가장 논란이 많은 사건으로 간주되고 있다.

Tomson Highway의 희곡이 일본 무대용으로 각색되었을 때에도 이와 같은 일이 벌어졌다.《드라이 립스는 케이푸케이싱으로 이동해야만 한다Dry Lips Oughta Move to Kapuskasing》(1987)의 북아메리카 무대극에서는 한 명의 배우가 기독교 형상의 울림 속에서 3인조 여신(아프로디테Aphrodite, 임신한 대지모신大地母神·Pregnant Earth Mother, 아테나Athena)을 연기했는데, 이 연극이 다신교 일본으로 문화횡단되었을 때에는 이를 세 명의 여성이 연기했다. 또한, 춤과 침묵이 주요 소통 양식으로서의 대화를 대체했다.

이 사례가 암시하듯 공연 매체는 문화를 가로지르는 각색에 커다란 난제를 제기한다. 이는 관람료를 지불한 청중들이 현존하기 때문에, 즉 그들이 현장에서 몰이해나 분노를 쉽게 표현할 준비를 하고 있기 때문만은 아니다. 문화를 가로지르는 각색은 단순한 단어 번역의 문제가 아니다. 보여 주기 또는 상호작용하기 참여 양식으로 각색을 체험하는 청중의 입장에서 보면, 문화적·사회적 의미는 패트리스 파비스Patrice Pavis가 말한 "언어-체language-body"|1989: 30|를 통해 새로운 환경으로 전달되고 각색되어야 한다. 그에 의하면, 상호문화적인 것은 '상호몸짓적인inter-gestural' 것이다. 시각적인 것은 청각적인 것만큼이나 중요하다. 철학, 종교, 민족 문화, 젠더, 인종 등의 차이는 말하기 양식에서 공연 양식으로 전달되면 간극들을 만들어 낼 수 있는데, 이 간극들은 언어적인 것만큼 운동 감각적이고 물리적일 수 있는 연출 기법으로 메워지지 않으면 안 된다. 얼굴 표현, 의상, 몸짓 등은 구조물 및 무대 장치와 함께 배치되어 문화적 정보를 전달한다. 핍진逼眞하기도 하고, "우리가 체험을 지시

하고 행동을 서술하게 하는 이데올로기, 가치, 관습 등의 목록"|Klein 1981: 4|이기도 한 문화적 정보를 말이다.

스토리는 여행을 하면—스토리가 매체, 시간, 장소 등을 가로질러 각색될 때 그러는 것처럼—에드워드 사이드가 말했던 서로 다른 "재현 및 제도화 과정들"|1983: 226|을 불러 모으게 된다. 사이드에 따르면, 여행을 하는 이념이나 이론은 네 가지 요소를 수반한다. 초기 환경, 횡단 거리, 수용(혹은 저항) 조건, 새로운 시공간에서 진행되는 이념의 변형.|1983: 226-227| 각색 역시 새로운 맥락에서 이루어지는 앞선 작품의 변형이다. 지역적 특수성이 새로운 대지로 이식되고, 그래서 새롭고 혼종적인 것이 도출된다.

수잔 스탠포드 프리드만Susan Stanford Friedman은 이런 종류의 상호문화적 마주침과 적응을 인류학 용어인 '현지화indigenization'로 표현했다.|2004| 정치 담론에서의 현지화는 민족적 환경 내부에서 지배 담론과 구별되는 민족 담론의 형성을 나타낸다. 선교 교회의 설교 같은 종교적 맥락에서는 토착화된 교회와 재맥락화된 기독교를 나타낸다. 각색 논의에서는 더 일반적인 인류학적 용법을 활용할 필요가 있다. 그러면 현지화가 행위자를 내포하고 있음을 고려하게 된다. 말하자면, 사람들은 자기 토양에 이식하고자 하는 바를 스스로 골라서 선택한다는 것이다. 특히 여행 스토리의 각색자는 각색에 더 큰 힘을 발휘한다.

대부분의 여행자들에게 두 개의 작은 장치, 즉 어댑터 플러그와 전기 컨버터는 여행을 수월하게 해 주는 물건들이다. 이 장치들은 각색이 지닌 상호문화적 마주침과 적응의 측면이 작동하는 방식

을 설명하는 최고의 (말장난 같은) 은유를 제공한다. 전력은 여러 형태로, 물론 AC/DC와 120v/220v로 공급되고, 다른 맥락(다른 나라)에서 **사용되기 위해** 조정 |각색|될 수 있다. 어댑터 플러그와 컨버터는 전력을 특수한 공간이나 맥락에서 사용 가능한 형태로 변환시켜 준다. 이는 현지화가 기능하는 방식이기도 한다.

영국인은 셰익스피어의 작품에 축적되어 있는 문화적 전력을 애국심과 민족 문화의 이름으로 각색해 채택할 수 있다. 그러나 미국인, 호주인, 뉴질랜드인, 인도인, 남아프리카인, 캐나다인 등이 볼 때, 그 전력은 새로운 것으로 변형되기에 앞서 역사적 식민지라는 다른 맥락으로 각색되어야 한다. 그리고 이런 종류의 각색은 중국식 현지화, 즉 문화적 약호전환을 통해 셰익스피어 작품을 "개별성의 칭송, 자기 의식과 경쟁적 개인주의의 각성, 몽매주의에 맞서는 도덕적 원리, 자유·평등·보편적 사랑 같은 개념들"|Zhang 1996: 242|, 즉 전체주의 국가의 이데올로기와 가치들에 맞서 제공된 민주주의 사회의 이데올로기와 가치들로 변형시키는 현지화와 다르다.

현지화는 기묘한 혼종 작품을 이끌어 낼 수 있다. 13세기 중국 희곡 《조씨 고아The Orphan of Zhao》의 2003년 미국 뮤지컬 각색 작품은 그 형식과 내용 모두 일종의 '컨트리 앤 이스턴country and east-ern' |미국의 컨트리 음악과 동양의 음악을 혼합한 음악 장르.|이 되고 말았다. 연출자 천스정Chen Shi-zheng은 데이비드 그린스펀David Greenspan에게 새로운 영어 대사 집필을 의뢰했고, 절충적 작곡가 스테핀 메리트Stephin Merritt에게는 오토하프와 두 대의 중국 악기, 즉 경호京胡와 비파琵琶로 연주할 수 있는 음악의 작곡과 작사를 의뢰했던 것이다.

하지만 간혹 관습들은 융합하기보다 충돌한다. 《리어 왕King Lear》이 카타칼리kathakali｜종교적 성격을 띤 강렬한 분위기의 인도 무용. 소년 또는 젊은 무용수가 타악기 반주에 맞춰 춤을 춘다.｜라는 인도 전통 공연, 즉 고전적 즉흥 무용 형식으로 각색되었을 때, 두 명의 낭송자는 말로 된 대본의 일부를 상연했지만, 새로운 심미적 맥락에서 유의미했던 것은 무용 형식의 관습이었지 스토리 그 자체가 아니었다. 기발함도 자연주의도 이 무용 전통에서는 중요하지 않았다. 각색자들, 즉 호주 극작가 겸 연출자 데이비드 맥루비David McRuvie와 배우 겸 무용수 아네트 르데이Annette Leday는 이런 관습을 잘 알고 있었지만, 모든 청중이 그랬던 것은 아닌 듯하다. 결과적으로 신비로움만 남기고 흥미를 유발하지는 못했기 때문이다.

반면 귀스타브 플로베르의 《마담 보바리》(1857)는 케탄 메타Ketan Mehta의 힌디어 작품 〈마야 멤샵Maya Memsaab〉(1992)으로 매우 성공적으로 개작되었다. 이 스토리는 문화를 가로질러 아주 효과적으로 번역되었다는 평을 받는데, 소설로 추동된 엠마의 낭만주의가 봄베이 뮤지컬로 촉발된 환상에서 유사물을 발견했기 때문이다. 주인공이 피살자였든 자살자였든 그에 대한 조사로 구성된 메타의 각색 작품은 (환상과 꿈 부분에 해당하는) 추리소설과 에로틱 영화, 뮤지컬 등의 혼합물이었다. 마지막 부분을 제외한 나머지 부분은 낭만적인 것과 사실적인 것의 플로베르식 혼합을 성공적으로 약호전환해서 비교적 사실주의적으로 상연되었다.｜Stam 2000: 63; 2005a: 183｜

문화를 가로지르는 각색자는 아마도 권력에 대한 생각을 피할 수 없을 것이다. 무함마드 우스만 자랄Muhammad ʿUthman Jalal의 《몰락한 노인al-Shaykh Matluf》은 몰리에르의 17세기 프랑스 희곡 《타르

튀프Tartuffe》를 각색한 1873년 이집트어 작품으로, 캐릭터, 풍습, 언어(사투리) 등을 이집트의 맥락에서 자유롭게 번역했다. 이 작품은 서구로부터 계획적으로 신중하게 선별해 가져온 차용물, 즉 아랍 문화에 완전히 현지화된 고전적 유럽 작품이다.| Bardenstein 1989: 150|

하지만 식민자와 피식민자 사이의 권력 격차는 각색 과정에서 자주 중요한 역할을 한다. 4장 마지막 부분에서 언급했던 것처럼, 《라마야나》·《바가바탐》과 함께 인도의 3대 고대 서사시로 꼽히는 《마하바라타》를 스크린용으로 각색했던 장 클로드 카리에르는 "어휘를 통한 무의식적 식민화의 가능성"을 알고 있었다. "인도어 단어들을 번역하는 행위는 우리가 어떤 문명 전체와 맺고 있는 관계를 번역하는 것이기 때문이다. 모든 인도어 단어의 유의어를 찾아낼 수 있다고 말하는 것은, 프랑스 문화가 인도인의 생각을 가장 잘 보여 주는 관념들을 전유할 수 있다고 말하는 것이다."|1985: 14|

몇몇 각색들은 단호한 탈식민주의적 관점에서 제국의 정치학에 몰두하고, 그 때문에 각색된 작품의 맥락을 심각하게 변경시킨다. 제인 오스틴의 《맨스필드 파크Mansfield Park》(1814)로 만든 패트리샤 로제마Patricia Rozema의 1999년 각색 영화는 노예제에 대한 페미니즘적 비판과 탈식민주의적 비판을 모두 첨가했다. 마찬가지로 미라 네어Mira Nair가 제작한 《허영의 시장》(1848)의 2004년 버전(줄리안 펠로우즈Julian Fellowes 각본)은 캐릭터가 쌓은 부의 원천이 인도임을 강조하기 위해 소설의 저자 새커리가 캘커타에서 태어났다는 사실을 덧붙였다. 다시 말해, 이 각색들은 과거를 당대의 맥락이 아니라 근대의 시각에서 바라본 다시 읽기다. 카밀라 엘리엇에 따르면,

영화 각색자들은 소설이 자행한 수많은 시대착오적인 이데올로기적 '수정들'을 알리기 위해 극도로 정확한 역사적·물질적 사실주의에 기반한다. 매우 모순적이게도, 각색은 19세기 물질 문화에 대한 극도의 충실성을 추구하는 한편, 빅토리아풍 심리학·윤리학·정치학 등을 거부하고 교정한다. 영화감독이 올바른 역사적 배경 앞에 근대의 올바른 정치적 견해를 배치하면, 이 근대의 이데올로기는 역사적 진정함이라는 권위를 획득하게 된다.|2003: 177|

과거 다시 읽기는 오스틴의 《오만과 편견》(1813)을 발리우드 관습과 현대적 배경으로 각색하는 일과도, 2004년 거린더 차다Gurinder Chadha가 그랬듯 이 작품을 〈신부와 편견Bride and Prejudice〉으로 부르는 일과도 분명 동일하지 않다. 탈식민주의 각색은 그 정의상 다른 맥락을 목적으로 한 의도적 재해석이다. 시대와 배경의 역사적 정확성을 유지한다고 하더라도 말이다.

다시 말해, 이는 사랑에 관한 플라톤의 유명한 대화록 《향연 Symposium》에 2004년 여성을 첨가한 작가 겸 영화감독과 다르지 않다. 그 또는 그녀가 느끼기에 21세기에는 여성도 이 주제에 대한 중요한 시점을 제공하기 때문이다. 그로 인해 마이클 워스Michael Wirth 의 영화 버전에서는 아리스토파네스와 에릭시마코스가 젠더 라인을 가로지르게 된다.

현지화는 간혹 정치적 신경의 실패, 또는 각색된 작품의 정치학을 '올바르게' 변경하지 못한 데 대한 비난을 유발한다. 스티븐 스필버그는 1985년 영화 〈컬러 퍼플The Color Purple〉에서 1982년 앨리

스 워커Alice Walker가 쓴 동명 페미니즘 소설을 '재가부장화repatri-achized'했다는 비판을 들었다. 존 포드는 《분노의 포도The Grapes of Wrath》(1939)의 1940년 각색 영화에서 "스타인벡 소설의 사회주의적 경향"을 피했다고 비난당했다.| Stam 2000: 73|

다음 장에서는 또 다른 '실천에서 배우기'를 실행할 텐데, 이는 문화를 가로지르는 각색이 얼마나 복잡할 수 있는지 잘 보여 줄 것이다. 여기서 다시 한 번 매체와 장르뿐만 아니라 시간과 공간도 가로지르며 다양한 각색을 겪은, 어떤 텍스트를 선정하여 살펴볼 것이다. 맥락 전환에 따라 그 정치적 의미도 변화해 온 스토리, 바로 카르멘이라는 여성의 스토리다.

실천에서 배우기

왜 〈카르멘〉인가?

이 작업을 견뎌 낼 수 있는 다른 후보자들도 분명히 있다. 그 가운데 우선 뱀파이어 서사와 《햄릿》을 들 수 있다. 이 텍스트들 역시 한 명의 변화무쌍한 인물, 즉 문화적 스테레오타입이지만 다른 시간과 공간으로 각색되려면 이데올로기적 측면에서 개량이 필요한 그런 인물을 중심으로 전개된다. 그러나 집시 여인 카르멘의 서사는 이런 중요한 특징에 처음부터 헷갈릴 정도로 광범위한 정치적 재해

멩코 기타리스트 파코 데 루치아Paco de Lucia가 영화 속에서 작곡해 연주하는 음악 때문에 중심에서 밀려난다. 그러나 오페라 음악은 안토니오가 카르멘이라는 신비한 피조물에 사로잡힐 때마다 다시 등장한다. 안토니오가 캐스팅한 실제 여성은 애당초 특별히 뛰어난 무용수도 아니고, 정말로 이 역할에 관심이 있었던 것도 아니다. 이 버전에서 그녀는 위험하고 해로운 **팜므 파탈**이라기보다 성적으로 해방된 무관심한 여성이다. 하지만 그녀가 오페라의 마지막 장면에 등장하는 음악의 리듬에 꽂힐 때, 그녀의 최종 운명을 결정하는 변화가 일어난다. 비제의 프랑스적-이국적 '스페인' 음악이 스페인의 실제 민족음악과 거리가 먼 것처럼, 실제 여성도 안토니오의 강박/환영과 거리가 멀다. 파코가 영화에서 지적하듯, 그가 즉석에서 기타 반주로 주제를 작곡해 리듬을 바꾸기 전까지 카르멘의 〈세기디야Seguidilla〉에 맞춰 춤을 추기란 불가능했다. 그러나 많은 경우 난폭하고 늘 대립적인 플라멩코 장면들은 스페인성이라는 오페라의 프랑스적 클리셰들, 즉 질투, 열정, 남성의 명예, 공격적 폭력, 복수 등을 다시 기입한다고도 말할 수 있다. 이 클리셰들은 스페인을 주제로 한 귀스타브 도레Gustave Doré 판화의 프랑스 엑조티시즘에 수반하는 것들과 얼마간 다른 이미지들일 수도 있다. 비록 영화 초반부에 안토니오가 이 점을 검토하지만, 그럼에도 불구하고 클리셰들은 잠재적으로 남아 있다.

하지만 스페인 비평가들은 이 영화가 본래 스페인적 캐릭터에서 프랑스적 군더더기를 제거했다고, 또한 춤을 카르멘이 지닌 정열의 완벽한 표현으로 만들었다고 호평했다.|Bertrand 1983: 106| 1983년

스페인이 유럽공동체에 가입한 것, 이때 이방인이라는 19세기 이국적 역할에서 벗어나 유럽 문화의 일부가 된 것은 우연이 아닐지도 모른다. 호세 콜메이로José Colmeiro가 최근 주장한 바에 의하면, 스페인은 프랑스나 유럽에 의해 오리엔탈화된 자기 이미지를 내면화했지만 민족 동일화라는 '목적을 위해 이를 재전유했다(혹은 내 식으로 표현하자면, 그것을 현지화했다). 스페인의 집시처럼 유럽의 스페인도 내적 타자로 인식될 수 있었다.

1980년대 들어 카르멘 스토리의 각색은 다시 관심을 끌게 되었다. 이는 물론 많은 부분 비제의 저작권이 우연히 만료된 데 따른 결과지만, 이미 암시한 것처럼 유럽의 정체성 찾기라는 맥락과 관련이 있을지도 모른다.|Gould 1996: 13| 그러나 카르멘 스토리는 처음 **말해진** 이후, 그리고 훨씬 더 중요하게는 처음 공연으로 **보여진** 이후 널리 여행을 했고, 그래서 현지화되었다. 맥락, 즉 시간과 공간이 변화할 때 이 서사는 차이가 나면서도 동일한 것으로 남는다. 분명한 것은, 팜프 파탈이든 해방된 여성이든 아니면 그 둘 다이든 카르멘은 다시 창작되지만 그때마다 새롭게 창작된다는 점이다. 카르멘의 이중적인 스테레오타입적 정체화는 이 스토리의 편재성과 힘—그리고 젠더정치학, 민족정치학, 인종정치학 등에서 일어난 커다란 변화들을 견딜 수 있는 능력—에 도움이 되는 듯하다. 그러나 여성 폭력이나 민족적·인종적 '타자화' 같은 현대적 주제의 렌즈로 보지 않는다면 오늘날 제작되는 카르멘 스토리의 각색 작품들을 전혀 체험할 수 없다는 것도 사실인 듯하다. 성적 경쟁sexual competition 이론의 견지에서 보면 남성의 질투 스토리에는 생물학적인 것이 관련되

어 있다는 진화 심리학자들의 주장이 옳을 수도 있지만|Barash and Barash 2005: 14-37|, 그 스토리에 대한 반응은 문화에 특화되어 있다.

　이 특수한 스토리가 시간의 흐름에 따라, 또한 새로운 맥락과 함께 변화해 온 이유가 여기에 있다. 생물학적 비유의 다른 용법으로 돌아가 보면, 즉 1장 끝 부분에서 처음 제시했던 비유를 다시 활용해 보면, 여행을 하는 스토리는 아마도 '문화선택'의 견지에서 사유 가능할 것이다. 진화론의 자연선택처럼, 문화선택은 이 경우 서사의 적응적 조직adaptive organization | 사회의 유지 발전을 위해 지식을 생산하고, 또한 이론을 구성하고 검증하는 조직 유형. | 을 해명하기 위한 방식이다. 생물처럼 스토리도 (돌연변이를 통해서) 환경에 잘 적응하는 것만이 살아남는다. 카르멘, 돈 주앙, 돈키호테, 로빈슨 크루소, 드라큘라, 햄릿 등이 여기에 해당한다. 리처드 도킨스Richard Dawkins의 용어로 말하면, "어떤 밈은 밈 풀 속에서 다른 밈보다 성공적일 수도 있다."|1976/1989: 194|[4]

　도킨스는 밈(유전자의 문화적 유사물)을 이념으로 생각하고 있지만, 1장에서 나는 스토리도 같은 자격이 있다고 주장한 바 있다. 그렇다면 높은 생존가生存價를 위해 필요한 세 가지 특성은 문화 적응 각색 이론의 경우에도 해당한다. 첫째는 바로 수명이다. 그다지 중요하지 않은 것이기는 하지만 말이다. 더 중요한 것은 다산성이다. 각색의 경우에는 각색 작품의 순전한 숫자, 또는 문화 횡단적으로 입증된 매력이 그 특성을 증명한다. 세 번째 특성은 "복제의 정확함"

4　리처드 도킨스,《이기적 유전자》, 290쪽.

|194| [5]이다. 그러나 도킨스조차도 문화적 맥락에서 복사란 의도된 것이든 그렇지 않든 반복을 동반한 변화라는 사실을 인정한다.|194-195| 각색을 **각색으로서** 체험하기 위해서는 그 스토리를 인식할 수 있어야 한다. 즉, 매체 및 맥락 횡단적 변화를 위해선 어떤 복사-충실성도 필요한 것이다.

자연선택은 보존적이면서 역동적이다. 이는 안정화와 돌연변이를 모두 수반한다. 간단히 말해, 자연선택은 어느 정도 동일하지만 차이가 나는 미래 세대로 유전자를 번식시키는 일에 관한 모든 것이다. 따라서 서사 각색의 형태를 취하는 문화선택, 즉 주제와 변주, 변형을 동반한 반복 등으로 정의되는 문화선택 역시 그렇다. 스토리의 문화 각색에서 중요한 것은, "선택은 자기의 이익을 위해 문화적 환경을 이용하는 밈에게 유리하게 작용한다"|199| [6]는 사실이다. 스토리의 새로운 현지화 버전들 각각은 유전자가 그렇듯이 경쟁하지만, 유전자와 달리 청중의 관심, 즉 라디오나 TV의 시간, 책장의 공간을 두고 경쟁한다. 하지만 그 각각은 새로운 환경에 적응해 그것을 이용한다. 그리고 스토리는 '자식'—동일하면서도 그렇지 않은 것—을 통해 계속 살아간다.

---

5 리처드 도킨스,《이기적 유전자》, 291쪽.

6 리처드 도킨스,《이기적 유전자》, 298쪽.

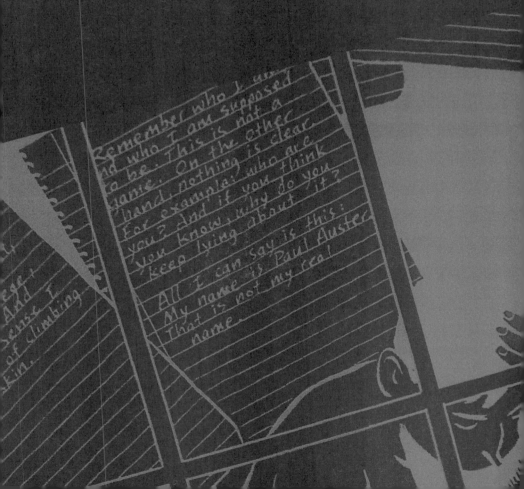

6

마지막 물음들

영화 〈몬티 파이튼의 성배Monty Python And The Holy Grail〉에서 애정을 담아 훔쳐 온 것.

마이크 니콜스Mike Nichols, 〈스팸어랏Monty Python's Spamalot〉■에 대하여

■ 〈몬티 파이튼의 성배〉에 기초한 뮤지컬. 2005년 3월 브로드웨이에서 초연되었다.

나는 이 책의 마지막 장을 위 제사에 등장하는 두 단어로 시작하려 한다. '애정을 담아'와 '훔쳐 온'이다. 이 두 단어는 애정과 위반·유죄 감각을 혼합하고 있어 《각색 이론》이 열어 놓은 각색의 이분법, 즉 친밀함과 경멸, 편재성과 명예훼손 같은 이분법을 잘 포착하고 있다. 하지만 우리가 이미 살펴본 것처럼 한 스토리의 다양한 버전들은 사실상 옆에 나란히 놓여 있지 수직적으로 배열되어 있지 않다. 각 색은 파생된 것이고 훔쳐 온 것이지만 파생물이나 2류는 아닌 것이 다. 이 책은 각색을 두고, 또한 생산물이자 과정으로서의 각색에 대 한 양가적 가치평가를 두고 **무엇을, 누가, 왜, 어떻게, 어디서, 언제** 같은 물음을 던지고 그에 대답했다. 그리고 이 과정에서 예외 없이 수많은 새로운 물음들을 차례차례 불러일으켰다. 이 장에서는 결론 으로 나에게 제기된 두 가지 물음을 살펴보려 한다.

무엇이 각색이 *아닌가?*

이 물음에 답할 때 각색을 특수한 예술 작품의 확장되고, 계획적이고, 공공연한 귀환으로 규정하는 것은 어떤 한계를 낳게 된다. 다른 작품에 대한 짤막한 상호텍스트적 인유引喩라든가 약간 샘플링된 음악까지 포함하지는 못하는 것이다. 하지만 패러디는 포함할 텐데, 매체 변화를 포함하든 그렇지 않든 패러디는 분명히 각색의 아이러니한 부분집합이다.

이미 살펴본 것처럼, 어쨌든 모든 각색이 반드시 재매개화는 아니다. 로베르 르파주Robert Lepage의 〈엘시노어Elsinore〉(1995)는 셰익스피어의 《햄릿》을 일부 각색한 작품으로, 테크놀로지로 추동된 1인극이기는 하지만 여전히 무대극이다.[1] 존 맥스웰 쿠체John Maxwell Coetzee의 《포Foe》(1986)는 로빈슨 크루소를 다룬 다니엘 디포Daniel Defoe의 1719년 소설을 각색한 작품이지만, 재차 소설 형식으로 되어 있다. 1961년 빈센트 미넬리Vincente Minelli는 제1차 세계대전을 다룬 렉스 잉그램Rex Ingram의 1921년 영화 〈요한계시록의 네 기사Four Horsemen of the Apocalypse〉를 제2차 세계대전을 대입해 리메이크했지만, 두 편 다 영화였다. 리메이크는 맥락의 변화 때문에 언제나 각색이 된다. 그래서 모든 각색이 반드시 매체 변화나 참여 양식 변화를 수반하는 것은 아니다. 많은 각색이 그렇기는 하지만 말이다.

존 브라이언트John Bryant는 《유동적 텍스트: 책과 영화의 교정 및 편집 이론The Fluid Text: A Theory of Revision and Editing for Book

---

1 1996년 4월 토론토에서 초연된 1인극. 공연은 컴퓨터가 통제하는 거대한 멀티미디어 기계와 함께 이루어진다.

and Screen》(2002)에서 어떤 텍스트도 고정되어 있지 않다고 주장한다. 다양한 수고手稿, 교정본, 여러 인쇄본 등이 늘 있다는 것이다.|1-2| 비슷한 의미에서 라이브 공연 작품도 마찬가지로 유동적이다. 인쇄된 희곡 대본이나 악보 한 편에 기초한 두 편의 상연 작품, 또는 동일한 상연 작품에 기초한 두 편의 공연 작품은 서로 똑같지 않을 것이다. 그러나 (1) **생산 과정**(저술, 편집, 출판, 연출)이 규정하는 유동성의 종류와 (2) **수용**, 즉 "텍스트를 물질적으로 바꾸어 놓고"|7|, 검열하고 번역하고 불온한 부분을 삭제하며|3| 텍스트를 각색하는 그런 사람이 만들어 내는 유동성의 종류 사이에는 간극이 있다. 브라이언트는 후자의 변화를 최초 텍스트가 지닌 "에너지의 일환"|62|으로 보고 여기에 우선적 관심을 보였다. 하지만 내가 더 관심이 있는 것은 "문화적 교정"|93| 과정 그 자체, 그리고 수용을 통해 발생한 변화들이 앞선 작품과 이후 귀환 사이의 유동적 관계 연속체를 끼고 어울리는 지점이다.

유동성의 생산 지향적 요소들은 세 가지 참여 양식 모두에서 분명히 드러난다. 브라이언트가 말했던 수고본, 교정본, 편집본 등은 말하기 양식의 사례다. 보여 주기 양식의 경우, 한 편의 연극이나 뮤지컬에 기초한 여러 상연 작품들이 있다. 참여형 양식의 경우에는 쌍방향 소설 창작자들이 만들어 내는 다양한 하이퍼텍스트적 가능성들이 있다. 하지만 수용자들이 최초 작품을 개작하기 시작할 때, 우리는 수용 연속체 자체를 따라 이동하는 것처럼 초점을 어떤 생산물에서 재-생산물로 이동시킨다.

한편에서 우리는 실제로는 불가능하지만 앞선 작품에 대한 충

실성을 이론적 이상으로 삼는 형식을 볼 수 있다. (1) 문학 번역, 이는 사실상 새로운 청중의 심미적이고 이데올로기적이기까지 한 기대를 불가피하게 왜곡한다.|Lefevre 1982: 17| (2) 오케스트라 음악의 피아노 편곡, 이는 공적인 것과 사적인 것의 관계를 바꾸는 데 도움이 되지 않는다.|T. Christensen 1999: 256| 다음으로는 축약본과 검열본 또는 삭제본 같은 형태들이 있는데, 이 경우 변화는 명백하고, 계획적이고, 어떤 식으로든 제한적이다. 그 다음으로 우리는 수용 연속체 옆에서 피터 라비노비츠Peter Rabinowitz가 말한 바 있는 친숙한 이야기의 '개정revisions'과 대중적 이야기의 '다시 말하기retelling'를 볼 수 있다.|1980: 247-248| 이는 세 가지 참여 양식 모두에 적절한 각색 영역이지만, 패러디 또한 여기서 아이러니적 각색의 장소를 찾는다. 이 경우 스토리는 재해석되고 재진술된다.

수용 연속체의 다른 편, 그러나 여전히 작품들 간 이런 관계 체계의 일환이고 그래서 확산 체계의 일환이기도 한 다른 편에는 일련의 '파생 상품'들 전체가 있다. 이 용어는 단지 상업적인 의미만을 가리키지 않는다. 〈카사블랑카여, 다시 한 번Play It Again, Sam〉(1972) 같은 영화는 다른 앞선 작품(이 경우는 〈카사블랑카Casablanca〉(1942))에 대한 노골적이고도 비판적인 주석이라는 점에서 이 부류에 해당한다. 어떤 작품에 대한 학술적 비평이나 논평 역시 그렇다. 이쪽 편은 라비노비츠가 "확장expansions"|1980: 249-249|이라고 부른 바 있는 전편과 속편의 장소, 또한 팬 잡지와 슬래시 픽션 ⌐남성 주인공들 사이의 동성애를 소재로 한 팬픽의 하위 장르. 영화, TV 드라마, 엔터테인먼트 등에 등장하는 남성들 사이의 우정을 동성애로 발전시켜 일종의 대안적 스토리를 만들어 낸 것이다.┘의 장소이기도 하다. 물론 몇몇 혼종적 사례도 있다.

TV 시리즈 〈버피 더 뱀파이어 슬레이어〉(1997년 최초 방영)는 겉보기에 조스 웨던Joss Whedon이 각본을 쓰고 프랜 루벨 쿠즈이 Fran Rubel Kuzui가 감독을 맡은 1992년 영화의 속편이다. 그러나 시즌 1은 새로운 캐릭터들을 첨가하면서도 동일한 스토리 요소들을 유지함으로써 사실상 영화의 부분 각색이 되었다. 연속체의 이 '확장' 편은 영화에 기초한 비디오게임의 출현 장소가 아니다. 비디오게임은 고유한 권리를 지닌 각색이기 때문이다. 그 '확장' 편은 우리가 발레 〈한여름 밤의 꿈A Midsummer Night's Dream〉을 보고 나서 요정들의 여왕 티타니아Titania 바비 인형을 찾게 되는 곳, 또는 《반지의 제왕》을 읽고 나서 갈라드리엘Galadriel 바비 인형과 레골라스 Legolas 켄 인형 |바비 인형의 남성 버전.| 을 찾게 되는 곳이다.

연속체 모델은 앞선 스토리에 대한 다양한 반응들을 생각할 수 있는 길을 제공한다는 장점이 있다. 이 모델은 각색을 특히 (재)해석과 (재)창작으로 설정한다. 그렇다면 내가 마찬가지로 '앞선 스토리'에 포함시킨 역사적 기술의 경우는 어떨까? 예를 들어, 박물관 전시는 각색인가? 박술관 전문 인력들은 스스로를 수집가, 학자-연구자, 교육자, 관리 위원, 수익형 연예인, 커뮤니티 내 이해 당사자의 자문 위원 등으로 다양하게 인식한다. 그런데 이들 역시 각색자인가? 박물관 전시는 물질적 객체를 과거로부터 가져와 역사 서사 안에서 재맥락화한다. 박물관 전시는 틀림없이 과거 역사에 대한 확장된 해석적·창작적 참여일 것이다. 그런데 청중은 그 전시를 그 자체로서 체험하는가? 말하자면, 팔랭프세스트적 방식으로 체험하는가? 혹은 캐서린 코댓Catherine Kodat이 개발한 다른 각색의 은유를 활용해

보면, 박물관 전시는 "직관적 이미지"의 이중적 체험, 즉 지나가 버린 이미지에 대한 일종의 정신적 논평인 잔상after-image을 제공하는가? |2005: 487| "잔존하는 이미지는 많은 경우 원래 이미지에 대한 보충적 '부정'으로 체험된다. 원래 이미지와 그 유령(보통은 환영) 모두가 점유하는 공유 재산도 있지만, 차이(보통은 색채)도 뚜렷하기 때문이다."|486| 유추해 보면 각색은 이런 종류의 보존을 허락하겠지만, 박물관 전시도 그럴까? 나는 이 경우 청중의 즐거움이 체험의 '팔랭프세스트성', 즉 과거 이미지와 현재 이미지 사이를 오가는 데 있다는 주장을 믿지 못한다. 결국 **각색으로서의** 각색을 체험해야 하는 사람은 바로 청중이다.

각색의 매력은 무엇인가?

나는 이 책의 수많은 맥락에서 이 물음을 제기한 후 다시 여기로 돌아왔다. 생산물이자 과정으로서의 각색에 대한 모든 부정적 수사에도 불구하고, 나는 이 물음을 계속해서 던질 수밖에 없다.

각색 청중은 분명히 어마어마하다. 청중은 커다란 공연장에서 펼쳐지는 대규모 아동문학 각색 작품(《노디 라이브!Noddy Live!》〔2004〕)을 즐겨 관람하는 미취학생들만이 아니다. 성인들도 소위 '전설sagas'에 중독되어 있다. 예컨대, 〈스타워즈〉나 〈스타트렉Star Trek〉 같은 서사들은 다수의 매체들(영화, TV, 만화, 소설)에 걸쳐 대중적

스토리들을 개작하고 확장한다. 영국 문학비평가 조지 슈타이너 George Steiner가 "발명의 경제economy of invention"란 인간의 특성이 고, 그래서 "음악의 본질을 이루는 주제와 변주의 역학이 언어와 표 상에도 뚜렷이 새겨질 수 있다"|1995: 14|고 말했을 때, 그는 옳았다. 우리는 좋아하는 스토리를 찾아낸 뒤 각색으로 그것을 변주한다. 하지만 각각의 각색 작품은 자립적이기도 해야 하기 때문에, 즉 이 중적 체험의 팔랭프세스트적 즐거움과 분리되기도 해야 하기 때문 에 벤야민식 아우라도 갖추어야 한다. 각색은 어떤 재생산 양식에 서도, 즉 기계적인 것이든 그렇지 않든 복사가 아니다. 각색은 반복 이지만 복제하지 않는 반복으로서, 의례와 인정에 따른 안정감과 놀라움과 기발함에 따른 희열을 모두 가져다 준다. 각색은 **각색으 로서** 기억과 변화, 지속과 변형을 모두 수반한다.

조지 큐블러George Kubler는 《시간의 형태: 사물의 역사에 관한 고찰The Shape of Time: Remarks on the History of Things》에서 "부담스 러울 만큼 정확한 반복, 그리고 혼란스러울 만큼 거침없는 변형이란 인간의 시간 체험에 정반대되는 것"|1962: 63|이라고 말한다. 각색의 두 극이 각색의 매력을 한 부분씩 설명해 줄 수도 있겠다는 생각이 든다. 큐블러는 "인간의 욕망이란 매 순간 복제와 발명으로, 즉 알 려진 패턴으로의 복귀 욕망과 새로운 변형을 통한 그로부터의 탈 출 욕망으로 찢어진다"|1962: 72|고 말한다. 각색은 두 가지 욕망을 동시에 충족시켜 준다. 큐블러는 각색을 직접 언급하고 있지는 않 다. 그 대신 그는 '중계relay'라는 것에 관해 이야기한다. "중계는 복 합신호composit signal를 전송한다. 이때 복합신호는 일부는 수신되는

메시지로, 일부는 중계 자체에 의한 자극으로 구성되어 있다."|22|
복제가 각색처럼 변형을 동반해야 하는 이유다.

　　체험의 수준에서 보면, 창작자와 청중 모두에게 친숙함이 가져
다 주는 보수적 안정감은 예기치 못한 차이의 즐거움과 상충한다.
마이클 타우시그Michael Taussig는 발터 벤야민의 1933년 에세이 〈미
메시스 능력에 대하여On the Mimetic Faculty〉에 의거해, 무언가 또는
다른 누군가처럼 행동하려는 인간의 충동은 타자가 되고자 하는
역설적 능력이라고 주장했다.|1993: 19| 복제 능력에 관한 타우시그
의 인류학적 연구는 사회가 타자성을 통해 동일성을 유지하는 방식
에 초점을 맞춘다.|129| 그는 미메시스 능력을 "복사, 모방, 모형 만
들기, 차이 탐색, 타자에 굴복하기, 타자 되기 등의 능력"|xiii|으로
규정한다.

　　유추해 보면, 적응|각색|능력이라고 말할 수 있는 것은 복사 없
는 반복 능력, 동일성 속에 차이를 내장하는 능력, 자아와 타자가
동시에 될 수 있는 능력이다. 이미 살펴본 것처럼, 각색자들은 수많
은 복잡한 이유로 이 능력을 활용하기로 한다. 때때로 문화적 맥락
은 이 적응 능력의 수월한 행사를 가능하게 한다. 세네갈의 영화감
독 우스만 셈벤Ousmane Sembène이 아프리카에서 존경 받는 것은
그가 현대의 **역사 구술자** 또는 구술 스토리텔러, 즉 전통적 스토리
들을 다시 말하기 위해 영화를 활용하는 사람으로 간주되기 때문
이다.|Cham 2005: 297-298|

　　그러나 때로는 맥락이 심각한 난제를 유발할 수도 있다. "시각
적 재현이라는 행위 그 자체를 금기와 금지의 대상으로 삼는"|Shohat

2004: 23 | 문화에서 글로 쓴 텍스트를 어떻게 영화 이미지로 각색할 수 있을까? 유대-이슬람 전통 안에서는 각색이 이루어지지 않는다는 것이 아니라, 특히 종교적 텍스트나 형상을 다룰 때 복잡한 문제들이 두드러지게 부상한다는 것이다. 살만 루슈디의 《악마의 시The Satanic Verses》(1988)나 덴마크의 풍자만화(2005~2006)가 일으킨 여파를 보라.[2]

우리는 각색으로 우선성이나 권위 같은 요소들이 붕괴된다는 사실을 잘 안다(예를 들어, 각색 작품을 체험하고 난 후 각색된 텍스트를 체험한다면). 각색은 형식적·문화적 정체성을 위험에 빠뜨릴 수도 있고, 이를 통해 권력관계를 변화시킬 수도 있다. 이 전복적 잠재력이 각색자와 청중 모두에게 각색의 매력으로 여겨질 수 있을까?

1818년 퍼시 비시 셸리는 우연히 발견한 수고手稿에 기록되어 있는 로마 여성 베아트리체 첸치Beatrice Cenci에 관한 역사적 스토리

---

2 살만 루슈디의 《악마의 시》는 이슬람교 경전인 《코란》을 악마의 계시로 설정하고 창시자인 무함마드를 다신론자로 만들어 풍자한 환상소설이다. 이 소설은 발간 후 이슬람 세계에서 무함마드를 모독한다는 비난을 받아 발간 금지와 번역 금지 조치를 당했다. 이 소설을 전시한 세계 각국의 서점에서는 폭탄 테러가 발생했고, 이 소설의 일본어판 번역자와 이탈리아판 번역자는 각각 살해와 부상을 당하기도 했다.
    덴마크 일간지 《율랜드 포스틴Jyllands-Posten》의 편집장 카스텐 유스테Carsten Juste는 12명의 덴마크 작가들에게 무슬림과 이슬람에 대한 일종의 자기검열(주로 테러리즘에 기인하는 자기검열)을 극복하고 이슬람을 표현하는 풍자만화를 자유롭게 그려 달라고 요청했다. 이에 작가들은 마호메트를 풍자하는 만화를 그렸는데, 이는 이슬람 세계에서 엄격하게 금기시되는 일이었다. 이후 무슬림 5천여 명이 신문사에 사과를 요구하는 시위를 벌였고, 이슬람 근본주의자들은 신문사를 폭파하는 한편 만화가들에 대한 살해 협박을 감행했다. 시리아와 레바논 주재 덴마크 대사관에서는 방화 사건이 벌어졌다.

에 매료되었다. 이 여성은 악독한 아버지에게 강간을 당한 뒤 그를 살해하려는 모의를 했고, 이 일을 완수한 1599년 교황의 칙령으로 체포되어 참수당했다. 이듬해 로마를 방문한 셸리는 코론나 궁전에서 베아트리체의 자화상을 발견했다. 셸리는 건물의 음울한 건축양식과 젊은 여성의 모습에 사로잡혀 운문극 《첸치The Cenci》를 저술했다. 이는 사적 비극(근친상간과 살인)과 공적 추문(젠더 불평등, 전제적 권위) 모두에 대한 일종의 역사적 항의극이었다. 그리고 수백 년 뒤 조지 엘리엇 클라크George Elliott Clarke라는 젊은 아프리카계 캐나다 시인은 영문학 박사학위 시험 공부 중 이 각색 작품을 읽고는 젠더화된 불의라는 주제에 감응했고, 그래서 나중에 밝혀진 것처럼 이 작품을 운문극과 오페라 대본으로 새롭게 각색하기로 했다. 하지만 그는 또 다른 텍스트, 즉 노예제 폐지론자의 노예 서사 《노예, 첼리아Celia, a Slave》를 통해 이 작품을 걸러 냈다. 이 노예 서사는 베아트리체 첸치 스토리와 같이 짐승 취급을 당한 억압된 여성을 다룬 실화였다. 다만 다른 점은 노예 소유주를 살해했다는 것이었다. 이런 첨가된 각색층 덕분에 셸리 희곡의 젠더정치학에 인종이 첨가되었다.

조지 엘리엇 클라크의 각색 작품 《베아트리체 첸시Beatrice Chancy》(1999)는 한편으로 역사와 문학을, 다른 한편으로 미국 노예 서사와 영국 희곡을 의도적으로 접목한다. 흔히 지나치기 쉬운 캐나다 노예 역사에 관한 스토리를 무대에 올리기 위함이었다. 그리고 이 작품은 각색된 두 장르의 관습을 중단시킨다. 즉, 각색된 두 장르가 각각 갖고 있는 언어적 디코럼decorum | 문학에서 장르, 인물, 행위, 문제 등이 서로 조화

롭게 어울 │ **또는 오프 스테이지**off-stage │ 관객이 눈으로 보지 못하는 무대 │ **폭력**
리는 것. │ │ 밖에서 목소리만 들려주는 것. │

같은 것이 등장하지 않는다. 클라크의 각색 언어는 잔혹하고 노골
적인 것부터 성서적이고 고매한 것까지 걸쳐 있다. 작품 속 극적 행
위는 강간과 고문이라는 온 스테이지 장면을 힘 있게 연기한다. 이
대본에는 그 당시(1802) 캐나다 동부 지역 노예들이 불렀던 흑인 영
가, 18세기 스코틀랜드 릴Scottish reels │ 켈트 문화에서 유래한 빠른 │ , 블루스,
│ 4박자의 스코틀랜드 민속춤. │
찬송가 등을 각색한 음악이 (제임스 롤프James Rolfe 작) 작곡되어 담
겼다. 음악은 사실상 흑인 전통과 백인 전통을 융합시키지만, 대본
은 이 방식을 거부한다. 현실에서처럼 각색에서도 베아트리체는 자
신을 학대한 아버지를 살해했다는 죄목으로 교수형에 처해지고, 우
리는 이 사실을 잊을 수 없다. 권력 역시 각색될 수 있고, 다른 말로
흔들릴 수 있고 붕괴될 수 있고, 그래서 기억과 돌연변이, 주제와 변
주가 다시 한꺼번에 작동할 수 있다. 귀환이 퇴화일 필요는 없는 것
이다.

  이미 살펴본 것처럼, 온갖 이유로 각색자들은 분명 그들 작업에
매료된다. 각색의 매력은 단지 경제적 이득만으로 설명하거나 둘러
댈 수 없다. 물론 일부 각색자들에게는 경제적 이익이 동기가 되는
것이 사실이다. 그러나 청중의 경우, 경제적 이익은 매력의 결과이지
원인이 아니다. 각색이란 보통 스토리를 재방문하는 일이기 때문에
각색의 인기를 설명하려면 아마도 서사 이론을 검토해야 할 것이다.

  여기에는 기본적으로 두 가지 다른 사유 방식이 있다. 우선 스
토리는 숙고를 거친 재현 형식이고, 그래서 시대와 문화에 따라 변
화한다는 생각이 있다. 다음으로 마리 로르 라이언 같은 이론가들

은 스토리를 무시간적 인식 모델, 즉 우리 세계와 인간 행동에 의미를 부여하는 모델로 간주한다.|2001: 242-243| 각색이 스토리를 매 순간 새롭게 현지화해 여러 매체와 전 세계에 보급할 때, 각색이 어떤 성질의 '일'을 하는지 질문해 보면 서사가 정말로 어느 정도는 인간의 보편적 실재라는 사실에 동의할지도 모른다. "형상과 의미를 구축하는 것이 바로 우리가 스토리와 노래로 하는 일이다."|Chamberlin 2003: 8| 그러나 이는 스토리의 **창작**은 설명해도 스토리의 **반복**을 설명해 주지는 못한다. 특히 스토리들이 각각 제공하는 해결 순서를 우리가 이미 잘 알고 있다면 말이다.

미국 비평가 힐리스 밀러J. Hillis Miller는 스토리의 반복을 설명할 수 있는 방법을 제공해 준다. 그의 주장에 의하면, 스토리는 문화의 기본적 가정들을 확인하고 보강한다. "그러니까 우리는 우리 문화의 기본적 이데올로기를 옹호하는 매우 강력한 방법, 아마도 가장 강력한 방법으로서 스토리를 계속 필요로 한다."|1995: 72| 그러나 각색은 단순한 반복이 아니다. 언제나 변화가 있다. 물론 큐블러가 암시하듯 변화에 대한 욕망은 그 자체가 인간의 보편적 실재일 수도 있다. 미국 드라마 〈엔젤스 인 아메리카 2부: 페레스트로이카Angels in America, Part Two: Perestroika〉에서 각본가 토니 쿠시너가 설정한 주인공 프라이어 월터가 지적한 것처럼, 변화는 삶이다.

"우리는 바위가 아니다. 진보, 이주, 이동이 … 근대성이다. 근대성은 활력을 주고, 근대성은 생명체가 하는 일이다. 우리는 욕망한다. 우리가 욕망하는 것이 부동성일지라도, 그것은 여전히 **지향적** 욕망이다. 우리가 우리 속도보다 더 빨리 나아간다고 해도, 우리는

기다릴 수 없다. 무엇을 위해서 기다린다는 말인가?"|1992, 1994: 132
| 그래서 아마도 복제 없는 반복으로서의 각색은 서사를 정의하는
두 가지 방식, 즉 '기본적 이데올로기'의 특정한 문화적 재현**과** 인간
의 일반적인 보편적 실재 **양자**를 동시에 지시할 것이다. 이런 이중
화에 각색의 인기를 풀 다른 실마리가 있을지 모른다. 각색은 대중
적이기 때문이다.

각색은 뱀파이어적인 게 아니다. 각색은 원천 작품에서 혈액
을 뽑아내 이 작품을 죽게 만들지도 죽게 내버려 두지도 않는다. 또
한, 각색된 작품보다 더 창백하지도 않다. 오히려 각색은 앞선 작품
에 사후의 삶을 부여해 그 작품이 살아 있게 할 수도 있다. 이는 각
색이 아니면 다른 식으로는 결코 해낼 수 없는 일이다. 하지만 리처
드 도킨스가 주장하듯, 이념은 모방을 통해 스스로 번식한다는 점
에서 해충이나 익충과 같다. 우리가 누군가의 정신에서 번식력 있는
이념을 육성한다면, "바이러스가 숙주 세포의 유전 기구에 기생하
는 것과 유사한 방법으로"|1976/1989: 192| [3] 우리는 그 정신을 이념 번
식용 운반체로 삼게 된다. 스토리도 대략 이런 방식으로 번식한다면
각색은 스토리에 많든 적든 "감염력"[4]이라는 게 있음을 보여 준다.

이 기생충 비유가 암시력이 있기는 하지만, 나는 이 책 전체에
걸쳐 제시했던 다른 생물학적 등가물로 돌아가려 한다. 각색은 스

---

3 리처드 도킨스, 《이기적 유전자》, 288쪽.
4 리처드 도킨스, 《이기적 유전자》, 289쪽.

토리가 새로운 시간과 상이한 장소에 맞게 진화하고 변이하는 방식이라는 것이다. 도킨스는 모방이나 문화적 전승의 그런 단위를 소위 '밈'으로 가정하는데, 이는 잠재적으로 매우 생산적으로 보인다. 밈은 충실성 높은 복제자가 아니다. 밈은 시간에 따라 변화한다. 밈의 전승은 부단한 변화에 종속되기 때문이다. 스토리 또한 인기를 얻으면 번식을 한다. 각색은 반복이자 변형으로서 스토리의 복제 형식이다. 여행을 하는 스토리는 문화선택을 통해 진화하는 것으로, 유기체의 인구가 지역 환경에 적응하듯 지역 문화에 적응한다.

우리는 스토리를 계속해서 다시 말한다. 그리고 스토리를 다시 보여 주고, 스토리와 새롭게 상호작용한다. 이 과정에서 스토리는 반복 때마다 변화하지만, 결국 동일한 것으로 인식될 수 있다. 그렇지 않은 스토리는 저급한 것 또는 2류에 머물 수밖에 없다. 아니면 스토리는 살아남지 못할 것이다. 시간적 우위는 시간적 우선성 외에 어떤 것도 의미하지 않는다. 간혹 우리는 이 사실을 즐겨 받아들인다. 셰익스피어는 두 명의 매우 젊은 이탈리아 연인을 다룬 마수치오 살레르니타노Masuccio Salernitano 스토리의 루이지 다 포르토Luigi da Porto 버전으로 만든 마테오 반델로Matteo Bandello의 각색 작품을 운문화한 아서 브룩Arthur Brooke의 작품을 각색한 사람이다 (이 과정에 연인의 이름과 탄생 장소가 바뀐다). 이 어색하고 기나긴 혈통은 서사 정체성의 불안정성과 함께, 귀중한 스토리들 가운데 다른 스토리에서 "애정을 담아 훔쳐" 오지 않은 것은 거의 없다는 단순하지만 중요한 사실 역시 암시해 준다. 인간의 상상력이 작동할 때 각색은 규범이지 예외가 아니다.

에필로그

by 시오반 오플린

2006년 이 책이 처음 출판된 후 각색이 어떻게 인식되고 실천되었는지를 이해하기 위해서는 그동안 문화를 변화시켜 온 힘들, 더 중요하게는 엔터테인먼트를 변화시켜 온 힘들을 검토해 볼 필요가 있다. 2006년 이후 글로벌 엔터테인먼트 및 미디어 산업은 새로운 상호작용 플랫폼 및 양식이 등장하고 엔터테인먼트 생산 설계가 변화하면서 급격하게 변모한 듯하다.

가장 두드러진 변화로는 참여형 매체, 블로그, 위키 등의 점증하는 인기를 동반한 소셜 웹의 부상, 이와 같은 상호작용을 지원하는 스마트 모바일 기기의 증가, 유튜브, 페이스북, 트위터 같은 플랫폼을 통한 DIY 콘텐츠의 바이러스식 온라인 유포, 터치스크린 인터페이스 혁명 등을 들 수 있다. 이런 온라인 및 모바일 플랫폼 덕분에 청중들은 더 이상 지역에 한정된 구매자로만 남지 않게 되었다. 오늘날 청중은 잠재적으로 글로벌하고 서로 연결되어 있으며 즉각적으로 반응하는 존재다. '바이럴 콘텐츠', 또는 매체 연구자 헨리 젠킨스Henry Jenkins의 다른 표현을 빌리면 '스프레더블 콘텐츠 spreadable content'의 이동 속도는 이를 잘 보여 준다.|2009|

폴크스바겐의 '다스 베이더 슈퍼 볼Darth Vader Super Bowl'(2011) 광고 〈더 포스The force〉 같은 각색 작품이 제작 당시 TV가 아닌 무료 온라인 플랫폼 유튜브를 통해 약 51만 회 이상 시청되었다는 사실을 생각해 보라. 아니면, 〈아이언 맨Iron Man〉을 각색해서 만든 패트릭 뵈빙Patrick Boivin의 단편 비디오 작품 〈아이언 베이비Iron Baby〉가 유튜브에서 11만 회 이상 시청되었다는 사실을 생각해 보라. 앞 사례가 글로벌 브랜드의 생산물이라면, 나중 사례는 그렇지 않다. 그래서 온라인 콘텐츠의 놀랄 만한 범위와 전파 속도는 영화사와 마케팅 담당자에게 일종의 와일드카드처럼 남아 있다.

각색 작업은 많은 경우 기존 팬층에 편승해서 이루어지기도 하는데(《해리 포터》 시리즈의 독자는 보증된 영화 관객이다. 〈트랜스포머Transformers〉 게임을 플레이하는 소년은 영화도 보고 싶을 것이다), 이는 기존 팬 커뮤니티의 마케팅 잠재력을 활용하는 게 오늘날 산업의 중요한 목표임을 의미한다. 웹의 연결성은 글로벌 이익 공동체들의 집결 방식에 패러다임 변화를 가져왔고, 공유된 기쁨과 지각된 불의에 즉각적이면서도 집단적으로 작용·반작용하게 해 주었다. 누구나 낮은 가격에 구입 가능한 고화질 비디오와 편집 도구는 참여형 매체에 결합함으로써 DIY에서 DIO(Do It with Other)로의 이동을 촉진했고, 그와 더불어 각색의 생산, 지배, 유통 방식에도 커다란 영향을 주었다.

다음과 같은 사실을 보면 2012년 팬 커뮤니티 네트워크의 스케일이 어느 정도인지 확인할 수 있다.

- 2012년 페이스북 '인구'는 800만 명을 넘어섰다. 그 결과 페이스북은 인구가 각각 1,314만 명과 1,224만 명에 이르는 중국과

인도에 이어 세 번째로 큰 '민족'이 되었다.

- 페이스북을 이용하는 사람들이 매일 20만 개의 '앱'을 설치한다.
- 2006년 사업을 시작한 트위터는 2012년 300만 명이 넘는 이용자를 확보했다.
- 구글 플러스는 가장 빨리 10만 명의 이용자를 확보한 소셜 네트워크였다. 구글 플러스는 이를 16일 만에 달성했는데, 트위터의 경우는 780일, 페이스북의 경우는 852일이 각각 걸린 바 있다.

| Bullas 2011 |

소셜 네트워크 플랫폼의 채택 비율이 급격히 늘어남에 따라, 미디어 대기업들은 새로운 의사소통 양식을 활용함으로써 가능한 모든 곳에서 콘텐츠를 현금화하려고 한다. 대기업들은 생산과 분배 채널을 지배하는 대신, 의사소통 플랫폼들이 빠른 속도의 채택과 폐기 사이클 속에서 변화하는 공간, 청중들이 주어진 자산들을 혼합하고 확장해서 새로운 상호매체적 각색 형식을 만들어 내는 공간, 익명의 누군가가 시작한 파괴적 혁신이 아무런 예고도 없이 기존 사업 모델을 바꾸어 놓을 수 있는 공간(핀터레스트Pinterest.com | 핀Pin과 인터레스트 Interest의 합성어. 사진을 핀으로 집어 스크랩하는 것처럼, 이용자들이 웹 서핑 중 관심 있는 이미지를 포스팅해서 다른 이용자들과 공유할 수 있는 이미지 중심 소셜 네트워크 서비스를 말한다. | 를 두고 벌어진 활용 경쟁을 보라)에서 작동한다.

《비즈니스 인사이더 매거진Business Insider Magazine》| Davis 2011 | 에 따르면, 페이스북은 가장 중요한 영화 마케팅 도구이고, 그래서 이 소셜 플랫폼에 메이저 영화사들이 진출하기는 했지만 성공을 위한

템플릿은 아직 마련되어 있지 않다. 오늘날 팬들은 영화와 TV 시리즈가 온라인 부문도 구축해 놓기를 기대하는데, 이런 혼종적 매체 경관을 생각해 보면 린다 허천의 마지막 물음 "무엇이 각색이 아닌가?"는 지금 훨씬 더 적절해 보인다. 허천의 책에 기술되어 있는 것처럼 각색을 재창조, 리메이크, 재매개, 개정, 패러디, 재발명, 재해석, 확대, 확장 등을 모두 포함하는 약호전환 과정으로 이해한다면 |Hutcheon 2006: 171|, 트랜스미디어가 미디어 대기업의 생산 전략으로 등장할 때 연속체에 기반한 각색 이해는 한층 더 복잡해질 수밖에 없다.

우선 분명히 하자. 각색과 트랜스미디어, 그리고 이 둘 간 차이에 관한 비교적 분명한 규정이 있기는 하다. 하지만 실제로 어디에서 구별되는지 찾아내기란 많은 경우 쉬운 일이 아니다. 2010년 3월 전미제작자협회Producers Guild of America는 '트랜스미디어 제작자 크레디트Transmedia Producers Credit'를 조직하면서 다음과 같은 발표를 했다.

트랜스미디어 서사Transmedia Narrative 프로젝트 혹은 프랜차이즈는 동일한 허구적 우주 안에 있는 세 개(이상)의 서사 스토리 라인들로 구성되어야만 하고, 다음과 같은 플랫폼을 이용해야만 한다. 영화, TV, 단편영화, 광대역 통신망, 출판, 만화, 애니메이션, 휴대전화, 스페셜 베뉴Special Venues, DVD/블루레이/시디롬, 상업용 서사와 롤 아웃 마케팅 |영화를 개봉하는 한 방법으로 인접한 시점에 연속적으로 각기 다른 지역과 극장에서 상영하도록 일정을 잡는 것.《만화 애니메이션 사전》|, 지금 존재할 수도 존재하지 않을 수도 있는 다른 테크

놀로지 등이 그것이다. 이런 서사 확장들은 커팅하거나 용도 변경
해야 할 어떤 플랫폼에서 다른 플랫폼으로 재료를 용도 변경하는
일과 같지 **않다**.

| http://www.producersguild.org/?page=coc_nm#transmedia. |

트랜스미디어 생산은 다양한 플랫폼들과 개별 부문들을 횡단
하면서 이루어진다. 이때 우리는 그것들을 따로따로 접한다고 하더
라도 상호연결되어 있는 통합된 서사적 전체를 구성하는 것들로 이
해한다. 설계 전략으로서의 트랜스미디어 생산은 지금까지 중심에
서 '텐트 폴tent-pole' 생산물 구실을 해 온 영화, TV 시리즈, 콘솔 게
임 등의 확장판으로 설계되었다. 〈블레어 윗치〉(1999)와 워쇼스키Wa-
chowski 형제의 영화 〈매트릭스〉 3부작(1991~2003)이 비디오게임과 애
니메이션으로 제작된 일, 그리고 팀 크링Tim Kring과 NBC 방송국의
작품 〈히어로즈〉(2006~2010)가 그래픽 노블, 온라인 게임, 웹 사이트
등을 통해 스토리 라인을 보완한 일은 자주 인용되는 사례들이다.
그렇지 않으면 트랜스미디어 프로젝트는 앞서 존재하는 콘텐
츠에 기초한 텐트 폴 영화 각색 작품 또는 TV 각색 작품을 확장하
려는 목적으로 설계될 수도 있다. 이 경우 우리는 이전 것부터 이
후 것까지 모든 각색 작품들을 쉽게 확인할 수 있다. 최근 사례로는
〈셜록 홈즈Sherlock Holmes〉의 BBC 새 버전을 들 수 있다. 여기서 개
별 에피소드는 여러 코난 도일 스토리에서 가져온 요소들을 재가
공한 것이고, 왓슨, 셜록, 기타 캐릭터 관련 블로그를 포함한 온라인
콘텐츠는 스토리를 디지털 영역으로 확장하기 위해 만들어진 것이

었다. 왓슨의 블로깅은 마치 콘텐츠가 거기에 포스팅되어 있기라도 한 듯이 두 시즌에 걸쳐 반복적으로 언급되었다. 여기에는 왓슨이 블로그에 글을 쓰는 장면, 많은 사람들이 블로그 웹 사이트를 방문하는 장면 등이 포함되어 있다. 게다가 공식 트위터 계정은 메시지들을 포스팅하기도 했다. 언뜻 보기에 캐릭터 자격으로 트위터를 하는 BBC 계정들처럼, 정체 불명의 계정들이 훨씬 더 재미 있으면서도 그 못지않은 설득력을 갖고 있었음에도 말이다. 2012년 1월 이후 캐릭터들은 트위터에서 적극적으로 활동하며 상호 간 또는 관심을 보이는 대중들과 위트 있는 답글을 교환하고 있다.|그림 2 참조|

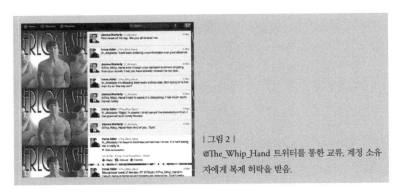

|그림 2 |
@The_Whip_Hand 트위터를 통한 교류. 계정 소유자에게 복제 허락을 받음.

BBC가 만든 것으로 알려진 홈즈 관련 팬 비디오|BBC 2012a, BBC 2012b|는 유튜브에 포스팅된 뒤 왓슨의 블로그에 다시 포스팅되었다. 왓슨이 포스팅한 두 개의 다른 비디오, 즉 홈즈의 아파트에 불법 침입한 모리아티 비디오와 모리아티 재판 및 홈즈의 죽음을 다룬 BBC 레포트 비디오는 팬들에 의해 유튜브에 교차 포스팅되었다. BBC 방송국 〈셜록〉의 트랜스미디어 각색은 제4의 벽the fourth wall

연극에서 관객과 배우 사이에 존재하는 가상의 '벽'. 연극의 경우 무대는 관객의 관람을 위해 한쪽이 개방되어 있지만, 캐릭터는 관객과의 사이에 벽이 있다고 가정한 채 연기를 하고 관객도 그 가정 위에서 연극

을 관람하 |
는 것이다. |, 즉 대다수 대체 현실 게임ARG의 전략을 깨뜨렸고, 그로 인

해 웹 2.0 플랫폼을 활용해서 기존 프로젝트를 약호전환한 모범 사

례가 되었다. 캐릭터들은 전세계에 걸쳐 있을지도 모르는 트위터 이

용자들과 실시간으로 상호작용했기 때문이다.|그림 3참조|

| 그림 3 |
@_JMoriaty 트위터를 통한 교류.
계정 소유자에게 복제 허락을 받음.

팬들은 틀림없이 현재 활동 중인 트위터 계정들(트위터 @The_
Whip_Hand, @_JMoriaty, @Genius_Holmes와 아이린 애들러Irene Adler
의 2012년 블로그 참조) 배후에 있겠지만 드라마 작가 스티븐 모팻
Steven Moffats 배후에 있지는 않을 것이다. 그런 한에서 팬들은 현재
의 각색 작품이 다른 플랫폼에 얹히기를 요구했고, 또 그것을 그런
식으로 확장했다.(http://thewhiphand.webs.com/) 셜록 홈즈 스토리
의 BBC 트랜스미디어 각색은 플랫폼, 시청자 참여, 다층적 통합 콘
텐츠 등을 활용할 수 있는 설득력 있고 효과적인 방법을 고안해 냈
고, 이 점에서 프랜차이즈 브랜드 마케팅을 추동하는 얄팍한 각색
들과 달랐다.

이 맥락 안에서 모바일 게임이나 앱은 뉴미디어의 행동 유도성

affordance | 사람들이 특정한 행동을 하게끔
유도하는 사물이나 환경의 특질. | 을 목적으로 텐트 폴 프로젝트의

어떤 측면을 각색할 수 있다. 쇼타임Showtime은 대마초 육성 게임 〈위즈 소셜 클럽Weeds Social Club〉을 개발하기 위해 게임 개발자 엑코 코드Ecko Code와 손잡은 바 있다.|Jackson 2011| 제작자(이자 라이언스게이트Lionsgate 그룹 디지털 미디어 책임자) 커트 마비스Curt Mavis는 앱을 플랫폼으로 사용하면 새로운 캐릭터와 스토리를 TV 시리즈 〈위즈Weeds〉에 삽입할 수 있다고 주장했지만, 그 사이트는 지금 베타판 출시 후 폐쇄된 상태다. 그때부터 지금까지 〈위즈 소셜 클럽〉은 마케팅 영역 확장에 기여한 각색 작품으로 남아 있다.

트랜스미디어 각색은 주어진 스토리 및 스토리 월드의 뮈토스와 콘텐츠를 개작하는 일이기도 하다(《트랜스포머Transformers》와 〈다크 나이트: 와이 소 시리어스The Dark Knight: Why So Serious〉[1]의 바이럴 마케팅viral marketing 인터넷 이용자들이 이메일, 블로그, 트위터 등 다양한 소셜 미디어를 통해 자발적으로 상품 홍보를 하게 만드는 마케팅 기법. 캠페인을 보라). 라이언스게이트의 〈헝거 게임The Hunger Games〉(2012) 같은 각색 영화는 오늘날 페이스북을 비롯한 기타 웹 사이트(http://www.thehungergamesmovie.com/index2.html)에서 (2만 명이 넘는 전세

---

1 영화 〈배트맨: 다크 나이트〉 홍보를 위한 대체현실 게임. 2007년 어느 날 수천 명에게 "정신 차려, 얼간이! 내일은 면접의 마지막 단계를 후딱 해치워야 한다고!"라는 메일이 전달된다. 이 메일을 받은 사람들은 미션에 따라 조커 분장을 하고 허름한 빵집으로 가 점원에게서 케이크 상자를 받는다. 케이크에는 전화번호와 함께 지금 전화하라는 문구가 적혀 있다. 참가자들이 전화를 걸면, 케이크에서 벨이 울린다. 케이크 안에는 휴대전화, 충전기, 메모, 조커 카드 등이 들어 있었다. 그리고 참가자는 전화를 충전 상태로 계속 켜놓으라는 문자메시지를 받는다. 영화 초반 조커가 은행을 터는 장면이 등장하는데, 이 대체현실 게임은 참가자들이 조커의 공범이 되어 은행털이에 가담한다는 의미를 담고 있다.(김희경,《트랜스미디어 콘텐츠의 세계》, 커뮤니케이션북스, 2015)

계 팬들과 함께) 라이브로 벌어지는 광범위한 트랜스미디어 캠페인을 뒷받침하는 텐트 폴 자산이다. 주요 미국 영화사들은 관객과 새로운 방식으로 접속하기 위해서, 그리고 가능한 한 새로운 콘텐츠를 금전화하기 위해서 이런 두 가지 트랜스미디어 각색 전략을 모두 활용한다. 이는 영국과 호주의 경우도 마찬가지다.

각색과 트랜스미디어 스토리텔링은 별개의 과정이지만 서로 중첩되기도 한다. 그리고 다음과 같은 요인들로 인해 그 중첩은 한층 더 복잡해진다. 무허가 각색, 개작, 리믹스 등이 일찍이 저작권 위반으로 간주되고 있는 곳에서도 융합 미디어와 트랜스미디어 생산 분야의 수많은 플레이어들은, 심지어 가장 뛰어난 플레이어들인 제프 고메즈Jeff Gomez와 팀 크링조차도 팬의 참여와 팬 제작 콘텐츠를 옹호했다. 팬들이 주어진 스토리 월드와 브랜드에 대한 충성심을 기쁘게 증명하는 것으로 보였기 때문이다.

제프 고메즈는 스타라이트 러너 엔터테인먼트Starlight Runner의 CEO이자 전미제작자협회의 트랜스미디어 제작자 크레디트 설립에 중심적 역할을 한 인물로서, 2010년 트랜스미디어의 보급을 적극적으로 장려하기도 했다. 트랜스미디어를 "다양한 미디어 플랫폼들을 횡단하며 생성되는 풍부한 '스토리 월드'"|Humphrey 2011|의 개발 형식이자, 언젠가 곧 팬들이 "정전에 손을 댈"|Gomez 2011| 수 있게 해 줄 형식으로 보았기 때문이다. 2년도 채 지나지 않은 2012년 2월, 라이언스게이트는 〈헝거 게임〉 판매를 위해 제작한 온라인 스토어 카페 프레스Cafepress에 공식 디자인과 팬 창작 디자인이 모두 입점하게 될 것이라고 선언했다.|Sibayan 2012| 하지만 라이언스게이트가 팬 디

| 그림 4 |
〈헝거 게임〉의 팬 창작 작품. 샤일라 애
단테Shylah Addante의 페이스북. 계정
소유자에게 복제 허락을 받음.

자인을 입점시킨 일은 틀림없이 팬 제작 콘텐츠의 광적인 온라인 공유에 맞선 대응일 것이다.|그림 4 참조|

2011년 1월 페이스북 공식 페이지가 론칭한 후, 열성적인 팬들은 2011년 10월 그들만의 대체현실 게임 〈파넴 옥토버PanemOctober.com〉를 론칭해서 5만 5천 명이 넘는 플레이어를 등록시켰다. 라이언스게이트가 중지 명령 서한을 보내자 게임 제작자들은 라이언스게이트와의 어떤 연관성도 명백히 거부하면서 사이트 이름을 변경했고|Nemiroff 2011|, 그 대체현실 게임이 완성 직전 폐기될 때까지 수개월 동안 사이트를 운영했다. 폐기와 관련해서는 페이스북 게임마스터 로완Rowan이 여러 가지 이유를 제시한 바 있다.|Rowan 2011| 오늘날 공식 사이트에서는 긴장이 고조되고 있다. 팬 커뮤니티가 전세계에 걸쳐 있음에도 불구하고, 페이스북의 허구적 각색 세계에서 중요한 역할은 미국 거주자들에게만 허용되고 있기 때문이다.|그림 5 참조| 참여 제한에 대한 팬들의 분노는 라이언게이트의 법적 규약이 얼마나 웹 2.0 팬 커뮤니티의 에토스와 상충하고 있는지 보여 주는 중요한 지표다.

이 긴장이 보여 주는 것은, 새로운 테크놀로지와 플랫폼이 초래

| 그림 5 |
2012년 2월 18일 키트 르우벤Kit Reuben이
포스팅한 '격분한 헝거 게임 팬'. 계정 소유자
에게 복제 허락을 받음.

한 사회현상의 급속한 부침에 대해 오늘날 미디어 대기업들이 본의
아니게 반동적 지위를 차지하게 되었다는 점이다. 팬들은 콘텐츠를
여러모로 활용하고 각색도 할 수 있기를 바란다. 그래서 디지털 시
대 '팬 되기being a fan'란 틀림없이 각색되는/각색 가능한 콘텐츠를
어느 정도나 각색하고 제작하느냐에 따라서 증명될 것이다. 팬 문화
에서 이러한 참여형 각색은 기나긴 역사를 갖고 있지만, 인터넷의
광역성과 연결성으로 인해 팬들은 젠킨스가 "금지론자prohibitionists"
|2006: 134|[2]라고 부른 이들에 맞서 협업자라는 지렛대를 얻게 되었
다. 과거 권위 있는 콘텐츠 생산자가 지배했던 일방적 대화는 이제
팬 커뮤니티와 콘텐츠 생산자 간 다채널 네트워크 교류로 바뀌었다.
여기서 생산자는 팬들에게 응답하면서 그들에게 자리를 마련해 줄
것이다.

---

2 팬의 참여 문화를 미디어 산업의 통제에서 벗어나지 못하도록 하거나, 아니면 거기서 벗
   어난 참여 문화를 일종의 범죄로 몰아 가려는 이들을 말한다.(헨리 젠킨스,《컨버전스 컬
   처》, 김정희원 · 김동신 옮김, 비즈앤비즈, 2008, 202쪽)

지난 6년간 각색 및 트랜스미디어 프로젝트의 특징을 살펴보면 구분보다 중첩과 모호성을 더 많이 확인할 수 있다. 스펙트럼의 양 끝에 여러 실천들과 설계 사례들이 있음은 분명하지만 손쉽게 범주화할 수 없는 프로젝트들도 많다. 어떤 트랜스미디어 제작자들은 참여형 콘텐츠를 요구하고 다른 제작자들은 저자의 지배 모델을 요구하는 상황에서, 팬 제작 각색 작품은 그 스펙트럼을 한층 더 복잡하게 만들 수밖에 없다. 미국의 맥락에서 보자면 구분이 문제인 것만은 분명하다. 트랜스미디어 제작자 크레디트 대對 영화 제작자라는 인식은 많은 산업 종사자들과 이해 당사자들에게 꼭 필요한 것이기 때문이다. 그러나 이 구분은 그 경제적·직업적 중요성으로 인해 격렬한 토론 대상이 되고 있다. 여기에는 트랜스미디어 실천을 개척하고 개발하는 산업 종사자, 교수, 그리고 경우에 따라서는 크리스티 데나Christy Dena, 이반 에스커위드Ivan Askwith, 제프리 롱Geoffrey Long 같은 최고의 산업 종사자 겸 교수가 참여하고 있다.

각색과 트랜스미디어의 갖가지 상호역학interdynamics은 서사 프로젝트/브랜드의 매체 횡단적 확장을 위한 설계 전략으로 볼 수 있다. 이는 각색을 "작품들 간 관계 체계"이자 "확산 체계"|2006: 171|로 볼 수 있다는 허천의 논의를 강력하게 뒷받침한다. 허천의 마지막 물음은, 오늘날 글로벌 엔터테인먼트 산업에 가해지는 혁신 압박에 기인하는 것으로서 생산물이자 과정으로서의 각색이 계속해서 진화해 나가는 방식에 대해 사유할 수 있는 통찰력 있는 틀을 제공한다. 융합 미디어의 세계에서는 전통적 매체의 유력 탬플릿들이 더 이상 적합하지 않기 때문에(시나리오, 제작사, 마케팅, 배포) 그 압박

은 더욱 증폭된다. 전통적 매체 제작자들을 옥죄고 있는 것은, 멀티 플랫폼 제작사가 활용 가능한 플랫폼을 갖고 있어도 기성 모델이나 유명 모델을 재활용하게 되면 혁신의 실패로 간주된다는 점이다. 이 맥락에서 보면 혁신과 변화는 기정 사실이다. 산업은 새로운 플랫폼, 테크놀로지, 새로운 소셜 네트워크 현상 등에도, 그리고 늘 주의력 결핍 환자로 묘사되는 청중에게도 대응해야 한다는 점에서 그렇다.

이 에필로그에서는 그와 같은 확신에 도전하고자 한다. 〈스타워즈〉, 〈해리 포터〉, 〈헝거 게임〉 같은 현재 진행형 멀티 플랫폼 각색 프로젝트에 빠져 있는 수많은 청중들은, 흠이 있다면 그것은 테크놀로지에 기인한 주의력 결핍 과잉행동장애ADHD가 아니라 콘텐츠의 특질과 콘텐츠를 중심으로 설계된 경험에 있다고 주장한다. 지난 6년을 조망해 보면 허가를 받거나 지적재산권을 확보한 복제와 그에 상응하는 요구, 새로운 요소의 흡수, 판권에 개의치 않는 팬들의 콘텐츠 각색 등을 관통하는 인기 프로젝트의 상호매체적·매체 내적 객색에 패턴이 있음을 확인할 수 있다. 젠킨스의 저작《컨버전스 컬처Convergence Culture: Where Old and New Media Collide》(2006)는 융합 문화의 맥락에서 팬들의 활동을 검토하고, 팬들이 팬 픽션과 팬 필름을 통해 〈스타워즈〉 브랜드에 어떻게 참여하는지 매우 자세하게 설명했다. 〈레이더스: 어댑테이션Raiders: The Adaptation〉에 관한 이야기는 과거 상황을 예시하고 있는데, 이를 보면 최근 산업의 변화가 정말로 얼마나 급격한 것인지 잘 이해할 수 있다.

1982년 세 명의 열두 살 소년은 스티븐 스필버그 작품 〈레이더

스Raiders of the Lost Ark〉(루카스필름Lucasfilm 제작)의 숏 바이 숏shot-by-shot 리메이크/각색 작업을 시작했다. 그들은 7년의 시간과 5천 달러의 예산을 들여서 이 작업을 마무리했다. 〈레이더스: 어댑테이션〉은 "1989년 지방 코카콜라 공장의 시청각실"|Silverman 2007, Windolf 2004, TheRaider.net|에서 200명의 친구와 가족을 대상으로 한 번 상영되었다. 이 영화는 약 15년 동안 보류된 후 영화 사이트 '에인트 잇 쿨 뉴스Ain't It Cool News'의 리더 해리 놀스Harry Knowles에 의해 벗-넘-어-손Butt-numb-a-thon 페스티벌에서 상영되었다. 그리고 이 페스티벌에서 즉각 화제를 모았다.| http://en.wikipedia.org/wiki/Butt-numb-a-thon, Silverman 2007, Windolf 2004| 이 영화의 제작자들은 급작스럽게 스필버그의 레이더망에 포착되었고, 마침내 그의 목장에 초대되기에 이르렀다. 하지만 스필버그의 호의적 반응과 무관하게, "판권을 포함한" 영화의 "특수한 법률적 상황"|Verschuere 2005|으로 인해 영화는 이후 한 줌의 상영관만을 확보하는 데 그쳤고, 그래서 DVD를 합법적으로 구입하거나 관람하는 것은 여전히 어려운 일이다. 영화 제작자들의 입장에서 보면 8년간 들인 노력이 아깝겠지만, 지난 세기 팬 필름과 팬 비디오 각색의 경우 법적 소추 가능성 때문에 팬 필름이 사라져 버리는 것은 흔한 일이다. 하지만 그때 이후 팬들은 웹과 유튜브가 생각이 비슷한 열정적 애호가들의 글로벌 커뮤니티에 접속할 수 있는 배포 플랫폼이 되기를 요구하고 있다.

〈스타워즈〉와 팬들 간 롤러코스터 같은 관계는 로렌스 레식|2008|이 명명한 상업경제와 공유경제 간의 긴장을 보여 주는 수많은 사례 가운데 하나다. 이 긴장은 콘텐츠 소유권을 두고 벌어진 팬

과 조지 루카스(와 루카스필름) 간 싸움, 그리고 오리지널 콘텐츠(말하자면, 출시 당시 콘텐츠)에 대한 충실성 문제를 두고 벌어진 투쟁으로 반복해서 구체화된다. 과정이자 생산물로서의 각색은 서로 다른 순간 여러 가지 방식으로 분해될 수 있다. 〈스타워즈〉의 팬들이 요구한 것은 콘텐츠를 여러 방식으로 활용할 수 있는 권리, 즉 콘텐츠를 팬 픽션 및 팬 필름 리메이크로 각색할 수 있는 권리였다. 팬들은 또한 루카스가 브랜드에 대한 팬들의 충성심을 존중해 주기를 바랐다. 경쟁적 재출시, 각색, 확장판 등에 관해 이야기할 때, 지적재산권(IP) 문제는 팬들이 몰입형 스토리 월드에 지력과 실물을 모두 투자하게 되면서 매우 복잡해졌다. 이미 30년 이상 된 쟁점이다.|
Ryan 2011|

　루카스는 일찍이 영화감독에게 꽤 큰 금액을 지불하고 후속편 제작권과 판매권을 모두 사들였다. 프랜차이즈 브랜드의 상업적 지적재산권 획득이라는 견지에서 보면, 이는 매우 천재적인 결정이었다. 그러나 팬들이 스토리 월드, 캐릭터, 영화 등을 유물로서 전유하는 (그리고 전유자로 남는) 방식은 루카스도 미처 상상하지 못했다(물론 꼭 상상해야 할 필요는 없다). 두 아이의 엄마이자 오래된 〈스타워즈〉 팬의 부인인 한 여성이 최근 나에게 말한 것처럼, "당신은 스폰지 밥Sponge Bob에서는 벗어났어요. 그러나 〈스타워즈〉에서는 벗어나지 못했어요." 1981년에는 'X등급 포르노그래피 상황', 즉 포르노그래피 브랜드라면 알 만한 환락가를 배경으로 〈스타워즈〉 캐릭터들을 묘사한 팬 픽션을 두고 긴장이 고조되기도 했다(이때 주고

받은 편지 원본은 팬로어Fanlore ³|연대 미상|에 보관되어 있다).

디지털 카메라가 영화 제작을 쉽게 만들어 놓자 팬들은 엄청나게 많은 오마주 영화와 패러디 영화, 즉 헨리 젠킨스가 《컨버전스 컬처》에서 상세히 기술했던 바로 그 역사를 만들어 냈다. 〈스타워즈〉 프랜차이즈가 제작한 캐릭터 상품들은 브랜드 입지를 일정하게 보장하면서 출시 영화들 사이를 잇는 다리 구실을 했고, 젠킨스가 지적한 것처럼 많은 경우 팬 필름에 사용될 재료를 제공해 주기도 했다.|146|

2000년 들어 팬들이 이제 디지털 영역에서 리메이크와 확장판을 만들어 내기 시작하자, 루카스필름은 팬 페이지 관리를 위한 웹 공간을 따로 마련하기에 이른다. 다음은 서비스 규정에 있는 공지 내용이다.

> 상품, 서비스, 폰트, 아이콘, 링크 버튼, 월페이퍼, 데스크톱 테마, 온라인 엽서와 초대장, 무無인증 제품 등을 모두 포함하는 스타워즈 프로퍼티즈Star Wars Properties에 기초한 또는 그로부터 파생된 2차 저작물의 제작을 (판매, 물물교환, 기부 모두) 분명히 금지한다. 이 서비스 규정에도 불구하고 스타워즈 프로퍼티즈에 기초한 또는 그로부터 파생된 2차 저작물을 제작한다면, 그 2차 저작물

---

3 팬에 의한, 팬을 위한, 팬에 의한 협업 사이트이자, 팬 작품들을 창작하고 소비하는 팬 커뮤니티. 팬 활동, 팬 관련 용어, 팬 커뮤티니 역사 등에 관한 자료를 제공한다.

은 영원히 루카스필름의 소유로 간주될 것이고 또 그렇게 될 것이다.|Lessig 2008: 245|

이 당시 어떤 블로거가 지적한 것처럼|Durack 2000| 루카스필름은 명백한 약호전환 양식인 팬 픽션을 포함하지는 않았다. 마치 거대한 폭풍우를 피하기라도 하려는 듯이 말이다. 2007년 루카스필름은 그 당시 팬 제작 콘텐츠의 흐름을 관리하려는 목적으로 매쉬업mash-up 사이트를 론칭한 뒤 재차 그 사이트에 업로드된 모든 콘텐츠에 대해 지적재산권을 요구했다.|Parrish 2011, Murphy 2009| 반면 레식|2008|은 저작권법 개정을 통해 오늘날 소비자 사회를 움직이는 혼종적 공유·상업경제를 반영해야 한다고 계속해서 요구했다. 레식은 〈스타워즈〉의 영웅담을 상술하면서 그에 대한 신랄한 비평을 가한 바 있는데, 이는 팬들의 리메이크 비디오에 담길지도 모르는 모든 오리지널 콘텐츠, 음악, 이미지 등에 대한 루카스필름의 지적재산권 요구를 겨냥한 것이었다.

아이러니한 일이지만, 루카스가 오리지널 영화를 우선 DVD로 출시한 뒤 2011년 블루레이로 재출시하면서 준 변화를 두고 다시금 긴장이 폭발했다. 〈제다이의 귀환Return of the Jedi〉에서 황제가 루크를 감전사시키는 순간 원래 있었던 다스 베이더의 모호한 침묵은 "노우No"라는 울부짖음으로 대체되는데, 이는 〈시스의 복수Revenge of the Sith〉에서 차용해 온 장면이었다. 온라인 팬들은 이와 같은 첨가의 효과를 두고 길게 토론했다. 이때 한 팬은 그 변화가 **"영화에 진정한 교훈을 주었다"**고 지적하기도 했다.|Bricken 2011, 강조는 원 저자의

것임. Faraci 2011, Miller 2011, Anders 2011 참조| 루카스가 오리지널 영화에 준 변화는 각색에 해당하지 않는다. 팬들은 그 변화에 대해 극도로 부정적인 반응|광범위한 온라인 목록은 Starwars.wikia.com, M. Michell 연대 미상|을 보였는데, 여기서 가장 눈에 띄는 것은 팬들이 오리지널 출시 영화에 대해 갖고 있는 충성심의 깊이와 오리지널 콘텐츠·체험에 대한 충실성이 갖는 가치에 대한 인식이다. 이 점에서 루카스는 창작자이긴 하지만 배신자로 보이게 되었다. 그러나 루카스가 지적한 것처럼|Block 2012| 리들리 스콧의 〈블레이드 러너Bladerunner〉는 다양한 버전으로 출시되었음에도 불구하고 전혀 문제가 없었다. "대부분의 영화는 출시될 때 변화를 겪는다. 그러나 내가 약간의 변화를 주기만 해도 사람들은 세계가 끝났다고 생각한다."(|Block 2012|, 웹 사이트 '스타워즈를 구하라Saving Star Wars'(2010)에 보관되어 있는 루카스의 회의 발언 참조)

  팬들의 헌신/충실성 이야기는 〈스타워즈〉의 팬 리메이크 현상에서 다시금 각색 문제와 교차하게 된다. 이때 충실성은 역설적이게도 바람직한 것이자 동시에 하찮은 것으로 간주된다. 최근 10여 년간 수많은 팬 필름 리메이크, 패러디, 확장판 등이 제작되었지만, 글로벌 크라우드소싱을 통해 콘텐츠가 만들어지고 그 생산물이 주류 영역에서 도 인정받은 리메이크물이 있어 주목된다. 이 협업적 각색은 〈레이더스: 어댑테이션〉의 운명에 잘 드러나 있는 과거 상황과, 소셜 웹 및 웹 2.0 테크놀로지에 힘입어 팬들의 권한이 강화된 오늘날의 상황 사이에 결정적 단절이 있음을 보여 준다.

  2009년 7월, 케이시 퓨Casey Pugh는 오리지널판 〈스타워즈 에피

어놓는 데도 관심이 있음"을 보여 준다.|MaCracken 2010, Jenkins 2006: 158에서 인용|

〈스타워즈 언컷〉의 에미상 수상 사례는 두 가지 중대한 변화를 암시한다. 하나는 소위 "이제까지 가장 훌륭한 바이럴 비디오"|Seitz 2012|의 제작에 활용된 참여형 매체의 의의, 그리고 갈수록 연결도와 참여도가 높아지고 있는 글로벌 청중 "프로슈머prosumer"|Suciu 2007, Gunelius 2010|로의 심각한 이동이다. 두 번째는 주류 브랜드의 홍보 전략으로서 소위 '스웨딩sweding' 현상이 갖는 가치다. 〈스타워즈 언컷〉이 현재까지 가장 확장력 있는 협업적 '스웨딩' 사례로 언급되고 있지만|Drumb 2008|, 〈레이더스: 어댑테이션〉에서도 드러나듯 디지털 카메라와 소셜 웹 시대 이전에도 사례는 충분히 있다. 영화 감독 미셸 공드리Michel Gondry가 '스웨딩'을 제로 베이스 예산으로 수행하는 장편영화 리메이크로 규정한 데서도 드러나듯, 그것은 또 다른 종류의 팬 각색이다. 이 경우 분명한 목적은 앞서 존재하는 동일 매체의 모델 작품을 복제하면서도 그대로 유지하는 데 있다. 여기서 팬 각색을 저작권 침해로 보는 것은 더 이상 효과적이지 않다. 그보다는 마땅히 팬 각색을 이전 프로젝트에 참여해서 그것을 홍보하는 작업으로 이해해야 할 것이다. 만약 내가 만든 생산물이 팬 각색을 조금도 이끌어 내지 못한다면, 나는 무엇을 잘못하고 있는 것일까?

다른 하나의 사례는 디지털 테크놀로지가 어떻게 팬들의 힘을 강화시키는지, 또한 오늘날 팬들이 어떻게 산업의 붕괴를 초래하고 있는지 잘 보여 준다. 〈트와일라잇: 뉴 문The Twilight Saga: New Moon〉

의 프로덕션 디자이너 데이비드 브리스빈 David Brisbin(2009)은 팬들이 어떻게 로마와 몬테풀치아노에서 촬영된 실제 영화 장면들로 영상과 예고편을 만들어 유튜브에 포스팅했는지, 그것도 대부분 촬영된 지 채 24시간도 지나지 않은 장면들로 그렇게 할 수 있었는지 기술한 바 있다.|xXAliceinthedarkXx: 2009, NASIONAL002: 2009, TWILIGHTxx00xx: 2009| 브리스빈이 언급한 바에 따르면, "로마에서 우리 네거티브 필름 | 좌우, 흑백, 명암이 촬영 당시 피사체와 정반대로 되어 있는 촬영용 원본 필름. | 이 미처 인화되기도 전에 밴쿠버 예술학과는 유튜브를 통해 그 장면의 어떤 버전을 관람했다. 엑스트라들 사이에서, 그리고 광장 구석구석에서 몰래 촬영한 스틸 사진들의 몽타주를 누군가가 아주 그럴듯한 짧은 영화 장면으로 편집한 것이다."|57| 이후 영화사는 팬들이 〈트와일라잇〉 브랜드에 감정적으로 깊이 빠져 있다는 점, 그리고 유출 영상과 비디오가 곧 개봉할 이 각색 영화에 대한 많은 팬들의 관심을 유도하는 촉진제 구실을 했다는 점을 인정하고는 콘텐츠 공개에 제한을 두지 않기로 결정했다.

트랜스미디어 디자이너 겸 학자 크리스티 데나Christy Dena (2009)는 각색과 오늘날 트랜스미디어 실천 간 관계에 대한 비판적 연구를 계속해서 진행하고 있다. 그녀는 다음과 같은 젠킨스의 진술이 초래한 영향을 추적한다. "단순한 각색은 '트랜스미디어'일 수 있지만 '트랜스미디어 스토리텔링'은 아니다. 그것은 가상의 세계를 확장하고 또 거기에 주석을 다는 것이 아니라 기존 스토리를 재-현하는 데 불과하기 때문이다."|Jenkins 2009b, Dena 95에서 인용| 데나는 허천을 매개로 젠킨스의 책을 읽었고, 그래서 생산물이자 과정으로서의 각색

이라는 좀 더 복잡한 이해를 토대로 그런 단순한 이분법을 복합적이게 만들었다. 뒷이야기, 즉 캐릭터의 성장 또는 세계의 발전을 첨가하는 모든 각색은 이전 버전(들)에 새로운 것을 첨가하는 것이다.| Hutcheon 2006: 18-21, 118-19, Dena 2009: 151에서 인용| 데나는 '반복 욕망'에 관한 허천의 생각을 끌어들여서 이 충동을 트랜스미디어 창작자의 동기에 비견했다. 물론 트랜스미디어 제작자는 전혀 다른 마음을 가진 청중들을 고려해서 콘텐츠를 하나의 플랫폼·매체에서 다른 플랫폼·매체로 매개전환한다는 차이점이 있기는 하다. 데나가 볼 때 트랜스미디어 작품 설계의 패러다임 이동이란, 새로운 프로젝트가 영화, 그래픽 노블, TV 시리즈 등의 단일 접근 채널 대신 상호 연결된 콘텐츠의 독특한 요소들에 의한 다중 진입 지점을 소유하고 있음을 인식하는 데 있다. 데나가 트랜스미디어 실천을 조명하며 강조한 점은, 각색을 "확장판 같은 최종 생산물의 특성으로 이해해서"|16이|는 안 된다는 것이다. 오히려 각색은 플랫폼 횡단적 트랜스미디어 콘텐츠 개발에 활용되는 수많은 기술 가운데 하나다.

　데나가 각색과 트랜스미디어의 복잡한 관계에 관한 통찰력 있는 이해를 보여 주었음에도 불구하고, 오늘날 산업 리더들의 토론에서는 아직도 그에 관한 인식이 미흡함을 알 수 있다. 트랜스미디어 및 체험 디자이너experience designer 브룩 톰슨Brooke Thomson이 2011년 4월 블로그에 포스팅한 글은 어떤 논의를 촉발했고, 그 결과 핵심 트랜스미디어 제작자들이 각색 실천과 트랜스미디어 생산의 구분 문제에 관해 서로 의견이 다르다는 사실이 드러났다. 톰슨이 처음 포스팅한 글은 곧 개봉할 할리우드 프랜차이즈 각색 작품을

비난하는 데 대한 응답이자, "고무 액션 피규어^들"|Harris 2011|로 알려진 복제품을 여름 최신 블록버스터의 트랜스미디어 스토리텔링으로 홍보하는 데 대한 응답이었다. 기존 브랜드 빌딩brand-building 실천을 트랜스미디어 캠페인에서 어떻게 구별해 낼 것인지가 쟁점이었다.

노 마임스 미디어No Mimes Media와 포스 월 엔터테인먼트4th Wall Entertainment(바이럴 캠페인 '와이 소 시리어스?Why So Serious?'의 에이전시)의 스티브 피터스Steve Peters는 "우리가 지금 목격하고 있는 '새로운' 유형의 '진짜' 스토리텔링"으로서의 트랜스미디어와 "프랜차이즈화, 스턴트 마케팅stunt marketing |브랜드가 미디어와 대중의 주목을 받으려는 목적으로 거짓 뉴스나 우스꽝스러운 뉴스를 만들어서 활용하는 마케팅 또는 광고 형식.|, 브랜드 빌딩, 각색"을 구분했다.

다음으로 응답한 사람은 《포브스》에서 2010년 최고의 소셜 미디어 캠페인으로 명명한) 〈블레어 윗치〉의 공동 제작자이자 〈트루 블러드True Blood〉, 〈왕좌의 게임Game of Thrones〉 같은 TV 시리즈용 트랜스미디어 콘텐츠 확장판을 디자인해서 국제적 명성을 얻고 또 상도 다수 수상한 마케팅 에이전시 캠프파이어 NYCCampfire NYC의 공동 창업자 마이크 모넬로Mike Monello였다. 캠프파이어 NYC는 〈트루 블러드〉를 홍보하기 위해서 '트루블러드'라는 뱀파이어용 인공 혈액 음료를 판매하는 자동판매기를 맨해튼 주변에 설치했다. 모넬로는 피터스의 구분에 이의를 제기했다. "앞서 당신은 트랜스미디어가 프랜차이즈화, 브랜드 빌딩, 스턴트 마케팅 등을 묘사하는 데 사용되고 있다고 주장했다. '트랜스미디어'가 온갖 종류의 미디어를 횡단하는 스토리의 운동이라면, 당신은 그 차이점을 명확하게 설명할

수 있는가? 〈다크 나이트〉는 '트랜스미디어'였는가 브랜드 빌딩이었는가? 어쩌면 더 정확한 표현일지 모르지만 확장된 '광고게임adver-game'이었는가? … 그 구분선은 얼마나 흐릿한가?" 캠프파이어 NYC가 제작한 〈왕좌의 게임〉(HBO) 각색은 웨스테로스라는 물리적 세계의 독특한 특성을 전경화했다. 이를 위해 그는 웨스테로스Westeros 향수병으로 채워진 홍보용 원목 케이스|그림 6|를 제작하기도 했고, 사우스웨스트 페스티벌 기간에는 세계 각 지역에서 공수해 왔다고 하는 특이한 요리 메뉴를 파는 포장마차를 제작하기도 했다.|Ander-son 2011|

|그림 6|
캠프파이어 NYC가 제작한 웨스테로스 향수 박스 사진. 저작물 이용 약관에 따라 복제.

영화사 GMD의 창업자 겸 CEO 브라이언 클락Brian Clark은 다음과 같은 진전된 견해를 덧붙인 바 있다. "만약 그것|트랜스미디어|이 오리지널 지적재산권에 **뒤이어**AFTER 개발된 것이라면, 그것은 다른 무언가다. 그것은 각색일지도 모른다. 그것은 확장판일지도 모른다. 아니면 그것은 트랜스미디어 수단들을 활용할지도 모른다. 하지만 그것은 트랜스미디어 스토리텔링이 아니다." 클락의 구분은 여러 '정전적' 트랜스미디어 프로젝트와 대체 현실 게임을 "트랜스미디어 전

술을 활용한 마케팅"으로 재범주화했다.

이와 같은 기나긴 논의 전체에 걸쳐 문제가 된 것은 다음과 같은 일련의 인지적 대립이었다. 각색 대 트랜스미디어 스토리텔링, 프랜차이즈 트랜스미디어 대 트랜스미디어 스토리텔링(캐리 커트포트 영Carrie Cutfort-Young은 이를 상품화/객체 대 체험의 대립으로 분석했다. 그러나 각색 게임을 생각해 보면 이 대립은 문제가 있다), 오리지널 저자에 의한/계획적인 트랜스미디어 생산 대 나중에 추가된 확장판, 프랜차이즈 트랜스미디어 대 참여형 트랜스미디어(여기서 사용자/소비자는 스토리에 참여할 것을 요구 받는다). 여기서 각색은 (여전히) 매우 사소하고 단순한 콘텐츠 개작 양식으로 간주된다. 현재 할리우드에서는 빈약한 콘텐츠 혹은 청소년 콘텐츠 작품을 대규모 예산을 들여 각색하고 있는데, 그 목록만 보더라도 이런 견해는 확실히 근거가 있다.

최근 발표된 클레어 패러디Clair Parody의 논문 〈프랜차이즈화/각색Franchising/Adaptation〉(2011)은 "근대 소설 프랜차이즈의 맥락에서 각색의 특수성"|212|을 탐구한다. 패러디는 '각색적 상호텍스트성'이라는 허천의 관념을 토대로, 프랜차이즈 브랜드의 각색 작품이 '프랜차이즈의 특정 부분' 구실을 하면서도 '전체 프랜차이즈 멀티텍스트' 내부에서 제작된 다른 콘텐츠와 상호텍스트적 관계 또한 맺을 수 있는 논리를 발굴해 낸다. 플랫폼 횡단적 프랜차이즈 각색은 원천 콘텐츠를 재–가시화하는 가운데 "바로 직전 작품"을 각색한 작품들, 즉 보잘것없지만 인지 가능한 각색 작품들로 이어진 "재매개의 사슬"을 만들어 낼 수 있다는 것이다.|212|

패러디가 프랜차이즈 각색에서 맞닥뜨린 문제를 표현하는 방식은 앞서 언급한 논평과 일치한다. "프랜차이즈가 이산적이게 생산되고 분산적이게 전개되면, 정전성, 연속성, 권위 등은 계속해서 재-협상해야 할 문제적 개념들이 된다. 많은 프랜차이즈 멀티텍스트들은 마스터 서사와 안정된 텍스트 덩어리라기보다 버전들, 원점들, 공-존, 중첩, 모순된 서사 현실 등의 '배열array'|Collins 1991: 164, Parody 2011: 212에서 인용|이다." 그러나 트랜스미디어 디자인과 관련해서 전문가들은 모든 부문들이 의도된 방식에 따라 서사적이게 연결되어야 한다는 데 매우 공감하고 있고, 그래서 앞서 언급한 많은 사람들은 "프랜차이즈 스토리텔링이란 무엇보다도 트랜스미디어 실천"|213|이라는 패러디의 언급에 이견을 드러낼 것이다.

패러디는 월드 빌딩world building과 브랜드 빌딩을 프랜차이즈 각색의 개별 부문들로 간주하지만, 2010~2012년 개최된 학술대회, 학술행사, 심포지움 등을 보면 오늘날 그 부문들은 분리 불가능한 것들로 인식되는 추세다. 브랜드 정체성이 플랫폼들을 횡단하면서 확장해 나갈 때 월드 빌딩 작업도 그 본질적 부문으로서 활성화된다는 게 주된 이유다.|Gomez 2010|

월드(또는 허천이 '헤테로코슴'이라고 부른 것)의 각색은 틀림없이 오늘날 활용되고 있는 가장 강력한 몰입형 각색 전략일 것이다. 오늘날 온라인 멀티플레이어 게임이자 세계의 확장이기도 한 조앤 롤링의 '포터모어Pottermore'에 사람들이 열광하는 것을 보면 이를 잘 알 수 있다. 포터모어가 아직 회원 모집 중인 베타판에 불과하기 때문에 해리 포터 세계의 각색 방법과 관련한 세부 내용은 널리 알려

져 있지 않다. 그렇지만 이 사이트를 통해서 새로운 텍스트가 만들어질 수 있다는 점, 그리고 상호작용 체험으로서의 책을 통해서든 가상의 호그와트 마법학교를 통해서든 이런 일이 일어난다는 점만은 분명하다. 각색 연구의 맥락에서 보면 '포터모어'는 재매개와 확장으로서의 각색, 트랜스미디어 월드 빌딩 체험, 많은 책과 물품을 팔려고 만든 프랜차이즈다. 포터모어 숍이 전자책 판매를 위해 곧 개장할 예정인 것처럼 말이다.|〈Pottermore Insider〉 2011|

'포터모어'가 롤링이 상상한 세계의 정전 안에 있는 것이라면, '해리 포터 얼라이언스'는 실제 세계의 사회적 변화를 위한 팬 각색의 독특한 사례다. 2005년 앤드류 슬랙Andrew Slack이 창립한 해리 포터 얼라이언스는 롤링의 캐릭터들이 표현하는 가치를 토대로 현실에 개입함으로써 '실제 세계의 어둠의 마법Dark Arts'에 맞서 싸우는 글로벌 행동주의 조직이다.|DeCanio 2012| 해리 포터 얼라이언스는 수단의 다르푸르 지역에 닥친 위기에 사람들이 관심을 갖게 만들기도 했고, 2010년 아이티 지진 이후에는 옥스팜Oxfam과 손 잡고 아이티 지원 모금 활동에 나서기도 했다. 지금은 워너 브라더스에서 판매하는 포터 브랜드 초콜릿에 공정무역 코코아 콩을 사용할 것을 요구하는 캠페인을 벌이고 있다. 현재 해리 포터 얼라이언스는 대항 수단으로서 공정무역 개구리 초콜릿 생산 라인을 자체적으로 구축한 상태이다.|그림 7|

워너 브라더스의 중지 명령 서한에 대해 해리 포터 얼라이언스가 보인 반응은 팬들이 소유권 있는 콘텐츠와 맺는 관계에 분명한 변화가 있음을 보여 주는 증거다.

│ 그림 7 │
해리 포터 얼라이언스 개구리 초
콜릿. 해리 포터 얼라이언스의 허
락을 받아 복제.

이제 입장이 바뀌었다. 워너 브라더스는 법적으로 〈해리 포터〉의 판권을 소유하고 있을지 모르지만 우리는 더 나은 것을 소유하고 있다. 우리는 해리라는 이름의 사랑과 용기를 소유하고 있다. 우리는 이 스토리에 의해서 사랑을 받았고 또 바뀌었기 때문에, 우리는 스토리에서 받은 영감을 세계를 바꾸는 데 사용하고 있기 때문에, 해리라는 이름은 우리 것이다.

워너 브라더스에 중지 명령 서한을 보내라.

우리의 서한을 활용하거나 당신이 직접 편지를 써서 워너 브라더스에 상기시켜 줘라. 우리가 해리를 사랑하고 또 그 스토리에 헌신하지 않았다면, 워너 브라더스는 영화를 제작하지도 테마파크를 만들지도 못했으리라는 것을. 워너 브라더스 제국은 〈해리 포터〉에 대한 우리의 사랑 위에서 건설되고 있는데, 이제는 우리가 우리 영웅의 이름으로 태도를 분명히 해야만 할 때다. │ http://thehpalliance.org/action/campaigns/hihn/cease-and-desist-letter/, 강조는 원문 │

해리 포터 얼라이언스는 본질적 가치를 각색의 토대로 인식하고 그것을 약호전환한다. 이는 오늘날 선도적 트랜스미디어 제작자 가운데 한 사람의 실천과 상통하는 바가 있다. 제프 고메즈는 자기 회사 스타라이트 러너 엔터테인먼트가 트랜스미디어 스토리−바이 블을 창작하기 위해서, 그리고 잘 알려진 브랜드를 각색하기 위해서 채택한 절차를 밝힌 바 있다. 트랜스미디어 개발을 목적으로 이 회 사가 〈트랜스포머〉의 각색과 재개발에 기여한 바에 관해 말하자면, 고메즈 팀은 거의 30년에 이르는 기간 동안 〈트랜스포머〉 프랜차이 즈의 일부로서 생산된 모든 미디어 부문들을 철저하게 개관하는 것 으로 작업을 시작했다. 이 과정에서 고메즈 팀은 주기적으로 등장하 는 핵심 패턴과 스토리 라인을 확인하고는 이를 문화를 가로지르는 원형 신화의 파생물이라는 측면에서 검토했다. 마침내 스타라이트 러너 엔터테인먼트는 브랜드 소유자 해즈브로Hasbro와 함께 작업 을 하면서 〈트랜스포머〉 서사의 본질이 도교와 같은 변형적transfor- mational 신념 체계에서 나타나는 이중성에 있음을 알게 되었다. 이런 질 좋고 풍부한 콘텐츠에서, 또한 어쩌면 가장 중요한 것이겠지만 장 난감 그 자체에서 볼 수 있는 서사의 여정(작은 것에서 큰 것으로, 무 지에서 계몽으로, 풋내기에서 전문가로의 여정)은 잠재적 트랜스미디어 스토리 아크들arcs이 미래 쪽으로 향하면서 트랜스미디어 바이블 작 성의 원천이 되었다.(고메즈와 저자의 서신 교환, 2012년 2월 24일)

관람, 리믹스, 공유, 콘텐츠와의 상호작용 등을 목적으로 하는 웹·소셜 네트워크 플랫폼의 행동 유도성은 지금까지 논의했던 공 식 각색 작품이나 팬 각색 작품의 경우를 보더라도 수많은 성공 사 례가 있다. 성공의 기준을 인기, 장수, 전파 범위 등으로 본다면 말이다. 앞서 허천이 논의했듯이 전혀 다른 무언가를 게임으로 각색하기란 너무나도 어려운 일이다. 매년 또는 역대 최고 콘솔 게임 탑 10을 살펴보면 각색보다는 오리지널 타이틀을 계속해서 발견하게 된다.(http://www.filibustercartoons.com/games.htm) 한 줌에 불과한 베스트셀러 각색 게임으로는 아타리Atari의 〈ET 외계 생명ET the Extraterrestrial〉, 상이한 플랫폼들을 겨냥한 다양한 〈스타워즈〉 게임들, 〈마이티 모핀 파워레인저Mighty Morphin Power Rangers〉, 〈주라기 공원 Jurassic Park〉, 〈엑스맨Marvel Comics X-Men〉 등이 있다.

반면에 영화의 게임 각색은 수백 건에 달하고, 1975년부터 2010년까지 서구와 일본 시장에서 이루어진 영화의 비디오게임 각색을 다룬 알렉시 블랑셰Alexis Blanchet(2011)의 연구서는 이런 각색 실천이 미국 시장에서 지배적임을 보여 준다. 25년의 기간 동안 547편의 영화가 2천 개 이상의 게임으로 만들어졌는데, "547편 가운데 373편이 미국 영화였다." 여섯 편의 〈스타워즈〉 영화만 해도 120개가 넘는 게임을 만들어 냈다. 각색 게임이 그 수에 비례해서 판매 톱 10에 진입하는 비율이 낮다는 사실은 비-게임non-game 매체의 경우 스토리 목표가 게임과 전혀 다르다는 것, 따라서 비-게임을 게임 플랫폼의 행동 유도성에 꼭 맞게 약호전환하기란 매우 어렵다는 것을 분명히 보여 준다. 권한과 수익의 견지에서 보면 영화를 각색한 게임들 대부분이 오리지널 시나리오에 기초해 있다는 사실(46퍼센트)은 그리 놀라운 일이 아니다. 두 번째로 많은 문학작품 각색은 30퍼센트였다. 블랑셰도 지적한 것처럼, 영화 각색 비디오게임 가운데 90퍼센트는 동시 출시 또는 영화판 게임movie tie-in games 형태로 출시된다. 이 통계는 대다수 게임이 판촉물로 간주되고 있음을 보여 준다.

그렇다고 하더라도 게임이 영화에 부속된 위성 상품, 그것도 게임 속성 때문에 홍보물에 적합한 위성 상품이라는 할리우드의 가정은 몰입형 콘솔 게임에 대한 팬들의 관심을 분명히 모독하는 것이다. 새로운 독립형 비디오게임을 영화 개봉 주말에 출시하는 것은 이 점을 재차 증명해 준다. 예를 들어, 2011년 액티비즘Activism의 2011년 콘솔 게임 〈콜 오브 듀티: 모던 워페어 3Call of Duty, Modern Warfare 3〉는 16일 만에 1억 달러의 판매고를 올렸다.|Ivan 2011| 이는 제임스 카메론James Cameron 감독이 만든 3D 영화 〈아바타Avatar〉의 2010년 기록, 즉 17일 만에 1억 달러의 티켓 판매고를 올린 기록을 깨뜨린 것이었다.|Arrington 2010| 하지만 블랑셰 자신도 언급한 것처럼, 그의 연구는 각색의 자취를 모바일 게임이나 앱 게임까지, 혹은 아이패드용 게임까지 추적하지는 않았다. 그렇지만 미디어 대기업은 캐주얼 게임의 판매량 역시 주목하고 있고, 그래서 앱을 다시금 모바일 플랫폼용 각색 확장판으로 만들려고도 한다. 로비오Rovio의 캐주얼 게임 〈앵그리 버드Angry Birds〉는 2011년 11월 아이튠즈에서 500만 회 이상 다운로드되었다. 이는 채 2년도 되지 않아 달성한 기록이었다. 현재 로비오는 페이스북 앱을 론칭했고, 이 엄청난 글로벌 브랜드를 장편영화로 각색하려는 계획을 세워 놓고 있다.|Gaudioso 2011|[4]

---

4 2016년 로비오는 앵그리버드 캐릭터를 활용한 3D 영화 〈앵그리버드 더 무비The Angry

여기서 논의해야 할 각색의 마지막 혁신 영역은 (2010년 4월 론 칭한) 애플의 아이패드가 아이북의 출현과 함께 실천이자 설계 과 정으로서의 각색에 끼친 영향이다. 아이패드의 책 각색본이 영상 애니메이션 및 터치스크린 게임 요소를 물질적 책의 관습과 통합 하며 책의 물질적 형태를 여러모로 활용한 것은 최고의 사례다. 아 이패드 론칭 이래 높은 평가를 받으며 가장 많이 판매된 아이북을 살펴 보면 형식과 인터랙티브 디자인의 진화 정도를 측정해 볼 수 있고, 추후 책의 상호매개적 각색 작업이 인터랙티브 태블릿을 지 향하리라는 점도 확인할 수 있다.

아토믹 앤텔로프Atomic Antelope의 앱 디자이너들은 루이스 캐 럴Lewis Carroll이 저술한 《이상한 나라의 앨리스Alice's Adventures in Wonderland》의 인터랙티브 버전을 2010년 3월, 즉 플랫폼이 출시되기 도 전에 개발했다. 그로 인해 이 버전은 특히 아이패드용으로 제작 된 최초의 놀랍고도 혁신적인 아이북으로서 아이튠즈 스토어의 최 고 앱이 되었다. 이 각색 버전은 컬러 삽화로 된 동적 요소들dynamic elements로 텍스트를 보완했다. 동적 요소들은 터치스크린 인터페 이스를 매개로 '드링크 미' 병Drink Me bottle, 코커스 경주가 끝난 뒤 받은 사탕과자 같은 객체들을 태핑tapping(두드리기)하거나 스와이핑 swiping(옆으로 넘기기)하면 그에 반응한다. 게다가 마치 객체가 표면 을 가로질러 미끄러지는 것처럼 또는 객체가 아이패드 스크린 모서

Birds Movie)를 제작했다.

리에서 뭉겨 나오는 것처럼, 이런저런 객체들은 아이패드를 한쪽으로 기울이는 것만으로도 충분히 조작 가능하다. 이는 자이로스코프가 아이패드 프로그램의 일부로 내장된 결과 가능해진 효과다. 아이패드 각색본에 대한 비판적 수용과 몰입적 만족은 즉각 의미 있는 매체 기준을 만들어 냈고, 이 기준은 이후 아이북 각색본을 평가하는 데 활용되었다.

터치스크린, 자이로스코프, 비디오·오디오 지원 장치 등의 행동 유도성 때문에 아이패드는 아동문학 각색 작업에 활용할 수 있는 진정 풍요로운 플랫폼, 말하자면 탐색 놀이, 교육적 학습, 에듀테인먼드 등에 수월하게 적응할 수 있는 플랫폼이 되었다. 잘 만든 각색본은 많은 경우 사람들이 좋아하는 삽화에 역동적 상호작용을 결합하고, 또한 보이스오버 리드 투 미 모드voice-over Read to Me mode, 단어나 문장 읽기를 활성화하는 클릭 가능한 단어들, 숨겨져 있는 이스터 에그Easter Egg ┃게임 개발자가 게임 안에 순전히 '재미'를 위해 몰래 숨겨 놓은 메시지 또는 기능.┃ 등을 포함한 오디오 요소들을 결합한다.

베아트릭스 포터Beatrix Potter 작품 《피터 래빗 이야기The Tale of Peter Rabbit》를 각색한 앱 〈팝 아웃! 피터 래빗 이야기Pop Out! The Tale of Peter Rabbit〉(2010년 11월)와 찰스 슐츠Charles M. Schulz의 〈찰리 브라운 크리스마스A Charlie Brown Christmas〉(2011년 11월)는 모두 라우드 크로우 인터랙티브Loud Crow Ineractive Inc.에서 제작된 것들인데, 이 두 앱은 혁신적인 계층적 오디오 요소들layered audio elements과 배경 삽화 위에 '탑재되어 있는' 독특하게 반응하는 절단 형상들을 통해 몰입 체험을 가능하게 한다. 〈팝 아웃! 피터 래빗 이야기〉

는 드뷔시의 〈베르가마스크 모음곡Suite Bergamasque〉 중 '달빛Clair de Lune' 레코딩을 새의 노래로 계층화해서 향상적 오디오 요소로 활용한다. 인터랙티브 요소는 독특한 사운드와 연결되어 있어서, 피터가 농부 맥그레거의 당근을 먹는 장면이 담긴 삽화를 스와이핑하면 피터와 당근이 모두 움직이면서 호쾌하게 당근 깨지는 소리가 난다. 다음 페이지에는 배탈 난 피터가 등장하는데, 이를 그린 삽화에서 피터를 터치하면 피터는 기분 나쁜 꾸르륵 소리를 내며 좌우로 흔들린다. 〈찰리 브라운 크리스마스〉는 부모에 대한 잠재적 향수를 겨냥한 오리지널 대화 레코딩에, 피아노 소품 '라이너스와 루시 Linus and Lucy(PeanutsTheme)'가 흘러나오는 인터랙티브 키보드에 기반한 짧은 인터랙티브 피아노 개인 교습을 통합해 놓았다.

〈아기 돼지 삼형제와 팝업 북의 비밀The Three Little Pigs and the Secrets of a Pop-Up Book〉(2010년 12월)은 영국 예술가 레오나르드 레슬리 브룩L. Leslie Brooke이 쓴 1904년 아동문학 작품을 각색하면서 스크린 뒤 기계장치들을 볼 수 있는 엑스레이 기능을 제공했다. 말하자면, 인터랙티브 객체의 움직임을 통제하는 도르래, 톱니바퀴, 줄, 스프링 등을 볼 수 있게 만든 것이다. 물론 우리는 여기서 역동적 상호작용을 가능하게 하는 약호를 찾을 수 없고, 그래서 엑스레이 모드는 물질적 객체라는 아이북의 환상을 더욱 강화하는 역할을 한다.

미국 아동문학 작가 산드라 보인튼Sandra Boynton이나 닥터 수스Dr. Seuss의 많은 작품들을 포함해서 엄청나게 많은 타이틀이 성공적으로 각색되었다. 아우린 잉크Auryn Ink 앱을 활용해 한스 크리스티안 안데르센Hans Christian Anderson의《인어 공주The Little Mermaid》(2011년 3월)를 각색한 아이북에서는 최근 주목할 만한 터치스크린 인터페이스 활용법을 찾아볼 수 있다. 이 아이북에서 다수의 전면 삽화는 마치 물 아래 잠겨 있는 것처럼 제시된다. 스크린을 가로지르는 스와이핑은 복잡한 파급 효과를 낳는데, 물의 뒤틀린 움직임이 개입해 초점, 깊이, 형식 등을 지각하는 방식에 변화를 일으킴에 따라 해저 세계의 등장 방식을 규정하는 물리학에도 변화가 발생한다. 이 모든 작업에서 통용되는 관습은 삽화에서 가져온 객체를 여로모로 활용하는 일이다. 마치 만화나 그래픽 노블의 다중 채널보다 단일 동태 패널single dynamic panel 또는 단일 동태 페이지로 구성되어 있는, 상당히 한정된 면적만을 차지하는 물리적 절단물이나 객체인 것처럼 말이다. 기존 스토리는 텍스트로만 구성되어 있든 삽화를 겸비하고 있든 창설적 작품에 가깝고, 그래서 각색의 혁신은 형식과 인터랙티비티의 혁신이 된다.

아토믹 앤텔로프의 iOX용 각색물 〈뉴욕의 앨리스Alice in New York〉(2011년 3월)는 캐럴의《거울 나라의 앨리스Through the Looking Glass》를 각색하면서 뭔가 다른 것을 첨가한다. 텍스트는 그대로 두었지만, 마치 앨리스를 1940년대나 1950년대 뉴욕으로 옮겨 놓은 것 같은 삽화들로 이야기를 재맥락화한 것이다. 트위들덤과 트위들디Tweedledum and Tweedledee는 브루클린 다리 위에 등장하고, 험티덤티Humty Dumpty는 고층 건물의 거더 구조물에 부딪혀 튕겨 나간다. 각각의 삽화들은 미니 게임처럼 디자인되어 있어, 붉은 여왕을 한쪽 끝에서 흔들면 여왕은 새끼 고양이로 변한다. 그리고 한 번 더 흔들면 새끼 고양이가 다시 여왕으로 바뀐다.

크로켓 존슨Crockett Johnson의 작품 《해럴드와 보라색 크레용 Harold and the Purple Crayon》을 각색한 아이북(2011년 8월)은 1955년 원작에 아주 가깝지만, 독자/플레이어의 참여 방식을 완전히 바꾸어 놓는다. 삽화는 구성 부분들을 반쯤 불투명하고 이따금씩 미완성인 채 제시함으로써, 즉 이미지를 완성할 기회라는 신호를 보냄으로써 인터랙티비티가 발생하도록 설계되어 있다. 스와이핑과 태핑은 독특한 요소들을 작동시킨다. 스와이핑을 하면 별이 떠오르면서 짤랑거리는 소리가 나고, 태핑을 하면 별이 쉭 하는 소리를 내며 스크린 끝으로 날아가 버린다. 이 앱에도 역시 '리드 두 미' 모드와 '리드 얼론Read Alone' 모드가 장착되어 있다. 그리고 오디오 부문은 터치스크린 인터랙티비티로 작동될 때까지 자주 지체되곤 한다. 아이북은 어린아이들에게 탐사와 직관 체험을 제공하려는 목적으로 설계된 것이지만, 개인 교습 메뉴도 갖추고 있다.

조금 더 나이가 든 독자들을 겨냥한 소설도 각색되는데, 판권 시효가 지나 현재 공유 저작물이 된 작품들이 대부분이다. 패드웍스 디지털 미디어Padworx Digital Media는 수많은 전자책 타이틀을 출시했다. 그 가운데 하나인 〈드라큘라Dracula: The Official Stoker Family Edition〉는 축약본에 600개가 넘는 삽화, 오리지널 음악과 노래, 광범위한 상호작용 요소 등을 첨가해 10대 초반 아동과 10대 청소년을 겨냥해 내놓은 타이틀이다. 〈오만과 편견 그리고 좀비Pride and Prejudice and Zombies: The Interactive eBook〉는 2009년 출간된 패러디 소설의 인터랙티브 버전을 전달하고, 그와 함께 오스틴의 오리지널 텍스트도 보급용 자매편으로 제공한다. 두 작품 모두 오늘날 주류 문화에서 인기 있는 좀비와 고어를 이용하여 청중들이 오싹함과 재미를 느낄 수 있게끔 인터랙티브 요소들을 설계했다.

패드웍스가 제작한 아이패드 앱 〈앨리스: 매드니스 리턴즈Alice: Madness Returns〉는 플레이스테이션 3와 엑스박스를 위해 설계된 게임의 플랫폼 횡단적 각색이라는 점에서, 또 이 앱의 무료 배포판이 EA사의 콘솔 게임 홍보용 예고편 구실을 했으리라는 점에서 훨씬 복잡하게 계층화된 각색이다. 더 나아가, 이 앱은 서사 각색이라는 점에서 캐럴의 두 소설 《이상한 나라의 앨리스》와 《거울 나라의 앨리스》에 빚지고 있으면서, 동시에 인기 있지만 매우 음울한 각색 게임 〈아메리칸 맥기의 앨리스American McGee's Alice〉의 속편이기도 하다. 2000년 컴퓨터용 게임으로 처음 제작된 〈아메리칸 맥기의 앨리스〉는 앨리스를 훨씬 더 큰 외상을 입은 나이 든 인물, 즉 화재로 부모를 잃은 뒤 10대 시절을 보호소에서 보낸 인물로 묘사했다. 이상한 나라의 경관과 거주민을 두고 재차 재협상이 벌어지는 가운데, 앨리스의 세계가 공포물로 각색되면서 캐럴의 세계에 잠재하는 폭력성이 전면에 드러나게 된다. 인터랙티비티 디자인이 초래한 가장 큰 변화는 플레이어가 앨리스에게 반복해서 폭력을 가할 때만 스토리가 진전되고, 새로운 페이지가 등장하며, 콘텐츠가 전개된다는 점이다. 플레이어는 앨리스의 머리를 밀어 버리고, 앨리스에게 억지로 음식을 먹이며, 전기고문 수위도 조금씩 높여 가야 하는 것이다. 결과적으로 대부분의 플레이어는 동정하는 주인공에게 잔인한 짓을 한 대가로 불편함을 느끼게 된다.

기존 작품의 각색을 하는 데 유용한 교육 도구로서, 그런 만큼 풍요로운 매체 또는 상호매체적 아이북으로서 아이패드가 갖고 있는 흥미로운 잠재력은 《황무지》(T. S. 엘리엇)의 아이북 버전이 보여 주는 전혀 다른 각색 양식을 보면 쉽게 확인할 수 있다. 이 멀티 미디어 앱은 부록 부분에 다양한 시 낭독 콘텐츠를 첨부해 놓고 있다. 그 가운데는 엘리엇이 남긴 두 개의 레코딩과 테드 휴즈Ted Hughes, 알렉 기네스 경Sir Alec Guinness, 피오나 쇼Fiona Shaw 등이 남긴 레코딩도 있다. 인터페이스는 상이한 뉘앙스로 이루어진 낭독 콘텐츠들을 병치해 놓음으로써 사용자가 각각의 행에서 다양한 레코딩들을 옮겨 다니며 들을 수 있게 설계되어 있다. 비디오 동영상에는 아일랜드 시인 셰이머스 히니Seamus Heaney, 영국 소설가 재닛 윈터슨Jeanette Winterson, 그리고 기타 작가들이 엘리엇을 해석하고 또 그에 응답하는 내용이 담겨 있다. 에즈라 파운드Ezra Pound의 편집 메모가 남아 있는 엘리엇의 수고 복제본을 통해 독자들은 엘리엇의 출판 작업 이면의 과정을 살펴볼 수도 있다. 리처드 도킨스 책 《현실, 그 가슴 뛰는 마법The Magic of Reality》의 각색본은 학습 플랫폼으로서 아이패드의 유연성을 한층 더 잘 보여 준다. 이 각색본은 원작의 텍스트를 모두 담고 있을 뿐만 아니라, (높은 수준의 인터랙티비티는 아닐지라도) 약간의 애니메이션 요소를 겸비한 삽화, 내장 오디오·비디오 동영상, 그리고 터치스크린 물리학을 수반하며 때에 따라 거북이를 해안으로 '불어' 보내기 위한 입력 장치로 마이크로폰을 활용하는 게임으로 채워져 있다. 아이북은 또한 페이지의 물리적 레이아웃을 여러모로 활용할 수도 있다. 메인 스크린에는 액세스 포인트로서 각 장 첫 페이지로 이루어진 세로 슬라이드 패널과 책의 각 페이지를 미리 보여 주는 두 번째 슬라이드 패널이 노출되어 있는데, 독자들은 이 메인 스크린을 아래로 내려 버릴 수도 있다.

여기서 앱 디자이너들은 페이지들을 제본해 놓은 물질적 객체라는 책의 관습에서 떨어져 나와 아이패드의 행동 유도성을 활용하기 시작한다. 말하자면, 그들은 아이패드를 다양한 콘텐츠 구역들이 동시에 표시되는 스크린으로 본다. 이런 풍요로운 매체 부문들은 물질적 책에 각주 형태로 있는 무언가를, 예를 들면 청각·시각·영상 자극과 원 자료를 통해 작품 체험을 심화시킬 수 있는 동태적 요소로 만들 수 있다. 이런 첨가된 층은 학교와 집에서 운동감각, 시각, 청각 등에 익숙한 학습자들을 새로운 방식으로 사로잡을 수 있는 책 각색 설계 수단을 제공한다.

전 미국 부통령 앨 고어Al Gore가 쓴 책《우리의 선택Our Choice》의 아이북 각색본은 풍부한 미디어 콘텐츠를 활용해 주어진 텍스트를 각색하고 보완하려고 할 때 가능한 혁신의 본보기다. 이 아이북은 사진, 내장 비디오, 내장 다큐멘터리 콘텐츠, 인포그래픽 등에 줌인/아웃 기능을 첨가함으로써, 또한 한층 더 통합적인 구글 맵 연계 위치 추적 콘텐츠를 첨가함으로써 책의 텍스트와 이미지에 풍부한 인터랙티브 콘텐츠를 첨가한다. 이 아이북은 2011년 5월 출시 후 인터페이스와 콘텐츠 디자인이 세련되다는 비평가들의 찬사를 받았고, 그 덕에 이 아이북을 디자인한 회사 푸시팝 프레스PushPop Press는 2011년 8월 페이스북에 인수되었다. 그러나《우리의 선택》이 2011년 9월 애플 디자인상을 수상했음에도 불구하고, 푸시팝 프레스는 현재 페이스북의 글로벌 '책' 플랫폼에 병합된 회사로서 앞으로는 책을 개발하지 않을 것이라고 선언했다. 풍부한 미디어 콘텐츠, 웹과의 연결성, 다양한 인터랙티비티, 《현실, 그 가슴 뛰는 마법》과 유사한 혁신적 스크린 공간 활용법 등을 통합함으로써 《우리의 선택》은 아직까지도 가장 진전된 아이북 체험으로, 또한 미래의 아이북 각색 생산 디자인에 큰 영향을 줄 혁신의 벤치마크로 남아 있다.

아이패드 론칭 이후 등장한 다른 흥미로운 아이북 디자인 스튜디오는 픽사Pixar 출신 애니메이터와 성공한 아동문학 작가/삽화가 윌리엄 조이스William Joyce(향수를 불러일으키는 복고풍 책이자 애니메이션 시리즈 《롤리 폴리 올리Rolie Polie Olie》, 《조지가 줄었어요George Shrinks》 등을 만든 창작자)가 공동 창업한 문봇 스튜디오Moonbot Studios다. 조이스의 애니메이션 스토리 〈미스터 레스모어의 환상적인 책 여행The Flying Books of Mr. Morris Lessmore〉은 2012년 아카데미 시상식에서 애니메이션 단편상을 받았다. 도발적 사건으로서의 '오즈의 마법사' 스타일 토네이도와 1930년대의 시각 미학적 연상으로 이루어진 아이북 《미스터 레스모어의 환상적인 책 여행》은 전자책 특유의 몰입 체험을 통해 책에 대한 사랑이 담긴 스토리를 전달하려고 했고, 이를 위해 매우 아름다운 애니메이션을 캐주얼 게임 역학, 반응형 텍스트, 서사적 보이스오버 등과 결합해 놓았다. 종이책 각색이 이루어질 것이라는 소문도 퍼져 있다.|J. Mitchell 2012| 문봇 제작 애니메이션, 시각 미학, 인터페이스 디자인 등이 지닌 영화적 특질 때문에 《미스터 레스모어의 환상적인 책 여행》은 영화의 상호매체적 실천 또는 매체 융합을 위한 새로운 성공 모델

이 되었고, 텍스트 요소들과 게임 요소들은 서사 체험 안에서 동일하게 통합적이면서도 표현적인 것으로 남게 되었다.

최근 출시된 아이북《더 넘버리스The Numberlys》는 통합 디자인에 대한 문봇의 접근법이 성공했음을 분명히 보여 준다. 그리고 이 작품은 아직 각색 작업이 이루어지지 않았음에도 불구하고(종이 책 발간은 기획되어 있다.|J. Mitchell 2012|) 전자책이 할 수 있는 일을 재규정했다. 이 아이북의 시각 미학은 도시 경관의 묘사 스케일과 폭에서 프리츠 랑Fritz Lang 감독의 작품 〈메트로폴리스Metropolis〉의 영화 세계를 되풀이하고, 대화와 내레이션 사이에 등장하는 텍스트는 무성영화 텍스트를 떠올리게 한다.《더 넘버리스》의 상호작용 디자인은 흑백 애니메이션 시퀀스에서 인터랙티브 게임으로의 끊김 없는 시각적 이동을 지원한다. 이때 인터랙티브 게임은 새로운 문자들, 즉 아름답게 꾸며진 몰입형 세계 안에 담겨 있는 문자들을 만들어 낸다.《미스터 레스모어의 환상적인 책 여행》과《더 넘버리스》의 경우 여러 매체들의 융합은 틀림없이 인터랙티브 각색 실천을 위한 새로운 모델을 만들어 내고 있는 듯하다. 이 모델은 자기 영역이 뚜렷하거나 변별력 있는 오래된 제작 산업 모델(게임, 영화, 책)을 매개로 한 범주화 작업이 여전히 타당한 것인지, 특히 어떤 작품이 각색으로서 의미를 갖게 되는 방식을 볼 때 그것이 여전히 타당한 것인지 의문을 불러일으킨다. 여기서 논의한 각각의 전자책들이 의식적으로 물질적 책을 재참조하고 있기는 하지만 인터랙티브 형식과 실천의 급속한 진화, 그리고 이런 각색의 다양한 상호매체적 체험들은 앞으로 디지털 플랫폼 각색에서 일어날 혁신이 얼마나 급격할 것인지 분명

히 보여 준다.

아이패드용 각색에서 급격한 변화와 급속한 형식 진화는 이 플랫폼의 프로그램 요건과 아이튠즈 스토어 입장에 필요한 애플의 승인 요청 때문에 지금까지 억제되고 통제되어 왔다. 이는 다른 산업과 플랫폼에서 무자비하게 진행되고 있는 각색의 파괴적 진보와 진화에 대비된다. 이 글에서 상세히 검토한 사례들을 통해 확인할 수 있겠지만, 각색을 어떻게 이해해야 하는지 그리고 각색이 어떻게 이루어지고 있는지에 관해서는 논의가 계속해서 이루어지고 있다. 특히 이른바 트랜스미디어의 난삽한 실천이라는 맥락에서 실천으로서의 각색이 갖는 가치에 관해서 말이다.

아마도 2006년 이 책이 출판된 후 일어난 가장 커다란 변화는, 예전에는 미디어 대기업과 지적재산권 소유자가 시간, 지리, 제품 출시 등에 제약을 둠으로써 각색 작품의 생산과 배포를 지배했다면, 이제는 청중이 자기가 식별하고, 몰입하고, 각색하고, 리믹스하고, 재활용하고, 공유하는 모든 콘텐츠에 대한 소유권을 주장한다는 데 있다. 이런 실천이 이루어지는 디지털 세계는 "변주와 반복"|Hutcheon 2006: 177|에 의해, 즉 다공성, 불안정성, 협업, 지구적 스케일의 참여 등에 의해 작동한다. 생산, 분배, 의사소통을 위한 수단들은 쉽게 접근할 수 있고, 네트워크로 연결되어 있으며, 도처에 널려 있다.

이 글은 우리 웹 2.0 세계를 규정하는 재매개화와 상호매체적 생산물에서 뚜렷한 인간 상상력의 작업을 대상으로, 허천을 다시금 각색하기 위해 각색의 실천과 생산물의 진화를 추적했다. 이 글의 논의를 믿는다면, 미디어 대기업은 리메이크, 스웨딩, 밈memes, 매쉬업, 팬 운영 MMORPG 같은 각색들을 어떤 주어진 작품에 대한 팬 투자 형식이자 어떤 주어진 작품의 확장으로 인식하게 될 것이다.

한국어판 부록

I '각색 혁명'에 담긴 상호텍스트성의 정치학 I

by 이진형

두 개의 미디어가 혼합되거나 서로 만나는 순간은 새로운 형식이 탄생하는 진리와 계시의 순간이다. 왜냐하면 두 미디어가 나란히 마주칠 때, 우리는 두 가지 형식들이 마주치는 접점에 서게 되고 그 접점은 우리로 하여금 나르시스의 감각 마비 상태에서 깨어날 수 있게 하기 때문이다. 미디어들이 만나는 순간은 미디어가 우리의 감각들에 가했던 실신 상태와 감각 마비 상태에서 풀려나는 자유의 순간이다.

마셜 맥루언, 《미디어의 이해》

각색의 시대

2016년 10월 학술연구정보서비스 웹 사이트(http://www.riss.kr)에서 '각색'을 키워드로 검색 작업을 하면 총 1,200편 이상의 국내 학술지 논문을 확인할 수 있다. 흥미로운 것은, 지난 세기 한 해 10여 편에 불과하던 각색 관련 논문 수가 2000년 무렵부터 급격히 증가해 2010년에는 한 해에만 100편을 상회할 정도로 증가했다는 사실이다. 지금도 각색 관련 논문은 매년 70~80편 이상씩 꾸준히 발표되고 있다.

　각색에 대한 학술적 관심의 증가는 21세기 들어 각색의 범위가 급격히 확장되고 각색 관련 테크놀로지가 혁신적으로 발전한 데 기인하는 듯하다. 이 시기 콘텐츠의 경제적 가치와 이를 구현하기 위한 원소스멀티유즈One Source Multi Use 전략이 산업적 측면에서 주목받기 시작하자, 각색의 실천 범위는 문학·영화·연극 등 전통적 예술 장르뿐만 아니라 게임·광고·테마파크·소셜 웹 같은 엔터테인먼트 분야까지 포함할 정도로 넓어졌다. 게다가 뉴 미디어의 급속한 발전과 활용은 구 미디어와 뉴 미디어의 공존과 협업, 말하자면 과거와 현재의 다양한 콘텐츠들 간 상호연결과 상호작용에 기반한 '컨버전스 컬처Convergence Culture'를 활성화함으로써 예술 장르들 또는 매체들 사이의 약호전환을 용이하게 만들었다. 오늘날 영화를 소설로 바꿔 쓰거나 광고로 활용하는 것은 일상적인 일이 되었고, 과거 발표되었던 노래들을 이용해서 새로운 노래를 만드는 매시업

mashup은 대중음악의 중요한 작업 방식이 되었다. 또한 누구나 스마트폰만 있으면 기존 콘텐츠를 활용한 블로그 포스팅이나 동영상 제작을 할 수 있게 되었다. 그래서 토머스 레이치는 21세기를 '각색의 황금 시대'로 명명하기도 했다.

그동안 한국에서 이루어진 각색 연구는 크게 두 가지 흐름을 형성하고 있다. 하나는 문학·영화·연극 같은 서사예술 장르를 중심으로 예술 장르들 간 약호전환을 탐구하는 것이고, 다른 하나는 문화 콘텐츠 분야를 중심으로 원소스멀티유즈·트랜스미디어·스토리텔링 같은 개념들에 의존해서 콘텐츠 전환 및 활용을 연구하는 것이다. 거칠게 표현하자면, 전자는 원작과 각색 작품 간 서사학적 차이, 미학적 손익, 의미 변화 등에 주로 초점을 맞추는 것이고, 후자는 다양한 매체들을 횡단하는 콘텐츠의 상호 전환과 확장, 생산자와 이용자의 참여, 각색 콘텐츠의 경제적·교육적·문화적 활용 등에 주로 관심을 갖는 것이다.

그러나 전자는 각색 자체보다 원작(특히 문학)과 각색 작품의 비교 연구에 주력함으로써 뉴 미디어 시대 장르들 및 매체들 간의 상호작용, 청중(독자)의 다양한 참여 같은 이슈를 포괄적으로 다루는 데까지 나아가지는 못했다. 특히 원천source 작품(특히 문학)을 기준으로 각색 작품과의 비교 연구를 진행하는 것이 오히려 각색 자체에 대한 본격적 연구를 저해하는 요인이 되기도 했다. 한편 후자는 주로 뉴 미디어 시대 콘텐츠의 상호매체적 전환과 관련해서, 그리고 상업화 및 상품화의 맥락에서 각색을 다룸으로써 테크놀로지와 경제적 관심 외에 각색의 다양한 의미화 가능성(미학적·예술사적·정치적 의미 등)에는 상대적으로 소홀하게 되었다. 여기서 각색은 트랜스미디어, 프랜차이즈화, 상품화, 마케팅 활용 등 상업화 전략의 일종으로 간주된다. 따라서 지금까지 각색 연구를 주도하는 두 가지 흐름 모두 각색 그 자체에 대한 본격적인 이론적 탐색이라고 보기는 힘들다.

린다 허천의 본 책 《각색 이론의 모든 것The theory of Adaptation》 (Second Edition, London and New York: Routledge, 2013)은 뉴 미디어 시대 각색 연구를 위한 시론으로서, 뉴 미디어 시대에 어울리는 확장된 각색 인식과 각색이 지닌 이론적·정치적 잠재력을 탐구하고 있다. 이 책의 의의는, 무엇보다도 각색에 대한 그간의 평가절하에 맞서 '각색으로서의 각색' 연구를 진지하게 시도했다는 데 있다.

허천의 연구는 크게 두 가지 문제의식에 기인한다.

하나는 문학을 비롯한 원천 작품을 일차적인 것이자 우월한 것으로 간주하고 각색을 이차적인 것이자 열등한 것으로 간주한 결과, 우리 시대 중요한 문화적 현상인 각색을 온당하게 다루지 못했다는 점이다. 허천은 이와 같은 문제가 특정 장르나 매체 중심의 각색 연구에 기인한다고 보고 각색 그 자체, 특히 장르들 또는 매체들 간 위계질서를 침식하는 각색의 '상호텍스트성의 정치학'에 관심을 기울인다.

다음으로 허천은 트랜스미디어나 프랜차이즈 관련 각색 연구의 경우, 각색을 "사소하고 단순한 콘텐츠 개작"이나 "상품화와 상업화의 수사학"으로 다룬다는 데 문제를 제기한다. 이를 통해 허천은 각색에 대한 평가절하에 맞서는 한편, 모든 생명체가 동일한 가치를 인정받듯이 각색 또한 하나의 문화적 현상으로서 "동일한 문화적 가치"를 인정받을 필요가 있다고 주장한다.

본 책이 번역한 허천의 판본은 개정판, 즉 2006년 초판에 〈2판 서문〉과 시오반 오플린Siobhan O'Flynn의 〈에필로그〉가 추가된 2013년 개정판이다. 이 개정판은 초판에 비해 크게 두 가지 주목할 만한 변화를 포함하고 있다. 하나는 초판 출간 이후 6여 년 동안 각색과 관련해서 다양한 영역에서 일어난 변화를 반영하려고 했다는 것이고, 다른 하나는 그와 같은 변화를 서문과 에필로그에 반영함으로써 초판의 '각색 이론'을 재맥락화(각색)했다는 것이다. 특히 허천이 그만의 각색 규정과 광의의 의사소통 맥락(각색자, 청중, 맥락)을 중심으로 논의를 전개했다면, 오플린의 〈에필로그〉는 인터넷 팬 커뮤니티, 미디어 대기업이 참여하는 트랜스미디어 생산, 프랜차이즈 브랜드, 저작권 같은 쟁점들을 다룸으로써 허천의 논의를 새로운 맥락에서 재해석하게 해 주었다.

이 글에서는 우선 허천이 전개하는 각색 논의를 면밀하게 살펴본 뒤 〈2판 서문〉과 오플린의 〈에필로그〉를 중심으로 뉴 미디어 시대 각색의 확장과 변화 양상을 검토하려고 한다. 그리고 추후 각색 연구를 위해 허천의 논의에 내재하는 이론적·정치적 잠재력을 가늠해 볼 것이다.

각색 연구의 프레임 전환
-장르/매체에서 참여 양식으로

허천은 오늘날 각색을 어디서든 발견할 수 있지만 그에 대한 평가는 대부분 부정적이라는 데 문제를 제기한다. 각색은 TV, 영화, 뮤지컬, 연극, 인터넷, 소설, 만화, 테마파크, 게임 등 수많은 장르와 매체에서 다양한 방식으로 수행되고 있지만, 원작과 창조적 재능을 강조하는 소위 후기 낭만주의적 입장이 각색 논의를 지배하면서 각색(자)에 대한 평가절하가 횡행하고 있다는 것이다. 게다가 그와 같은 평가절하로 인해 오늘날 많은 사람들이 수행하는 중요한 문화적 현상이 충분히 논의되거나 온당하게 다루어질 기회조차 얻지 못하고 있다고 진단한다.

하지만 허천이 볼 때 서구 문화의 역사란 스토리 빌려 오기, 훔치기, 공유하기 등으로 점철된 "길고도 행복한 역사"이고, 각색에 대한 평가절하야말로 최근 들어 형성된 부가적 견해에 불과하다. 이 점에서 "스토리텔링은 언제나 스토리를 반복하는 기술"이라는 발터 벤야민의 진술이라든가 "예술은 다른 예술에서 파생되고, 스토리는 다른 스토리에서 태어난다"는 각색자들의 공리야말로 진실에 근접해 있다. 모든 스토리텔링은 본질적으로 상호텍스트적인 것이고, 모든 장르나 매체는 상호텍스트성의 형식으로서 동질적인 것이며, 그런 한에서 모든 스토리텔링은 일종의 각색으로 간주될 수 있다. 다시 말해, "인간 상상력의 작업에서 각색은 규범이지 예외가 아니다."

각색은 더 이상 '이차적인 것' 또는 '열등한 것'으로 폄하되어서는 안 된다. "각색을 **각색으로서** 다루기"(강조는 원문)가 필요한 것이다. 이때 각색을 각색으로서 다룬다는 것은 각색을 '팔랭프세스트적palimpsestous' 작품, 즉 씌어 있던 글자를 긁어내고 그 위에 다시 글자를 새겨 넣는 양피지 같은 작품으로 인식한다는 것이다. 각색 작품은 독립된 심미적 대상이기도 하지만, 태생적으로 늘 다른 작품에 사로잡혀 있는 이중적 작품 또는 다층적 작품이기도 하다. 말하자면, 각색은 단순한 파생물이나 이차적 작품이 아닌 것이다. 각색에 대한 새로운 이해가 필요한 이유가 바로 여기에 있다. 허천은 두 가지 측면에서 각색에 관한 정의를 시도한다.

첫째, 각색은 '생산물', "공공연한, 확장된, 특정한 약호전환"이다. 각색은 매체 이동, 장르 이동, 프레임 변화, 맥락 변화 등을 모두 포함하는 "변형을 동반한 반복"이고, 이 점에서 번역이나 패러프레이즈와 유사한 면이 있다. 각색이란 다른 매체를 향해 있다는 점에서 '재매개화re-mediations', 즉 하나의 기호 체계에서 다른 기호 체계로 이동하는 기호 간 전위 형태를 띤 번역으로 볼 수도 있고, '어떤 구절의 자유로운 옮김과 부연설명'이라는 패러프레이즈의 첫 번째 의미를 고려해서 패러프레이즈로 간주될 수도 있다. 그럼에도 불구하고 중요한 것은 각색이 '창작 과정', 즉 "각색자의 창조적 해석/해석적 창조"이자 "청중의 '팔랭프세스트적' 상호텍스트성"의 형식이라는 사실이다. 각색자의 관점에서 보면 각색은 일종의 '전유' 행위로서 커팅, 축약, 첨가 등을 통해 다른 사람의 스토리를 소유하는 과정이자 자신의 감수성, 관심사, 재능 등을 통해 그 스토리를 걸러 내는 과정이다. 또한 청중의 관점에서 보면 각색은 자신이 알고 있는 작품을 각색 작품과 비교해서 수용하는 진행형의 대화 과정이다. 요컨대, 각색은 각색자와 청중이 모두 각색되는 작품 또는 원천 작품에 능동적으로 참여하는 상호작용 과정인 것이다. 그로 인해 "복사가 아닌 반복"으로서의 각색은 청중에게 "놀람 및 참신함의 즐거움과 함께 습관적 행위 및 재인식의 편안함"을 가져다주기도 한다.

이 책에서 허천은 각색의 상호텍스트성과 과정적 성격을 토대로 각색에 관한 체계적 설명을 시도한다. 이를 위해 허천은 우선 '참여 양식mode of engagement'이라는 범주를 도입한 뒤, 이를 토대로 형식, 각색자, 청중, 맥락 등 각색의 구성 요소들을 순차적으로 서술한다. 여기서는 효율적인 설명을 위해 허천의 서술을 참여 양식, 각색 유형과 형식 문제, 광의의 의사소통 맥락으로 재항목화해서 그 핵심 내용만 간략히 제시하고자 한다.

참여 양식

허천은 작품, 장르, 매체 같은 용어들이 각색을 이론화하는 데 적절하지 않음을 지적한 뒤 그에 대한 대안으로서 '참여 양식'이라는 범주를 제시한다. 특정 작품, 장르, 매체 등을 중심으로 연구를 진행할 경우 각색의 상호텍스트성과 과정적 성격을 충분히 고려하지 못한다는 게 그 이유다. 예를 들어, 원천 작품과 각색 작품 간 비교 연구는 보통 약호전환 방식, 공통점, 차이점 등을 드러내는 데 주력

할 뿐, 그 둘 간 상호텍스트적 관계라든가 각색을 각색이게 만드는 청중의 능동적 참여 양식을 파헤치는 데는 큰 관심을 두지 않는다. 장르나 매체 중심 연구 또한 비슷한 문제를 내포하고 있다. 반면 참여 양식 범주는 특정한 형식(장르, 매체)을 매개로 이루어지는 각색자·청중과 스토리의 상호작용을 내포하고 있고, 그로 인해 각색을 '생산물'이자 '과정'으로 다루는 데 효과적인 것으로 간주된다.

　참여 양식에는 스토리 말하기telling, 스토리 보여 주기showing, 스토리와 상호작용하기interacting 등 세 종류가 있다. 말하기 양식은 소설 같은 서사문학을 포함하는 것으로서 상상력을 통한 청중의 참여가 이루어지는 영역이다. 이 영역은 텍스트의 지시적 언어들이 지배력을 발휘하는 곳이지만, 청중이 시각적·청각적 제약 없이 자유롭게 상상력을 발휘할 수 있는 곳이기도 하다. 보여 주기 양식은 연극·영화·오페라 같은 공연들을 내포하는 것으로서, 청각적인 것과 시각적인 것을 통한 청중의 참여가 이루어지는 영역이다. 여기서 청중은 상상력에서 벗어나 세부 내용과 광대한 초점이 어우러져 만들어 내는 직접적 지각에 사로잡히게 된다. 상호작용하기 양식은 비디오게임·가상현실·테마파크 등을 포함하는 것으로서, 스토리와 청중의 물리적·신체적 상호작용이 이루어지는 영역이다. 여기서 청중은 스토리 월드에 물리적으로 들어갈 수도 있고, 그 내부에서 행동할 수도 있다. 이 점에서 상호작용하기 양식은 말하기 양식이나 보여 주기 양식의 특성을 일부 포함하면서도 그 둘과 근본적으로 구별된다.

각색의 유형과 형식 문제

각색은 작품들, 장르들, 매체들 사이에서 매우 다양하고도 복합적인 방식으로 이루어진다. 허천은 이를 '말하기↔보여 주기', '보여 주기↔보여 주기', '상호작용하기↔말하기·보여 주기' 등 세 유형으로 구분해서 논의한다.

'말하기↔보여 주기' 유형은 보통 말하기 양식에서 보여 주기 양식으로의 각색, 말하자면 인쇄 매체에서 공연 매체로의 각색을 말한다. 그러나 허천은 오늘날 성행하는 '소설화novelization' 산업의 사례, 즉 보여 주기 양식에서 말하기 양식으로의 각색 사례를 우선적으로 제시함으로써 이 유형을 복합적이게 만든다. 예를 들어, 오늘날 〈스타워즈〉나 〈엑스파일〉의 팬들은 영화 시나리오나 드라마 대본을 토대로 저술된 소설을 읽을 수 있고, 〈젠틀맨리그〉의 팬들은 그래픽 노블을 토대로 만들어진 각색 영화를 재각색한 소설(재소설화)을 읽을 수 있다. 이와 같은 사례를 통해 허천은 전통적인 각색(말하기에서 보여 주기로의 각색) 외에 오늘날 새로 부상한 각색 유형(보여 주기에서 말하기로의 각색) 또한 중요하게 다루어질 필요가 있음을 주장한다.

'보여 주기↔보여 주기' 유형은 공연 매체에서 공연 매체로의 각색, 구체적으로는 영화나 TV 같은 '비교적 사실주의적인 매체'와 오페라나 뮤지컬 같은 '작위적인 공연 형식' 사이에서 이루어지는 각색을 말한다. 허천에 따르면, 작위적 매체에서 사실적 매체로의 각색은 보통 영화나 TV의 사실주의가 오페라나 뮤지컬의 기교(작위성)

에 자리를 내주는 방식, 아니면 기교 그 자체가 '자연화'하는 방식으로 완수된다. 기교를 강조하는 실험적 영화가 전자의 사례에 속한다면, 중심 플롯에 맞게 작위적 요소들을 수정하는 사실주의 영화는 후자의 사례에 해당한다. 한편 사실적 매체에서 작위적 매체로의 각색은 보통 기존 영화에 노래를 덧붙이는 것 같은 기묘한 혼합 형식을 낳기도 한다. 영화에 의한 오페라 각색 역시 오페라 필름opera film 또는 스크린 오페라screen opera 같은 혼종 형식을 낳곤 하지만 말이다. 이와 같은 설명을 통해서 허천이 강조하는 것은, 보여 주기 양식의 다양성과 보여 주기 양식들 간 각색의 복합성이다.

'상호작용하기→말하기·보여 주기' 유형에서 중심이 되는 것은 컴퓨터게임, 테마파크, 가상현실 게임 같은 참여형 매체다. 이는 영화 〈다이하드〉가 컴퓨터게임으로 제작된 사례나 디즈니 영화들이 테마파크로 건설된 사례에서 잘 드러난다. 한국의 경우에는 황순원 문학촌 '소나기 마을'이나 남원의 춘향 테마파크가 여기에 해당할 것이다. 그러나 허천은 반대의 경우, 즉 상호작용하기 양식이 말하기나 보여 주기 양식으로 각색된 사례를 제시하지는 않는다. 이는 아직까지 충분히 주목할 만한 사례가 없기 때문일 수도 있고, 허천 자신의 지적처럼 상호작용하기 양식이 TV, 사진, 영화 장치, 수사적 어구, 연상 같은 말하기나 보여 주기 요소들을 종합적으로 활용하는 것이기 때문일 수도 있다. 그럼에도 불구하고 이 유형은 뉴 미디어 시대 스토리 체험의 중요한 형태로서 점차 영역을 넓혀 가고 있다는 점에서 매우 중요하다.

광의의 의사소통 맥락

- 각색자, 청중, 맥락

각색은 기본적으로 각색자와 청중이 스토리와 상호작용하는 과정이다. 그러나 이 과정은 결코 진공 상태 속에서 이루어지지 않는다. '각색자-스토리-청중'을 외부에서 규정하고, 각색에 지대한 영향력을 발휘하는 광의의 맥락이 존재한다. 그러므로 각색의 이론화 작업을 위해서는 '광의의 의사소통 맥락', 즉 스토리텔링에 관여하는 핵심 요소들(각색자, 청중, 맥락)에 대한 검토 작업이 필요하다.

우선, 허천은 "누가 각색자인가?"라고 묻는다. 이는 간단히 대답할 수 있는 질문처럼 보인다. 보통은 크레디트에 '각색자'로 기록되어 있는 인물이 각색자로 간주되기 때문이다. 그러나 문제는 그리 간단하지 않다. 뮤지컬이나 오페라의 경우 대본을 쓴 사람이 각색자인가, 아니면 음악을 작곡한 사람이 각색자인가, 아니면 그 둘 다 각색자인가? 영화의 경우에는 각색자로 기록되어 있는 사람이 각색자인가, 아니면 각색자의 각색물을 '재각색'해서 영화로 만든 영화감독이 각색자인가? 예를 들어 소설을 영화로 각색한다고 하자. 이 경우 각색 영화를 만들기 위해서는 영화감독, 시나리오 작가, 음악감독, 의상 및 세트 디자이너, 에디터 등 수많은 사람들이 함께 작업을 하지 않으면 안 된다. 그렇다면 이들 모두가 각색자인가? 물론 영화감독에게 각색으로서의 각색에 대한 최종적 책임이 있음은 분명하지만, 그 혼자 각색 작업을 해낼 수 없는 것도 사실이다. 그리고 뉴 미디어 같은 집단적 창작 모델의 경우에는 각색자의 수가 훨씬 더 많아질 수 있다.

그렇다면 각색자는 "왜 각색을 하는가?" 경제적 유인誘引, 법적 제약, 문화자본, 개인적·정치적 동기 등 여러 가지 대답이 있을 수 있다. 여기서 허천은 경제적 동기를 단순한 자본주의적 욕망으로 폄하해서는 안 된다고 주장한다. 셰익스피어가 극단의 수익 증대를 위해 각색 작업에 나섰듯이, 오늘날 많은 각색자들 역시 경제적 이유로 각색 작업에 참여하기 때문이다. 또한 각색자들은 저작권법 같은 법적 제약에서 벗어나고자 자기 작품이 각색임을 공공연히 내세우기도 한다. 각색자는 문화자본 축적을 통한 사회적 지위 향상을 위해 각색을 할 수도 있고, 고전적 작품에 대한 존경을 표시하거나 그 권위를 무너뜨리기 위해서, 또는 정치적 의도를 표현하기 위해서 각색을 할 수도 있다. 이와 같은 허천의 설명은 그리 특별할 게 없어 보이지만, 각색의 동기를 단지 미학적·예술사적 층위나 경제적 층위로만 한정해서는 안 된다는 것을 보여 준다. 바꿔 말하면, 각색 연구자는 각색 작업 내부에 다양한 동기들이 복합적으로 작동하고 있음을 충분히 고려해야만 하는 것이다.

다음으로 허천은 청중의 각색 참여에 관해 서술한다. 여기서 허천은 '알고 있는 청중knowing audience'과 '알지 못하는 청중un-knowing audience'을 구분한다. 우선, 알고 있는 청중은 각색의 원천 텍스트를 알고 있어서 각색 작품에 일정한 기대를 품는다. 각색을 각색으로서 경험하기 위해서, 다시 말해 각색 작품의 상호텍스트성을 인식하고 그 스토리와 상호작용하기 위해서 청중은 원천 텍스트를 '알고 있'을 필요가 있다. 반면 알지 못하는 청중은 원천 텍스트를 모르기 때문에 각색 작품을 독창적인 작품으로 경험할 수도 있고, 나중에 원천 작품을 알게 되어 각색 작품과 원천 작품의 관계를 전도된 방식으로 경험할 수도 있다. 이와 관련해서 허천은 각색을 각색으로서 받아들이게 하는 책임이 청중보다 각색자에게 있음을 강조한다. 각색의 성공이란 결국 알고 있는 청중과 알지 못하는 청중을 모두 포함하는 청중 일반이 각색을 각색으로서 인식할 때 비로소 실현될 것이기 때문이다.

마지막으로 허천은 각색의 창작과 수용을 조건짓는 맥락에 관해 서술한다. 각색 작품은 원천 텍스트에 의해서도 규정되지만, 그에 못지않게 민족적 배경·시기·테크놀로지·경제적 요소 등 다양한 요인들에 의해서도 규정된다. 여기서 허천이 특히 관심을 갖는 것은 문화횡단적 각색transcultural adaptation과 현지화indigenization 방법이다. 문화횡단적 각색은 '문화적 지구화'와 함께 증가한 현상으로서 언어·시간·공간 등의 변화로 현상하지만, 그에 그치지 않고 정치적 의미와 가치의 변화까지도 유발한다. 문화횡단적 각색은 다양한 방식으로 이루어질 수 있다. 셰익스피어의 《로미오와 줄리엣》을 현대의 수용 맥락에 '적합하게' 재맥락화할 수도 있고, 할리우드의 많은 영화들처럼 원천 작품의 시간적·공간적 특수성을 탈색시켜 '미국화'할 수도 있다. 동시대의 정치적 이슈를 고려해서 원천 작품의 인종이나 성 정치를 바꿔 놓을 수도 있다. 이와 관련해서 허천은 문화횡단적 각색에 수반하는 스토리의 '현지화' 현상에 주목한 뒤, 역사화/탈역사화·인종화/탈인종화·육체화/탈육체화 등을 대표적인 현지화 방법으로 제시한다. 그리고 '카르멘' 스토리를 사례로 각색이 역사적 맥락, 인종차별, 육체에 대한 관심 등에 따라 다양한 방식으로 이루어지고 있음을 보여 줌으로써, 여성 폭력이나 인종차별 같은 맥락에 대한 고려 없이 각색 작업을 이해하고 평가하기란 불가능한 일임을 강조한다.

오플린의 더 확장된 각색 인식

이 책에서 각색의 여러 요소들에 관한 설명 못지않게 중요한 것은 허천의 〈2판 서문〉과 시오반 오플린의 〈에필로그〉다. 〈2판 서문〉에서 허천은 자신의 기존 설명을 옹호하면서도 거기에 내재하는 한계를 고백하고, 〈에필로그〉에서 오플린은 허천의 각색 이론을 뉴 미디어라는 전혀 다른 맥락 속에서 재서술함으로써 그 이론적·정치적 잠재력을 확장한다. 여기서 허천의 각색 이론은 예술 장르들 또는 매체들 사이의 각색뿐만 아니라 팬 커뮤니티, 소셜 웹, 마케팅, 사회적 실천, 아이패드 등 여러 분야의 다양한 각색 실천도 설명할 수 있는 것으로 간주된다.

우선 〈2판 서문〉에서 허천은 수년 동안 진행된 테크놀로지 발전에 주목한다. 그래픽 텍스트라든가 인터랙티브 터치스크린 같은 새로운 테크놀로지가 스토리를 (다시) 말하는 방식에 큰 변화를 일으켰기 때문에, 테크놀로지의 변화를 충분히 고려함으로써만 각색 연구도 성공적으로 이루어질 수 있다. 이와 관련해서 허천은 새로운 엔터테인먼트 규범으로 자리 잡은 트랜스미디어 스토리텔링에 주목한다. 트랜스미디어 스토리텔링이 청중의 통합된 엔터테인먼트 체험을 목적으로 픽션의 요소들을 다양한 전달 채널(문자, 영상, 음악 등)로써 체계적으로 퍼뜨리는 과정을 의미한다면, 더 이상 주제나 서사의 연속성을 강조하는 것만으로는 여러 분야에서 다양한 플랫폼을 매개로 이루어지는 각색의 양태들을 충실하게 다룰 수 없다. 허천의 고백처럼, '변형을 동반한 반복'이라는 단순한 정의만으로는 각색을 설명하는 데 한계가 있는 것이다. 허천이 각색을 '서사'나 '스토리'의 각색이 아닌 '스토리 월드'의 각색, 말하자면 "월드 빌딩world building"으로 재정의하는 이유가 여기에 있다. 말하자면, 뉴 미디어 시대 각색 연구는 '스토리'의 변형이나 확장만이 아니라 팬들을 포함한 트랜스미디어 생산자들 모두가 참여해서 만들어 가는 '스토리 월드'까지도 다루지 않으면 안 된다.

사실 허천은 기존 논의에서도 각색되는 것이 "배경, 캐릭터, 사건, 상황 같은 스토리 재료들로 구성된 헤테로코슴heterocosm, 글자 그대로 '다른 세계' 또는 다른 우주"임을 지적한 바 있다. 그리고 각색의 요소들에 관해 설명할 때도 스토리, 배경, 캐릭터, 사건, 상황 등을 총체적으로 고려한다. 하지만 〈2판 서문〉에서 허천은 헤테로코슴을 스토리 자체가 '아닌' 스토리 월드, 즉 스토리와 질적으로 구별되는 세계로 설정한다. 허천이 클라레 패러디Clare Parody의 말을 빌려 설명하듯이, 오늘날 실제로 각색되는 것은 브랜드 정체성, 지적 재산, 광고 언어, 그리고 이것들로 이루어져 있는 스토리 월드다. 이 시대 스토리 월드가 갖는 의의는 무엇보다도 그것이 "스토리의 다양한 가능성"을 내포하는 장소라는 데 있다. 스토리와 스토리월드 간 대립은 사실상 전통적 스토리텔링의 선형적 구조와 청중의 참여를 요구하는 트랜스미디어 스토리텔링의 비선형적 구조 간 대립에 상응하는 것처럼 보인다.

하지만 트랜스미디어 스토리텔링을 '각색'과 동일시하는 허천의 입장에는 분명히 논란의 여지가 있다. 예를 들어, 원소스멀티유즈의 경우 핵심 스토리를 다양한 매체로 변형하는 것은 분명히 각색으로 볼 수 있지만, 상이한 스토리를 다양한 매체로 동시에 전달하는 트랜스미디어 스토리텔링의 경우 원천 작품과 각색 작품의 관계는 분명하지 않을 수 있다. 그렇다면 트랜스미디어 스토리텔링은 각색이라기보다 '내러티브 확장'으로 규정되는 게 더 적절할지도 모른다. 허천은 여기서 이 문제에 관한 충분한 설명을 제시하지 않는다. 이는 '서문'이라는 글의 특성에 기인한 것일 수도 있겠지만, 〈에필로그〉의 내용을 고려해 보면 오플린에게 그 작업을 위임한 것처럼 보인다.

오플린의 〈에필로그〉는 허천의 각색 이론이 갖는 한계에서 출발한 것처럼 보이지만, 그의 확장된 각색 인식을 더욱 확장하려는 시도이기도 하다. 여기서 오플린은 2006년 이후 급격히 변모한 글로벌 엔터테인먼트 및 미디어 산업을 배경으로 논의를 전개할 것임을 분명히 밝힌다. 말하자면, 각색을 기존과는 전혀 다른 스케일과 영역 속에서 다루겠다는 것이다. 이제 각색은 개별 문화권 수준에서 수행되는 단순한 문화 횡단이 아닌 글로벌한 수준에서 이루어지는 통합적 상호작용이 되고, 각색 작품은 장르들 또는 매체들

간 해석학적 약호전환에 그치지 않고 기업의 마케팅 수단과 상품화 전략의 수준에서도 다루어지게 된다. 게다가 이 시대 합법적 각색자는 특정 예술가나 창작자가 아닌 저작권 구매자(미디어 대기업)가 되고, 청중은 특정 장르나 매체로 의사소통하는 개인이 아닌 다양한 채널로 상호작용하는 팬들이나 팬 커뮤니티로 확장된다. 그로 인해 각색 이론은 저작권 문제를 둘러싸고 미디어 대자본과 팬 커뮤니티 사이에서 벌어지는 법적 분쟁에도 관심을 기울이게 된다. 특히 트랜스미디어가 대기업의 생산 전략으로 등장함에 따라 각색 논의의 양상은 훨씬 더 복합적이게 된다.

〈에필로그〉에서 오플린은 허천의 문제의식을 이어받아 스토리월드를 중심으로 미디어 대기업과 청중의 관계를 탐구하고, 이를 토대로 트랜스미디어와 각색의 관계를 규명하려고 한다. 아이패드와 아이북의 여러 테크놀로지와 그것이 각색에 끼친 영향을 다양한 사례를 들어 설명하기도 하지만, 오플린의 관심은 주로 각색의 실천 문제에 맞춰져 있다. 〈에필로그〉에서 미디어 대기업에 의한 트랜스미디어 생산 방식은 크게 두 가지로 제시된다. 하나는 '텐트 폴tent-pole' 생산물 구실을 해 온 영화, TV 시리즈, 콘솔게임 등을 확장하는 것이고, 다른 하나는 기존 콘텐츠를 각색해서 만든 '텐트 폴' 영화나 TV 작품을 확장하는 것이다. 두 경우 모두 각색과 트랜스미디어 전략은 서로 중첩되는데, 이를 표현하기 위해 오플린은 "트랜스미디어 각색"이라는 표현을 사용한다.

뉴 미디어 시대 트랜스미디어 생산은 저작권 문제를 두고 미디어 대기업과 팬들 간 갈등이 발생함에 따라 더욱 복잡해진다. 트랜스미디어 스토리텔링에서 팬의 참여란 필수적인 것이지만, 미디어 대기업은 저작권을 독점하기 위해 팬들의 행위에 법적 제재를 가하기도 한다. 이때 팬 제작 콘텐츠를 주어진 스토리 월드 또는 브랜드에 대한 팬들의 충성심에 기반해 그를 확장한 것으로 본다면, 미디어 대기업의 법적 제재는 새로운 테크놀로지와 플랫폼의 흐름에 역행하는 '반동'으로 규정될 수 있다. 법적 제재란 뉴 미디어의 풍부한 가능성을 어떤 식으로든 한정하는 데로 귀결될 수밖에 없기 때문이다. 이와 관련해서 팬들은 원천 콘텐츠와의 연속성을 거부하는 방식으로 스토리 월드에 대한 충성심을 표현하거나, 아니면 그와 같은 법적 제재를 무시한 채 다양한 소셜 웹을 매개로 원천 콘텐츠의 각색 행위를 지속해 나간다.

트랜스미디어 생산에서는 '권위 있는 콘텐츠 생산자'(미디어 대기업 포함)에 의한 일방향 소통이 팬 커뮤니티와 콘텐츠 생산자들 간 다채널 네트워크 의사소통으로 변모한다. 그로 인해 트랜스미디어와 각색의 관계는 일부 중첩되기도 하고 일부 분리되기도 하는 가운데 쉽게 단정하기 힘든 애매한 상태에 놓이곤 한다. 그럼에도 불구하고 오플린은 어떻게든 그 둘의 관계를 명확하게 설정하려고 한다. 허천이 각색자-청중-맥락 등을 중심으로 각색을 이론화하고자 했다면, 오플린은 참여형 매체에서 활동하는 청중(팬들)을 중심으로 논의를 전개한다. 대기업에 의해 이루어지는 트랜스미디어 생산의 성공 여부가 팬 제작 콘텐츠 또는 각색의 수에 따라 평가되는 것처럼, 청중(팬들)은 수용자이자 각색자라는 이중적 정체성을 소유한 자(집단)로서 트랜스미디어 스토리텔링에서 주도적 지위를 차지하게 된다. 오늘날 소셜 웹을 매개로 한 '팬들의 권한 강화' 또는 디지털 테크놀로지에 기반한 '팬들의 힘'은 "산업의 몰락"을 가져올 정도로 막강해졌다.

오플린은 크리스티 데나Christy Dena의 논의에 기대어 트랜스미디어와 각색에 관한 구별적 인식을 시도한다. 간단히 말하면, 각색은 결코 확장판 같은 최종적 생산물이 아닌 "플랫폼들을 횡단하는 트랜스미디어 콘텐츠의 개발에 사용되는 수많은 기술 중 하나"다. 예를 들어, 트랜스미디어 스토리텔링에서 콘텐츠들은 상호 연결되어 있는 다양한 플랫폼이나 매체를 통해서 매개 전환될 수 있다. 이때 창작자는 콘텐츠를 상이한 플랫폼이나 매체로 단순히 반복할 수도 있고, 새로운 내용을 첨가하여 콘텐츠를 전달할 수도 있다. 그리고 스토리 월드만 공유할 뿐 반복도 변형도 아닌 별개의 콘텐츠들을 상이한 플랫폼이나 채널로 동시 유통시킬 수도 있다. 여기서 오플린의 논의는 허천의 비판적 고백에도 불구하고 '변형을 동반한 반복'이라는 정의가 여전히 유효함을 보여 준다. 트랜스미디어 콘텐츠들 혹은 그 생산 과정들 가운데 '변형을 동반한 반복'임이 분명한 것만을 각색으로 정의해야 한다는 것이다. 결과적으로 이와 같은 논의는 허천의 각색 이론이 트랜스미디어 스토리텔링과 관련해서도 여전히 설명 능력을 갖고 있음을 입증하게 된다. 특히 오플린이 "각색과 트랜스미디어의 다양한 상호역학interdynamics"을 서사 프로젝트/브랜드의 매체 횡단적 확장을 위한 디자인 전략으로서 강조할 때 "작품들 간 관계 체계"이자 "확산 체계"라는 허천의 각색 인식은 여전히 유효한 것으로서 드러난다.

'변형을 동반한 반복'이라는 각색 규정 못지않게 허천의 각색 이론의 유효성을 증명해 주는 것은 '월드(헤테로코슴)의 각색'이라는 전략이다. 허천이 〈2판 서문〉에서 그에 대한 새로운 이해의 필요성을 제기하기도 했지만, 월드의 각색은 "오늘날 활용되는 가장 강력한 몰입형 각색 전략"으로서 트랜스미디어 각색의 성격을 가장 잘 표현하는 것이다. 오플린은 그 대표적 사례로서 조앤 롤링의 '포터모어Pottermore'와 팬 제작 커뮤니티 '해리 포터 얼라이언스Harry Potter Alliance'를 들지만, 해리 포터 얼라이언스를 설명하는 데 좀 더 많은 분량을 할애한다. 포터모어는 물론 《해리 포터》 시리즈의 확장 공간이라는 점에서 각색이지만, 그보다는 책과 물품을 파는 상업적 프랜차이즈 공간이기 때문이다. 게다가 포터모어에서 각색은 기본적으로 조앤 롤링이 상상한 세계의 규범 안에서만 수행되기 때문이다. 그에 반해 해리 포터 얼라이언스는 "실제 세계의 사회적 변화를 위한 팬 각색"의 사례로서, '실제 세계의 어둠의 마법'에 맞서 싸우는 글로벌한 행동주의 조직이다. 여기서 팬들은 워너브라더스라는 저작권 소유자에 맞서는 가운데, 아이티 지진 피해자를 위한 모금 활동을 벌인다든가 공정무역 초콜릿을 판매하는 등 《해리 포터》 시리즈의 "본질적 가치"를 '실제 현실'로 옮겨 놓으려는 다양한 활동을 전개한다. 이와 같은 해리 포터 얼라이언스의 활동을 스토리 각색이나 트랜스미디어 각색으로 규정하기란 불가능하다. 그러나 그것은 '세계(헤테로코슴)의 각색'이라는 측면에서는 충분히 설명 가능하다.

해리 포터 얼라이언스에 대한 오플린의 해석은 허천의 이론을 초과하는 것처럼 보이기도 한다. 허천의 각색 이론은 각색자와 청중, 그리고 그들 사이의 상호작용을 조건짓는 맥락을 중심으로 구성되어 있기 때문이다. 하지만 오플린의 해석은 전적으로 허천의 논의에 기초한 것이기도 하다. 허천 역시 "각색이 우월성과 권위 같은 요소들을 파괴한다는 사실"을 보여 줌으로써 그 "전복적 잠재력"에 주목한 바 있다. 물론 이 경우 허천의 일차적 의도는 물론 각색 작품에 대한 원천 작품의 문화적 권위와 우월성을 해체하는 데 있지만 말이다. 그렇다면 해리 포터 얼라이언스에 관한 오플린의 논의는, 현실 세계를 각색의 '맥락'이 아닌 '장소'로 재설정하는 가운데 그 "전복적 잠재력"의 적용 영역을 문화에서 실제 현실로 옮겨 놓으려는 시도, 정확히 말하면 허천의 확장된 각색 인식을 더욱 확장하려는 시도라고 말할 수 있다.

각색, 또는 상호텍스트성의 정치학

허천은 작품의 상호텍스트성에 관한 인식을 토대로 각색에 대한 평가절하에 맞서는 한편, '변형을 동반한 반복'이라는 각색 정의과 '월드(헤테로코슴)의 각색'이라는 전략을 제시한다. 그리고 과정이자 생산물이라는 각색의 지위에 주목함으로써 각색자, 청중, 창작과 수용 맥락 등 광의의 의사소통적 맥락이 갖는 의의도 강조한다. 이후 허천은 이 책의 〈2판 서문〉에서 테크놀로지의 급속한 발전을 토대로 기존 입장을 일부 수정함과 동시에, 트랜스미디어 스토리텔링과 각색의 복합적 관계에 관한 논의의 필요성을 제기한다.

오플린의 〈에필로그〉는 허천의 각색 정의와 전략이 여전히 이론적 설명 능력을 잃지 않았음을 보여 줌으로써 그에 응답한다. 특히 오플린의 논의는 현실 세계라는 또 다른 차원을 각색의 '맥락'이 아닌 각색의 '장소'로 재규정함으로써 허천의 확장된 각색 인식을 더욱 확장한다. 이 과정에서 허천의 각색 이론이 여전히 이론적 유효성을 보유하고 있음을 증명하게 된다.

'각색 이론'의 이론적 유효성과 관련해서 특히 주목하고 싶은 것은 '각색자'에 대한 강조다. 사실 각색자에 대한 허천의 설명은 각색자의 '의도'가 각색에서 중요하다는 점, 그리고 집단 창작의 경우 각색자가 여럿일 수 있고 또 불분명할 수도 있다는 점을 예증하는 데 집중되어 있다. 이는 각색자의 역할과 성격에 관한 설명으로서 그리 특별할 게 없다. 그러나 "누가 각색자인가?"라는 물음은 그 자체로서 중요한 의미를 내포하고 있다.

허천도 언급하고 있듯이, 이 물음은 소위 '저자의 죽음'이라는 오래된 이론적 공리에 대한 비판적 재검토 또는 '저자'의 복권을 요구하는 것이기 때문이다. 게다가 각색자에 대한 허천의 강조를 오플린의 맥락에서 재해석할 경우 '저자'의 역할과 성격은 급격히 변모하면서 더욱 유의미해진다. 사실 뉴 미디어 시대에는 디지털 미디어에 접근할 수 있는 사람이라면 누구나 각색자가 될 수 있고, 특정 스토리 월드나 콘텐츠의 팬이면 누구나 그 각색자가 될 수 있다. 말하자면, 모든 청중이 '저자'가 될 수 있다. 이 점에서 '저자'의 복권이란 원천 작품의 '저자' 못지않게 각색의 '저자'가 수행하는 역할의 중요성을 보여 주는 것이기도 하지만, 오늘날 미디어 기업과 격돌하기도 하고 '월드 빌딩' 작업에 참여하기도 하는 가운데 '실제 세계'에 변화를 유발하는 '청중'의 성격을 강조하는 것이기도 하다. 이 점에서 뉴 미디어 시대 각색자와 청중(사용자)은 모두 각색의 '저자', 즉 '월드 빌딩' 작업을 수행하는 행동주의자라고 말할 수 있다.

오늘날 미디어 기업들은 원소스멀티유즈, 트랜스미디어 스토리텔링, 크로스미디어 스토리텔링 등 다양한 방식을 활용해서 문화 콘텐츠를 생산하고, 청중들은 그 기업들이 설계한 플랫폼을 통해서 문화 콘텐츠와 상호작용한다. 트랜스미디어 콘텐츠의 '사용자 참여'란 기본적으로 제작사의 프랜차이즈 관리와 긴밀하게 결합해 있는 것이다. 그리고 미디어 기업은 바로 그 '사용자 참여'를 이용해서 경제적 이윤을 획득하려고 한다. 이것이 바로 뉴 미디어 시대 대중적 서사가 생산되고 유통되고 소비되는 방식이다. 이와 관련해서 "상업적인 이득을 꾀하는 사람들에게 우리의 눈과 귀와 신경을 빌려 주는 것은, 일상적 말하기의 권리를 개인 회사에 넘겨주는 것 혹은 지구 대기를 한 회사가 독점하게 하는 경우와 마찬가지"라는 맥루언의 지적은 시사하는 바가 크다. 미디어 기업들에 의한 독점적 플랫폼 개발과 콘텐츠 판매가 이루어지는 시대에 인간의 "일상적 말하기의 권리"가 위험에 처하리라는 것은 너무나도 분명해 보인다. 허천과 오플린의 관심이 미디어 대기업의 경제적 이윤 추구보다 "산업의 몰락"을 불러일으킬 수도 있는 청중 또는 팬들의 권리 쪽에 더 쏠려 있는 이유, 또한 각색이 미디어 대기업에 의한 문화 콘텐츠 또는 플랫폼의 독점적 소유에 맞서는 실천으로서 기능할 수 있으리라는 기대를 품은 이유는 바로 그와 같은 위험에 대한 인식에 있을 것이다.

허천이 각색의 '상호텍스트성의 정치학'을 언급했을 때, 그의 의도는 분명히 작품들, 장르들, 매체들 간 위계질서를 무너뜨리는 데 있었다. 그러나 오플린의 맥락에서 '상호텍스트성의 정치학'을 현실 세계로 확장하게 되면 각색은 강한 정치적 의미를 획득할 수 있다. 팬들의 집단적 각색은 일차적으로 미디어 기업의 경제적 이윤 추구를 통제할 수도 있겠지만, 더 나아가서는 각종 법률을 통해 경제적 이윤을 가능하게 하는 불균등한 권력관계를 침식하는 '전복적 힘'으로 변모할 수도 있는 것이다. 요컨대, 작품들 간 위계 관계를 침식하는 각색의 정치는 '청중=각색자'를 '월드 빌딩'의 '저자'로 만들 수 있고, 이를 통해 '저자'의 실천을 통해 현실의 위계 관계를 해체하는 데 기여할 수 있다.

참고문헌

■ 기본 자료

Linda Hutcheon, *The theory of Adaptation(Second Edition)*, London and New York: Routledge, 2013.

■ 논문과 단행본

김희경, 《트랜스미디어 콘텐츠의 세계》, 커뮤니케이션북스, 2015

박기수, 〈One Source Multi Use 활성화를 위한 문화콘텐츠 스토리텔링 전환 연구〉, 《한국언어문화》 44, 한국언어문화학회, 2011, 155~176쪽.

서성은, 〈린다 허천의 각색 담론〉, 《우리어문연구》 48, 우리어문학회, 2014, 319~353쪽.

소영현, 〈열풍시대의 문화적 감염력과 감성정치〉, 《대중서사연구》 21(1), 대중서사학회, 2015, 7~32쪽.

오은경, 〈트랜스미디어 또는 인터미디어〉, 《독일어문학》 65, 한국독일어문학회, 2014, 75~94쪽.

유제상, 〈트랜스미디어와 사용자 참여에 관한 연구〉, 《글로벌문화콘텐츠》 21, 글로벌문화콘텐츠학회, 2015, 185~209쪽.

장미영, 〈소설과 미디어콘텐츠의 상호매체성〉, 《국어문학》 52, 국어문학회, 2012, 255~286쪽.

마셜 맥루언, 《미디어의 이해》, 김상호 옮김, 커뮤니케이션북스, 2011.

헨리 젠킨스, 《컨버전스 컬처》, 김정희원·김동신 옮김, 비즈앤비즈, 2008.

Thomas Leitch, "New! Expand! Umimproved!", *Literature Film Quarterly* 41(2), 2013, pp. 157-160.

참고문헌

Aaraas, Hans. 1988–89. Bernanos in 1988. *Renascence* 41 (1–2): 15–28.

Abbate, Carolyn. 1991. *Unsung voices: Opera and musical narrative in the nineteenth century.* Princeton: Princeton University Press.

Abbott, H. Porter. 2002. *The Cambridge introduction to narrative.* Cambridge: Cambridge University Press.

Abeel, Erica. 2001. Warily adapting a scary book. *New York Times.* 20 Dec., Arts and Leisure: 22.

Adler, Irene. 2012. *The science of seduction.* http://thewhiphand.webs.com/.5 February 2012.

Albouy, Serge. 1980. *Bernanos et la politique: La societe et la droite francaises de 1900 a 1950.* Toulouse: Privat.

Allen, Jeanne Thomas. 1977. *Turn of the screw and The innocents*: Two types of ambiguity. In Peary and Shatzkin 1977a, 132–42.

Allen, Richard, and Smith, Murray, eds. 1997. *Film theory and philosophy.* Oxford: Clarendon Press.

Allen, Robert C., ed. 1992. *Channels of discourse, reassembled: Television and contemporary criticism.* Chapel Hill, NC: University of North Carolina Press.

Altman, Rick. 1999. *Film/genre.* London: British Film Institute.

Amos, Tori, and Powers, Ann. 2005. *Tori Amos: Piece by piece.* New York: Broadway.

Anders, Charlie Jane. 30 August 2011. Darth Vader will lose a little more of his dignity in *Star Wars* original trilogy Blu-rays. Listen for yourself! *io9.com.* http://io9.com/5835951/darth-vader-will-lose-a-little-more-ofhis-dignity-in-star-wars-original-trilogy-blu+rays-listen-for-yourself.

Anderson, Melissa. 2005. In search of adaptation: Proust and film. In Stam and Raengo 2005, 100–110.

Anderson, Michael. 3 May 2011. A walk through Westeros: Retracing "The Maester's Path." *argn.com*. http://www.argn.com/2011/05/a_walk_through_westeros_retracing_the_maesters_path/ . 5 May 2011.

Andrew, J. Dudley. 1976. *The major film theories: An introduction*. London: Oxford University Press.

_____. 1980. The well-worn muse: Adaptation in film and theory. In *Narrative strategies*. Macomb: Western Illinois Press, 9-17.

_____. 2004. Adapting cinema to history: A revolution in the making. In Stam and Raengo 2004, 189–204.

Armour, Robert A. 1981. The "whatness" of Joseph Strick's *Portrait*. In Klein and Parker 1981, 279–90.

Arrington, Michael. 4 January 2010. Bam! Avatar hits $1 billion in ticket sales in 17 days, already No. 4 all time movie. *techcrunch.com*. http://techcrunch.com/2010/01/04/bam-avatar-hits-1-billion-in-ticket-salesin-17-days-already-no-4-all-time-movie/.

Axelrod, Mark. 1996. Once upon a time in Hollywood; or, the commodifi cat ion of form in the adaptation of fictional texts to the Hollywood cinema. *Literature/Film Quarterly* 24 (2): 201–8.

Aycock, Wendell M., and Schoenecke, Michael, eds. 1988. *Film and literature: A comparative approach to adaptation*. Lubbock: Texas Tech University Press.

Babbitt, Irving. 1910/1929. *The new Laokoon: An essay on the confusion of the arts*. New York: Houghton Mifflin.

Baker, Noel. 1997. *Hard core road show: A screenwriter's diary*. Toronto: Anansi. Baldwin, James. 1955/1975. *Carmen Jones*—the dark is light enough. In L. Patterson 1975, 88–94.

Balestrini, Nassim Winnie, ed. 2011. *Adaptation and American studies: Perspectives on teaching and research*. Heidelberg: Universitätsverlag Winter.

Barash, David P., and Barash, Nanelle. 2005. *Madame Bovary's ovaries: A Darwinian look at literature*. New York: Delacorte Press.

Bardenstein, Carol. 1989. The role of the target-system in theatrical adaptation: Jalal's Egyptian-Arabic adaptation of *Tartuffe*. In Scolnicov and Holland

1989, 146–62.

Barnes, Julian. 1998. *England, England.* London: Picador.

Barthes, Roland. 1968/1977. The death of the author. Trans. Stephen Heath. In Barthes 1977, 142–48.

———. 1971/1977. From work to text. Trans. Stephen Heath. In Barthes 1977, 155–64.

———. 1977. *Image—Music—Text.* Trans. Stephen Heath. New York: Hill & Wang.

Bassnett, Susan. 2002. *Translation studies,* 3rd edn. London: Routledge.

Bateson, F.W. 1972. *Essays in critical dissent.* London: Longmans.

Bauer, Leda V. 1928. The movies tackle literature. *American Mercury* 14: 288–94.

Bazin, Andre. 1967. *What is cinema?* Vol 1. Trans. Hugh Gray. Berkeley: University of California Press.

———. 1997. *Bazin at work: Major essays and reviews from the forties and fifties.* Trans. Alain Piette and Bert Cardullo. London: Routledge.

BBC. 8 January 2012a. The video from John's blog 16 Mar. by Moriarty. *Sherlock Series 2.* http://www.youtube.com/watch?v=enIwRGc8XlM&feature=youtu.be. 5 February 2012.

———. 15 January 2012b. Latest video from John's blog. *Sherlock Series 2.* http://www.youtube.com/watch?v=BnMmAkclLmM&feature=related. 5 February 2012.

Beebee, Thomas O. 1994. *The ideology of genre: A comparative study of generic instability.* University Park, PA: Pennsylvania State University Press.

Begley, Louis. 2003. "About Schmidt" was changed, but not its core. *New York Times.* 19 Jan., Arts and Leisure: 1, 22.

Beguin, Albert. 1958. *Bernanos par lui-meme.* Paris: Seuil.

Benjamin, Walter. 1968. *Illuminations.* Trans. Harry Zohn, intro. Hannah Arendt. New York: Harcourt, Brace and World.

———. 1992. The task of the translator. In Schulte and Biguenet 1992, 71–92.

Bernanos, Georges. 1949. *Dialogues des Carmelites.* Paris: Seuil.

Bertrand, Denis. 1983. Les migrations de Carmen. *Le français dans le monde* 181 (Nov.–Dec): 103–10.

Bessell, David. 2002. What's that funny noise? An examination of the role of music in *Cool Boarders 2, Alien Trilogy and Medieval 2*. In King and Krzywinska 2002a, 136–44.

Black, Gregory D. 1994. *Hollywood censored: Morality codes, Catholics, and the movies*. New York: Cambridge University Press.

Blanchet, Alexis. 15 December 2011. A statistical analysis of the adaptation of films into video games. Trans. Christopher Edwards. *inaglobal.fr*. http://www.inaglobal.fr/en/video-games/article/statistical-analysisadaptation-films-video-games#intertitre-7. 14 February 2012.

Blau, Herbert. 1982. Theatre and cinema: The scopic drive, the detestable screen, and more of the same. In *Blooded thought: Occasions of theatre*. New York: Performing Arts Journal Publications, 113–37.

Bluestone, George. 1957/1971. *Novels into film*. Berkeley: University of California Press.

Block, Alex Ben. 9 February 2012. 5 questions with George Lucas: Controversial 'Star Wars' changes, SOPA and 'Indiana Jones 5'. *The Hollywood Reporter*. http://www.hollywoodreporter.com/heat-vision/george-lucas-star-wars-interview-288523. 25 January 2012.

Blunck, Annika. 2002. Towards meaningful spaces. In Rieser and Zapp 2002a, 54–63.

Boivin, Patrick. 27 May 2010. *Iron Baby*. http://www.youtube.com/watch?v=SyoA4LXQco4. 30 May 2010.

Bolter, Jay David, and Grusin, Richard. 1999. *Remediation: Understanding new media*. Cambridge, MA: MIT Press.

Bolton, H.P. 1987. *Dickens dramatized*. London: Mansell Publications.

Boly, Joseph, O.S.C. 1960. *Georges Bernanos, Dialogues des Carmelites*: Etude et analyse. Paris: Editions de l'ecole.

Boose, Lynda E., and Burt, Richard, eds. 1997a. *Shakespeare, the movie: Popularizing the plays on film, TV, and video*. London and New York: Routledge.

_____. 1997b. Totally clueless?: Shakespeare goes Hollywood in the 1990s. In Boose and Burt 1997a, 8–22.

Bortolotti, Gary R. and Linda Hutcheon. 2007. On the origin of adaptations: Rethinking fidelity discourse and "success"—Biologically. *New Literary History* 38: 443-458.

Boyum, Joy Gould. 1985. *Double exposure: Fiction into film.* New York: Universe Books.

Bradbury, Malcolm. 1994. The novelist and television drama. In Elsaesser, Simons, and Bronk 1994, 98–106.

Brady, Ben. 1994. *Principles of adaptation for film and television.* Austin: University of Texas Press.

Braudy, Leo. 1998. Afterword: Rethinking remakes. In Horton and McDougal 1998a, 327–34.

_____, and Cohen, Marshall, eds. 1999. *Film theory and criticism: Introductory readings.* New York and Oxford: Oxford University Press.

Brecht, Bertolt. 1964. The film, the novel and epic theatre. Brecht on theatre. Trans. and ed. John Willett. New York: Methuen, 47–51.

Bremond, Claude. 1964. Le message narratif. *Communications* 4: 4–32

Brett, Philip. 1984. Salvation at sea: *Billy Budd.* In Palmer 1984, 133–43.

Bricken, Rob. 31 August 2011. Confirmed: George Lucas @#$%ed with the original trilogy for the Star Wars blu-rays. *ToplessRobot.com.* http://www.toplessrobot.com/2011/08/confirmed_george_lucas_ed_with_the_original_trilog.php. 25 January 2012.

Brisbin, David. December 2009/January 2010. Instant fan-made media. *Perspective.* 55–59.

Brook, Peter. 1987. Filming a play. In *The shifting point: Theatre, film, opera, 1946–1987.* New York: Harper and Row, 189–92.

Bruckberger, Raymond. 1980. *Tu finiras sur l'echafaud,* suivi de *Le Bachaga, memoires.* Paris: Flammarion.

Bryant, John. 2002. *The fluid text: A theory of revision and editing for book and screen.* Ann Arbor: University of Michigan Press.

Bryce, Jo, and Rutter, Jason. 2002. Spectacle of the deathmatch: Character and narrative in first-person shooters. In King and Krzywinska 2002a, 66–80.

Buck-Morss, Susan. 1989. *The dialects of seeing: Walter Benjamin and the Arcades project.* Cambridge, MA: MIT Press.

Buckland, Sidney, and Chimenes, Myriam, eds. 1999. *Francis Poulenc: Music, art, and literature.* Aldershot: Ashgate.

Buhler, Stephen M. 2001. *Shakespeare in the cinema: Ocular proof.* Albany: State University of New York Press.

Bullas, Jeff . 9 September 2011. 20 stunning social media statistics plus infographic. *Jeff Bullas.com.* http://www.jeff bullas.com/2011/09/02/20-stunning-social-media-statistics/#.TzVbtmVT0g8.twitter. 14 February 2012.

Burroughs, William S. 1991. Screenwriting and the potentials of cinema. In Cohen 1991a, 53–86.

Bush, William. 1985. *Bernanos' Dialogues des Carmelites: Fact and fiction.* Compiegne: Carmel de Compiegne.

———. 1988. *Bernanos, Gertrud von le Fort et la destinee mysterieuse de Marie de l'Incarnation.* Compiegne: Carmel de Compiegne.

———. 1999. *To quell the terror: The mystery of the vocation of the sixteen Carmelites of Compiegne guillotined July 17, 1794.* Washington, DC: ICS Publications.

Butler, Robert. 2003. *The art of darkness: Staging the Philip Pullman trilogy.* London: Oberon Books.

———. 2004. *The art of darkness: The story continues.* London: Oberon Books.

Cahir, Linda Costanzo. 2006. *Literature into film: theory and practical approaches.* Jefferson, NC: McFarland.

CampfireNYC.com. Press. http://campfirenyc.com/press.html. 10 October 2011.

Carcaud-Macaire, Monique, and Clerc, Jeanne-Marie. 1998. Pour une approche sociocritique de l'adaptation cinematographique: L'exemple de *Mort a Venise.* In Groensteen 1998a, 151–76.

Cardwell, Sarah. 2002. *Adaptation revisited: Television and the classic novel.* Manchester: Manchester University Press.

Carlisle, Janice, and Schwarz, Daniel R., eds. 1994. *Narrative and culture*. Athens: University of Georgia Press.

Carriere, Jean-Claude. 1985. Chercher le coeur profond. *Alternatives theâtrales* 24: 5–14.

Carroll, Rachel, ed. 2009. *Adaptation in contemporary culture: Textual infidelities*. London and New York: Continuum.

Carruthers, John. 1927. *Scheherazade, or the future of the English novel*. London: Kegan Paul, Trench, and Trubner.

Cartmell, Deborah, Hunter, I.Q., Kaye, Heidi, and Whelehan, Imelda, eds. 1996. *Pulping fictions: Consuming culture across the literature/media divide*. London and Chicago: Pluto Press.

———. 1997. *Trash aesthetics: Popular culture and its audience*. London and Chicago: Pluto Press.

Cartmell, Deborah, and Imelda Whelehan. 2010. *Screen adaptation: Impure cinema*. New York: Palgrave-Macmillan.

Cartmell, Deborah, and Whelehan, Imelda, eds. 1999. *Adaptations: From text to screen, screen to text*. London: Routledge.

———. 2007. *The Cambridge companion to literature on screen*. Cambridge: Cambridge University Press.

Cascardi, Anthony J., ed. 1987. *Literature and the question of philosophy*. Baltimore: Johns Hopkins University Press.

Casetti, Francesco. 2004. Adaptation and mis-adaptations: Film, literature, and social discourses. Trans. Alessandra Raengo. In Stam and Raengo 2004, 81–91.

Cassutt, Michael. 2004. It happens. wysiwyg://177/http://www.scifi .com/sfw/current/cassutt.html. 5 August.

Cattrysse, Patrick. 1992. Film (adaptation) as translation: Some methodological proposals. Target 4 (1): 53–70.

———. 1997. *The unbearable lightness of being*: Film adaptation seen from a different perspective. *Literature/Film Quarterly* 25 (3): 222–30.

Cham, Mbye. 2005. Oral traditions, literature, and cinema in Africa. In Stam and Raengo 2005, 295–312.

Chamberlin, J. Edward. 2003. *If this is your land, where are your stories? Finding common ground*. Toronto: Knopf.

Chambers, Ross. 1998. *Facing it: AIDS diaries and the death of the author*. Ann Arbor: University of Michigan Press.

Chatman, Seymour. 1999. What novels can do that films can't (and vice versa). In Braudy and Cohen 1999, 435–51.

Christensen, Jerome. 1991. Spike Lee, corporate populist. *Critical Inquiry* 17: 582–95.

Christensen, Thomas. 1999. Four-hand piano transcription and geographies of nineteenth-century musical reception. *Journal of the American Musicological Society* 52 (2): 255–98.

Citron, Marcia J. 2000. *Opera on screen*. New Haven: Yale University Press.

Citron, Paula. 2002. A Carmen of ferocious passion. *Globe and Mail*. 29 May: R3.

Clark, Alan R. 1983. *La France dans l'histoire selon Bernanos*. Paris: Minard.

Clark, Randy. 1991. Bending the genre: The stage and screen versions of *Cabaret*. *Literature/Film Quarterly* 19 (1): 51–59.

Clement, Catherine. 1989. *Opera, or the undoing of women*. Trans. Betsy Wing. London: Virago Press.

Cohen, Keith. 1977. Eisenstein's subversive adaptation. In Peary and Shatzkin 1977, 245–56.

_____. 1979. *Film and fiction: The dynamics of exchange*. New Haven: Yale University Press.

Cohen, Keith, ed. 1991a. *Writing in a film age: Essays by contemporary novelists*. Niwot, CO: University Press of Colorado.

_____. 1991b. Introduction. In Cohen 1991a, 1–44.

Collier, Mary Blackwood. 1994. *La Carmen essentielle et sa realization au spectacle*. New York: Peter Lang.

Collins, Jim. 1991. Batman: The movie and narrative: The hyperconscious in *The many lives of the Batman: Critical approaches to a superhero and his media*. Eds. Roberta E. Pearson, and William Urrichio. New York: Routledge: 64–181.

Colmeiro, Jose F. 2002. Rehispanicizing Carmen: Cultural reappropriations in Spanish cinema. Paper read at *The Carmen Conference*. University of Newcastle upon Tyne, 25 Mar.

Conrad, Joseph. 1897/1968. The condition of art. (Preface to *The Nigger of the Narcissis*) in Morton Dauwen Zabel, ed., *The Portable Conrad*. New York: Viking Press, 705–10.

Constandinides, Costas. 2010. *From film adaptation to post-celluloid adaptation*. New York and London: Continuum.

Conte, Gian Biagio. 1986. *The rhetoric of imitation: Genre and poetic memory in Virgil and other Latin poets*. Ed. Charles Segal. Ithaca, NY: Cornell University Press.

Cooke, Mervyn. 1993. Britten and Shakespeare: Dramatic and musical cohesion in "A Midsummer Night's Dream." *Music and Letters* 74 (2):246–68.

Coombe, Rosemary. 1994. Author/izing the celebrity. In Woodmansee and Jaszi 1994, 101–31.

Corliss, Richard. 1974. The Hollywood screenwriter. In Mast and Cohen 1974, 541–50.

Corrigan, Timothy. 1999. *Film and literature: An introduction and reader*. Upper Saddle River, NJ: Prentice Hall.

Cox, Alex. 2002. Stage fright. *Globe and Mail*. 2 Sept.: R4.

Crespin, Regine. n.d. D'une Prieure a l'autre. *L'Avant-scene Opera* 52: 106–7.

Cronenberg, David. 1996. Introduction: From novel to film (with Chris Rodley) in *Crash*. London: Faber and Faber, vii–xix.

Crozier, Eric. 1986. The writing of *Billy Budd*. *Opera Quarterly* 4 (3): 11–27.

Cubitt, Sean. 2002. Why narrative is marginal to multimedia and networked communication, and why marginality is more vital than universality. In Rieser and Zapp 2002a, 3–13.

Cuddy-Keane, Melba. 1998. *Mrs. Dalloway*: Film, times, and trauma. In Laura Davis and Jeanette McVicker, *Virginia Woolf and her influences: Selected papers from the seventh annual Virginia Woolf conference.* New York: Pace University Press, 171–75.

_____. 2003. Modernism, geopolitics, globalization. *Modernism/Modernity* 10 (3): 539–58.

Culler, Jonathan. 1975. *Structural poetics: Structuralism, linguistics, and the study of literature.* Ithaca, NY: Cornell University Press.

Cunningham, Michael. 2003. "The Hours" brought elation, but also doubt. *New York Times.* 29 Jan., Arts and Leisure: 1, 22.

Darley, Andrew. 1997. Second-order realism and post-modern aesthetics in computer animation. In Pilling 1997, 16–24.

_____. 2000. *Visual digital culture: Surface play and spectacle in new media-genres.* London: Routledge.

Davis, Noah. 2 November 2011. Facebook is quickly becoming the most important tool in movie marketing. *Business Insider Magazine.* http://www.businessinsider.com/facebook-is-quickly-becoming-mostimportant-tool-in-movie-marketing-2011-11. 4 February 2012.

Dawkins, Richard. 1976/1989. *The selfish gene.* New York and Oxford: Oxford University Press.

DeCanio, Lisa. 15 February 2012. No magic necessary: The Harry Potter Alliance inspires social change through fictional novels. *Bostinno. http://bostinno.com/2012/02/15/no-magic-necessary-the-harry-potter-alliancein-spires-social-change-through-fictional-novels/.* 15 February 2012.

Dena, Christy. 2009. *Transmedia practice: Theorising the practice of expressing a fictional world across distinct media and environments.* Ph.D. dissertation, University of Sydney. (http://www.christydena.com/phd/.)

Desmond, John M., and Peter Hawkes. 2005. *Adaptation: Studying film and literature.* New York: McGraw-Hill.

Dick, Bernard F. 1981. Adaptation as archaeology: *Fellini Satyricon* (1969). In Horton and Magretta 1981a, 145–54.

Dimock, Wai Chee. 1997. A theory of resonance. PMLA 112 (5): 1060–71.

Dinkla, Soke. 2002. The art of narrative—towards the *Floating Work of Art.* In

Rieser and Zapp 2002a, 27–41.

Doherty, Thomas. 1998. World War II in film: What is the color of reality? *Chronicle of Higher Education*. 9 Oct.: B4–B5.

Donaldson, Peter S. 1997. Shakespeare in the age of post-mechanical reproduction: Sexual and electronic magic in *Prospero's Books*. In Boose and Burt 1997a, 169–85.

Drumb, Cole. 22 February 2008. How to Swede? Ask Michel Gondry. *Film.com*. http://www.film.com/movies/how-to-swede-ask-michel-gondry#fbid=QF_ENJwaETY. 22 January 2012.

DuQuesnay, Ian M. le M. 1979. From Polyphemus to Corydon: Virgil, *Eclogue* 2 and the *Idylls* of Theocritus. In West and Woodman 1979, 35–69.

Durack, Elizabeth. 2000. Editorial. *Echo Station*. http://lessig.org/content/columns/pdfs/118.pdf. 25 January 2012.

Dutton, Denis. 1987. Why intentionalism won't go away. In Cascardi 1987, 194–209.

――――. n.d. The smoke-free *Carmen*. *Arts and Letters Daily*. http://www.aldaily.com/smoke.htm. 7 August 2004.

Eagleton, Terry. 1996. *Literary theory: An introduction*, 2nd ed. Minneapolis: University of Minnesota Press.

Edel, Leon. 1974. Novel and camera. In Halperin 1974, 177–88.

Edelstein, David. 2001. "Remade in America": A label to avoid. *New York Times*. 4 Nov., Arts and Leisure: 3, 20.

Elliott, Kamilla. 2003. *Rethinking the novel/film debate*. Cambridge: Cambridge University Press.

Ellis, John. 1982. The literary adaptation. *Screen* 23 (May–June): 3–5.

Elsaesser, Thomas. 1994. Introduction. In Elsaesser, Simons and Bronk 1994, 91–97.

Elsaesser, Thomas, Simons, Jan, and Bronk, Lucette, eds. 1994. *Writing for the medium: Television in transition*. Amsterdam: Amsterdam University Press.

Emslie, Barry. 1992. *Billy Budd* and the fear of words. *Cambridge Opera Journal* 4 (1): 43–59.

Ermarth, Elizabeth Deeds. 2001. Agency in the discursive condition. *History and Theory* 40: 34-58.

Fanlore. n.d. Open letter to Star Wars zine publishers by Maureen Garrett. *fanlore.org.* http://fanlore.org/wiki/Open_Letter_to_Star_Wars_Zine_Publishers_by_Maureen_Garrett. 24 January 2012.

Faraci, Devin. 30 August 2011. Update: Lucas added Vader crying "Noooooo!" to Return of the Jedi. *BadassDigest.com.* http://badassdigest.com/2011/08/30/did-lucas-add-vader-crying-noooooo-to-return-ofthe-jedi?utm_source=feedburner&utm_medium=feed&utm_campaign=Feed%253A+badassdigest+%2528Badass+Digest+ALL%2529. 25 January 2012.

Fassbinder, Rainer Werner. 1992. Preliminary remarks on *Querelle*. In Toteberg and Lensing 168–70.

Fawcett, F. Dubrez. 1952. *Dickens the dramatist*. London: W.H. Allen.

Feingold, Ken. 2002. The interactive art gambit. In Rieser and Zapp 2002a, 120–34.

Feldberg, Robert. n.d. A dated musical made thoroughly modern. http://www.northjersey.com/cgi-bin/page.pl?id=4718267. 8 December 2002.

Filibuster Cartoons. n.d. The best video games in the history of humanity. *filibustercartoons.com.* http://www.fi libustercartoons.com/games.htm. 22 January 2012.

Fischlin, Daniel, and Fortier, Mark, eds. 2000. *Adaptations of Shakespeare: A critical anthology of plays from the seventeenth century to the present*. London and New York: Routledge.

Fish, Stanley. 1980. *Is there a text in this class?: The authority of interpretive communities*. Cambridge, MA: Harvard University Press.

Flitterman-Lewis, Sandy. 1992. Psychoanalysis, film, and television. In R.C. Allen 1992, 203–46.

Foer, Jonathan Safran. 2011. *Tree of Codes*. London: Visual Editions.

Forster, E.M. 1910/1941. *Howards End*. Harmondsworth: Penguin.

Fortier, Mark. 2002. Undead and unsafe: Adapting Shakespeare (in Canada). In Diana Bryden and Irena R. Makaryk, eds., *Shakespeare in Canada: A world elsewhere*. Toronto: University of Toronto Press, 339–52.

Foucault, Michel. 1972. *The archaeology of knowledge and The discourse on language*. Trans. A.M. Sheridan Smith. New York: Harper and Row.

Friedman, Susan Stanford. 2004. Whose modernity? The global landscape of modernism. Humanities Institute Lecture, University of Texas, Austin. 18 February.

Furman, Nelly. 1988. The languages of love in *Carmen*. In Groos and Parker 1988, 168–83.

Gagnebin, Laurent. 1987. *Du Golgotha a Guernica: Foi et creation artistique*. Paris: Les Bergers et les Mages.

Galloway, Priscilla. 2004. Interview with the author. 25 April.

Garber, Marjorie. 1987. *Shakespeare's ghost writers*. London: Methuen.

_____. 2003. Quotation marks. London and New York: Routledge.

Gardies, André. 1998. Le narrateur sonne toujours deux fois. In Groensteen 1998a, 65–80.

Gaudioso, John. 10 February 2011. New Rovio exec David Maisel believes "Angry Birds" movie will change video game adaptations. *HollywoodReporter. com*. http://www.hollywoodreporter.com/news/roviodavid-maisel-angry-birds-242956. 14 February 2011.

Gaudreault, André. 1998. Variations sur une problematique. In Groensteen 1998a, 267–71.

_____, and Marion, Philippe. 1998. Transecriture et mediatique narrative: L'enjeu de l'intermedialite, … . In Groensteen 1998a, 31–52.

_____. 2004. Transecriture and narrative mediatics: The stakes of intermediality. Trans. Robert Stam. In Stam and Raengo 2004, 58–70.

Gaut, Berys. 1997. Film authorship and collaboration. In Allen and Smith 1997, 149–72.

Geduld, Harry M. 1983. The definitive Dr. Jekyll and Mr. Hyde companion. New York: Gardan.

Gendre, Claude. 1994. *Destinee providentielle des Carmelites de Compiegne dans la literature et les arts*. Jonquieres: Carmel de Compiegne.

_____. 1999. *Dialogues des Carmelites*: The historical background, literary destiny and genesis of the opera. Trans. William Bush. In Buckland and Chimenes 1999, 274–319.

Gendron, Bernard. 2002. *Between Montmartre and the Mudd Club: Popular music and the avant-garde*. Chicago: University of Chicago Press.

Genette, Gerard. 1979. *Introduction a l'architexte*. Paris: Seuil.

_____. 1982. *Palimpsestes: La litterature au second degre*. Paris: Seuil.

Geraghty, Christine. 2007. *Now a major motion picture: Film adaptations of literature and drama*. Lanham, MD: Rowman & Littlefi eld.

Gerrig, Richard J. 1993. *Experiencing narrative worlds: On the psychological activities of reading*. New Haven, CT: Yale University Press.

Gibbons, Luke. 2002. "The cracked looking glass" of cinema: James Joyce, John Huston, and the memory of "The Dead." *Yale Journal of Criticism* 15 (1): 127–48.

Giddings, Robert, Selby, Keith, and Wensley, Chris. 1990. *Screening the novel: The theory and practice of literary dramatization*. London: Macmillan.

_____, and Sheen, Erica, eds. 2000. *The classic novel: From page to screen*. New York: St. Martin's Press.

Glancy, Mark. 2003. *The 39 Steps*. London and New York: I.B. Tauris.

Golden, Leon, ed. 1982. *Transformations in literature and film*. Tallahassee: University Presses of Florida.

Gombrich, E.H. 1961. *Art and illusion: A study in the psychology of pictorial representation*. New York: Panther.

Gomez, Jeff . 10 March 2010. Coca-Cola's happiness factory: Case study. http://www.youtube.com/watch?v=pYDFUvO4upY&list=PL322B4921359703F7&index=13&feature=plpp_video. 20 March 2010.

_____. Email exchange with author, 24 February 2012.

Gordon, Rebecca M. 2003. Portraits perversely framed: Jane Campion and Henry James. *Film Quarterly* 56 (2): 14–24.

Gould, Evlyn. 1996. *The fate of Carmen*. Baltimore: Johns Hopkins University Press.

Grau, Oliver. 2003. *Virtual art: From illusion to immersion*. Trans. Gloria Custance. Cambridge: MIT Press.

Greenberg, Clement. 1940/1986. Towards a newer Laocöon. *Partisan Review* July-Aug. 1940; rpt. John O'Brian, ed., *The collected essays and criticism*. Vol. 1, *Perceptions and judgements, 1939–1944*. Chicago: University of Chicago Press, 23–38.

Greenberg, Harvey R. 1998. Raiders of the lost text: Remaking as contested homage in *Always*. In Horton and McDougal 1998a, 115–30.

Greenblatt, Stephen. 1991. Resonance and wonder. In Ivan Karp and Steven D. Lavine, eds., *Exhibiting cultures: The poetics and politics of museum display*. Washington, DC: Smithsonian Institute, 42–56.

Groen, Rick. 2004. Bad kitty! Very bad kitty! *Globe and Mail*, 23 July: R1.

Groensteen, Thierry, ed. 1998a. *La transecriture: Pour une theorie de l'adaptation*. Colloque de Cerisy, 14–21 Aug. 1993, Quebec: Editions Nota Bene.

_____. 1998b. Fictions sans frontieres. In Groensteen 1998a, 9–29.

_____. 1998c. Le processus adaptatif (tentative de recapitulation raisonnee). In Groensteen 1998a, 273–77.

Groos, Arthur, and Parker, Roger, eds. 1988. *Reading opera*. Princeton: Princeton University Press.

Gunelius, Susan. 7 March 2010. The shift from CONsumers to PROsumers. Forbes.com. http://www.forbes.com/sites/work-in-progress/2010/07/03/the-shift-from-consumers-to-prosumers/. 12 January 2012.

Habicht, Werner. 1989. Shakespeare and theatre politics in the Third Reich. In Scolnicov and Holland 1989, 110–20.

Halevy, Ludovic. 1905/1987. Breaking the rules. Trans. Clarence H. Russell. *Opera News* 51 (13): 36–37, 47.

Hall, Carol. 1991. Valmont redux: The fortunes and filmed adaptations of *Les liaisons dangereuses* by Cholderlos de Laclos. *Literature/Film Quarterly* 19 (1): 41–50.

Hall, James Andrew. 1984. In other words. *Communication and Media* 1: 1.

Halliwell, Michael. 1996. "The space between" postcolonial opera? The Meale/ Malouf adaptation of Voss. *Australasian Drama Studies* 28 (April): 87–98.

Halperin, J., ed. 1974. *The theory of the novel*. London: Oxford University Press.

Hammerstein, Oscar III. 1945. *Carmen Jones*. New York: Knopf.

Hamon, Philippe. 1977. Texte litteraire et metalangage. Poetique 31: 263–84.

Hansen, Miriam Bratu. 2001. *Schindler's List is not Shoah*: The second commandment, popular modernism, and public memory. In Landy 2001a, 201–17.

Hapgood, Robert. 1997. Popularizing Shakespeare: The artistry of Franco Zeffirelli. In Boose and Burt 1997a, 80–94.

Harries, Dan M. 1997. Semiotics, discourse and parodic spectatorship. *Semiotica* 113 (3–4): 293–315.

Harris, Mark. February 2011. The day the movies died. *GQ.com*. http://www. gq.com/entertainment/movies-and-tv/201102/the-day-the-moviesdied-mark-harris. 24 May 2011.

Harry Potter Alliance. 2012. Cease and desist letters. *thehpalliance.org*. http:// thehpalliance.org/action/campaigns/nihn/cease-and-desist-letter/. 18 February 2012.

_____. 2012. HPA Chocolate Frogs. *thehpalliance.org*. http://thehpalliance.org/ action/campaigns/nihn/chocolate-frogs/. 18 February 2012.

Hawthorne, Christopher. 1996. Coming out as a socialist. Interview with Tony Kushner, *SALON* http://www.salon.com/weekly/interview960610. html. 2 November 2004.

Hayles, Katherine N. 2001. The transformation of narrative and the materiality of hypertext. *Narrative* 9 (1): 21–39.

Hedrick, Donald K. 1997. War is mud: Branagh's dirty Henry V and the types of political ambiguity. In Boose and Burt 1997a, 45–66.

Hell, Henri. 1978. *Francis Poulenc: Musicien français*. Paris: Fayard.

Helman, Alicja, and Osadnik, Waclaw M. 1996. Film and literature: Historical models of film adaptation and a proposal for a (poly)system approach. *Ca-*

nadian Review of Comparative Literature 23 (3): 645–57.

Henderson, Diana E. 1997. A Shrew for the times. In Boose and Burt 1997a, 148–68.

Hensley, Wayne E. 2002. The contribution of F.W. Murnau's *Nosferatu to the evolution of Dracula. Literature/Film Quarterly* 30 (1): 59–64.

Hermans, Theo. 1985. Introduction: Translation studies and a new paradigm. In Theo Hermans, ed., *The manipulation of literature: Studies in literary translation.* London: Croom Helm, 7–15.

Highway, Tomson. 2003. Adaptation. Lecture to University College, 6 Oct.

Hinds, Stephen. 1998. *Allusion and intertext: Dynamics of appropriation in Roman Poetry.* Cambridge: Cambridge University Press.

Hirschhorn, Joel. 2002. Hearing a different drum song: David Henry Hwang. *The Dramatist Magazine.* Mar.-Apr. http://www.dramaguild.com/doc/md-hart1.htm. 5 August 2004.

Hix, H. L. 1990. *Morte d'author.* Philadelphia: Temple University Press.

Hodgdon, Barbara. 1997. Race-ing *Othello.* Re-engendering white-out. In Boose and Burt 1997a, 23–44.

Hoesterey, Ingeborg. 2001. *Pastiche: Cultural memory in art, film, literature.* Bloomington: Indiana University Press.

Honig, Joel. 2001. A novel idea. *Opera News* 66 (2): 20–23.

Hopton, Tricia, Adam Atkinson, Jane Stadler, and Peta Mitchell, eds. 2011. *Pockets of change: Adaptation and cultural transition.* Lanham, MD: Lexington Books.

Horkheimer, Max, and Adorno, Theodor W. 1947/1972. *Dialectic of enlightenment.* New York: Herder and Herder.

Horton, Andrew, and Magretta, Joan, eds. 1981a. *Modern European filmmakers and the art of adaptation.* New York: Frederick Ungar.

———. 1981b. Introduction. In Horton and Magretta 1981a, 1–5.

Horton, Andrew, and McDougal, Stuart Y., eds. 1998a. *Play it again, Sam: Retakes on remakes.* Berkeley: University of California Press.

———. 1998b. Introduction. In Horton and McDougal 1998a, 1–11.

Howard, Patricia. 1969. *The operas of Benjamin Britten: An introduction.* London: Barrie and Rockliff, the Cresset Press.

Howells, Sach A. 2002. Watching a game, playing a movie: When media collide. In King and Krzywinska 2002a, 110–21.

Humphrey, Michael. 29 July 2011. Pottermore: Expert explains how Harry Potter's website will transform storytelling. Forbes.com. http://www.*forbes.com*/sites/michaelhumphrey/2011/07/29/pottermoreexpert-explains-how-harry-potters-website-will-transformstorytelling/. 25 August 2011.

Hutcheon, Linda. 1979. "Sublime noise" for three friends: E.M. Forster, Roger Fry, and Charles Mauron. *Modernist Studies* 3 (3): 141–50.

_____, and Hutcheon, Michael. 1996. *Opera: Desire, disease, death.* Lincoln: University of Nebraska Press.

Hutchings, Anthony. 1997. Authors, art, and the debasing instinct: Law and morality in the *Carmina Burana case. Sydney Law Review* 19: 385–99.

Hwang, David Henry. 2002. A new musical by Rodgers and Hwang. *New York Times.* 13 Oct., Arts and Leisure: 1, 16.

Iannucci, Amilcare A., ed. 2004a. *Dante, cinema, and television.* Toronto: University of Toronto Press.

_____. 2004b. Dante and Hollywood. In Iannucci 2004a, 3–20.

Inde, Vilis R. 1998. Jeff Koons: Piracy or fair use? Is it art? Visual excess? Or a cupcake?. In *Art in the courtroom.* Westport, CT and London: Praeger, 1–47.

Innis, Christopher. 1993. Adapting Dickens to the modern eye: *Nicholas Nickleby* and *Little Dorrit.* In Reynolds 1993a, 64–79.

Iseminger, Gary, ed. 1992. *Intention and interpretation.* Philadelphia: Temple University Press.

Iser, Wolfgang. 1971. Indeterminacy and the reader's response in prose fiction. In J. Hillis Miller, ed., *Aspects of narrative.* New York: Columbia University Press, 1–45.

Ivan, Tom. 12 December 2011. Call of Duty: Modern Warfare 3 hits $1 billion in sales. *CVG.com.* http://www.computerandvideogames.com/329324/callof-duty-modern-warfare-3-hits-1-billion-in-sales/. 24 February 2012.

Ivry, Benjamin. 1996. *Francis Poulenc*. London: Phaedon Press.

Jackson, Nicholas. 27 June 2011. Buy and sell virtual marijuana with new 'Weeds' Facebook game. *The Atlantic*. http://www.theatlantic.com/technology/archive/2011/06/buy-and-sell-virtual-marijuana-with-newweeds-facebook-game/241111/.6 February 2012.

Jarman, Derek. 1991. *Queer Edward II*. London: British Film Institute.

Jenkins, Henry. 2006. *Convergence culture: Where old and new media collide*. New York: New York University Press.

_____. 11 February 2009a. If it doesn't spread, it's dead (Part One): Media viruses and memes. *Henryjenkins.org*. http://henryjenkins.org/2009/02/if_it_doesnt_spread_its_dead_p.html. 15 February 2009.

_____. 11 September 2009b. The aesthetics of transmedia: In response to David Bordwell (Part One). *HenryJenkins.org*. http://henryjenkins.rg/2009/09/the_aesthetics_of_transmedia_i.html. 19 November 2009.

_____. 2011. Transmedia 202: Further reflections. *Henryjenkins.org*. http://henryjenkins.org/2011/08/defining_transmedia_further_re.html. 13 March 2012.

Jinks, William. 1971. *The celluloid literature: Film in the humanities*. Los-Angeles: Glencoe.

Joe, Jeongwon. 1998. Hans-Jurgen Syberberg's *Parsifal*: The staging of dissonance in the fusion of opera and film. *Musical Research Forum* 13(July): 1–20.

Jost, Francois. 2004. The look: From film to novel: An essay on comparative narratology. Trans. Robert Stam. In Stam and Raengo 2004, 71–80.

Kauffmann, Stanley. 2001. *The Abduction from the theater*: Mozart opera on film. In *Regarding film: Criticism and comment*. Baltimore: Johns Hopkins University Press, 175–87.

Kerman, Judith B., ed. 1991. *Retrofitting* Blade Runner: *Issues in Ridley Scott's* Blade Runner *and Philip K. Dick's* Do Androids Dream of Electric Sheep? Bowling Green, OH: Bowling Green University Press.

Kerr, Paul. 1982. Classical serials to-be-continued. *Screen* 23 (1): 6–19.

Kestner, Joseph. 1981. The scaff old of honor. *Opera News* 56 (9): 12, 14, 16, 26–27.

King, Geoff , and Krzywinska, Tanya, eds. 2002a. *ScreenPlay: Cinema/video-games/interfaces*. London: Wallfl ower Press.

_____. 2002b. Cinema/videogames/interfaces. In King and Krzywinska 2002a, 1–32.

_____. 2002c. Die hard/try harder: Narrative spectacle and beyond, from Hollywood to videogame. In King and Krzywinska 2002a, 50–65.

Kirby, Michael. 1981. Reinterpretation issue: An introduction. *Drama Review* 25 (2): 2

Klein, Michael. 1981. Introduction. *The English novel and the movies*. New York: Frederick Ungar, 1–13.

Klein, Michael, and Parker, Gillian, eds. 1981. *The English novel and the movies*. New York: Frederick Ungar, 1–13.

Kodat, Catherine Gunther. 2005. I'm Spartacus! In Phelan and Rabinowitz 2005, 484–98.

Kracauer, Siegfried. 1955. Opera on the screen. *Film Culture* 1: 19–21.

Kramer, Lawrence. 1991. Musical narratology: A theoretical outline. *Indiana Theory Review* 12: 141–62.

Kristeva, Julia. 1969/1986. *Semiotike: Recherches pour une semanalyse*. Paris: Seuil.

Kubler, George. 1962. *The shape of time: Remarks on the history of things*. New Haven: Yale University Press.

Kucich, John, and Sadoff, Dianne F., eds. 2000. *Victorian afterlife: Postmodern culture rewrites the nineteenth century*. Minneapolis: University of Minnesota Press.

Kushner, Tony. 1992, 1994. *Angels in America, part two: Perestroika*. New York: Theatre Communications Group.

Lachiusa, Michael John. 2002. Genre confusion. *Opera News* 67 (2): 12–15, 73.

Lackner, Chris. 2004. Here's one guy who doesn't like a sexy Catwoman.

Globe and Mail. 23 July: R5.

Landon, Brooks. 1991. "There's some of me in you": *Blade Runner* and the adaptation of science fiction literature into film. In Kerman 1991, 90–102.

Landy, Marcia, ed. 2001a. *The historical film: History and memory in media.* London: Athlone Press.

_____. 2001b. Introduction. In Landy 2001a, 1–22.

Large, Brian. 1992. Filming, videotaping. In Sadie 1992, 2: 200–205.

Larsson, Donald F. 1982. Novel into film: Some preliminary reconsiderations. In Golden 1982, 69–83.

Laurel, Brenda. 2005. New players, new games. http://www.tauzero.com/Brenda_Laurel/Recent_Talks/New Players. 3 June 2005.

LeClair, Tom. 2000/2003. False pretenses, parasites and monsters. http://www.altx.com/ebr. 22 May 2005.

Leclerc, Gerard. 1982. *Avec Bernanos.* Paris: Hallier, Albin Michel.

Lee, M. Owen. 1998. *A season of opera: From Orpheus to Ariadne.* Toronto: University of Toronto Press.

Lefevre, Andre. 1982. Literary theory and translated literature. *Dispositio* 7(19–21): 3–22.

_____. 1983. Why waste our time on rewrites? The trouble with interpretation and the role of rewriting in an alternative paradigm. In T. Hermans, ed., *The manipulation of literature: Studies in literary translation.* London: Croom Helm, 215–42.

LeGrice, Malcolm. 2002. Virtual reality—tautological oxymoron. In Rieser and Zapp 2002a, 227–36.

Leicester, H. Marshall, Jr. 1994. Discourse and the film text: Four readings of *Carmen. Cambridge Opera Journal* 6 (3): 245–82.

Leiris, Michel. 1963. *Manhood: A journey from childhood into the fierce order of virility.* Trans. Richard Howard. New York: Grossman.

Leitch, Thomas M. 2007. *Film adaptation and its discontents: From* Gone with the Wind *to* The Passion of the Christ. Baltimore, MD: Johns Hopkins University Press.

_____. 2008. Adaptation studies at a crossroads. *Adaptation* 1 (1): 63–77.

Lejeune, Philippe. 1975. *Le pacte autobiographique*. Paris: Seuil.

Lentricchia, Frank, and McLaughlin, Thomas, eds. 1995. *Critical terms for literary study*, 2nd ed. Chicago: University of Chicago Press.

Lessig, Lawrence. 2008. *Remix: Making art and commerce thrive in the hybrid economy*. London: Bloomsbury. Also at http://www.scribd.com/doc/47089238/Remix. 11 December 2011.

Lessing, Gotthold Ephraim. 1766/1984. *Laocöon: An essay on the limits of painting and poetry*. Trans. Edward Allen McCormick. Baltimore: Johns Hopkins University Press.

Levy, Wayne. 1995. *The book of the film and the film of the book*. Melbourne: Academic Press.

Limbacher, James L. 1991. *Haven't I seen you somewhere before? Remakes, sequels, and series in motion pictures, videos, and television, 1896–1990*. Ann Arbor, MI: Pierian Press.

Linden, George. 1971. The storied world. In F. Marcus 1971, 157–63.

Lindley, Craig. 2002. The gameplay gestalt, narrative, and interactive storytelling. In Mayra 2002, 203–15.

Lionsgate. 2011. *The Hunger Games Movie*. http://www.thehungergamesmovie.com/index2.html. 26 January 2012.

Livingston, Paisley. 1997. Cinematic authorship. In Allen and Smith 1997, 132–48.

Lloyd, Robert. 26 August 2010. 'Star Wars Uncut': The world remakes a classic. *LA Times: Hero Complex*. http://herocomplex.latimes.com/2010/08/26/star-wars-uncut-the-world-remakes-a-classic/. 19 January 2012.

Lodge, David. 1993. Adapting *Nice Work* for television. In Reynolds 1993a, 191–203.

Loehlin, James N. 1997. "Top of the world, Ma": *Richard III* and cinematic convention. In Boose and Burt 1997a, 67–79.

Loney, Glenn. 1983. The Carmen connection. *Opera News* 48 (3): 10–14.

Lord, M.G. 2004. Off the canvas and onto the big screen. *New York Times*. 19

Dec., Arts and Leisure: 40.

Lorsch, Susan E. 1988. Pinter fails Fowles. *Literature/Film Quarterly* 16 (3): 144–54.

McCracken, Grant. 2010. *Plenitude* 2.0. http://cultureby.com/site/wp-content/uploads/2010/05/Plenitude2.0-for-pdf-may-2010.pdf. 10 October 2011.

McEachern, Martin. 2007. Game films. *Computer Graphics World* 30 (2): 12–14, 16–18, 20–22, 24, 26–28.

Mackrell, Judith. 1 November 2004. Born in the wrong body. *The Guardian.* http://www.guardian.co.uk. 2 November 2004.

Mactavish, Andrew. 2002. Technological pleasure: The performance and narrative of technology in *Half-Life* and other high-tech computer games. In King and Krzywinska 2002a, 33–49.

Maingueneau, Dominique. 1984. *Carmen: Les racines d'un mythe.* Paris: Editions du Sorbier.

Manovich, Lev. 2001. *The language of new media.* Cambridge, MA: MIT Press.

_____. 2002a. The archeology of windows and spatial montage. http://www.manovich.net/texts_00.htm. 22 May 2005.

_____. 2002b. Spatial computerization and film language. In Rieser and Zapp 2002a, 64–76.

_____. n.d. Cinema as a cultural interface. http://www.manovich.net/TEXT/cinema-cultural.html. 21 May 2005.

_____. n.d. From the externalization of the psyche to the implantation of technology. http://www.manovich.net/TEXT/externalization.html. 21 May 2005.

_____. n.d. Who is the author? Sampling/remixing/open source. http://www.manovich.net/texts_00.htm. 21 May 2005.

Marcus, Fred H., ed. 1971. *Film and literature: Contrasts in media.* New York: Chandler.

Marcus, Millicent. 1993. *Filmmaking by the book: Italian cinema and literary adaptation.* Baltimore: Johns Hopkins University Press.

Martin, Robert. 1986. Saving Captain Vere: *Billy Budd* from Melville's novella to Britten's opera. *Studies in Short Fiction* 23 (1): 49–56.

Mast, Gerald, and Cohen, Marshall, eds. 1974. *Film theory and criticism: Introductory readings.* New York: Oxford University Press.

Mayer, Sophie. 2005. Script girls and automatic women: A feminist film poetics. Ph.D. diss., University of Toronto.

Mayra, Frans, ed. 2002. *Computer games and digital cultures.* Tampere, Finland: University of Tampere Press.

McClary, Susan. 1992. *Georges Bizet: Carmen.* Cambridge: Cambridge University Press.

McCracken-Flesher, Caroline. 1994. Cultural projections: The "strange case" of Dr. Jekyll, Mr. Hyde, and cinematic response. In Carlisle and Schwarz 1994, 179–99.

McDonald, Jan. 1993. "The devil is beautiful": *Dracula*: Freudian novel and feminist drama. In Reynolds 1993a, 80–104.

McFarlane, Brian. 1996. *Novel to film: An introduction to the theory of adaptation.* Oxford: Clarendon Press.

McGowan, John. 2000. Modernity and culture: The Victorians and cultural studies. In Kucich and Sadoff 2000, 3–28.

McGrath, Patrick. 2002. Inside the spider's web. *Globe and Mail.* 30 Oct: R1, R9.

McKee, Robert. 1997. *Story: Substance, structure, style, and the principles of screenwriting.* New York: ReganBooks.

McLuhan, Marshall. 1996. *Essential McLuhan.* Ed. Eric McLuhan and Frank Zingrone. New York: Basic Books.

McNally, Terrence. 2002. An operatic mission: Freshen the familiar. *New York Times.* 1 Sept., Arts and Leisure: 19, 24.

Meadows, Mark Stephen. 2003. *Pause and effect: The art of interactive narrative.* Indianapolis: New Riders.

Meisel, Martin. 1983. *Realizations: Narrative, pictorial, and theatrical arts in nineteenth-century England.* Princeton: Princeton University Press.

Mele, Alfred R. 1992. *Springs of action: Understanding intentional behavior.*

New York: Oxford University Press.

_____, and Livingston, Paisley. 1992. Intentions and interpretations. *Modern Language Notes* 107: 931–49.

Mellers, Wilfrid. 1993. *Francis Poulenc*. Oxford and New York: Oxford University Press.

Melville, Herman. 1891/1924/1958. *Typee and Billy Budd*. Ed. Milton R. Stern. New York: E.P. Dutton.

Metz, Christian. 1974. *Film language: A semiotics of the cinema*. Trans. Michael Taylor. New York: Oxford University Press.

Miller, Arthur R., and Davis, Michael H. 1990. *Intellectual property: Patents, trademarks and copyright in a nutshell*. 2nd ed. St. Paul, MN: West Publishing Co.

Miller, J. Hillis. 1995. Narrative. In Lentricchia and McLaughlin 1995, 66–79.

Miller, Jonathan. 1986. *Subsequent performances*. London: Faber and Faber.

Miller, Julie. 31 August 2011. Talkback: Is Darth Vader screaming "Noooo" really such an insult to Star Wars? movieline.com. http://www.movieline.com/2011/08/31/is-darth-vader-screaming-noooo-really-such-aninsult-to-star-wars/.25 January 2012.

Minghella, Anthony. 1997. *The English patient: A screenplay*. London: Methuen Drama.

Mitchell, Jon. 11 January 2012. The Numberlys invent the alphabet in a world run by numbers. *ReadWriteWeb.com*. http://www.readwriteweb.com/archives/the_numberlys.php. 3 March 2012.

Mitchell, Maurice. n.d. Updated: Want to see the full list of changes to the Star Wars films? *Thegeektwins.com*. http://www.thegeektwins.com/2011/09/want-to-see-full-list-of-changes-to.html. 24 January 2012.

Mitchell, W. J. T. 1994. *Picture theory*. Chicago: University of Chicago Press.

_____. 2005. *What do pictures want? The lives and loves of images*. Chicago: University of Chicago Press.

Moore, Michael Ryan. 2010. Adaptation and new media. *Adaptation* 3 (2): 179-192.

Morris, Sue. 2002. First-person shooters—a game apparatus. In King and Krzywinska 2002a, 81–97.

Morrissette, Bruce. 1985. *Novel and film: Essays in two genres.* Chicago: University of Chicago Press.

Most, Andrea. 2004. *Making Americans: Jews and the Broadway musical.* Cambridge, MA: Harvard University Press.

Mulvey, Laura. 1975. Visual pleasure and narrative cinema. *Screen* 16 (3): 6–18.

Münsterberg, Hugo. 1916/1970. *The film: A psychological study.* New York: Dover.

Murphy, Brian. 21 December 2009. 28 Great *Star Wars* video mash-ups.*blastr. com.* http://blastr.com/2009/12/28-gr-star-wars-video-mas.php. 12 February 2012.

Murray, Janet H. 1997. *Hamlet on the holodeck: The future of narrative in cyberspace.* New York: Free Press.

Murray, S. Meredith, O.P. 1963. *La genese de "Dialogues de Carmelites."* Paris: Seuil.

Nadeau, Robert L. 1977. Melville's sailor in the sixties. In Peary and Shatzkin 1977, 124–31.

Naremore, James, ed. 2000a. *Film adaptation.* New Brunswick, NJ: Rutgers University Press.

————. 2000b. Introduction: Film and the reign of adaptation. In Naremore 2000a, 1–16.

NASIONAL002. 29 May 2009. KISSING SCENE Robert Pattinson & Kristen Stewart GOING UNDER New Moon set pic's Italy. http://www.youtube.com/watch?v=swI0nytT9vc&feature=related. 10 November 2011.

Nattiez, Jean-Jacques. 1990. *Music and discourse: Toward a semiology of music.* Trans. Carolyn Abbate. Princeton: Princeton University Press.

Nemiroff, Perri. 21 September 2011. "The Hunger Games" countdown: Panem October is coming! *movies.com.* http://www.movies.com/movienews/the-hunger-games-panem/4594.3 February 2012.

Nepales, Ruben V. 2001. "Flower Drum Song" blooms with praises. www.inq7. net/lif/2001/nov/05/text/lif_1–1-p.htm. 14 November 2003.

Neuschaffer, W. 1954–55. The world of Gertrud von le Fort. *German Life and Letters* 8: 30–36.

Newman, Charles. 1985. *The postmodern aura.* Evanston, IL: Northwestern University Press.

Nietzsche, Friedrich. 1888/1967. *The birth of tragedy and the case of Wagner.* Trans. Walter Kaufmann. New York: Vintage.

O'Boyle, Ita. 1964. *Gertrud von le Fort: An introduction to the prose work.* New York: Fordham University Press.

Ollier, Jacqueline. 1986. Carmen d'hier et d'aujourd'hui. *Corps ecrit: L'opera* 20: 113–22.

Ondaatje, Michael. 1997. Foreword to Minghella 1997: vii-x.

_____. 2002. *The conversations: Walter Murch and the art of editing film.* Toronto: Vintage Canada.

Orr, C. 1984. The discourse on adaptation. *Wide Angle* 6 (2): 72–76.

Osborne, Laurie E. 1997. Poetry in motion: Animating Shakespeare. In Boose and Burt 1997a, 103–20.

Pack, Harry. 1996. Liner notes to recording of Rodion Shchedrin, *The Carmen ballet.* Delos DE 3208: 4–7.

Palmer, Christopher, ed. 1984. *The Britten companion.* London: Faber and Faber.

Palmer, R. Barton, ed. 2007a. *Nineteenth-century American literature on screen.* Cambridge: Cambridge University Press.

_____. 2007b. *Twentieth-century American literature on screen.* Cambridge: Cambridge University Press.

Parody, Clare. 2011. Franchising/Adaptation. *Adaptation* 4 (2): 210–18.

Parrish, Robin. 18 July 2011. 50 more Star Wars mashups. *ForeverGeek.com. http://www.forevergeek.com/2011/07/50-more-star-wars-mashups/.* 24 January 2012.

Pasolini, Pier Paolo. 1991. Aspects of a semiology of cinema. In K. Cohen 1991a, 191–226.

Patterson, Annabel. 1990. Intention. In Frank Lentricchia and Thomas McLaughlin, eds., *Critical terms for literary study*. Chicago: University of Chicago Press, 135–46.

Patterson, Lindsay, ed. 1975. *Black films and film-makers*. New York: PMA Communications.

Pavis, Patrice. 1989. Problems of translations for the stage: Interculturalism and post-modern theatre. In Scolnicov and Holland 1989, 25–44.

Peary, Gerald, and Shatzkin, Roger, eds. 1977. *The classic American novel and the movies*. New York: Frederick Ungar.

Peckham, Morse. 1970. The intentional? Fallacy? *The triumph of romanticism: Collected essays*. Columbia, SC: University of South Carolina Press, 421–44.

Perlmutter, Tom. 2011. Will digital kill Hollywood? Keynote address. Canadian Association of American Studies annual conference, 3 November on "The Aesthetics of Renewal".

Perriam, Chris. 2002. "With a blood-red carnation 'tween his lips … ": A queer look at *Carmen, la de Ronda*, 1959. Paper read at The Carmen Conference. University of Newcastle upon Tyne, 27 Mar.

Phelan, James. 1996. *Narrative as rhetoric: Technique, audiences, ethics, ideology*. Columbus, OH: Ohio State University Press.

_____, and Rabinowitz, Peter, eds. 2005. *A companion to narrative theory*. Oxford: Blackwell.

Pilling, Jayne, ed. 1997. *A reader in animation studies*. London: John Libbey.

Pirie, David. 1977. *The vampire cinema*. New York: Crescent Books.

Portis, Ben. 2004. Eddo Stern. *Present tense*. Contemporary Project Series No. 29, Art Gallery of Ontario.

Potter, Sally. 1994. *Orlando*. London: Faber and Faber.

Pottermore Insider. December 2011. Like reading Harry Potter? Take part in our survey. *pottermore.com*. http://insider.pottermore.com/2011_12_01_archive.html. 4 January 2012.

Poulenc, Francis. 1954. *Entretiens avec Claude Rostand*. Paris: Rene Julliard.

_____. 1959. *Dialogues des Carmelites*. New York: Ricordi.

_____. 1991. *"Echo and source": Selected correspondence 1915–1963.* Trans. Sidney Buckland. London: Victor Gollancz.

Pramaggiore, Maria. 2001. Unmastered subject: Identity as a fabrication in Joseph Strick's *A Portrait of an Artist as a Young Man [sic] and Ulysses.*" In Michael Patrick Gillespie, ed., *James Joyce and the fabrication of an Irish identity.* Amsterdam and Atlanta, GA: Rodopi, 52–70.

Praz, Mario. 1970. *The romantic agony,* 2nd ed. Trans. Angus Davidson. London and New York: Oxford University Press.

Producers Guild of America. 2010. Transmedia. *Code of Credits: New Media.* http://www.producersguild.org/?page=coc_nm#transmedia. 6 April 2010.

Pugh, Casey. 2011. Director's Cut. *StarWarsUncut.com.* http://www.starwarsuncut.com/watch. Video also posted on YouTube: http://www.youtube.com/watch?v=7ezeYJUz-84. 10 December 2011.

Pullman, Philip. 2004. Let's pretend. *The Guardian.* http://www.guardian.co.uk. 24 November 2004.

Rabinowitz, Peter J. 1980. "What's Hecuba to us?": The audience's experience of literary borrowing. In Susan R. Suleiman and Inge Crosman, eds., *The reader in the text.* Princeton: Princeton University Press, 241–63.

TheRaider.net. n.d. Raiders of the Lost Ark: The Adaptation. http://www.theraider.net/films/raiders_adaptation/. 24 January 2012.

Raval, Suresh. 1993. Intention. In Alex Preminger and T.V.F. Brogan, eds., *The New Princeton Encyclopedia of poetry and poetics.* Princeton: Princeton University Press, 611–13.

Raw, Laurence, ed. 2012. *Translation, adaptation and transformation.* London and New York: Continuum.

Redmond, James. 1989. "If the salt have lost its savour": Some "useful" plays in and out of context on the London stage. In Scolnicov and Holland 1989, 63–88.

Rentschler, Eric, ed. 1986. *German film and literature: Adaptations and transformations.* New York: Methuen.

Reynolds, Peter, ed. 1993a. *Novel images: Literature in performance.* London and New York: Routledge.

_____. 1993b. Introduction. In Reynolds 1993a, 1–16.

Rhetorica ad Herennium. (Ad C. Herennium: de ratione dicendi.) 1964. Trans. Harry Caplan. London: Heinemann; Cambridge: Harvard University Press.

Rieser, Martin, and Zapp, Andrea, eds. 2002a. *New screen media: Cinema/art/ narrative.* London: British Film Institute.

_____. 2002b. Foreword: An age of narrative chaos? In Rieser and Zapp 2002a, xxv–xxvii.

Robbe-Grillet, Alain. 1963. *Pour un nouveau roman.* Paris: Gallimard.

Robinson, Peter. 1996. Merimee's *Carmen.* In McClary 1996, 1–14.

Ropars, Marie-Clair. 1970. *De la litterature au cinema.* Paris: Armand Colin.

Ropars-Wuilleumier, Marie-Clair. 1998. L'oeuvre au double: Sur les paradoxes de l'adaptation. In Groensteen 1998a, 131–49.

Rosmarin, Leonard. 1999. *When literature becomes opera.* Amsterdam and Atlanta, GA: Rodopi.

Roth, Lane. 1979. Dracula meets the *Zeitgeist: Nosferatu* (1922) as film adaptation. *Literature/Film Quarterly* 6 (4): 309-13.

Rovio. 2 November 2011. Angry Birds smashes half a billion downloads. *rovio. com.* http://www.rovio.com/en/news/blog/95/angry-birds-smasheshalf-a-billion-downloads. 4 November 2011.

Rowan, Gamemaster, *PanemOctober.com.* 11 December 2011. Panem government. https://www.facebook.com/panemoctober/posts/261238243930080. 16 February 2012.

Rowe, John Carlos. 1994. Spin-off : The rhetoric of television and postmodern memory. In Carlisle and Schwarz 1994, 97–120.

Russell, D.A. 1979. De Imitatione. In West and Woodman 1979, 1–16.

Ruthven, K.K. 1979. *Critical assumptions.* Cambridge and New York: Cambridge University Press.

Ryan, Marie-Laure. 2001. *Narrative as virtual reality: Immersion and interactivity in literature and electronic media.* Baltimore: Johns Hopkins University Press.

_____. ed. 2004a. *Narrative across media: The languages of storytelling.* Lincoln: University of Nebraska Press.

_____. 2004b. Introduction. In Ryan 2004a, 1–40.

_____. 2004c. Will new media produce new narratives? In Ryan 2004a, 337–59.

_____. 2005. Narrative and digitality: Learning to think with the medium. In Phelan and Rabinowitz 2005, 515–28.

Ryan, Mike. 24 August 2011. A sneak peek at the deleted scenes we hope are on the Star Wars blu-rays. *MovieFone.com.* http://blog.moviefone.com/2011/08/24/a-sneak-peek-at-what-deleted-scenes-we-hope-areon-the-star-wars/.24 January 2012.

Sadie, Stanley, ed. 1992. *New Grove dictionary of opera.* 4 vols. London: Macmillan.

Sadoff, Dianne R., and Kucich, John. 2000. Introduction: Histories of the present. In Kucich and Sadoff 2000, ix–xxx.

Said, Edward W. 1983. Traveling theory. In *The world, the text, and the critic.* Cambridge: Harvard University Press, 226–47.

_____. 1985. *Beginnings: Intention and method.* 1975; rpt. New York: Columbia University Press.

Sanders, Julie. 2006. *Adaptation and appropriation* (The New Critical Idiom). London and New York: Routledge.

_____. 2011. Preface. Dynamic repairs: The emerging landscape of adaptation studies. In Hopton, et al. 2011: ix–xiii.

Saving *Star Wars.* 2010. The greatest speech against the special edition was from George Lucas. *savestarwars.com.* http://savestarwars.com/lucasspeechagainstspecialedition.html. 12 February 2012.

Savran, David. 1985. The Wooster Group, Arthur Miller, and *The Crucible.* *Drama Review* 29 (2): 99–109.

Schechter, Joel. 1986. Translations, adaptations, variations: A conversation with Eric Bentley. *Theater* 18 (1): 4–8.

Schell, Jesse, and Shochet, Joe. 2001. Designing interactive theme park rides:

Lessons learned creating Disney's *Pirates of the Caribbean—Battle for the buccaneer gold*. http://www.gdconf.com/archives/2001/schell.doc. 31 August 2004.

Schickel, Richard. 1992. *Double indemnity*. London: British Film Institute Publishing.

Schiff, Stephen. 2002. All right, *you* try: Adaptation isn't easy. *New York Times*. 1 Dec, Arts and Leisure: 28.

Schmidgall, Gary. 1977. *Literature as opera*. New York: Oxford University Press.

Scholes, Robert. 1976. Narration and narrativity in film. *Quarterly Review of Film Studies* 1 (111): 283–96.

Schor, Hilary M. 2000. Sorting, morphing, and mourning: A.S. Byatt ghostwrites Victorian fiction. In Kucich and Sadoff 2000, 234–51.

Schulte, Rainer, and Biguenet, John, eds. 1992. *Theories of translation*. Chicago: University of Chicago Press.

Scolnicov, Hanna, and Holland, Peter, eds. 1989. *The play out of context: Transferring plays from culture to culture*. Cambridge: Cambridge University Press.

Searle, John R. 1983. *Intentionality: An essay in the philosophy of mind*. Cambridge: Cambridge University Press.

Seger, Linda. 1992. *The art of adaptation: Turning fact and fiction into film*. New York: Henry Holt and Co.

Seitz, Matt Zoller. 24 January 2012. The fan-made *Star Wars Uncut* is the greatest viral video ever. *vulture.com*. http://www.vulture.com/2012/01/fan-made-star-wars-recut-is-the-greatest-viral-video-ever.html. 28

Shaughnessy, Nicola. 1996. Is s/he or isn't s/he?: Screening *Orlando*. In Cartmell, Hunter, Kaye, and Whelehan 1996, 43–55.

Shaw, Jeffrey. 2002. Movies after film—the digitally expanded cinema. In Reiser and Zapp 2002a, 268–75.

Shawcross, J.T. 1991. *Intentionality and the new traditionalism: Some liminal means to literary revisionism*. University Park, PA: Pennsylvania State

University Press.

Shohat, Ella. 2004. Sacred word, profane image: Theologies of adaptation. in Stam and Raengo 2004, 23–45.

Sibayan, Genevieve. 15 February 2012. Lionsgate to open Hunger Games Cafepress store. *Cult Hub.* http://www.culthub.com/lionsgate-to-openhunger-games-cafepress-store/4539/.15 February 2012.

Sidhwa, Bapsi. 1999. Watching my novel become her film. *New York Times.* 5 Sept., Arts and Leisure: 21.

Siegel, Carol. 1994. From pact with the devil to masochist's contract: *Dangerous Liaison*'s translation of the erotics of evil. In Carlisle and Schwarz 1994, 238–49.

Silverman, Jason. 17 May 2007. Ultimate 'indy' flick: Fanboys remake *Raiders of the Lost Ark.* Wired. http://www.wired.com/entertainment/hollywood/news/2007/05/diy_raiders. 24 January 2012.

Simon, Sherry. 1996. *Gender in translation: Cultural identity and the politics of transmission.* New York: Routledge.

Simpson, Alexander Thomas, Jr. 1990. Opera on film: A study of the history and the aesthetic principles and conflicts of a hybrid genre. Ph.D.dissertation, University of Kentucky.

Sinyard, Neil. 1986. *Filming literature: The art of screen adaptation.* London: Croom Helm.

_____. 2000. "Lids tend to come off ": David Lean's film of E.M. Forster's *A Passage to India.* In Giddings and Sheen 2000, 147–62.

Smith, Murray. 1995. *Engaging characters: Fiction, emotion, and the cinema.* Oxford: Clarendon Press.

Smith, Patrick J. 1970. *The tenth muse.* New York: Knopf.

Smith, Sarah W.R. 1981. The word made celluloid: On adapting Joyce's *Wake.* In Klein and Parker 1981, 301–12.

Smith, Zadie. 2003. "White Teeth" in the flesh. *New York Times.* 11 May, Arts and Leisure, 2: 1, 10.

Somigli, Luca. 1998. The superhero with a thousand faces: Visual narratives on film and paper. In Horton and McDougal 1998a, 279–94.

Sontag, Susan. 1999. Film and theatre. In Braudy and Cohen 1999, 249–67.

Sorensen, Sue. 1997. "Damnable feminization"?: The Merchant Ivory film adaptation of Henry James's *The Bostonians*. *Literature/Film Quarterly* 25(3): 231–35.

Sorlin, Pierre. 2001. How to look at an historical film. In Landy 2001a, 25–49.

Speaight, Robert. 1973. *Georges Bernanos: A study of the man and the writer*. London: Collins and Harvill Press.

Spiegelman, Art. 2004. Picturing a glassy-eyed private I. In *Paul Auster, city of glass*. Adaptation by Paul Karasik and David Mazzucchelli. New York: Picador.

Stallman, R.W. 1950. *Critic's notebook*. Minneapolis: University of Minnesota Press.

Stam, Robert. 2000. The dialogics of adaptation. In Naremore 2000a, 54–76.

———. 2005a. *Literature through film: Realism, magic, and the art of adaptation*. Oxford: Blackwell.

———. 2005b. Introduction: The theory and practice of adaptation. In Stam and Raengo 2005, 1–52.

———, and Raengo, Alessandra, eds. 2004. *A companion to literature and film*. Oxford: Blackwell.

———. 2005. *Literature and film: A guide to the theory and practice of film adaptation*. Oxford: Blackwell.

Starwars.wikia.com. n.d.. List of changes. http://starwars.wikia.com/wiki/List_of_changes_in_Star_Wars_re-releases. 25 January 2012.

Steiner, George. 1995. *What is comparative literature?* Oxford: Clarendon Press.

Steiner, Wendy. 2004. Pictorial narrativity. In Ryan 2004a, 145–77.

Stelter, Brian. 27 August 2010. An Emmy for rebuilding a galaxy. *NY Times.com*. http://www.nytimes.com/2010/08/28/arts/television/28uncut.html?_r=1. 26 January 2012.

Suciu, Peter. 15 June 2007. The rise of the prosumer. *TechCrunch.com*. http://

techcrunch.com/2007/06/15/the-rise-of-the-prosumer/. 15 January 2012.

Syberberg, Hans-Jurgen. 1982. *Parsifal: Notes sur un film.* Trans. Claude Porcell. Paris: Gallimard, Cahiers du cinema.

Tambling, Jeremy. 1987. *Opera, ideology and film.* Manchester: Manchester University Press.

_____. ed. 1994a. A night in at the opera: Media representations of opera. London: J. Libbey.

_____. 1994b. Introduction: Opera in the distraction culture. In Tambling 1994a, 1–23.

Taruskin, Richard. 2005. *The Oxford history of western music.* 6 vols. Oxford: Oxford University Press.

Taussig, Michael. 1993. *Mimesis and alterity: A particular history of the senses.* New York and London: Routledge.

Taylor, Andrew. 2004. Reflections on Phillips' and Greenaway's *A TV Dante.* In Iannucci 2004a, 145–52.

The Greatest Speech Against the Special Edition was from George Lucas. n.d. *Saving Star Wars.* http://savestarwars.com/lucasspeechagainst specialedition.html. 25 January 2012.

Thomas, Bronwen. 2000. "Piecing together a mirage": Adapting *The English patient* for the screen. In Giddings and Sheen 2000, 197–232.

Thomas, Ronald R. 2000. Specters of the novel: *Dracula* and the cinematic afterlife of the Victorian novel. In Kucich and Sadoff 2000, 288–310.

Thompson, Ann. 1997. Asta Nielsen and the mystery of *Hamlet.* In Boose and Burt 1997a, 215–24.

Thompson, John O. 1996. "Vanishing" worlds: Film adaptation and the mystery of the original. In Cartmell, Hunter, Kaye, and Whelehan 1996, 11–28.

Thompson, Kristin. 2003. *Storytelling in film and television.* Cambridge, MA: Harvard University Press.

Thomson, Brooke. 25 April 2011. Transmedia is killing Hollywood will kill Transmedia. *giantmice.com.* http://www.giantmice.com/archives/2011/04/transmedia-is-killing-hollywood-will-kill-transmedia/.24 May 2011.

Thomson, Virgil. 1982. On writing operas and staging them. *Parnassus: Poetry in Review* (fall): 4–19.

Tong, Wee Liang, and Tan, Marcus Cheng Chye. 2002. Vision and virtuality: The construction of narrative space in film and computer games. In King and Krzywinska 2002a, 98–109.

Toteberg, Michael, and Lensing, Leo A., eds. 1992. *The anarchy of the imagination: Interviews, essays, notes.* Trans. Krishna Winston. Baltimore: Johns Hopkins University Press.

Toye, Frances. 1934. *Rossini: The man and his music.* New York: Dover.

Trowell, Brian. 1992. Libretto. In Sadie 1992, 1185–1252.

TWILIGHTxx00xx. 28 May 2009. NEW MOON – BIG KISSING SCENE!! – 5-27-09. http://www.youtube.com/watch?v=aKhmIBmmfuI&feature=related. 10 November 2011.

Verone, William. 2011. *Adaptation and the avant garde.* London and New York: Continuum.

Verschuere, Gilles. 8 August 2005. Interview with the Raiders Guys. *TheRaider.net.* http://www.theraider.net/films/raiders_adaptation/interview_02.php. 24 January 2012.

Vinaver, Michel. 1998. De l'adaptation. In *Ecrits sur le theatre.* Vol. 1, ed. Michelle Henry. Paris: L'Arche, 80–85.

Vincendeau, Ginette. 2001. Introduction. In Ginette Vincendeau, ed., *Film/literature/heritage: A sight and sound reader.* London: British Film Institute, xi–xxxi.

Vineberg, Steve. 2002. On screen, on stage: The double virtuosity of Andrew Borell. *Chronicle of Higher Education.* 1 Feb: B16.

Volkswagen. 2 February 2011. Darth Vader Super Bowl: The force. http://www.youtube.com/watch?v=x0EnhXn5boM. 5 February 2011.

von le Fort, Gertrud. 1956. *Aufzeignungen und Erinnerungen.* Koln: Benzingen.

Wagner, Geoff rey. 1975. *The novel and the cinema.* Rutherford, NJ: Fairleigh Dickinson University Press.

Wagner, Heather. 10 November 2010. Jonathan Safran Foer talks *Tree of Codes* and conceptual art. *Vanity Fair.* http://www.vanityfair.com/online/daily/2010/11/jonathan-safran-foer-talks-tree-of-codes-andpaper-art. March 10, 2012.

Wand, Eku. 2002. Interactive storytelling: The renaissance of narration. In Rieser and Zapp 2002a, 163–78.

Ward, Paul. 2002. Videogames as remediated animation. In King and Krzywinska 2002a, 122–35.

Weibel, Peter. 2002. Narrated theory: Multiple projection and multiple narration (past and future). In Rieser and Zapp 2002a, 42–53.

Weinbren, Grahame. 2002. Mastery (sonic c'est moi). In Rieser and Zapp 2002a, 179–91.

Weisstein, Ulrich. 1961. The libretto as literature. *Books Abroad* 35: 16–22.

West, David, and Woodman, Tony. 1979. *Creative imitation and Latin literature.* Cambridge and New York: Cambridge University Press.

Whipp, Glenn. 2002. Director remains faithful to Harry. *Toronto Star* 21 Sept.: H4.

Whittall, Arnold. 1990. "Twisted relations": Method and meaning in Britten's *Billy Budd. Cambridge Opera Journal* 2 (2): 145–71.

———. 1992. *The turn of the screw.* In Sadie 1992, 4: 846–49.

Willeman, Paul. 2002. Reflections on digital imagery: Of mice and men. In Rieser and Zapp 2002a, 14–26.

Williams, Raymond. 1977. *Marxism and literature.* New York: Oxford University Press.

Wills, David. 1986. Carmen: Sound/effect. *Cinema Journal* 25 (4): 33–43.

Wimsatt, William K., Jr. 1976. Genesis: An argument resumed. In *Day of the leopards.* New Haven, CT: Yale University Press, 11–39.

———, and Beardsley, Monroe C. 1946. The intentional fallacy. Sewanee Review 54: 468–88.

Windolf, Jim. March 2004. Raiders of the lost backyard. *Vanity Fair.* http://www.vanityfair.com/culture/features/2004/03/raiders200403. 5 February 2011.

Witchell, Alex. 2000. An "Aida" born of ecstasies and explosions. *New York Times*. 19 Mar., Arts and Leisure: 7.

Wittkower, Rudolf. 1965. Imitation, eclecticism, and genius. In Earl R. Wasserman, ed., *Aspects of the eighteenth century*. Baltimore: Johns Hopkins University Press, 143–61.

Wober, J.M. 1980. Fiction and depiction: Attitudes to fifteen television series and the novels from which they were made. *Special Report*. Audience Research Department, Independent Broadcast Authority.

Wollen, Peter. 1969. *Signs and meaning in the cinema*. London: British Film Institute.

Woodmansee, Martha, and Jaszi, Peter, eds. 1994. *The construction of authorship: Textual appropriation in law and literature*. Durham, NC: Duke University Press.

Woolf, Virginia. 1926. The movies and reality. *New Republic* 47 (4 Aug.): 308–10.

Wright, Nicholas. 2003. Introduction. In *His Dark Materials*. London: Nick Hern Books, vii–ix.

Wunderlich, Eva C. 1952. Gertrud von le Fort's fight for the living spirit. *The Germanic Review* 27 (4): 298–313.

xXAliceinthedarkXx. 29 May 2009. Shirtless Robert Pattinson films sexy scene for New Moon! http://www.youtube.com/watch?v=09kt7CnpzTU. 10 November 2011.Y'Barbo, Douglas. 1998. Aesthetic ambition versus commercial appeal:

Adapting novels and film to the copyright law. *St. Thomas Law Review* 10: 299–386.

Zalewski, Daniel. 2002. Can bookish be sexy? Yeah, says Neil LaBute. *New York Times*. 18 Aug., Arts and Leisure: 10, 22.

Zapp, Andrea. 2002. net.drama://myth/mimesis/mind_mapping/. In Rieser and Zapp 2002a, 77–89.

Zhang, Hsia Yang. 1996. *Shakespeare in China: A comparative study of two traditions and cultures*. Newark: University of Delaware Press.

찾아보기

ㄱ

가곡 120, 121, 293
가버, 마저리Garber, Marjorie 55, 209
가상현실(실험) 15, 64, 135, 142
〈가슴에 빛나는 별The Tin Star〉(1947, 커닝햄) 74
각색 게임 32, 63, 246, 279, 376, 381, 388
각색 영화 123, 138, 144, 153, 206, 234, 284, 358
각색 오페라 122, 129, 253, 291, 293
《각색과 미국 연구: 교육과 조사를 위한 관점 Adaptation and American Studies: Perspectives on Teaching and Research》(발레스트리니) 36
《각색과 아방가르드Adaptation and the Avant Garde》(2011, 베론) 36
각색물 93, 106, 111, 113, 191, 386, 407
《각색의 기술: 사실과 허구를 영화로 바꾸기 The Art of Adaptation: Turning Fact and Fiction into Film》(시거) 139, 146
〈강아지들Puppies〉(사진) 203
개정revisions 164, 297, 338, 354, 367
갤러웨이, 프리실러Galloway, Priscilla 54
〈거미의 성Throne of Blood〉(1957_영화) 295
《거울 나라의 앨리스》(캐럴) 388
게러티, 크리스틴Geraghty, Christine 35
게임 29, 63, 64, 80, 197
게임 각색 영화 196
게임 플레이어 196
《겨울 나그네Winter-reise》(1827, 슈베르트) 121
〈결혼식A Wedding〉(영화/오페라) 129
《계몽의 변증법Dialectic of Enlightenment》(호르크 하이머/아도르노) 290
고다르, 장 뤽Godard, Jean-Luc 316

고든, 더글라스Gordon, Douglas 162
《고스트 월드Ghost World》(1998_그래픽 노블) 118
〈고인돌 가족The Flintstones〉(1994, TV 시리즈) 124
고전 일러스트Classics Illustrated 만화 249
골드먼, 윌리엄Goldman, William 190
골턴, 프랜시스Galton, Francis 155
곰브리치Gombrich, G.H. 73
공연 매체 20, 81, 108, 113, 116, 123, 131, 139, 153, 156, 162, 165, 168, 177, 237, 268, 272, 302, 312, 405
공존coexistence 163
과학소설 266, 267
교차편집 27, 128
〈97 보니 앤 클라이드97 Bonnie & Clyde〉(음악) 208
구글 플러스 353
구로사와 아키라黒澤明 141, 295
구아르, 존Guare, John 132, 299
〈귀부인과 승무원Swept Away〉(1974_영화) 198
그래픽 노블 19, 30, 104, 110, 118, 160, 355, 373, 386
그리너웨이, 피터Greenaway, Peter 188, 189, 254
그리피스Griffith, D.W. 119
그린버그, 클레멘트Greenberg, Clement 102
〈그의 연인 프라이데이His Girl Friday〉(연극) 300
극작가 65, 91, 182
글래스, 필립Glass, Philip 129
기대 지평 256
기호학 56, 103
길리엄, 테리Gilliam, Terry 43

〈꿈의 구장Field of Dreams〉(1989_영화) 297

〈끈처럼 이어진 강아지들String of Puppies〉(쿤스_조각) 203

ㄴ

〈나는 카메라다I Am a Camera〉(1952_연극) 126

《나니아 연대기: 사자, 마녀 그리고 옷장The Chronicles of Narnia: The Lion, the Witch and the Wardrobe》(루이스) 250

《나르시소스 호號의 흑인 The Nigger of the Narcissus》(콘래드) 137

나바로, 이본Navarro, Yvonne 54

〈나비부인〉(1904_오페라) 296

《나사의 회전The Turn of the Screw》(1898, 제임스) 164, 165

나티에즈, 장 자크Nattiez, Jean-Jacques 236

《난초 도둑The Orchid Thief》(1998, 올린) 65

《난파shipwreck》(2003, 베글리) 42, 45

〈내 심장이 건너뛴 박동The Beat That My Heart Skipped〉(영화) 298

〈낸시 드류Nancy Drew〉(게임) 246

노래 15, 46, 75, 108, 114, 120, 126, 129, 152, 166, 172, 177, 206, 217, 228, 260, 272, 278, 312, 314, 318, 322, 326, 346, 385

〈노스페라투Nosferatu, a Symphony of Terror〉(1922_영화) 200, 201, 296

누아르 소설romans noirs 266

뉴미디어 34, 67, 80, 92, 155, 163, 261

〈늑대의 혈족The Company of Wolves〉(1984, 카터) 75

《니콜라스 니클비Nicholas Nickleby》(디킨스) 207

니콜스, 마이크Nichols, Mike 128

ㄷ

《다니엘 데론다Daniel Deronda》(1876, 엘리엇) 42

다시 말하기retelling 24, 28, 239, 338, 342

〈다이 하드Die Hard〉(1988, 1990, 1995_영화) 133, 273

〈다이하드 트릴로지Die Hard Trilogy〉(게임) 133

〈다크 나이트: 와이 소 시리어스The Dark Knight: Why So Serious〉(영화) 358

〈다크 나이트〉(브랜드) 375

단테, 알리기에리Dante, Alighieri 52, 206

〈대부〉(게임) 292

〈대부The Godfather〉(비디오게임) 64

대체 현실 게임 357, 360, 375

《댈러웨이 부인Mrs. Dalloway》(울프) 70

《더 새로운 라오콘을 위하여Towards a Newer Laocöon》(그린버그) 102

더글라스, 스탠Douglas, Stan 276

〈던전 앤 드래곤〉(게임) 281

데나, 크리스티Christy Dena 372

《데드 맨 워킹Dead Man Walking: An Eyewitness Account of the Death Penalty in the United States》(1994, 프리진) 53

데우스 엑스 마키나deus ex machina 139

데이터베이스 조합이론 86

도상기호iconic sign 117

도킨스, 리처드Dawkins, Richard 96, 97, 331, 332, 348, 389

독서 이론 178

독자 수용 이론 277

〈돈 조반니Don Giovanni〉(1787) 131

〈돌하우스Doll-House〉(연극) 111

뒤마, 알렉상드르(피스) 183, 300

〈드라이빙 미스 데이지Driving Miss Daisy〉(1989_영화) 202

《드라큘라Dracula》(스토커) 200, 296, 299

드미, 조나단Demme, Jonathan 291

《등대로To the Lighthouse》(울프) 115

디졸브dissolve 125, 157

디즈니 월드 63

디즈니랜드 284

디지털 매체(미디어) 28, 30, 36, 204

디지털 서사 27
디킨스, 찰스Dickens, Charles 57, 60, 65, 66, 154, 168, 207
〈뜨거운 오후Dog Day Afternoon〉(영화) 71

ㄹ

〈라 카지La Cage Aux Folles〉(영화) 124
〈라 트라비아타La Traviata〉(1853_오페라) 152, 183, 300
라디오극 19, 115
라비노비츠, 피터Rabinowitz, Peter 338
〈라쇼몽羅生門〉(1950_영화) 141
《라오콘: 미술과 문학의 경계에 관하여Laocöon: An essay upon the limits of painting and poetry》(1766, 레싱) 101
〈라운드 투Round Two〉(1990_연극) 299
〈라이브 누드 걸XXX_Live Nude Girls〉(오페라) 247
〈라이언 일병 구하기Saving Private Ryan〉(1998_영화) 86
라이언, 마리 로르Ryan, Marie-Laure 63, 132, 345
〈라이온 킹The Lion King〉(1997_뮤지컬) 49, 124
라이트모티프 58, 151, 157
라키우사, 마이클 존Lachiusa, Michael John 260
〈란타나Lantana〉(영화) 131
래드포드, 마이클Radford, Michael 294
랜달, 앨리스Randall, Alice 203
《레베카Rebecca》(1940) 257
레빈, 셰리Levine, Sherrie 203
레식, 로렌스(래리Larry)Lessig, Lawrence 205, 364
레싱Lessing, G.E. 101, 155
〈레이더스: 어뎁테이션Raiders: The Adaptation〉(영화) 363, 364, 368, 370, 371
〈레이더스Raiders of the Lost Ark〉(영화) 364
〈레이디 라자루스Lady Lazarus〉(플래스/영화) 120
〈레지던트 이블Resident Evil〉(2002_영화) 54
로고스 애호증logophila 47

《로미오와 줄리엣Romeo+Juliet〉(1996_영화) 45, 123, 296
로버트, 하인라인Heinlein, Robert 267
로버트슨, 존Robertson, John 92
로브그리예, 알랭RobbeGrillet, Alain 150
〈로스트 인 라만차Lost In La Mancha〉(2002_영화) 43
〈로얄 테넌바움The Royal Tenenbaums〉(2002_영화) 49, 50
로저스, 아트Rogers, Art 203
로지, 데이비드Lodge, David 111, 161
롤링, 조앤Rowling J.K. 92
롤플레잉(게임) 80, 86, 246, 252, 281
〈롬과 주얼Rome and Jewel〉(2006_무용) 123
롱기누스Longinus 76
루슈디, 살만Rushdie, Salman 116
루어만, 바즈Luhrmann, Baz 18, 45, 296
르죈, 필립Lejeune, Philippe 259
르파주, 로베르Lepage, Robert 336
리메이크 55, 103, 247, 289, 295, 354, 365, 367, 369, 371
리브, 요제프Reeve, Josef 120
《리어 왕King Lear》(셰익스피어) 305
〈리어왕〉(1681_연극) 61
리얼리티 TV 290
《리처드 3세Richard III》(셰익스피어) 123
리포맷reformatting 67
린, 데이비드Lean, David 50, 59, 191

ㅁ

〈마가렛 가너Margaret Garner〉(2005_오페라) 291
마노비치, 레프Manovich, Lev 155, 163, 205
《마담 보바리》(1857) 305
마돈나Madonna 198, 326
〈마라/사드Marat/Sade〉(1966_영화) 268
마르쿠스, 밀리센트Marcus, Millicent 57
〈마르탱 게르의 귀환Le Retour de Martin Guerre〉

(1982_영화) 297
〈마법 피리Magic Flute〉(영화) 261
〈마야 멤샵Maya Memsaab〉(1992, 메타) 305
〈마왕Erlköig〉(괴테) 293
〈마이 라이프 위드 알베르틴My Life with
   Albertine〉(2003_뮤지컬) 122
〈마이티 모티 파워레인저Mighty Morphin Power
   Rangers〉(게임) 381
《마지막 주문Last Orders》(스위프트) 100
마텔Mattel(상표명) 247
《마하바라타Mahabharata》(시) 285
만, 토마스Mann, Thomas 73, 193
만화 55, 110, 154, 199, 249, 252, 386
《말괄량이 길들이기》(셰익스피어) 299
〈말괄량이 길들이기The Taming of the
   Shrew〉(1967, 영화) 209
말러, 구스타프Mahler, Gustav 192
말하기(양식) 61, 80, 85, 90, 104, 121, 122,
   136, 155, 156
〈매버릭Maverick〉(1994_TV 시리즈) 124
〈매시M*A*S*H〉(1970_영화) 88
매체 변화 27
매체 특이성 79
매체 횡단적 연계 90, 362
매커른, 마틴McEachern, Martin 32
〈매트릭스The Matrix〉 66
맥낼리, 테렌스McNally, Terrence 53, 244, 256
맥루한, 마셜McLuhan, Marshall 12, 279
《맥베스Macbeth》(셰익스피어) 295
〈맥스 페인Max Payne〉(게임/영화) 251
맥클러리, 수잔McClary, Susan 309
맥키, 로버트McKee, Robert 139
맥팔레인, 브라이언Mcfarlane, Brian 18
《맨발의 조Shoeless Joe》(1982, 킨셀라) 297
《맨스필드 파크Mansfield Park》(1814, 오스틴) 306
머레이, 자넷Murray, Janet M. 242
머시니마machinima 80, 87
멀티텍스트 31

멀티플랫폼 25
〈메리 포핀스Mary Poppins〉(2004_뮤지컬) 124
메리메, 프로스페르Méimé, Prosper 309, 311,
   313, 321, 328
메이슨, 베네딕트Mason, Benedict 130
메이슨Mason, A.E.W. 210
메츠, 크리스티앙Metz, Christian 46, 274
메타, 디파Mehta, Deepa 139
멜빌, 허먼Melville, Herman 108, 172, 276
모네, 클로드Monet, Claude 193, 203
모리셋, 브루스Morrissette, Bruce 272
모리슨, 토니Morrison, Tony 197, 291
《모비딕Moby Dick》(1851, 멜빌) 108
〈모탈 컴뱃Mortal Kombat〉(비디오게임) 202
〈몬티 파이튼의 성배Monty Python and The Holy
   Grail〉(영화) 334
《몰락한 노인al-Shaykh Matluf》(우스만 자랄) 305
몽고메리, 로버트Montgomery, Robert 140
〈몽상가들The Dreamers〉(2004_영화) 192
몽타주 27, 120, 145, 154, 163, 372
《무기여 잘 있거라A Farewell to Arms》(헤밍웨이)
   253
무르나우Murnau, F.W. 200, 296
무빙 이미지moving image 27
《무언의 목소리: 19세기 오페라와 음악 서사
   Unsung Voices: Opera and Musical Narrative in
   the Nineteenth Century》(1991, 아바트) 177
무용 103, 116, 121, 184, 260, 305, 328
문화 자본 205, 206
문화선택 331
문화적 지구화 295
문화횡단trans-culturation 23, 59, 295, 297, 298,
   302, 322, 409
문화횡단성 316
〈물랭 루즈〉(2001_영화) 19
뮌스터버그, 휴고Müsterberg, Hugo 150
뮐러, 하이너Müler, Heiner 103
뮤지컬 16, 19, 43, 46, 49, 55, 114, 121, 123,

125, 130, 151, 168, 193, 197, 244, 258, 260, 264, 278

뮤직비디오 296

〈미녀 갱 카르멘Préom Carmen〉(1983_영화) 316

〈미녀와 야수Beauty and the Beast〉(1995_영화) 129

〈미메시스 능력에 대하여On the Mimetic Faculty〉(1933, 벤야민) 342

미메시스mimesis 76

〈미션 임파서블Mission Impossible〉(1996, 영화) 124

〈미스 사이공Miss Saigon〉(뮤지컬) 296

〈미스 하비샴의 불꽃Miss Havisham's Fire〉(1979_오페라) 60

《미스터 레스모어의 환상적인 책 여행The Flying Books of Mr. Morris Lessmore》(윌리엄 조이스) 391, 392

미장센 125, 142

미학 56

밀러, 아서Miller, Arthur 184

밀러, 조나단Miller, Jonathan 105

밀러, 힐리스Miller, J. Hillis 346

〈밀리언 달러 베이비Million Dollar Baby〉(2004_영화) 140

밈meme 97, 348

밍겔라, 앤서니Minghella, Anthony 60, 141

ㅂ

바그너, 리하르트Wagner, Richard 57, 95, 151

바딤, 로제Vadim, Roger 113

《바람과 함께 사라지다Gone with the Wind》(1939, 미첼) 203, 257

〈바람난 가족The Door in the Floor〉(2004_영화) 105

〈바로크 비틀즈 북The Baroque Beatles Book〉(음악) 206

바르트, 롤랑Barthes, Roland 51, 230, 231

바비 월드 247

바이런 292

바이럴 마케팅viral marketing 358

바이럴 콘텐츠 351

바이스스타인, 울리히Weisstein, Ulrich 121

바흐친, 미하일Bakhtin, Mikhail 77

반 산트, 구스Van Sant, Gus 209

반스, 줄리언Barnes, Julian 243

〈반제 회의Wannseekonferenz〉(TV 영화) 71

《반지의 제왕The Lord of the Rings》(1954 ~1955, 톨킨) 93, 115, 257

발라드Ballard, J.G. 185

발레 19, 46, 58, 113, 116

발레스트리니, 나심Balestrini, Nassim 36

발명의 경제economy of invention 341

〈발몽Valmont〉(1989_영화) 113

〈배리 린던Barry Lyndon〉(영화) 169

《배리 린던의 행운The Luck of Barry Lyndon》(1844, 새커리) 105, 169

배빗, 어빙Babbit, Irving 102

배우(연기자) 186

〈백조의 호수〉(1877_발레) 78, 194

뱀파이어 292, 293, 308, 347

《뱀파이어와의 인터뷰Interview with a Vampire》(라이스) 265

버넷Burnett, W.R. 122

〈버드케이지The Birdcage〉(1996_영화) 124

버로우즈, 윌리엄Burroughs, William S. 13, 110

〈버즈 라이트이어 투 레스큐Buzz Lightyear to Rescue〉(게임) 133

버컨, 존Buchan, John 77

〈버피 더 뱀파이어 슬레이어〉(TV 시리즈) 339

〈버피 더 뱀파이어 슬레이어Buffy the Vampire Slayer〉(게임) 246

버호벤, 폴Verhoeven, Paul 267

번스타인, 레너드Bernstein, Leonard 123

번역 67, 69, 70, 72

베글리, 루이스Begley, Louis 42, 45, 58

〈베니스에서의 죽음-Death in Venice〉(1973_오페라) 73

〈베니스에서의 죽음-Der Tod in Venedig〉(1911, 만) 73, 119, 147, 158, 192

〈베니스에서의 죽음-Morte a Venezia〉(1971_영화) 73, 119, 147, 265

〈베니스의 상인The Merchant of Venice〉(2005_영화) 294

베론, 윌리엄Verone, William 36

베르나노스, 조르주Bernanos, Georges 140, 153, 220, 222, 235, 236, 237

베르디, 주세페Verdi, Giuseppe 95, 152, 300

베르톨루치, 베르나르도Bertolucci, Bernardo 192

베르트람, 니카Bertram, Nika 133

베리만, 잉마르Bergman, Ingmar 148, 261, 262

《베아트리체 첸시Beatrice Chancy》(1999, 클라크) 344

베이커, 노엘Baker, Noel 75, 183, 185

베케트, 사무엘Beckett, Samuel 65, 208

〈베트남 로망스Vietnam Romance〉(2003_비디오 예술) 88

벤야민, 발터Benjamin, Walter 44, 67, 238, 273

변주 103

《보바리 부인Madame Bovary》(1857, 플로베르) 161

보벨, 앤드류Bovell, Andrew 131

보여 주기(양식) 80, 85, 84, 86, 90, 104, 121, 122, 136, 156, 175

보이스오버 113, 139, 140, 145, 147, 170, 248, 384, 391

〈본 인 더 유에스에이Born in the USA〉(음악) 294

본, 매튜Borne, Mattew 327

볼드위, 제임스Baldwin, James 322

볼콤, 윌리엄Bolcolm, William 120

《분노의 포도The Grapes of Wrath》(1939, 스타인 벡) 308

불충실성 195

《붉은 죽음의 가면The Masque of the Red Death》(1842, 포) 149

브라이언트, 존Bryant, John 336

브래너, 케네스Branagh, Kenneth 263

브래드버리, 맬컴Bradbury, Malcolm 268, 289

브랜드 빌딩brand-building 374, 375, 377

브랜드 정체성 31

브레송, 로베르Bresson, Robert 140

《브레스트의 논쟁Querelle de Brest》(1947, 주네) 209

브레이크, 윌리엄Blake, William 120

브레히트, 베르톨트Brecht, Bertolt 146

브룩, 아서Brooke, Arthur 348

브룩, 피터Brook Peter 111, 268, 269, 273, 285

블랑셰, 알렉시Blanchet, Alexis 381

〈블레어 윗치The Blair Witch Project〉(게임) 134, 374

〈블레이드 러너Bladerunner〉(영화) 368

〈블루스 브라더스 2000Blues Brothers 2000〉(1998_영화) 124

블루스톤, 조지Bluestone, George 18, 52, 138

비디오게임 16, 19, 25, 32, 49, 55, 59, 62, 66, 80, 95, 133, 134, 142, 154, 162, 202, 245, 251, 262, 271, 277, 280, 285

비스콘티, 루키노Visconti, Luchino 73, 147, 158, 192

비어즐리, 오브리Beardsley, Aubrey 65

비제, 조르주Bizet, Georges 309, 312, 316, 325

《빌러비드Beloved》(1987, 모리슨) 197, 291

〈빌리 버드Billy Budd〉(1951_오페라) 109, 141, 171, 177

〈빌리 버드Billy Budd〉(멜빌) 108

ㅅ

《사기꾼The Confidence Man》(1857, 멜빌) 276

〈사라진 바람The Wind Done Gone〉(2000, 랜달) 203

〈사랑의 블랙홀Groundhog Day〉(1993_영화) 202
사실주의 미학 156
사운드트랙 113, 114, 149, 150, 158, 165, 272
사이드, 에드워드Said, Edward 238, 303
〈사이코Psycho〉(1963_영화) 162
〈사일런트 힐Silent Hill〉(게임) 134
《살로메Salomé》(1905, 와일드) 65, 213
《39계단The Thirty-Nine Steps》(1914, 버컨) 77
3D 63, 92, 277, 279, 285, 382
상호작용하기(양식) 61, 86, 88, 90, 135, 136,
  143
상호텍스트성 16, 77, 79
〈새들의 사랑Birdbrain〉(2001_현대무용) 79
《새로운 라오콘: 예술의 혼란에 대한 시론The
  New Laocöon: An Essay in the Confusion od the
  Arts》(1910, 배빗) 102
새커리Thackeray 94, 169, 170
〈새터데이 나잇 라이브Saturday Night Live〉(예능
  프로그램) 124
샌더스, 줄리Sanders, Julie 35
샘플링 55, 208, 336
샤브롤, 클로드Chabrol, Claude 160
〈서바이벌Survivor〉(TV 프로그램) 291
서브플롯 42
서플먼트supplement 251
세헤라자데 139
《세헤라자데, 혹은 영국 소설의 미래
  Scheherazade, or the Future of the English Novel》
  (1927, 커러더스) 138
〈센소Senso〉(영화) 193
셈벤, 우스만Sembène, Ousmane 342
〈셜록 홈즈Sherlock Holmes〉 355
〈셜록Sherlock〉(TV 드라마) 355
셰익스피어, 윌리엄Shakespeare, William 44, 91,
  122, 188, 209, 256, 296, 299, 304, 336, 348
〈셰익스피어Shakespeare: The Animated Tales〉
  (1992, 영화) 249
셸리, 퍼시 비시Shelley, Percy Bysshe 87, 343, 344

소격효과alienation effects 126
《소설에서 영화로Novel to Film》(1996, 맥팔레인)
  18
《소설의 영화화Novels into Film》(1957, 블루스톤)
  18
소설화 산업 109
소셜 네트워크 24, 353, 363, 380
손탁, 수잔Sontag, Susan 148
〈쇼아Shoah〉(다큐멘터리) 72
《쇼트 타이머스The Short-Timers》(1983, 하스포
  드) 142
〈수색자The Searchers〉(1956_영화) 162
《순수와 경험의 노래Songs of Innocence and
  Experience》(1789/1794, 블레이크) 120
쉬먼, 제니퍼Shiman, Jennifer 162
쉬체드린, 로디온Shchedrin, Rodion 326
《쉬핑 뉴스The Shipping News》(1993, 프루) 69
〈쉰들러 리스트Schindler's List〉(영화) 72
슈니츨러, 아르투어Schnitzler, Arthur 299
〈슈렉Shrek〉(애니메이션) 155
슈베르트, 프란츠Schubert, Franz 121, 293
슈타이너, 조지Steiner, George 341
슈트라우스, 리하르트Strauss, Richard 115, 213
슈피겔만, 아트Spiegelma, Art 104
《Story 시나리오 어떻게 쓸 것인가Story: Substance,
  Structure, Style, and the Principles of Screenwriting》
  (1997, 맥키) 139
스미스, 머레이Smith, Murray 59
스미스, 제이디Smith, Zadie 106
스미스, 패트릭 J.Smith, Patrick J. 167
스와이핑 387
스웨딩sweding 34, 371
스위프트, 그레이엄Swift, Graham 100
스콧, 리들리Scott, Ridley 191, 368
스타 시스템 198
《스타십 트루퍼스Starship Troopers》(1959, 하인라
  인) 267
〈스타스키와 허치Starsky and Hutch〉(2004, TV 시

리즈) 125

〈스타워즈 언컷Star Wars Uncut〉 369, 370, 371

〈스타워즈〉(게임) 134, 381

〈스타워즈〉(브랜드) 367, 340, 363, 368

〈스타워즈Star Wars〉(영화) 66, 109

〈스타트렉〉 340

스탬, 로버트Stam, Robert 17, 35, 47, 96, 142, 195

스턴, 에도Stern, Eddo 88, 89

스턴트 마케팅 374

스토리 24, 25, 27, 46, 55, 58, 79, 80, 86, 98, 123, 292, 346

스토리 월드 31, 37, 80, 358, 365

스토리텔링 28, 30, 44, 63, 100, 359, 372

스토커, 브램Stoker, Bram 77, 200, 296, 299

스튜디오 시스템 198

스튜어트, 카메론Stewart, Cameron 199

《스파이더Spider》(크로넨버그) 167

〈스파이더맨Spider-Man〉(영화) 154

《스파이더맨Spider-Man》(2002, 데이비드) 265

《스페이드의 여왕Pikovaya Dama》(1890, 푸슈킨) 116

스프레더블 콘텐츠spreadable content 351

〈스피킹 인 텅스Speaking in Tongues〉(2001_노벨) 131

스필버그, 스티븐Spielberg, Steven 185, 308, 363

시 55, 120

시각적 모티프 113

《시간의 형태: 사물의 역사에 관한 고찰The Shape of Time: Remarks on the History of Things》(큐블러) 341

시거, 린다Seger, Linda 139

《시네로망Cinéoman》(1977, 트뤼포) 105

《시녀 이야기The Handmaid's Tale》(1985, 애트우드) 107

시드와, 뱁시Sidhwa, Bapsi 140

《시련The Crucible》(밀러) 184

시몽, 클로드Simon, Claude 138

〈시민 케인Citizen Kane〉(1941, 영화) 161

〈시스의 복수Revenge of the Sith〉(영화) 367

《시작: 의도와 방법Beginnings: Intention and Method》(사이드) 238

〈심즈Sims〉(2001, 비디오게임) 205, 246

《심판Der Prozess》(1925, 카프카) 149

쌍방향 소설 154, 282

〈써머스비Sommersby〉(1993_영화) 297

〈씬 시티Sin City〉(1991~1992_TV 시리즈) 118

ㅇ

아데어, 길버트Adair, Gilbert 192

아도르노, 테오도르Adorno, Theodor 290

아로마라마Aromarama 277

아리스토텔레스 76, 245

〈아메리칸 맥기의 앨리스American McGee's Alice〉(게임) 388

《아메리칸 스플렌더American Splendor》(만화) 260

아모스, 토리Amos, Tori 208

〈아바타Avatar〉(영화) 382

아바트, 캐롤린Abbate, Carolyn 177

《아버웃 슈미트About Schmidt》(1996, 베글리) 58

《아스팔트 정글The Asphalt Jungle》(버넷) 122

아시모프, 아이작Asimov, Isaac 266

〈아이 스파이Spy〉(2000_영화) 125

《아이, 로봇I, Robot》(1950, 아시모프) 266

〈아이다Aida〉(오페라) 195

〈아이다호My Own Private Idaho〉(1991_영화) 209

아이물라티오aemultio 76

아이북 29, 383, 386, 392

〈아이언 맨Iron Man〉(영화) 352

아이콘 혐오증iconophobia 47

아이패드 24, 29, 383, 388, 391, 393

〈아임 유어 맨I'm Your Man〉(1996_애니메이션) 120

《악마의 시The Satanic Verses》(1988, 루슈디) 342

《악어들의 거리Street of Crocodiles》(1992, 슐츠) 29

〈악인의 토지The Badlanders〉(1958_영화) 122

《안나 카레니나Anna Karenina》(톨스토이) 146, 206

안데르센, 한스 크리스티안Andersen, Hans Christian 58

안무 78, 79

알렉산더, 마이클Alexander, Michael 50

애니메이션 28, 63, 120, 133, 162, 164, 249, 369, 389

액션 피규어 252

앤더슨Anderson, K.J. 110

〈앨리스: 매드니스 리턴즈Alice: Madness Returns〉(앱) 388

〈앵그리 버드Angry Birds〉(게임) 382

약호전환 53, 67, 68, 76, 79, 101, 112, 113, 117, 123, 127, 271, 304, 305, 354, 357, 367, 380

약호화 20, 119

《어느 시골 신부의 일기Journal d'un curéde campagne》(1936, 베르나노스) 140, 153

〈어뎁테이션Adaptation〉(2002_영화) 43, 65, 72, 96, 139

어리, 앨프리드Uhry, Alfred 12

어빙, 존Irving, John 105

에델스타인, 데이비드Edelstein, David 297

에이젠슈타인Eisenstein 154

〈엑스맨Marvel Comics X-Men〉(게임) 381

〈엑스파일The X-files〉(영화) 109

〈엔젤스 인 아메리카 2부: 페레스트로이카 Angels in America, Part Two: Perestroika〉(드라마) 346

《엔젤스 인 아메리카Angels in America》(쿠시너) 127

엔터테인먼트 산업 199

《엘 시드El Cid》 291

〈엘 에스 디L.S.D.〉(연극) 184

엘리스, 존Ellis, John 48

엘리엇, T.S. Eliot 25, 44

엘리엇, 조지Eliot, George 42, 183

엘리엇, 카밀라Elliott, Kamilla 35, 56, 113, 271, 306

〈엘시노어Elsinore〉(1995_연극) 336

〈여인을 사랑한 남자L'homme qui aimait les femmes〉(영화) 105

《여인의 초상Portrait of a Lady》(1881, 제임스) 195

〈여인의 향기Profumo di donna〉(1974_영화) 297

역사 재연historical enactments 15

《역사적 인간History Man》(1975, 브래드버리) 268, 289

연속극 161

연속체 모델 339

영화 각색 비디오게임 59, 62, 196, 381

영화판 게임 381

《예브게니 오네긴Eugene Onegin》(1878, 푸슈킨) 266

〈5번가의 폴 포이티어Six Degrees of Separation〉(1990, 구아르) 132

《오델로》(셰익스피어) 301

오디아르, 자크Audiard, Jacques 298

오르프, 칼Orff, Carl 203

오마주 208, 366

《오만과 편견Pride and Prejudice》(1796/1813, 오스틴) 132, 279, 307

오스터, 폴Auster, Paul 104

오스틴, 제인Austen, Jane 132

《오즈의 패치워크 걸Patchwork Girl of Oz》(1913, 바움) 270

〈오지만디아스Ozymandias〉(1817, 셸리) 87

오페라 19, 46, 60, 95, 108, 115, 121, 125, 131, 150, 152, 159, 166, 172, 176, 193, 197, 244, 253, 260, 264, 272, 278, 293, 312, 316, 327

오페라 코미크opéra comique 312, 321, 328

오페라 필름the opera film(또는 '스크린 오페라

screen opera') 130

《오페라, 혹은 여성의 부정Opera, or the Undoing of Women》(클레망) 315

《오후, 하나의 이야기Afternoon, a story》(1987, 조이스) 283

온다체, 마이클Ondaatje, Michael 60, 187, 242

〈올란도Orlando〉(1994_영화) 254

《올랜도Orlando》(울프) 210

올리비에, 로렌스Olivier, Laurence 263

와일드, 오스카Wilde, Oscar 65, 213

〈왕좌의 게임Game of Thrones〉(TV 시리즈) 374, 375

〈요한계시록의 네 기사Four Horsemen of the Apocalypse〉(1921_영화) 336

우스만 자랄, 무함마드'Uthman Jalal, Muhammad 305

울프, 버지니아Woolf, Virginia 46, 70, 115, 146, 179, 281

워커, 앨리스Walker, Alice 197

워홀, 앤디Warhol, Andy 203

원작 18, 19, 32, 35

원천source 18, 19, 32, 35, 47, 95

월드 빌딩world building 32, 377, 378

월렌, 피터Wollen, Peter 188

월쉬, 제니퍼Walshe, Jennifer 247

〈웨스트 사이드 스토리West Side Story〉(뮤지컬/영화) 123

〈웨인즈 월드Wayne's World〉(1992_영화) 124

웰스, 오손Welles, Orson 149, 161

웹 2.0 357, 360, 368, 393

위그, 피에르Huyghe, Pierre 71

〈위대한 개츠비The Great Gatsby〉(1999_영화) 244

《위대한 유산Great Expectations》(1860~ 1861, 디킨스) 60, 154, 168

〈위대한 유산Great Expectations〉(1946_영화) 50

〈위즈Weeds〉(TV 시리즈) 358

〈위험한 관계〉(1988_영화) 112, 148

《위험한 관계Les Liai\-sons dangereuses》(1782, 드라클로) 112

윌먼, 폴Willeman, Paul 283

윌슨, 에드먼드Wilson, Edmund 164

《유동적 텍스트: 책과 영화의 교정 및 편집 이론The Fluid Text: A Theory of Revision and Editing for Book and Screen(2002)》(2002, 브라이언트) 336

《유리의 도시City of Glass》(1985, 오스터) 104

유산영화(헤리티지 영화heritage film) 70, 123, 195, 279, 292

유스티노프, 피터Ustinov, Peter 108, 175

유튜브 24, 33, 34, 351, 352, 356, 364, 370, 372

〈윤무Der Reigen〉(연극) 299

〈율리시즈Ulysses〉(1967_영화) 144

융합 테크놀로지 32

음악 인형극 오페라 247

음악감독/작곡가 185

의도의 오류 230

〈2001 스페이스 오딧세이2001: A Space Odyssey〉(영화) 252

2차 각색 72

〈ET 외계 생명ET the Extraterrestrial〉(각색 게임) 381

《이기적 유전자The Selfish Gene》(1976, 도킨스) 96

〈이노센트〉(오페라) 166

〈이노센트The Innocents〉(1961, 영화) 165

이미타티오imitatio 76

《이상한 나라의 앨리스Alice's Adventrues in Wonderland》(캐럴) 383, 388

이스트우드, 클린트Eastwood, Clint 140

이저, 볼프강Iser, Wlofgang 178

《이중배상Double Indemnity》(1935, 케인) 106

《인도로 가는 길》(1924, 포스터) 59

《인도의 분단Cracking India》(1991, 시드와) 140

《인어 공주The Little Mermaid》(1836, 안데르센)

58, 386
〈인어공주Die Seejungfrau〉(1905_교향곡) 58
인종정치(학) 322, 325, 330
인종화 323
인터넷 연결 작품 184
인터랙티브 29, 89, 164, 283, 285, 392
인터랙티브 디지털 설치 작품 184
인터랙티브 미디어 252
인터랙티브 설치미술 25
인터랙티브 스토리텔링 135, 282
인터랙티브 아트 55
인터랙티브 예술 262, 270
인터랙티브 웹 사이트 163
인터랙티브 전자 매체 277
인터랙티비티interactivity 63, 134, 280, 284
〈인형의 집A Doll's House〉(1879, 헨릭 입센) 111
《일 년 동안의 과부A Widow for One Year》(1988,
   트뤼포) 105
《잃어버린 시간을 찾아서Àla recherche du temps
   perdu》(1913~1927, 푸르스트) 122, 157
《잉글랜드, 잉글랜드England, England》(반스) 243
《잉글리쉬 페이션트》(1992, 온다체) 60, 141

ㅈ

장드르, 클로드Gendre, Claude 237
재매개화remediation 27, 62, 68, 354
재맥락화 297, 303, 319
잭슨, 셸리Jackson, Shelley 270
〈저자의 죽음La mort de l'auteur〉(바르트) 230
저작권 33, 34, 92, 193, 200, 202, 203, 367
저작물 공유 프로젝트 205
전자책 26, 30, 392
전치replacement 163
〈젊은 예술가의 초상Portrait of the Artist as a
   Young Man〉(1978_영화) 145, 146
〈제다이의 귀환Return of the Jedi〉(영화) 367
〈제리 스프링어―더 오페라Jerry Springer-The

Opera〉(2003_TV 오페라) 128
〈제이 JFK 리로디드JFK Reloaded〉(비디오게임)
   70
《제인 에어Jane Eyre》(1847, 오스틴) 257
제임스, 헨리James, Henry 164, 166, 195
제피렐리, 프랑코Zeffirelli, Franco 130, 152, 209,
   296
젠더정치(성정치) 322, 326, 330, 344
젠킨스, 헨리Jenkins, Henry 351, 361, 363, 366,
   372
〈젠틀맨 리그The League of Extraordinary
   Gentleman〉(오닐_만화) 110
〈젤다의 전설〉 63
《조씨 고아The Orphan of Zhao》(희곡) 304
조이스, 마이클Joyce, Michael 283
조이스, 제임스Joyce, James 65, 108, 114, 144
존, 엘튼John, Elton 195
존즈, 스파이크Jonze, Spike 43
주네, 장Genet, Jean 209
주네트, 제라르Genette, Géard 51, 136
〈주라기 공원Jurassic Park〉(게임) 381
《죽은 사람들The Dead》(1914, 조이스) 114
지버베르크, 한스 위르겐Syberberg, Hans-Jügen
   125, 126
〈지옥의 묵시록Apocalypse Now〉(1979_영화) 88
지적재산 34, 367, 375
〈지킬 박사와 시스터 하이드Dr. Jekyll and Sister
   Hyde〉(1971_영화) 92
《지킬 박사와 하이드The Strange Case of Dr.
   Jekyll and Mr. Hyde》(1886, 스티븐슨) 91
지표기호indexical sign 117
《진지함의 중요성The Importance of Being
   Earnest》(와일드) 260
질송, 에티엔Gilson, Etienne 236

ㅊ

차이콥스키 78, 116, 266

참여형 각색 361
참여형 매체 34, 371
참여하기(참여형) 양식 61, 80
참여형 콘텐츠 362
《참을 수 없는 존재의 가벼움The Unbearable Lightness of Being》(쿤데라) 264
〈채플린오페라Chaplinoperas〉(1988_감독) 130
챈들러, 레이먼드Chandler, Raymond 106, 140
〈천국의 사도Heaven Can Wait〉(영화) 289
첨가addition 163
청중 반응 272
《첸치The Cenci》(셸리) 344
쳄린스키, 알렉산더Zemlinsky, Alexander 58
초과의 구현the embodiment of excess 114
《춘희La Dame aux caméias(동백꽃 여인)》(1848, 뒤마) 183, 300
충성도 35
충실성 35, 53, 92, 95, 368
〈7인의 사무라이Seven Samurai〉(1954_영화) 295

ㅋ

〈카 맨The Car Man〉(2001_영화) 327
〈카르멘 게이Karmen Gei〉(2001_영화) 324
〈카르멘 존스Carmen Jones〉(영화) 316, 321, 323, 325
〈카르멘 환상곡Carmen Fantasy〉(음악) 316
〈카르멘: 힙합페라Carmen: A Hip-Hopera〉 325
〈카르멘〉(브랜드) 309, 310, 312, 313, 316, 318, 320, 325, 328
〈카르멘과 투우사Carmen and Her Bullfighter〉(안무) 309
〈카르멘의 비극La Tragéie de Carmen〉(연극/영화) 317
〈카르멜회 수녀들의 대화〉(연극) 236
〈카르멜회 수녀들의 대화들Dialogues des Carméites〉(오페라) 226, 230
〈카바레Cabaret〉(1966_뮤지컬) 126

〈카바레Cabaret〉(1972_영화) 126
〈카사블랑카여, 다시 한 번Play It Again, Sam〉(1972_영화) 338
카엘, 폴린Kael, Pauline 146
〈카이로Cairo〉(1963_영화) 122
카터, 안젤라Carter, Angela 74, 75
카트멜, 드보라Cartmell, Deborah 35
카프카, 프란츠Kafka, Franz 149
《카후나 모두스Der Kahuna Modus》(2001, 베르트람) 133
《칼라 퍼플The Color Purple》(1982, 워커) 197
〈캐리비안의 해적Pirates of the Caibbean〉(영화) 284
캠벨, 조셉Campbell, Joseph 245
캠피온, 제인Campion, Jane 195
《캣 우먼Catwoman》(만화) 257
커닝햄Cunningham, John W. 74
커러더스, 존Carruthers, John 138
커버 곡(음악) 19, 55, 103, 208
《컨버전스 컬처Convergence Culture: Where Old and New Media Collide》(2006, 젠킨스) 363, 366
〈컨스피러시Conspiracy〉(드라마) 71
〈컬러 퍼플The Color Purple〉(영화) 308
컴퓨터게임 87, 133, 196, 273
케인, 제임스Cain, James M. 107
케일, 폴린Kael, Pauline 277
코댓, 캐서린Kodat, Catherine 339
코먼, 로저Corman, Roger 149
코프먼, 필립Kaufman, Philip 264
코헨, 레너드Cohen, Leonard 120
콕토, 장Cocteau, Jean 129
콘래드, 조지프Conrad, Joseph 137
〈콜 오브 듀티: 모던 워페어3Call of Duty, Modern Warfare 3〉(게임) 382
콜럼버스, 크리스토퍼Columbus, Christopher 259
쿠시너, 토니Kushner, Tony 127, 128, 346
쿠체, 존 맥스웰Coetzee, John Maxwell 336

쿠퍼, 하리Kupfer, Harry 191
쿤데라, 밀란Kundera, Milan 264
쿤스, 제프Koons, Jeff 203
〈쿨 브리즈Cool Breeze〉(1972_영화) 122
〈퀴렐Querelle〉(1982_영화) 209
큐브릭, 스탠리Kubrick, Stanley 105, 142, 169, 252
큐블러, 조지Kubler, George 341
크라카우어, 지크프리트Kracauer, Siegfried 153, 159
크래머, 로렌스Kramer, Lawrence 150
《크래쉬Crash》(발라드) 234
크로넨버그, 데이빗Cronenberg, David 167, 234
크리스티, 애거사Christie, Agatha 65
클라크, 아서Clarke, Arthur C. 252
클라크, 조지 엘리엇Clarke, George Elliott 344
클레망, 카트린Clément, Catherine 315
클로즈업 138, 139, 148

ㅌ

타루스킨, 리처드Taruskin, Richard 293
《타르튀프Tartuffe》(몰리에르) 305
타우시그, 마이클Taussig, Michael 342
〈타이투스Titus〉(1999_영화) 46
《태양의 제국Empire of the Sun》(발라드) 185
터너, 마이클Turner, Michael 75
터치스크린 27, 29, 386
테마파크 15, 19, 43, 62, 135, 204, 243, 277, 280, 284
《테스Tess of the D'Urbervilles》(1891, 하디) 169
〈테스Tess〉(1979_영화) 169
테이머, 줄리Taymor, Julie 46
테이트, 네이엄Tate, Nahum 61
테크놀로지 27, 30, 92, 94, 155, 163, 363
텍스트 충실성textual fidelity 34
텐트 폴tent-pole 355, 357, 359
《템페스트The Tempest》(셰익스피어) 188

〈토이 워즈Toy Wars〉(2002_영화) 369
토착화indigenization 23, 36, 91, 303
톨킨Tolkien, J.R.R. 92, 115
《톰 존스Tom Jones》(1749, 필딩) 248
톰슨, 버질Thomson, Vergil 160
톰슨, 브룩Thomson, Brooke 373
〈툼 레이더Tomb Raider〉(게임) 196
트랜스미디어 32, 35, 354, 358, 362, 372, 375
트랜스미디어 스토리텔링 30, 31, 37, 372, 374
트랜스미디어 프로젝트 355
〈트랜스포머〉(영화) 358, 380
〈트랜스포머Transformers〉(게임) 352
트롱프 뢰유trompe l'oeil 80
〈트루 블러드True Blood〉(TV 시리즈) 374
트뤼포, 프랑수아Truffaut, Françis 105
《트리 오브 코드Tree of Code》(2010, 포어) 29
〈트리스탄과 이졸데Tristan und Isolde〉(바그너) 151
〈트와일잇: 뉴 문The Twilight Saga: New Moon〉(영화) 371
〈트와일잇〉(브랜드) 372
트위터 33, 353, 356, 357
《특종기사The Front Page》(헥트/맥아더) 299
〈TV 단테A TV Dante〉(1990) 254
TV 미니 시리즈 47, 113, 197, 252, 373

ㅍ

〈파넴 옥토버PanemOctober.com〉(게임) 360
〈파르지팔Parsifal〉(1872, 바그너) 125
파불라fabula 59
파울즈, 존Fowles, John 68
《파이 이야기Life of Pi》(2002, 마텔) 164
〈파이널 판타지Final Fantasy〉(영화) 251
파인골드, 켄Feingold, Ken 262
팔랭프세스트palimpsest 51, 54, 55, 79, 101, 247, 255, 266, 285, 316, 339

패러디 47, 203, 354, 366, 368, 377, 387
패러디, 클라레Parody Clare 31
패러텍스트 94
패러프레이즈paraphrase 69, 70, 71
〈패치워크 걸Patchwork Girl〉(1995) 270
패터슨, 애나벨Patterson, Annabel 231
팬 각색 371
팬 문화 35, 361
팬 비디오 245, 356
팬 제작 콘텐츠 34, 359
팬 커뮤니티 258, 352, 360, 361
팬 페이지 366
팬 픽션 55, 245, 363, 365, 367
퍼스, 찰스 샌더스Peirce, Charles Sanders 117
페이스북 33, 351, 353, 358, 360, 382, 390
페트로니우스Petronius 191
펠란, 제임스Phelan, James 234
〈펠리니의 사티리콘Fellini Satyricon〉(1969_영화)
   191
《포 페더스The Four Feathers》(1902, 메이슨) 210
《포Foe》(1986, 쿠체) 336
포드, 존Ford, John 162, 308
포먼, 밀로스Forman, Miloš 112
포스터Foster, E.M. 82, 85, 172
포어, 조너선 새프런Foer, Jonathan Safran 29
《포제션Possession》(1991, 바이어트) 90, 297
포터, 샐리Potter, Sally 210, 254
포터모어pottermore 25, 26, 377, 378
〈포트 팔라딘: 미국의 군대Fort Paladin: America'
   s Army〉(2003_비디오 예술) 89
〈폰Poen〉(1967_영화) 120
폴란스키, 로만Polanski, Roman 169
표절 55
푸슈킨Pushkin 116, 52, 266
푸치니Puccini 152, 194, 296
푸코, 미셸Foucault, Michel 230
〈풀 메탈 자켓Full Metal Jacket〉(1987_영화) 142
풀먼, 필립Pullman, Philip 13, 74, 92, 93, 182,

250
풍요의 경제 370
프라이, 노드롭Frye, Northrop 44
〈프랑스 중위의 여자〉(영화) 68
《프랑켄슈타인Frankenstein》(1818/1831, 셸리)
   270
프랜차이즈 30, 49, 95, 133, 197, 365, 373,
   377
〈프로듀서스The Producers〉(2001_뮤지컬) 49, 124
프로슈머prosumer 371
〈프로스페로의 서재Prospero's Book〉(영화) 188
프루, 애니Proulx, E. Annie 69
프리드만, 수잔 스탠포드Friedman, Susan
   Standford 303
프리어즈, 스티븐Frears, Stephen 112
프티파, 마리우스Petipa, Marius 194
《플라워 드럼 송The Flower Drum Song》(1957, 리)
   211, 298
플래스, 실비아Plath, Sylvia 120
플랫폼 24, 27, 32, 62, 94, 196, 285, 290, 351,
   352, 355, 357, 360, 363, 373, 381
플레밍, 이안Fleming, Ian 65
플로베르Flaubert 161
《플로스 강의 물방앗간The Mill on the Floss》
   (1960, 엘리엇) 183
〈피가로의 결혼Le Nozzo de Figaro〉(1786_오페라)
   129
《피네간의 경야Finnegans Wake》(조이스) 108
피어스, 피터Pears, Peter 122
피카소, 파블로Picasso, Pablo 203
《피터 래빗 이야기The Tale of Peter Rabbit》(포터)
   384
〈피파 패시스Pippa Passes〉(1909, 그리피스) 119
핀터, 해럴드Pinter, Harold 68
필름 느와르films noirs 266

ㅎ

《하드 코어 로고Hard Core Logo》(1993, 터너) 75
하디, 토머스Hardy, Thomas 169
하스포드, 구스타프Hasford, Gustav 142
《하얀 이빨White Teeth》(2000, 스미스) 106, 190
〈하워즈 엔드〉(영화) 207
《하워즈 엔드Howards End》(1910, 포스터) 82,
　84, 147
〈하이 눈High Noon〉(1952_영화) 74
하이 모더니즘High Modernism 138
하이퍼텍스트(소설) 25, 283, 337
하케, 한스Haacke, Hans 203
《한밤중의 아이들Midnight's Children》(루슈디)
　117
〈한여름 밤의 꿈A Midsummer Night's Dream〉(발
　레) 339
《한여름 밤의 꿈A Midsummer Night's Dream》(셰
　익스피어) 122, 256
할리우드 윤리 규약 206
〈해리 포터〉(브랜드) 26, 28, 94, 154, 250, 258,
　352, 363, 377, 378
〈해리 포터와 마법사의 돌Harry Potter and the
　Philosopher's Stone〉(2001_영화) 259
해리스, 레니Harris, Rennie 123
해리포터 얼라이언스Harry Potter Alliance 28,
　378, 379
《해방된 예루살렘Gerusalemma liberata》 291
핸들러, 대니얼Handler, Daniel 249
《햄릿》(셰익스피어) 308, 336
〈햄릿기계Hamletmaschine〉(1979, 뮐러) 103
《향연Symposium》(플라톤) 307
《허영의 시장Vanity Fair》(1848, 새커리) 94, 306

〈헝거 게임〉(게임) 359, 363
〈헝거 게임The Hunger Games〉(2012_영화) 358
헤리티지 영화heritage film(→유산영화)
헤일즈, 캐서린Hayles, Katherine 270
헤테로코슴heterocosm 31, 64, 134, 192, 279,
　377
〈헨리 5세〉(영화) 263
《헬보이Hellboy》(2004, 나바로) 54
《현실, 그 가슴 뛰는 마법The Magic of Reality》
　(도킨스) 389, 391
현지화indigenization 303, 321, 325
호닉, 조엘Honig, Joel 244
호르크하이머, 막스Horkheimer, Max 290
《호수의 여인Lady in the lake》(1943, 챈들러) 140
《홀리 이노센트The Holy Innocents》(1988, 아데
　어) 192
확대영화expanded cinema 282
확장판 365, 368
《황금 나침반His Dark Materials》(풀먼) 74, 93
《황무지》(엘리엇) 389
〈황야의 7인The Magnificent Seven〉(1960_영화)
　295
《훌륭한 솜씨Nice Work》(1988, 로지) 128, 161
휠리한, 이멜다Whelehan, Imelda 35
횟탈, 아놀드Whittall, Arnold 177
휴스톤, 존Huston, John 107
〈흙Earth〉(1998_영화) 140
〈흡혈 식물 대소동The Little Shop of Horrors〉
　(1986_영화) 124
희소성의 경제 370
〈히스 걸 프라이데이His Girl Friday〉(영화) 299
히치콕, 앨프리드Hitchcock, Alfred 77, 162
힉스Hix, H.L. 231

각색 이론의 모든 것

2017년 8월 20일 초판 1쇄 발행

지은이 | 린다 허천
옮긴이 | 손종흠·유춘동·김대범·이진형
펴낸이 | 노경인·김주영

펴낸곳 | 도서출판 앨피
출판등록 | 2004년 11월 23일 제2011-000087호
주소 | 우)120-842 서울시 영등포구 영등포로 5길 19(37-1 동아프라임밸리)
       1202-1호
전화 | 02-336-2776   팩스 | 0505-115-0525
블로그 | blog·naver·com/lpbook12
전자우편 | lpbook12@naver·com

ISBN 979-11-87430-11-7